AF178642

POLLY HARPER

Silver Springs

Sunshine on Your Skin

ROMAN

 PENGUIN VERLAG

Penguin Random House Verlagsgruppe FSC® N001967

1. Auflage 2024
Copyright © 2024 by Penguin Verlag
in der Penguin Random House Verlagsgruppe GmbH,
Neumarkter Straße 28, 81673 München
Redaktion: Susann Rehlein
Umschlaggestaltung und -abbildung: www.buerosued.de
Satz: GGP Media GmbH, Pößneck
Druck und Bindung: GGP Media GmbH, Pößneck
Printed in Germany 2024
ISBN 978-3-328-11127-6
www.penguin-verlag.de

Liebe Leser*innen,

dieses Buch enthält potenziell triggernde Inhalte.
Deshalb findet sich auf S. 430 eine Triggerwarnung.
Achtung: Diese enthält Spoiler für das gesamte Buch.
Wir wünschen allen das bestmögliche Leseerlebnis.

Polly Harper und der Penguin Verlag

PLAYLIST

Torii Wolf – *June Lake*
Duplex Heart – *All the Lovers*
Alex Kehm – *Sorry*
Frida Amundsen – *Told You So*
OTE feat. Erik Fernholm – *What a Way*
Taylor Swift – *Anti-Hero*
DNCE – *Cake by the Ocean*
Benson Boone – *In The Stars*
Passenger – *Life's For The Living*
Paisley Pink – *Blood Red Moon*
Christopher – *Led Me To You*
Imagine Dragons – *Walking the Wire*

Für Mama,
mit der ich den Zauber eines Sommercamps
zum allerersten Mal erlebt habe
und der ich so unendlich viel verdanke.
Mit all meiner Liebe.

KAPITEL 1

Estelle

Kies knirschte, als Pierce den fetten schwarzen Bentley von der Hauptstraße auf einen gewundenen Schotterweg lenkte, der direkt in mein Verderben führte. Ich hatte keine Ahnung, wie ich an diesen Punkt gelandet war. Das hieß, eigentlich wusste ich es doch, aber ich wollte lieber nicht näher darüber nachdenken. Ich fühlte mich auch so schon elend genug.

Mit jedem Meter, den der Luxuswagen an diesem herrlichen Sommernachmittag auf dem Schotterweg zurücklegte, klopfte mein Herz hektischer in meiner Brust. Ich wollte nicht hier sein. Andererseits, ins Gefängnis wollte ich noch viel weniger.

Was das betraf, hatte sich der Anwalt meiner Mutter unmissverständlich ausgedrückt: Entweder ich arbeitete volle zwei Monate als *Praktikantin* im Camp Silver Springs, oder er buchte das Geld zurück, das meine Mutter bereits für meine Freiheit hingeblättert hatte, und sorgte persönlich dafür, dass der Richter einen Haftbefehl gegen mich erließ.

Was für eine Mutter so etwas tat?

So eine wie Moira Sinclair, die mit süßen zwanzig Jahren ein Multimillionen-Dollar-Unternehmen aus eigener Kraft aus dem Boden gestampft hatte. Mit Fleiß, Zielstrebigkeit und Disziplin, wie sie nicht müde wurde zu betonen.

Ich konnte das alles nicht mehr hören, und noch weniger konnte ich diese elenden Frühstücksflocken sehen, die die Sinclair Corporation auf Platz drei der größten Süßwarenhersteller des Landes katapultiert hatten. Ganz Amerika liebte Happy Crush – mir hingegen drehte sich jedes Mal der Magen um, wenn ich an diese krachsüßen Dinger dachte.

Kalter Schweiß bedeckte meine Stirn, als der Bentley schließlich auf den Parkplatz fuhr. Von der Rückbank aus wagte ich einen Blick durch die getönten Scheiben und zuckte zusammen, als ich das Chaos erblickte.

Busse und Autos standen kreuz und quer, Erwachsene schleppten Koffer, Kinder schrien, weinten und lachten. Alles war bunt und laut und schrill. Nichts an diesem Ort war idyllisch, so wie es die Fotos auf der Website behauptet hatten, und von dem tiefblauen Silver Lake war weit und breit nichts zu sehen. Vielleicht war er ja inzwischen ausgetrocknet.

Die Homepage des Camps war jedenfalls völlig veraltet. Auf meinem Smartphone wurde sie zerstückelt angezeigt, und der Text enthielt aufgrund einer falschen Codierung jede Menge Sonderzeichen. Alles, was ich herausgefunden hatte, war, dass es sich bei Silver Springs um ein ganzjährig geöffnetes Camp handelte und dass sich in der näheren Umgebung lediglich ein kleiner Ort namens Lexington befand. Sonst waren da nur Berge und Bäume und … ach ja, noch mehr Bäume.

Innerhalb des Camps gab es niedliche Blockhütten, in denen je ein Dutzend Kinder mit einem Betreuer untergebracht war, dazu kleinere Gästehäuser und ein zweistöckiges Verwaltungsgebäude, in dem sich der Speisesaal, eine Aula, verschiedene Werkstätten und Ateliers sowie Büros und Besprechungsräume befanden.

Das Highlight war das zweimonatige Sommercamp im Juli und August. Den Kindern wurde inmitten der Rocky Mountains ein Mix aus Sport und Kultur geboten, zahlreiche Themenfeste und Wettbewerbe, kurz gesagt: meine persönliche Hölle, denn ich war weder sportlich noch kreativ, und mit Kindern kannte ich mich erst recht nicht aus …

Pierce hüstelte, um meine Aufmerksamkeit auf sich zu lenken. »Soll ich Sie hineinbegleiten, Miss?«

Der alte Mann machte sich gar nicht erst die Mühe, seine Schadenfreude zu verbergen. Zweifellos gefiel es ihm, dass ich mich nun den Konsequenzen meines Handelns stellen musste. Wahrscheinlich sah der alte Griesgram es im Geiste bereits vor sich, wie ich auf meinen Prada-Pumps durch den Wald stöckelte, meinen Glitzerkoffer hinter mir herzerrte und auf dem Weg zum Verwaltungsgebäude von einhundert Mücken attackiert wurde.

Aber ich war nicht von gestern. Ich trug einen dünnen Kaschmirpullover, Skinny-Jeans und Dockers mit Blumenprint. Außerdem hatte ich von vornherein auf meinen Lieblingsduft von Chanel verzichtet, um die lästigen Viecher gar nicht erst in Versuchung zu bringen. Das Einzige, was noch an mein altes Ich erinnerte, war mein Make-up, das im Wesentlichen aus dramatisch geschminkten Augen bestand.

Meine Mutter hatte sich oft über diese »Kriegsbemalung« aufgeregt. Sie meinte, die dunkel geschminkten Augen wären unpassend für eine junge Frau. Die Ironie dabei war, dass sie nie begriffen hatte, wie richtig sie mit dieser Beschreibung lag. Denn mein Make-up war genau das: eine Maskerade, die ich brauchte, um mich stark zu fühlen.

Meistens funktionierte es.

Heute … eher nicht.

Glücklicherweise schenkte mein Handy mir unverhofft ein wenig Aufschub. Ich wühlte es aus meiner Birkin Bag und warf Pierce einen entschuldigenden Blick zu, der vor Unaufrichtigkeit nur so triefte. Dann nahm ich das Gespräch an.

»Hallo?«

»Hey, Zuckerpuppe«, schnurrte Mason. »Lust auf einen Drink?«

Ich runzelte die Stirn. »Es ist vier Uhr nachmittags.«

Mason lachte leise. »Also höchste Zeit für ein bisschen Action. Wie sieht's aus? Treffen wir uns gleich im Jenga, oder willst du vorher zu mir kommen und wir amüsieren uns ein bisschen zu zweit, ehe wir losziehen?«

Seine Angebote waren auch schon verlockender gewesen.

»Ich habe dir doch gesagt, dass ich heute verreise, Mase«, antwortete ich angespannt. »Ich bin für ein paar Wochen unterwegs.«

»Ach, echt?« Er klang ehrlich überrascht.

Verärgert presste ich die Lippen zusammen. Mason war weder mein fester Freund, noch hegten wir tiefere Gefühle füreinander. Trotzdem hatten wir in den letzten Monaten viel Zeit miteinander verbracht und waren nach diversen Clubbesuchen regelmäßig miteinander im Bett gelandet. Zwar war das letzte Mal schon eine Weile her, trotzdem sollte man doch meinen, dass er wenigstens ein Mindestmaß an Interesse an mir aufbrachte. Aber offensichtlich war das ein Irrtum.

Er brummte unzufrieden. »Na gut, dann rufe ich Jenny an.«

»Mach das«, erwiderte ich gleichmütig. »Sie freut sich sicher.«

Mason gluckste. »Eifersüchtig, Zuckerpuppe?«

Gott! Ich hasste diesen Spitznamen, und ich war auch nicht eifersüchtig. Stattdessen beschämte es mich, dass ich mich an einen Kerl verschwendet hatte, der in mir lediglich ein austauschbares Partyhäschen sah.

»Jetzt zick nicht rum«, sagte Mason in versöhnlichem Tonfall, obwohl ich meinen Unmut gar nicht kundgetan hatte. »Melde dich einfach, sobald du wieder in Seattle bist. Dann lassen wir es krachen, ja?«

»Sicher.« Nicht. »Mach's gut, Mason.«

Ich legte auf, bevor er noch etwas sagen konnte. Schließlich wusste ich ganz genau, dass Mason sich ohnehin nicht erkundigt hätte, wo ich überhaupt steckte. Genau genommen hatte das keiner meiner Freunde.

Als sie von der Gerichtsverhandlung erfahren hatten, hatten die meisten bloß gemeint, *Mommy* würde das schon regeln, und damit war die Sache erledigt. Niemand fragte, wie ich damit klarkam, ob die Schuld mich innerlich auffraß. Denn das wäre ein absoluter Stimmungskiller gewesen.

Mit einem Mal brannten Tränen in meinen Augen. Ich hatte mich noch nie so einsam gefühlt. Sogar Pierce, der dafür bezahlt wurde, mich hierherzubegleiten, schien es nicht erwarten zu können, mich endlich loszuwerden. Er begann, unruhig auf dem Fahrersitz herumzurutschen.

Abermals sah ich aus dem Fenster, betrachtete das Gewimmel aus aufgeregten Kindern und nervösen Eltern, das sich vor meinen Augen abspielte.

Nun, ein Gutes hatte das Ganze wohl: Am Ende des Tages würde ich mich vielleicht einfach in der Menge auflösen, und dann würde dieser verdammte Schmerz in meinem Inneren endlich aufhören … obwohl ich das nicht verdient hatte.

KAPITEL 2

Reed

»Bitte sag mir, dass das nicht dein Ernst ist, Hazel«, presste ich zwischen zusammengebissenen Zähnen hervor, während ich meine Schwester musterte.

Hazel setzte ihr strahlendstes Lächeln auf. Das, bei dem ich ihr nie etwas abschlagen konnte, bei dem ihre haselnussbraunen Augen glänzten.

Verdammt! Sie meinte das wirklich ernst.

Ich stöhnte. »Wir haben doch auch so schon genug zu tun!«

»Komm schon, Reed, ich konnte unmöglich ablehnen.« Hazel lehnte sich auf ihrem Schreibtischstuhl zurück und verschränkte die Arme. Wenn sie das tat, sah sie immer aus wie eine geborene Anführerin. Niemand würde je auf die Idee kommen, mit welchen Zweifeln sie sich tagtäglich herumplagte. Dabei machte sie einen verdammt guten Job als Campleiterin. »Moira Sinclair hat mir persönlich zugesichert, dass sie die komplette Sommersaison sponsern wird – und wir reden hier nicht nur von ein paar Packungen Happy Crush fürs Frühstück, sondern von *allem*, was die Firma zu bieten hat: Cini Pops, Twerkies, Snizzlers, Caramel Gums, Coco Nuts und so weiter.« Sie riss die Augen auf. »Die Kids werden ausrasten.«

»Die Eltern auch, wenn wir ihre Goldschätze mit Diabetes zurück nach Hause schicken«, murrte ich und rieb mir genervt über das Gesicht. Ich überlegte, mich auf einen der zwei Stühle vor Hazels Schreibtisch zu setzen, blieb aber stehen, weil ich eigentlich gar keine Zeit für dieses Gespräch hatte. Am Anreisetag war immer die Hölle los, und da draußen ging es zu wie in einem Bienenstock.

Insgesamt bestand das Betreuungsteam aus sechs Gruppenbetreuern. Früher hatten wir noch ein oder zwei Springer gehabt, die je nach Bedarf eingesetzt wurden. Allerdings hatten wir in dieser Saison zugunsten einer Ergotherapeutin auf die Zusatzstellen verzichtet, und auch wenn alle neuen Mitarbeiter bereits am Vortag angereist waren und nach einem umfangreichen Briefing wussten, was sie zu tun hatten, wäre ich trotzdem lieber bei ihnen gewesen. Ungeduldig schaute ich auf meine Armbanduhr.

Hazel lachte. »Keine Sorge! Dotty wird aufpassen, dass die Kids auch etwas Gesundes essen. Außerdem könnte der Zeitpunkt gar nicht besser sein. Du weißt selbst, dass uns die Renovierungsmaßnahmen im Frühling eine ganze Stange Geld gekostet haben.«

Das stimmte wohl.

Wir hatten das Camp vor ein paar Jahren von unseren Eltern übernommen, die seither durch Europa tingelten und nur selten nach Hause kamen. Ich freute mich für die beiden. Sie hatten das Camp fast dreißig Jahre erfolgreich geführt, und inzwischen genoss es einen ausgezeichneten Ruf. Aber die Buchungen hätten durchaus zahlreicher sein können. Für den

Herbst waren bislang nur ein paar Klassenfahrten hierher geplant. Mehr nicht.

»Mit Sinclairs Angebot können wir neue Kanus kaufen«, fuhr Hazel mit leuchtenden Augen fort.

Ich winkte ab. »Ein frischer Lack tut's auch. Dann halten sie noch für eine Saison.«

Meine Schwester stöhnte. »Es ist doch bloß für zwei Monate, Reed. Ich verstehe nicht, wo das Problem liegt.«

Ungläubig sah ich sie an. »Du warst aber schon anwesend, als wir uns darauf geeinigt haben, diesen Sommer *keine* Praktikumsstellen zu vergeben, oder?«

Hazel zuckte mit den Schultern. »Vielleicht war ich diesbezüglich etwas voreilig.«

»Wir hatten in den letzten Monaten vier Praktikanten, die allesamt eine absolute Katastrophe waren.«

Unglücklich verzog Hazel das Gesicht. »Das war bloß Pech.«

»Pech?« Entgeistert schüttelte ich den Kopf. »Muss ich dich wirklich an den Typen aus Oklahoma erinnern? Er hat einen *Joint* geraucht, *während* die Kids mit Schnitzmessern herumhantiert haben. Es war pures Glück, dass sich niemand einen Finger abgehackt hat. Oder dieses Mädel, das völlig ausgeflippt ist, weil sie ein paar Mückenstiche an der Stirn hatte.«

Hazel presste die Lippen aufeinander, konnte sich aber ein Kichern nicht verkneifen. »Ihr Abgang war wirklich filmreif.«

Sie war heulend aus dem Camp geflohen und auf Nimmerwiedersehen verschwunden. Hazel hatte ihr das Gepäck mit der Post nachschicken müssen.

Ich wollte wirklich nicht alle Praktikanten über einen Kamm scheren. Schließlich hatte es in den letzten Jahren immer wieder Lichtblicke gegeben. Aber die meisten Bewerber hatten gedacht, sie würden ein paar Kids im Auge behalten und dafür einen traumhaften Sommerurlaub inmitten der Rockys kriegen. Sobald sie dann jedoch feststellten, dass dieser Job harte Arbeit war, ließen sie jede Verantwortung fahren, wurden leichtsinnig und unzuverlässig. Das konnte ich wirklich nicht gebrauchen. Die nächsten Wochen brachten schon genug Herausforderungen mit sich.

»Wir haben diesen Sommer fünf neue Leute dabei«, sagte ich. »So viele wie noch nie.«

Hazels Wangen wurden tiefrot, und sie senkte den Blick. »Es tut mir leid, okay?«

Das glaubte ich ihr sogar. Streng genommen war es nicht mal ihre Schuld. Hazel hatte einfach etwas an sich, das die Männer faszinierte. Sie war selbstbewusst, immer gut drauf und ließ sich – wenn überhaupt – nur auf lockere Affären ein. Denn für sie gab es nur eine große Liebe: ihre Tochter Maila.

Dummerweise verknallten sich die Kerle trotzdem immer wieder in sie, was im Frühjahr zu einer ganzen Reihe von Dramen und Kündigungen geführt hatte.

»Ich bin ab jetzt ganz brav«, versprach sie verlegen. »Kannst du mir also bitte diesen Gefallen tun?«

Ich schüttelte erneut den Kopf. »Sorry, Schwesterchen. Ich werde schon genug damit zu tun haben, die Neuen anzulernen. Da kann ich wirklich keine Praktikantin gebrauchen, die mir auf den Wecker geht. Wenn du sie nicht mehr loswerden kannst, schick sie zu Dotty. In der Küche wird immer Hilfe gebraucht und den Naschkram kriegen wir trotzdem.«

Schuldbewusst biss Hazel sich auf die Unterlippe.

Ich kannte diesen Gesichtsausdruck – und er verhieß nichts Gutes. »Was verschweigst du mir?«

»Na ja.« Hazel wischte einen imaginären Staubfussel von der Tischplatte. »Die Vereinbarung gilt nur, wenn sich Miss Sinclair aktiv am Campalltag beteiligt.« Sie zögerte. »Und es gibt da noch etwas, das du über Estelle wissen solltest.«

Ein Pochen setzte in meiner Schläfe ein. »Was denn?«

»*Praktikantin* ist zwar die offizielle Bezeichnung, inoffiziell ist es allerdings eher so, dass sie … dass sie …« Hazel holte tief Luft. »… ein paar Sozialstunden abbrummen muss.«

»Sie ist vorbestraft?« Ich starrte meine Schwester finster an. »Hast du den Verstand verloren?! Wir können keine *Straftäterin* auf unschuldige Kinder loslassen. Sie könnte ein Drogenproblem haben oder zu Gewaltausbrüchen neigen oder …«

»Es ist nichts dergleichen«, unterbrach Hazel mich schnell. »Es war eine einmalige Sache, für die sie nun geradesteht.«

Eine einmalige Sache.

Mein Magen verkrampfte sich, und ich spürte, wie mir sämtliche Farbe aus dem Gesicht wich. Ich brauchte mehrere Anläufe, um weiterzureden. »Vor fünf Jahren hat *eine einmalige Sache* mein ganzes Leben zerstört. Du weißt das. Wie zur Hölle kommst du darauf, dass ich dabei mitspiele?«

Mitgefühl flackerte in Hazels braunen Augen auf. »Das hier hat nichts mit Savannah zu tun, Reed. Estelle ist mit einem Cop aneinandergeraten und ausfällig geworden. Der Typ hat die Sache persönlich genommen und sie verklagt.«

Beamtenbeleidigung? Was für ein Klischee.

»Hör zu«, sagte Hazel in versöhnlichem Tonfall. »Estelle wird ihre Sozialstunden ableisten, obwohl sie sich problemlos hätte freikaufen können, das ist doch gut.«

Ein zynisches Grinsen hob meine Mundwinkel. »Und trotzdem zahlt ihre Mom lieber diese nette, kleine Praktikumsstelle inmitten der Natur, anstatt zuzulassen, dass die Prinzessin sich in einer Großküche oder bei der Straßenreinigung die Hände schmutzig machen muss.«

Beklommen rieb Hazel sich über die Stirn. »Mir ist vollkommen klar, dass dir das nicht gefällt. Wenn du dich absolut nicht in der Lage siehst, dich ihrer anzunehmen, sage ich eben wieder ab. Du bist der Teamleiter dieses Camps. Du entscheidest.«

Ich schnaubte. Es war mir scheißegal, dass diese Frau bereit war, sich ein, zwei Fingernägel abzubrechen. Manche Dinge waren einfach unverzeihlich. Ich öffnete schon den Mund, um meiner Schwester mitzuteilen, dass sich die Prinzessin den Weg hierher sparen konnte, als ein Klopfen an der Tür erklang.

Hazel sprang von ihrem Stuhl auf. »Herein?«

Genervt über die Unterbrechung fuhr ich zur Tür herum.

Eine schlanke Blondine Mitte zwanzig stand darin. Ihr Haar fiel ihr in dicken Wellen über die schmalen Schultern. Einige Strähnen umrahmten ihr herzförmiges Gesicht, ließen es weich erscheinen, obwohl die dunkel geschminkten, tiefblauen Augen eine gewisse Aggressivität ausstrahlten. Ihr kühler Blick wanderte durch Hazels Büro, registrierte in Sekundenschnelle jedes Detail: das alte Bücherregal an der linken Wand, das mit Ordnern und Prospekten bestückt war, den Schreibtisch vor dem Fenster mit einem herrlichen Ausblick auf den Silver Lake, die alte Kommode, die Bilder an den Wänden.

Als sie fertig war, wandte sie sich mit undurchdringlicher Miene an Hazel. »Ich bin Estelle Sinclair.«

Im Geiste stieß ich eine Verwünschung aus, weil Hazel bis zum letzten Moment gewartet hatte, mich über diesen verfluchten Deal zu informieren. Zur Krönung lächelte sie Estelle auch noch freundlich an, während sie hinter ihrem Schreibtisch hervortrat.

»Herzlich willkommen! Mein Name ist Hazel.« Die Frauen schüttelten sich die Hände. »Und das ist mein Bruder Reed.«

Estelle drehte sich zu mir um und wollte mir ebenfalls die Hand reichen, aber ich war nicht in Stimmung für höfliches Getue. Dazu kotzte es mich viel zu sehr an, dass diese Tussi ihren stinkreichen Hintern bereits hergeschleppt hatte.

Demonstrativ verschränkte ich die Arme. »Hi.«

Während Estelle langsam die Hand sinken ließ, musterte sie mich auf die gleiche Weise, wie sie zuvor den Raum inspiziert hatte, und runzelte die Stirn, als könnte sie sich keinen Reim darauf machen, warum ich derart abweisend war. Sie wandte sich Hazel zu. »Wenn ich störe, kann ich später wiederkommen.«

»Nein, nein, schon gut«, antwortete Hazel und zeigte auf den Besucherstuhl. »Setz dich.«

Estelle drückte den Rücken durch. »Wenn es okay ist, würde ich lieber stehen.«

»Natürlich.« Hazel verzichtete ebenfalls darauf, sich zu setzen, weshalb wir nun alle wie Idioten mitten im Raum standen. »Ich freue mich, dass du da bist. Es ist doch in Ordnung, wenn ich du sage, oder? Wir haben hier alle einen sehr lockeren Umgang miteinander.«

Estelle nickte. »Sicher.«

»Großartig.« Hazel strahlte. »Deine Mutter hat mir bereits deinen Lebenslauf gemailt. Aber du verstehst hoffentlich, dass wir trotzdem noch ein paar Fragen haben.«

Ich hätte schwören können, dass Estelle blass wurde.

»Was für Fragen?«

»Zum Beispiel, was deinen beruflichen Werdegang betrifft«, antwortete Hazel und nahm ein ausgedrucktes Blatt vom Schreibtisch. »Ich vermute, da hat sich ein Zahlendreher eingeschlichen, denn hier steht, dass du erst vor neun Monaten die Seattle University verlassen hast, was ja bedeuten würde, dass du beinahe sechseinhalb Jahre studiert hast.«

Gleichmütig zuckte Estelle mit den Schultern. »Ich habe ein paarmal das Hauptfach gewechselt.«

Nur mühsam unterdrückte ich ein abfälliges Schnaufen, während ich an den horrenden Kredit dachte, den ich noch immer abbezahlen musste, obwohl ich mein Pädagogikstudium in der regulären Studienzeit abgeschlossen hatte.

»Oh.« Hazel blinzelte. »Und welche Fächer hast du belegt?«

»Betriebswirtschaft, Wirtschaftspsychologie, Biochemie, Marketingkommunikation, Ingenieurwissenschaften, Sozialökonomie und Finanzwesen.«

Mir klappte die Kinnlade runter, und auch Hazel starrte sie einen Moment lang entgeistert an. Sie fing sich aber schnell wieder. »Wow. Das sind aber sehr gegensätzliche Themen.«

Ein Lächeln, das ein wenig zynisch wirkte, hob Estelles Mundwinkel. »Zumindest weiß ich jetzt, was ich *nicht* will.«

»Du hättest auch einfach einen Blick in ein Fachbuch werfen können«, bemerkte ich, weil ich mich beim besten Willen nicht zurückhalten konnte. »Wäre sicher billiger gewesen, und hätte weitaus weniger Lebenszeit gekostet.«

Estelle versteifte sich. »Danke für den Tipp. Beim nächsten Mal ziehe ich es in Erwägung.«

Diese Arroganz …

»Dann ist es also auch kein Fehler, dass du das College ohne Abschluss verlassen hast?«, erkundigte Hazel sich freundlich.

»Nein.« Mehr sagte die Dame nicht dazu.

Ratlos drehte Hazel das Blatt um, doch die Rückseite war leer.

Das war ja wirklich vielversprechend.

»Hast du nach dem College irgendwelche Praktika absolviert oder anderweitig Berufserfahrung gesammelt?«, fragte ich, damit meine Schwester hinterher nicht behaupten konnte, ich hätte überhaupt kein Interesse an Estelle aufgebracht.

»Nein«, antwortete sie ohne einen Funken Scham angesichts ihrer offenkundigen Bequemlichkeit.

Das Bild von der verwöhnten Upperclass-Prinzessin, die das Geld ihrer Familie mit beiden Händen zum Fenster rauswarf, festigte sich immer mehr in meinem Kopf. Hätte Estelle mich direkt angesehen, hätte sie meine Missbilligung zweifellos bemerkt, aber nicht mal, als ich weiter nachbohrte, ließ sie sich dazu herab, den Kopf zu drehen. »Gibt es wenigstens irgendwelche Hobbys oder Freizeitaktivitäten, denen du nachgehst?«

»Auch nicht, nein«, erwiderte sie tonlos.

Gütiger Gott! Was war bloß los mit dieser Frau? Hatte sie keine Ziele im Leben?

Hazel schien die Hoffnung, dass ich einknickte, noch nicht aufgegeben zu haben, denn sie wechselte nun ihre Strategie. »Wir haben hier sechs Kinder- und Jugendgruppen, und jeder Stammbetreuer ist auf eine Aktivität spezialisiert«, erklärte sie und lächelte Estelle warmherzig an. »Jade gibt Tanzkurse, Scott studiert mehrere kleine Bühnenstücke mit den Kids ein, Brianna unterrichtet Malerei, bei Quill werden Skulpturen aus unterschiedlichen Materialien gebastelt, Selma ist verantwortlich für die Sportspiele, und Glen bietet Survivalkurse an. Außerdem organisieren alle Betreuer gemeinsam verschiedene Feste unter Reeds Leitung. Klingt hiervon etwas interessant für dich?«

Estelle schwieg. Wahrscheinlich hatten sie schon die paar Namen und Aktivitäten überfordert, was einmal mehr bewies, wie unfähig sie war. Einer Frau wie ihr konnte man keine Verantwortung übertragen.

Im Geiste sah ich es ganz deutlich vor mir, wie sie sämtliche meiner Nerven zerfetzte, weil sie im Weg rumstand, blöde Fragen stellte und mir und meinen Leuten noch mehr Arbeit aufbürdete. Ich warf Hazel einen ungeduldigen Blick zu, damit sie dieser Farce endlich ein Ende bereitete und diese Frau wieder nach Hause schickte. Nicht einmal eine Wagenladung Happy Crush war diesen Stress wert.

Da entschloss sich die Prinzessin, doch noch den Mund aufzumachen. »Ich bin flexibel. Setzt mich ein, wo immer ihr wollt. Ich werde mein Möglichstes tun, um euch zu unterstützen.«

Es war die Entschlossenheit in ihrer Stimme, die Hazel weichkochte. Ich sah es in ihren Augen. Sie flehte mich praktisch an, Estelle eine Chance zu geben.

Fuck!

Ich wollte diesen Klotz am Bein nicht haben. Außerdem verstieß es gegen meine Prinzipien, dass Estelles Mutter ihr diese Stelle praktisch gekauft hatte. Das war einfach nicht richtig. Andererseits war es vielleicht Zeit, dass die Dame lernte, wie Normalsterbliche ihr Geld verdienten.

Ich war nicht neidisch auf die Millionärstochter. Dazu mochte ich mein eigenes, bodenständiges Leben viel zu sehr. Aber selbst nach all der Zeit hatte ich es nicht geschafft, meinen Groll gegen privilegiertere Mitglieder der Gesellschaft abzulegen. Wut, Trauer und Schmerz brodelten nach wie vor in mir, hatten mich wohl auch ein wenig bitter werden lassen. Vielleicht war das ja meine Chance, endlich meinen Rache-

durst zu stillen, damit ich mit der Sache von damals abschließen konnte.

Der Gedanke gefiel mir.

»Also gut«, sagte ich, woraufhin Hazel erleichtert ausatmete.
»Dann komm mal mit. Ich zeige dir deine Unterkunft.«

Estelle nickte. Es war unmöglich zu sagen, was in ihrem –
wie ich zugeben musste – hübschen Kopf vor sich ging. Sonderlich viel konnte es allerdings nicht sein.

KAPITEL 3

Estelle

Reed Dixon war ein Arschloch.

Das wusste ich mit absoluter Gewissheit, denn er hatte nur einen flüchtigen Blick auf mich geworfen und ein Urteil über mich gefällt, noch bevor ich überhaupt den Mund aufgemacht hatte. Ich konnte solche Leute nicht ausstehen, und mir graute davor, zwei Monate lang für ihn zu arbeiten. Andererseits hatte ich Schlimmeres verdient als diesen selbstgerechten Vollidioten.

Während ich meinem neuen Boss durch das Verwaltungsgebäude folgte, musterte ich seine breiten Schultern und seinen verwuschelten Hinterkopf. Der Kerl war riesig und ziemlich gut gebaut, wie ich zugeben musste. Hinzu kam, dass sein Gesicht geradezu lächerlich attraktiv war. Er hatte markante Züge, eine gerade Nase und dichte Wimpern, die seine dunkelgrünen Augen betonten. Sicher flippten etliche Frauen aus, wenn er ihnen seine Aufmerksamkeit schenkte.

Ich hingegen wollte am liebsten unsichtbar für ihn sein, und letztlich spielte es keine Rolle, was dieser Typ von mir hielt. Ich musste ihn nach diesen zwei Monaten ohnehin nie wiedersehen. Trotzdem brannten meine Wangen noch immer vor Scham, nachdem er mir nicht gerade subtil meine Unfähigkeit vor Augen geführt hatte.

Es war demütigend gewesen, mit dem eigenen Versagen konfrontiert zu werden, obwohl es mir immerhin gelungen war, nicht die Fassung vor den Geschwistern zu verlieren oder mich in peinliche Ausreden zu flüchten, warum ich diesen oder jenen Studiengang abgebrochen und danach weitere Monate verplempert hatte. Ich wünschte, ich hätte wenigstens eine plausible Erklärung vorbringen können. Aber die traurige Wahrheit war, dass es keine gab. Selbst mit Mitte zwanzig hatte ich immer noch keine Ahnung, was ich mit meinem Leben anfangen sollte.

Die schiere Masse an Möglichkeiten überforderte mich, und nach zahlreichen gescheiterten Versuchen hatte ich Panik, schon wieder eine falsche Entscheidung zu treffen. Also hatte ich einfach gar nichts getan, was zugegebenermaßen wirklich nicht besonders clever war.

Vermutlich hätte ich an meinem Lebensstil auch nicht das Geringste verändert, wenn ich an jenem tristen Aprilmorgen nicht diesen schrecklichen Fehler begangen hätte.

Seltsam, dass Hazel und Reed mich gar nicht mit der Strafanzeige konfrontiert hatten. Gerade für ihn wäre das doch ein gefundenes Fressen gewesen, mich noch mehr fertigzumachen. Andererseits sollte ich vermutlich froh darüber sein, denn ich wollte sicher nicht mit Reed Dixon über den schlimmsten Tag meines Lebens sprechen.

Erinnerungen stürmten auf mich ein und sorgten dafür, dass sich meine Kehle zuschnürte. Ich keuchte leise auf, was Reed zweifellos bemerkte. Aber abgesehen davon, dass er sein Schritttempo minimal verringerte, reagierte er nicht weiter auf mich, sondern setzte seinen Weg durch das riesige Gebäude schweigend fort.

Durch die hohen Fenster schien die Nachmittagssonne und tauchte alles in warmes Licht. Abgesehen von ein paar Büros und Gruppenräumen war ein großer Teil des oberen Stockwerkes offen gestaltet und bot zahlreiche Freizeitaktivitäten für die Kids für den Fall, dass das Wetter mal nicht mitspielte. Jetzt waren die Billardtische, Sofas und Leseecken verwaist, und jeder Schritt hallte laut in meinen Ohren wider, als wir eine breite Treppe nach unten gingen.

Im Erdgeschoss nahmen Küche und Speisesaal den gesamten linken Gebäudeteil ein. Folgte man dem Gang auf der rechten Seite, gelangte man laut der Beschilderung an der Wand zu verschiedenen Werkstätten, Ateliers und Gruppenräumen. Geradeaus führte eine große, doppelflügelige Tür auf den Versammlungsplatz, wo sich immer noch Dutzende Kinder jeden Alters tummelten.

Vorhin war ich mit gesenktem Kopf durch die Menschenmasse gehuscht, und ich hoffte, auch jetzt das Chaos schnell überwinden zu können. Meine Hoffnungen wurden allerdings zunichtegemacht, als wir aus dem Gebäude traten und jemand nach Reed rief.

»Ich brauche dich mal kurz«, rief die junge Frau und winkte ihn hektisch zu sich. Sie schien asiatische Wurzeln zu haben, war gertenschlank und bewegte sich anmutig wie eine Tänzerin. Sie musste eine der Betreuerinnen sein, denn sie trug ein grünes Poloshirt mit dem Camplogo auf der Brust.

»Was ist los, Jade?«, fragte Reed und trat zu ihr, natürlich ohne auf mich zu warten.

Da ich sowieso nicht davon ausging, dass er plötzlich zum Gentleman mutiert war und mich bei der Gelegenheit vorstellte, wandte ich mich ab und holte meinen Rollkoffer, den ich neben der Eingangstür des Gebäudes abgestellt hatte, damit ich ihn nicht sinnlos durch die Gegend zerren musste. Er war nicht besonders groß, beinhaltete aber alles, was ich für diesen kleinen Survivaltrip in der Wildnis brauchte.

Zumindest hoffte ich das.

Zögerlich bahnte ich mir meinen Weg zu Reed, der immer noch in das Gespräch mit Jade vertieft war. Gemeinsam überprüften sie eine Liste, und Reed nickte zufrieden. Dann drehte er sich zu einer Horde von kleinen Mädchen um, die neben den beiden auf ihren Koffern saßen und ungeduldig warteten.

Ich hatte keine Ahnung, wie alt sie waren, da ich mich mit Kindern generell nicht gut auskannte. Aber gemessen an den anderen Kids waren diese Mädchen eindeutig am jüngsten. Manche wirkten so, als wollten sie sich am liebsten sofort in Campabenteuer stürzen, andere saßen mit eingezogenen Schultern da und beobachteten Reed und Jade schüchtern aus den Augenwinkeln.

»Willkommen, Rotluchse!«, rief er und stellte sich vor, woraufhin die eine Hälfte der Mädchen mit großen Augen zu ihm hochstarrte und die andere anfing, zu kichern. Ich konnte sein Gesicht nicht sehen, da er mir den Rücken zugewandt hatte. Aber so, wie die Mädchen auf ihn reagierten, hatte er offenbar auch freundliche Mienen drauf. Selbst seine Stimme war nun sanfter. »Ich freue mich, dass ihr hier seid. Jade habt ihr ja schon kennengelernt. Sie wird euch jetzt erst mal zu eurer Hütte bringen, damit ihr in Ruhe auspacken könnt. Später treffen wir uns alle zum großen Willkommensbarbecue, okay?«

»Okay«, tönte es zurück, und die Mädchen rappelten sich auf.

Reed wollte seinen Weg gerade fortsetzen, als ein junger Mann auf ihn zustürzte. Er reichte Reed gerade mal bis zu den Schultern und wirkte regelrecht schmächtig neben ihm. Andererseits traf das wohl auf die meisten Typen in Reeds Nähe zu.

Auch er war einer der Betreuer und hielt ein Klemmbrett in der Hand. Allerdings wirkte er nicht ansatzweise so gelassen wie Jade, sondern sah aus, als würde er Reed gleich vor die Füße kotzen.

»Ich kann Bowie nicht finden«, stieß er hervor, die braunen Augen weit aufgerissen. Er raufte sich die Haare, woraufhin sie ihm wild vom Kopf abstanden. »O Mann, das tut mir so leid. Mein erster Tag und schon verliere ich ein Kind.«

Ich rechnete fest damit, dass Reed nun verächtlich die Lippen verzog, wie er es zuvor bei mir getan hatte. Doch er klopfte dem jungen Mann gelassen auf die Schulter.

»Immer mit der Ruhe, Scott. So leicht kommt uns hier kein Kind abhanden.«

Der arme Scott war immer noch fix und fertig. »Ich schwöre, er war gerade noch da.«

Zu meiner Überraschung blieb Reed gelassen. »Dann kann er ja noch nicht weit gekommen sein.«

Die beiden sahen sich um, und auch ich hielt nach einem Jungen Ausschau, der womöglich ähnlich verloren wirkte, wie ich mich fühlte.

Ein Rundweg führte um den großen Versammlungsplatz herum, von dem mehrere Pfade zu gemütlich aussehenden Holzhütten abzweigten. Über jeder Eingangstür befand sich ein rustikales Schild, in den ein Name eingebrannt war, daneben das passende Bild dazu: *Ochsenfrösche, Tigersalamander, Steinkäuze, Weißkopfadler, Rotluchse* und *Graufüchse.*

Am hinteren Ende des Platzes zog eine ältere Jungsgruppe, angeführt von einem breitschultrigen Mann im Holzfällerhemd, johlend in Richtung *Weißkopfadler*. Manche trugen Reisetaschen, andere zerrten Koffer hinter sich her, die über den Kies ratterten. Sobald die letzten beiden den Pfad zur Hütte betreten hatten, entdeckte ich einen kleinen Jungen, der am Wegesrand im Gras kauerte. Er trug blaue Kopfhörer mit bunten Stickern und schien völlig vertieft in etwas, das sich zu seinen Füßen abspielte.

»Ist er das dort?«, fragte ich und zeigte in seine Richtung.

Scott wirbelte irritiert zu mir herum, bevor er meinem Hinweis folgte. Erleichterung flackerte über seine Züge. »Ja!«

»Na siehst du«, sagte Reed in gönnerhaftem Tonfall.

Eilig setzte Scott sich in Bewegung, hielt aber noch einmal auf halbem Weg inne und schenkte mir ein freundliches Lächeln. »Danke.«

Ich nickte, froh, dass ich ihm hatte helfen können.

»Reed!« Ein weiterer Betreuer winkte von Weitem. »Hast du eine Sekunde?«

»Klar«, erwiderte er lässig und wandte sich deutlich unfreundlicher an mich. »Warte hier. Bin gleich zurück.«

Während er davonstapfte, spielte ich mit dem Gedanken, ihm nachzurufen, dass er sich ruhig Zeit lassen konnte. Aber ich beschloss, mir den Atem zu sparen, und beobachtete stattdessen, wie Scott vor dem Jungen in die Knie ging, um seine Aufmerksamkeit auf sich zu lenken.

Obwohl der junge Mann eben noch völlig aufgelöst gewesen war, nahm er sich nun alle Zeit der Welt, um irgendwelche Krabbelviecher auf dem Boden zu inspizieren, die den Jungen zu faszinieren schienen. Dabei redete er auf Bowie ein, der schließlich den Kopf hob und ihn zaghaft musterte.

Scott erhob sich lächelnd und reichte dem Jungen die Hand. Doch Bowie ignorierte sie und kam selbst auf die Beine. Gemeinsam gingen sie zu ihrer Gruppe zurück, wo Scott noch einmal durchzählte. Anschließend machten sie sich ebenfalls auf den Weg zu ihrer Hütte.

Eine Viertelstunde später hatten alle sechs Kinder- und Jugendgruppen den Versammlungsplatz verlassen, um ihre Unterkünfte zu beziehen – und von Reed Dixon fehlte jede Spur.

Fantastisch.

Da ich keine Lust hatte, länger blöde in der Gegend rumzustehen, zog ich meinen Koffer zu einer Bank am Rand des Versammlungsplatzes und setzte mich. Ich war froh, dass der Tumult inzwischen abgeebbt war. Aber still war es deswegen noch lange nicht. Von überallher prasselten Geräusche auf mich ein. Vogelgezwitscher in den hohen Baumwipfeln; ein Specht, der eifrig einen Holzstamm bearbeitete; das Rascheln von Nagern im Gebüsch; summende Insekten, die an meinem Kopf vorbeizischten; Gelächter aus den Blockhütten; das Hupen eines Wagens auf dem Parkplatz; Rufe aus dem Verwaltungsgebäude …

Etwas entfernt legte eine ältere Mutter eine dramatische Abschiedsszene hin, indem sie ihre Tochter so fest an sich drückte, als wollte sie sie nie wieder loslassen. Hinter ihr stand ihr Mann und schaute genervt auf seine Armbanduhr, die in der Sonne funkelte. Ein Stück weiter stand eine blonde Frau mit einem anderen Elternpaar zusammen, und sie unterhielten sich gut gelaunt. Drei der älteren Jungs schienen beschlossen zu haben, später auszupacken und stattdessen eine Runde Football zu spielen. Sie stürmten grölend auf den Versammlungsplatz.

Mir war das alles zu viel.

31

Am liebsten hätte ich mir die Ohren zugehalten. Aber ich wusste, dass ich dann die vielen Düfte noch intensiver wahrgenommen hätte, die nicht minder penetrant auf mich einströmten. Kiefernholz, Flieder, Seewasser, Grillkohle, Deodorant, Fruchtgummis, die zu meinen Füßen schmolzen.

Obwohl ich mittlerweile im Schatten saß, war die Hitze unerträglich. Ich überlegte, meinen Kaschmirpullover auszuziehen, aber da ich darunter nur ein dünnes Hemdchen trug, behielt ich ihn lieber an und konzentrierte mich wieder darauf, die Fülle von Sinneseindrücken auszublenden.

Mit mäßigem Erfolg.

Ein Rattern lenkte mich von der Folter ab. Ich schaute auf und entdeckte ein Mädchen, das mit einem hellblauen Rollkoffer entschlossen über den Versammlungsplatz marschierte. Ihr ganzer Kopf schien nur aus wilden braunen Locken zu bestehen, die ihr fast bis zu den schmalen Hüften reichten. Unter ihrem Arm klemmte ein Kuscheltier, das so zerschlissen war, dass man nicht mehr erkennen konnte, welches Tier es ursprünglich dargestellt hatte.

Als mich das Mädchen bemerkte, blieb es stehen. »Wer bist du?«

Ich nahm an, dass die Kleine einfach nur neugierig war, trotzdem war ihr Ton überraschend forsch. »Ich bin Estelle.«

»Maila«, stellte sie sich knapp vor, ehe sie auch schon mit der nächsten Frage rausplatzte. »Willst du jemanden besuchen?«

»Eigentlich bin ich hier, um zu arbeiten.« Ich schenkte ihr ein Lächeln, bevor ich leicht überfordert auf meine Uhr schaute. Inzwischen war es fast sechs. Reed ließ mich nun schon über eine Stunde hier schmoren. Idiot.

Maila legte den Kopf schief. »Du bist keine Betreuerin.«

»Korrekt.«

»Dann bist du eine Springerin?«

Ich runzelte die Stirn. »Ich weiß gar nicht, was das ist.«

»Na, das sind die, die *einspringen*, wenn die anderen frei haben oder krank sind.«

Ah, das ergab Sinn.

Meine Lippen verzogen sich zu einem zynischen Grinsen. »Glaub mir, ich springe nirgendwohin.«

Zumindest hoffte ich, dass ich nirgends einspringen musste, denn ich fühlte mich keinesfalls in der Lage, auf *zwölf* Kinder gleichzeitig aufzupassen.

»Was arbeitest du dann?«, hakte die kleine Nervensäge weiter nach. »Dotty hat schon eine Küchenhilfe, und Mom hat gesagt, in diesem Jahr gibt es keine Praktikanten mehr. Außerdem bist du eh schon zu alt dafür.«

Na, wenn das nicht schmeichelhaft war.

Ich wusste nicht, ob ich beleidigt oder amüsiert sein sollte. »Du kennst dich aber aus.«

Maila nickte. »Ich wohne hier.« Mit einer lässigen Geste deutete sie auf einen Holzbungalow, der schräg hinter uns direkt am Ufer des Sees stand. »Da drüben. Meiner Mom und Onkel Reed gehört das Camp.«

Ich hatte Mühe, meine Überraschung zu verbergen. Das Mädchen musste etwa neun oder zehn Jahre alt sein. Hazel hatte auf mich aber nicht älter als Mitte zwanzig gewirkt, was hieß, dass sie ihre Tochter in sehr jungen Jahren bekommen haben musste. Ob Mailas Vater auch hier arbeitete?

Bevor ich nachhaken konnte, ging die Tür des Verwaltungsgebäudes auf und Reed kam heraus. Anscheinend hatte er doch noch beschlossen, mich zu meiner Unterkunft zu bringen. Mit einem Bündel weißer Wäsche unter dem Arm schlenderte er zu uns.

»Mist! Ich muss weg«, murmelte Maila, zog den Kopf ein und wollte verschwinden, doch Reed hatte sie bereits bemerkt und stieß einen schrillen Pfiff aus, woraufhin Maila sich stöhnend aufrichtete. Mit demselben trotzigen Gesichtsausdruck, den auch ihr Onkel draufhatte, drehte sie sich zu Reed um.

»Was soll das werden, Flipper?«, fragte er mit irritierend sanfter Stimme und deutete auf den Koffer.

Maila schob trotzig das Kinn vor. »Jade hat gesagt, dass Tracy McDougal mit Windpocken im Bett liegt und doch nicht ins Camp kommen kann. Deshalb nehme ich ihr Bett.«

Reed schüttelte den Kopf. »Du hast schon eins.«

»Aber das ist bei *Mom*.« Aus Mailas Mund klang das Wort wie ein Fluch. »Ich will auch bei den Rotluchsen schlafen. Nur ein Mal. Bitte, Onkel Reed.«

Er dachte einen Moment darüber nach. »Tracy wäre nur für zwei Wochen geblieben. Danach müsstest du sowieso wieder ausziehen.«

»Das mache ich.« Der Ausdruck in ihrem Gesicht wurde so flehend, dass ich ihr vermutlich *alles* erlaubt hätte – was nur einer von zahlreichen Gründen war, warum ich eine katastrophale Betreuerin abgeben würde. Obendrein faltete Maila die Hände wie zum Gebet. »Ohne Theater! Ich versprech's. Ehrenwort.«

Nachdenklich rieb Reed sich über das Kinn. »Deiner Mutter wird das nicht gefallen.«

»Ich werde keinen Ärger machen«, schwor die Kleine. »Ich will einfach nur Zeit mit meinen neuen Freundinnen verbringen. Du hast ja keine Ahnung, wie ätzend das ist, wenn ich jeden Abend in mein eigenes Zimmer muss. Ich will nicht schon wieder alles verpassen. Bitte, bitte, bitte.«

Reeds Miene wurde weich, eine Wandlung, die ich zutiefst verstörend fand. Plötzlich wirkte er regelrecht charismatisch, während er ein ergebenes Seufzen ausstieß. »Ach, was soll's. Na gut. Sag Jade Bescheid, dass das in Ordnung geht. Ich kläre den Rest mit deiner Mom.«

Maila strahlte über das ganze Gesicht. »Wirklich?«

»Ja«, brummte Reed und winkte sie weg. »Und nun geh schon, bevor ich es mir anders überlege.«

Unbeeindruckt von der Drohung sprang Maila mit einem Satz in seine Arme. »Danke! Du bist der allerbeste Onkel der Welt.«

Schmunzelnd stellte Reed sie wieder auf die Füße. »Ich bin der einzige, den du hast.«

»Korrekt.«

Ich zuckte zusammen, weil mich die Kleine soeben nicht nur zitiert, sondern auch in derart kühlem Ton imitiert hatte, dass sie fast schon herablassend klang. Hatte ich mich zuvor etwa genauso angehört?

Reeds Augen wurden schmal, als hätte er denselben Gedanken gehabt.

»Bis später«, flötete Maila und machte sich glücklich auf den Weg.

Ich stand auf und nahm meinen Koffer. Kurz überlegte ich, Reed auf sein unprofessionelles Verhalten hinzuweisen. Aber ich wollte nicht auch noch Öl ins Feuer gießen. Zumal ich mir sicher war, dass er ohnehin keine Einsicht zeigen würde.

»Komm mit«, wies er mich knapp an und stapfte los. Natürlich wartete er auch diesmal nicht auf mich. Wozu auch?

Missmutig folgte ich ihm auf den Rundweg. Von da bog er auf einen Pfad ab, der vorbei an Hazels Bungalow und einem weiteren Privathaus führte. Darauf folgte eine Rechtskurve, und dann führte der Weg zu mehreren Holzhütten. Das schienen die Gästehäuser zu sein, die auf der Website erwähnt wurden.

Reed steuerte gleich das erste an. Es lag etwas abseits von den übrigen Hütten und war umgeben von Holunderbüschen, die ihrem Umfang nach schon eine ganze Weile nicht mehr geschnitten worden waren. Tatsächlich musste Reed sogar einen sperrigen Ast aus dem Weg schieben, als er drei unebene Stufen hochstieg, die auf eine überdachte Veranda führten. Sie war von dicken Baumstämmen umsäumt, was dem Look des Hauses zusätzlich etwas Rustikales verlieh. Die Tür war nicht verschlossen.

Ich zerrte meinen Koffer hoch und ging ins Haus, wo ich prompt erstarrte.

Direkt hinter der Tür gab es einen kleinen offenen Bereich mit einem Ledersofa, das schon deutlich bessere Zeiten erlebt hatte. Die Blumentapete wies unterschiedlich große Flecken auf, die ich lieber nicht näher betrachten wollte. Ein schmaler Tresen, an dem ein Barhocker stand, trennte den Wohnbereich von einer winzigen Küchenzeile ab. Die Schränke waren früher vermutlich in fröhlichem Sonnengelb erstrahlt, jetzt erinnerten sie an vergilbtes Papier. Es gab keine Herdplatten, aber immerhin eine Mikrowelle, mit der ich mir meinen heiß geliebten Käsedip aufwärmen konnte. Das beste Frustfutter überhaupt.

»Die Mikrowelle ist kaputt«, informierte Reed mich beiläufig und bog in einen schmalen Gang ab.

Fein, dann also kein warmer Käsedip.

Reed stieß die linke Tür auf und zeigte in den Raum. »Hier ist dein Zimmer.«

Ich hatte Angst, hineinzusehen.

Spott glitzerte unverhohlen in Reeds Augen, als er sich zu mir umdrehte. »Das Haus ist leider etwas renovierungsbedürftig. Aber etwas Besseres kann ich dir auf die Schnelle nicht bieten. Ich hoffe, das genügt deinen hohen Ansprüchen.«

Verärgert biss ich die Zähne zusammen und ging an ihm vorbei. Der Raum war nicht größer als neun Quadratmeter und überaus spärlich ausgestattet. Neben dem Einzelbett, das vor dem Fenster stand, gab es einen Nachtschrank mit einer Tischleuchte sowie einen Schreibtisch ohne Stuhl. Gleich neben der Tür stand ein zweitüriger Kleiderschrank, der aussah, als wäre er aus den 1980ern in dieses Zimmer gepurzelt.

Ich war den Tränen nahe. Aber ich verbot es mir, vor Reed auch nur die kleinste Schwäche zu zeigen. Unbeeindruckt sah ich ihn an. »Immerhin ist es sauber.«

Ein Muskel zuckte an seinem Kiefer, doch er reagierte nicht auf meinen Kommentar, sondern warf die Wäsche auf das Bett. Das Bündel fiel auseinander und offenbarte Bezüge für Matratze, Decke und Kissen. »Gegenüber ist das Badezimmer. Der Boiler hat eine Macke. Daher rate ich dir, beim Duschen schnell zu sein. Das andere Zimmer nutzen wir im Moment als Lagerraum. Da sollte noch ein Stuhl drin sein, falls du einen brauchst. Sonst noch Fragen?«

Da ich meiner Stimme nicht traute, schüttelte ich nur stumm den Kopf.

Reed trat an mir vorbei zur Tür, ohne mich eines weiteren Blickes zu würdigen. »Komm morgen früh um sieben in mein Büro. Bis dahin erstelle ich dir eine Liste mit deinen Aufgaben.«

Ich nickte knapp.

»Großartig«, murmelte Reed sarkastisch, wandte sich ab und verschwand, bevor sich die erste Träne aus meinem Augenwinkel stahl.

KAPITEL 4

Reed

»Bist du vollkommen übergeschnappt?«, fauchte Hazel und knallte die Bürotür hinter sich zu, dass es nur so schepperte.

Betont gelassen schaute ich von der Fensterbank auf, auf der ich seit geschlagenen zwanzig Minuten hockte, auf den See hinausstarrte und mit meinem schlechten Gewissen rang, das offenbar der Ansicht war, dass ich es mit Estelle ein wenig übertrieben hatte.

Empört baute Hazel sich vor mir auf. »Wir haben Gästehaus Fünf seit über einem Jahr nicht mehr vermietet, und das aus gutem Grund. Wie kommst du dazu, Estelle ausgerechnet in diesem Loch unterzubringen?«

Das war eine verdammt gute Frage.

Ich hatte Estelle vom Verwaltungsgebäude aus beobachtet, während sie auf der Bank gesessen und auf mich gewartet hatte. Einfach alles an ihr hatte pure Ablehnung ausgedrückt. Ihr Gesichtsausdruck war regelrecht angewidert gewesen, während sie ihre Umgebung musterte, als wäre Silver Springs unter ihrem Niveau. Ihre Arroganz war mir so sehr an die Nieren gegangen, dass ich spontan beschlossen hatte, sie umzuquartieren. Womit ich möglicherweise ein wenig über das Ziel hinausgeschossen war.

Allerdings konnte ich das vor meiner kleinen Schwester unmöglich zugeben. Stattdessen zuckte ich nur mit den Schultern. »Sie hat sich nicht beklagt.«

»Natürlich nicht.« Hazel verdrehte die Augen. »Schließlich will sie beweisen, dass sie aus ihren Fehlern gelernt hat.«

Nun, das wagte ich zu bezweifeln. »Ich bitte dich! Diese Frau hat einen Beamten beleidigt. Wenn überhaupt ist sie eher genervt als von Reue erfüllt.«

Hazel stöhnte. »Versuch doch wenigstens, deine Vorbehalte gegen sie abzulegen. Ich bin mir sicher, sie ist nett.«

»Sie ist nicht *nett*, sondern eine reiche, verwöhnte Tussi, die sich für etwas Besseres hält.«

»Woher willst du das wissen? Du hast doch bisher kaum mehr als drei Worte mit ihr gewechselt.«

Ich stieß ein abfälliges Schnaufen aus. »Was ich gesehen habe, reicht mir völlig.« Und ich hatte noch nicht mal die Beiträge auf einschlägigen Social-Media-Plattformen zur Sprache gebracht, durch die ich gerade gescrollt hatte.

Normalerweise war ich nicht der Typ, der Frauen im Internet stalkte. Aber ich hatte einfach wissen wollen, wie Estelle sich in der Öffentlichkeit präsentierte. Schließlich sagte das viel über einen Menschen aus.

Natürlich hatte mich mein erster Eindruck nicht getrogen. Zwar hatte Estelle lediglich ein paar Selfies gepostet, auf denen ihr Gesicht seltsam verschwommen war, dafür war sie allerdings auf unzähligen Fotos markiert, auf denen sie beim Feiern in Seattles elitären Clubs zu sehen war. Dabei schien ihre bevorzugte Garderobe aus lächerlich winzigen, glitzernden Designerfummeln und zentimeterhohen Stilettos zu bestehen.

Auf jedem Bild hatte sie einen quietschbunten Cocktail in der manikürten Hand und lächelte süffisant in die Kamera. Da war dieses selbstgefällige Funkeln in ihren blauen Augen, das den Betrachter des Bildes zu verspotten schien.

Ich hatte versucht, vorurteilsfrei zu sein. Aber diese Frau war wirklich das wandelnde Klischee einer Upperclass-Prinzessin. Da gab es nichts schönzureden. Ich ging sogar jede Wette ein, dass sie nur hier war, weil ihre einflussreiche Mutter glaubte, Camp Silver Springs wäre ein Kids-Spa inmitten der Natur. Aber da lag sie leider komplett daneben.

»Jetzt sei doch nicht so stur!«, rief Hazel aufgebracht und riss mich aus meinen Grübeleien. »Ja, ihre Mutter hat Geld, aber das heißt noch lange nicht, dass Estelle genauso ist wie dieser Scheißkerl, der Savannah ...«

Schmerz explodierte in meiner Brust. »Stopp!« Mit einem Satz sprang ich von der Fensterbank und starrte meine Schwester an. Mein Herz raste. »Tu dir selbst einen Gefallen und bring diesen Satz nicht zu Ende.«

Bestürzt schüttelte meine Schwester den Kopf. »Es tut mir leid, Reed. Ich wollte nicht ...« Bedauernd verzog sie das Gesicht. »Mir ging es bloß darum, deutlich zu machen, dass Estelle vielleicht gar nicht so übel ist. *Trotz* ihres Vermögens. Gib ihr doch wenigstens eine Chance.«

Ich biss die Zähne zusammen. Manchmal raubte Hazel mir mit ihrer Gutgläubigkeit wirklich den letzten Nerv. Dabei sollte man eigentlich meinen, sie hätte aus ihren Erfahrungen gelernt. »Ich habe zugestimmt, die Prinzessin ins Team aufzunehmen, damit du den Deal mit Mommy Sinclair nicht platzen lassen musst. Der Rest ist meine Sache.«

»Aber ...«

»Im Ernst, Hazel«, unterbrach ich sie schroff. »Entweder du

hältst dich raus, oder du kannst sie gleich nach Hause schicken. Ich werde nicht länger darüber diskutieren.«

Trotz flackerte in Hazels braunen Augen auf, aber sie wusste, wann sie eine Schlacht verloren hatte. Seufzend ließ sie die Schultern sinken. »Also schön. Aber das heißt nicht, dass ich dein Verhalten ihr gegenüber gutheiße.«

»Zur Kenntnis genommen.« Ungeduldig deutete ich zur Tür »Wir sollten gehen. Das Barbecue fängt gleich an.«

Sichtlich frustriert presste Hazel die Lippen zusammen und marschierte an mir vorbei aus dem Büro.

Schon am Vormittag, bevor die Kids angereist waren, hatte das ganze Team die Terrasse des Verwaltungsgebäudes, die an den Speisesaal im Erdgeschoss grenzte und einen traumhaften Ausblick auf das nahe gelegene Seeufer bot, festlich geschmückt. Zwar hatte die Dämmerung längst noch nicht eingesetzt, trotzdem waren die Lichterketten bereits eingeschaltet, als wir nach draußen traten. Bunte Lampions hingen in den Bäumen, die den hinteren Teil der Terrasse flankierten.

Ich ging an den hübsch mit bunten Servietten und Konfetti gedeckten Tischen vorbei zum Ende der Terrasse und blieb am oberen Treppenabsatz stehen. Geradeaus führte ein Pfad direkt zum Silver Lake. Zu meiner Linken lag unsere Bunny Farm, in der insgesamt sechs Zwergkaninchen hausten. Rechts von mir war der Grillplatz.

Die Kids waren noch mit Auspacken beschäftigt. Aber Grover hatte bereits den Grill angeworfen und nahm gerade ein Tablett mit Burgerpatties von seiner Frau Dotty entgegen. Die beiden waren unsere ältesten Angestellten und schon hier beschäftigt, seit Hazel und ich selbst Kinder waren.

Dotty, die eigentlich Dorothea hieß, war als Küchenchefin perfekt organisiert und strenger als jeder Feldwebel. Vor allem, wenn es ums Gemüseschneiden ging, kannte sie keine Gnade. Trotzdem liebten die Kids die Dienste bei ihr – weil sie die besten Brownies der Welt backte, auch bekannt als Allheilmittel gegen Heimweh, Liebeskummer oder Campstress aller Art.

Mit den Jahren war Dottys einst nussbraunes, kurzes Haar weiß geworden. Den knallroten Lippenstift von früher trug sie aber immer noch. Gerade wischte sie sich die Finger an der farblich passenden Schürze ab, während sie mit ihrem Mann darüber diskutierte, ob der Grill schon heiß genug war.

Grover verdrehte genervt die Augen hinter der schwarz umrahmten Brille, bevor er ein Stofftaschentuch aus der Seitentasche seiner Latzhose zog und damit über seine verschwitzte Halbglatze tupfte. »Und wenn ich es dir doch sage, Dot. Es ist heiß genug. Noch heißer als in der Hölle.«

»Also willst du das gute Fleisch verkohlen lassen?«, fragte Dotty pikiert.

»Was? Nein!« Grover stöhnte auf. Da entdeckte er mich am oberen Treppenabsatz und winkte mich ungeduldig heran. »Komm her, Junge. Sag dieser Tyrannin, dass sie aufhören soll, mir reinzureden.«

Lachend schüttelte ich den Kopf. »Sorry, Grover. Ich werde mich hüten, mich einzumischen.«

»Er verbrennt die Burger«, beschwerte Dotty sich und verschränkte die Arme.

Mit einer Grillzange in der Hand deutete Grover auf seine Frau. »Das Einzige, was hier verbrennt, ist meine Geduld mit dir.«

Belustigt musterte ich die zwei. Ich kannte kein Paar, das so oft stritt wie die beiden, und doch war die Liebe zwischen ihnen nahezu mit Händen greifbar. Es war die Art von Liebe, die

42

man heute nur noch selten fand und die so tief reichte, dass man praktisch eins miteinander wurde.

Ich hatte diese Liebe auch schon erlebt. Savannah war mein Ein und Alles gewesen. Wir hatten gleich nach dem Collegeabschluss heiraten wollen. Aber dann war alles anders gekommen, und obwohl das mittlerweile über fünf Jahre her war, verging kein Tag, an dem mich der Schmerz nicht von innen heraus auffraß und meine gequälte Seele nach Vergeltung schrie.

Mein Magen verkrampfte sich, doch eine sanfte Hand auf meinem Oberarm lenkte mich ab, bevor ich mich in düsteren Gedanken verlor. Dotty war neben mir aufgetaucht und musterte mich aufmerksam. »Alles in Ordnung, Schätzchen?«

»Klar.« Ich zwang mich zu einem Lächeln, während ich in Richtung Küche deutete. »Brauchst du noch Hilfe, bevor die hungrige Meute eintrifft?«

Es war eine überflüssige Frage, denn wie ich unsere Küchenchefin kannte, standen die Schüsseln mit Pommes, Salaten und weiteren Burgerzutaten längst bereit. Nachdenklich schüttelte Dotty den Kopf. »Nein, danke. Aber du siehst aus, als könntest du einen Brownie vertragen.«

Ich stieß ein raues Lachen aus. »Warum sollte ich jetzt schon Nervennahrung brauchen? Das Sommercamp hat doch noch nicht mal richtig angefangen.«

»Hazel hat mir erzählt, dass wir spontan Verstärkung im Team bekommen haben.« Dotty verzog ihre knallrot geschminkten Lippen zu einem süffisanten Grinsen. »Überaus hübsche Verstärkung.«

Ich schnaubte. Es stimmte schon, dass Estelle verdammt gut aussah, aber für mich zählten die inneren Werte – und bisher hatte ich diesbezüglich nichts Schönes bei der Prinzessin entdecken können. Ganz im Gegenteil.

»Hat meine gesprächige Schwester dir auch erzählt, dass sie vorbestraft ist?«, fragte ich schroff.

Dottys Augen wurden groß. »Nein, davon hat sie nichts erwähnt.«

Natürlich nicht.

Ich fühlte mich ein bisschen mies, weil ich Estelles Geheimnis offenbart hatte. Andererseits vertraute ich Dotty, und streng genommen gab es keinen Grund, diese Information vor ihr zu verbergen.

»Was hat sie getan?«, wollte Dotty wissen. »Doch nichts, was den Kindern schaden könnte, oder? So etwas würde Hazel niemals billigen.«

»Natürlich nicht. Angeblich hat sie einen Beamten beleidigt.«

Dotty runzelte die Stirn. »Deshalb ist man doch nicht gleich vorbestraft.«

Irgendwie kam mir das auch seltsam vor. Wenn ich genauer darüber nachdachte, musste wohl doch noch ein bisschen mehr dahinterstecken. Aber was könnte das sein? »Vielleicht hat sie dem Typen obendrein eine gescheuert.«

Dotty nickte. »Eine Ohrfeige gilt bereits als Körperverletzung. Bei Gesetzeshütern wird das besonders hart bestraft.«

»So oder so ist es eine Straftat, auf einen anderen loszugehen.«

Wie üblich blieb Dotty von meinem scharfen Tonfall unbeeindruckt. »Kennst du denn schon ihre Version der Geschichte? Vielleicht ist das alles bloß ein dummes Missverständnis gewesen.«

Ich verzog verächtlich den Mund. »Da gibt es eigentlich nicht besonders viel falsch zu verstehen.«

»Womöglich hat sich der Beamte ihr gegenüber auch nicht

ganz korrekt verhalten«, wandte Dotty ein. »So was kommt vor.«

Skeptisch schüttelte ich den Kopf. »Ich kann mir nicht vorstellen, dass ein kleiner Cop es wagt, einer Millionärstochter dumm zu kommen.«

»Vielleicht hat er sie nicht erkannt.«

Ich biss die Zähne zusammen, während ich daran dachte, wie Estelle mir zum ersten Mal gegenübergetreten war. Das Kinn erhoben, die Schultern gestrafft und dann dieser affektierte Ton, mit dem sie ihren Namen verkündet hatte. Als ginge sie davon aus, dass alle Welt wüsste, wer sie war.

Was zum Teil sogar stimmte.

Selbst hier war der Name Sinclair bekannt und unverrückbar mit der Marke Happy Crush verknüpft. So wie Steve Jobs mit Apple oder Hilton mit der Hotelkette.

Nichtsdestotrotz brachten mich Dottys Einwände zum Nachdenken. Zwar glaubte ich nicht, dass ich mit meiner Einschätzung falschlag, erwog aber dennoch, der Sache auf den Grund zu gehen. Andererseits lohnte sich die Mühe vielleicht gar nicht. Wahrscheinlich hielt die Prinzessin maximal drei Tage im Camp durch. Allerhöchstens vier.

Ich könnte ihr natürlich einen kleinen Schubs geben. Aber Hazel würde mir den Kopf abreißen, wenn sie herausfand, dass ich Estelle mit Absicht das Leben schwer machte. Egal, wie verlockend es war …

Meine Überlegungen wurden vom Eintreffen der Kinder zerstreut, die mit unglaublichem Getöse die Terrasse stürmten. Wie üblich ging mir das Herz auf, als ich all die glücklichen Gesichter sah. Die Aufregung war den Kids deutlich anzumerken, und ich freute mich darauf, den Sommer mit ihnen zu verbringen. Ich liebte Kinder und wünschte bei Gott, mir wäre das

Glück vergönnt gewesen, inzwischen selbst Vater zu sein. Doch all meine Pläne und Hoffnungen waren in einem einzigen, schrecklichen Moment zunichtegemacht worden.

Dotty, die von meinem Schmerz nichts bemerkte, lachte. »Man könnte meinen, sie hätten seit Tagen nichts gegessen.«

»Auspacken ist ja auch anstrengend.«

»Ich werde zusehen, dass das Essen schnell auf den Tisch kommt.« Dotty wandte sich ihrem Gatten zu und erhob die Stimme. »Wehe, du lässt die Burger verbrennen!«

»Jaja«, grummelte er mit einem liebevollen Lächeln, ohne sich zu seiner Frau umzudrehen.

Dotty eilte davon, während ich zusah, wie die Kinder um die Tische wuselten. Es dauerte nicht lange, bis jeder einen Platz gefunden hatte und Hazel an meine Seite trat. Sie lächelte die Kids freundlich an.

»Herzlich willkommen, meine Lieben. Wir freuen uns sehr, dass ihr alle da seid.«

Mehr als siebzig Augenpaare musterten meine Schwester gespannt, die die Aufmerksamkeit nutzte, um eine kleine Einführung zu geben. Sie stellte die einzelnen Gruppen und das Campteam vor und bat alle Kinder, sich gleich noch für die Aktionen des nächsten Tages in die Listen am Schwarzen Brett einzutragen, das neben dem Schaukasten im Foyer hing. Während des langweiligen Teils mit der Belehrung über Campregeln und Brandschutz ließ ich den Blick durch die Menge schweifen. Ich wusste selbst nicht genau, nach wem ich eigentlich suchte. Trotzdem fühlte ich mich seltsam ertappt, sobald ich auf Estelles eisblaue Augen traf.

Ihre Miene war vollkommen ausdruckslos, während sie an der Terrassentür lehnte und mich betrachtete. Es war unmöglich, zu sagen, was in ihrem Kopf vorging. Ich selbst hatte jedoch reichlich Mühe, meine Überraschung zu verbergen.

Ich hatte nicht damit gerechnet, dass sie herkommen würde, nachdem ich so unfreundlich zu ihr gewesen war. Stattdessen war ich davon ausgegangen, dass sie bereits mit ihren Freunden telefonierte und ihnen ihr Leid klagte.

Trotzig erwiderte ich ihren Blick, doch Estelle blieb vollkommen unbeeindruckt.

Was mich tierisch nervte.

Plötzlich klatschte Hazel in die Hände, und ich fuhr erschrocken zusammen. »In fünf Minuten gibt es Essen!«

Natürlich brach sogleich tosender Beifall aus. Hazel verbeugte sich lachend, bevor sie schnurstracks zu Estelle marschierte.

Empörung machte sich in mir breit. Ich verstand ja, warum meine Schwester scharf auf den Deal mit Moira Sinclair war. Aber wo war ihr Stolz, verdammt noch mal? Estelle hatte den Job. Das war mehr, als sie verdiente.

Missmutig verfolgte ich, wie Hazel die neue *Praktikantin* neben sich auf eine Holzbank zog und ihr eifrig den Korb mit den Brötchen unter die Nase hielt.

Estelle beäugte die kross gebackenen und mit Sesamkernen bestreuten Brötchen, als wären sie vergiftet, und schüttelte langsam den Kopf. Wahrscheinlich waren Burger unter ihrem Niveau.

Mit einem Schnaufen stieß ich mich vom Geländer ab und marschierte an den Tischen vorbei in den Speisesaal. Die kalte Luft der Klimaanlage schlug mir ins Gesicht, half aber kaum dabei, die Hitze in meinem Inneren abzukühlen. Meine Schritte hallten durch den großen Saal, während ich in Richtung Küche stapfte. Vielleicht brauchte ich doch so einen dämlichen Brownie.

Ich hatte den Tresen fast erreicht, da fiel mir eine Gestalt auf, die einsam und verlassen an einem einzelnen Tisch vorm Fenster saß.

Abrupt blieb ich stehen und starrte den kleinen Jungen an. Es war derselbe Junge, nach dem Scott gleich nach seiner Ankunft panisch gesucht hatte und der ihm offenbar erneut entwischt war.

Bowie.

Im Geiste machte ich mir eine Notiz, meinen neuen Mitarbeiter darauf hinzuweisen, dass der Kleine offenbar gern stiften ging.

»Hey, Bowie.« Ich trat an den Tisch heran. »Was machst du hier drin?«

Der Junge reagierte nicht. Weder antwortete er, noch drehte er sich zu mir um. Stattdessen starrte er stumm aus dem Fenster.

Er war zum ersten Mal hier im Camp Silver Springs. Aber ich wusste genau, welche Kinder den Sommer in unserer Obhut verbrachten. Obwohl Bowie erst acht Jahre alt war, trug er ein blaues Hemd, darüber ein beiges Tweed-Jackett und eine passende, knielange Hose. Seine Füße stecken in weißen Socken und Sandalen. Er sah aus wie ein kleiner Lord. Allerdings stammte er aus Salt Lake City.

Weil Bowie immer noch nicht reagierte, zog ich ein Stuhl zurück und setzte mich ihm gegenüber, als hätte ich alle Zeit der Welt.

Minuten vergingen, doch obwohl Bowie meine Anwesenheit zweifellos bemerkt hatte, blieb er stumm.

»Hast du gar keinen Hunger?«, fragte ich sanft.

Endlich drehte der Junge das Gesicht in meine Richtung, und meine Brust zog sich zusammen, als ich die großen, traurigen Augen erblickte.

Wahrscheinlich hatte er Heimweh. Das war nicht ungewöhnlich in den ersten Tagen. Vor allem die Kleinsten hatten ihre Schwierigkeiten, sich von ihren Eltern zu lösen. Aber ich wusste, dass es besser wurde, sobald die ersten Freundschaften geschlossen waren.

Ich lächelte Bowie an. »Komm mit nach draußen zu den anderen. Sie fragen sich sicher schon, wo du steckst. Außerdem sind die Burger fast fertig.«

Er zögerte. Aber letztlich schien der Hunger zu überwiegen und er schob sich von seinem Stuhl.

Erleichtert stand ich ebenfalls auf. Ich überlegte, Bowie meine Hand anzubieten, um ihm ein Gefühl der Sicherheit zu vermitteln. Doch bevor ich dazu kam, stürmte Scott in den Speisesaal.

Panisch suchte er den Raum ab und atmete erleichtert auf, sobald er Bowie entdeckte.

»Himmel!«, rief er aus und wischte sich über die schweißnasse Stirn. »Das war schon das zweite Mal, dass du mich fast zu Tode erschreckt hast, Bowie. Bitte tu mir das nicht noch einmal an.«

Innerlich stöhnte ich auf. Eigentlich hatte ich Scott für eine gute Wahl gehalten, aber er musste dringend lernen, dass Vorwürfe nie ein guter Weg waren, um zu Kindern durchzudringen. Im Geiste machte ich mir eine weitere Notiz, gleich am nächsten Morgen mit ihm zu sprechen.

Die beiden gingen hinaus, und ich steuerte die Küche an.

Von Dotty war zum Glück weit und breit nichts zu sehen. Deshalb konnte ich mich ruhigen Gewissens über die Brownies hermachen. Zielsicher öffnete ich einen der vier Kühlschränke im hinteren Teil der Küche, schnappte mir einen saftigen Brownie und schob ihn mir in den Mund.

Leider verfehlte die Nervennahrung diesmal ihre Wirkung. Ich war innerlich immer noch angespannt, und die Wut brodelte heiß durch meinen Magen.

Frustriert machte ich mich auf den Weg zum See. Es würde noch eine halbe Stunde dauern, bis die Kids fertig gegessen hatten. Danach gab es ein großes Lagerfeuer am Ufer mit Marshmallows und Stockbrot – das erste Highlight des Camps.

Zwar hatte ich das Holz dafür bereits am Morgen aufgeschichtet und entsprechende Sicherheitsvorkehrungen getroffen. Aber es konnte sicher nicht schaden, noch einmal den Platz zu überprüfen.

Ich nahm den Weg über den Versammlungsplatz und bemühte mich redlich, nicht zur Terrasse zu sehen. Trotzdem versagte ich kläglich. Ich konnte meine Neugier einfach nicht zügeln. Also blieb ich stehen und reckte den Kopf.

Estelle hatte offenbar keine Zeit vergeudet und bereits einen Fanclub gegründet. Sämtliche Betreuer saßen bei ihr und Hazel am Tisch, futterten Burger und redeten lachend durcheinander.

Die Stimmung war gelöst, genau so, wie es sein sollte. Mit dem Unterschied, dass ich nicht bei ihnen war – und ganz offensichtlich schien mich auch niemand zu vermissen.

KAPITEL 5

Estelle

Es war nicht das erste Mal an diesem Tag, dass ich mich nach einem Drink sehnte. Ich war umringt von lauter Fremden, die munter auf mich einschwatzten, aber es fiel mir schwer, den Gesprächen zu folgen. Die Lautstärke machte mir zu schaffen und erst recht die unzähligen Fragen.

Inzwischen tat mir das ganze Gesicht weh, weil ich mich krampfhaft darum bemühte, mein Lächeln aufrechtzuerhalten. Ich hatte Angst, dass mich meine neuen Kollegen unhöflich fanden, wenn ich nicht angemessen auf ihre Scherze reagierte oder all die Fragen ignorierte. Aber mehr als zaghaftes Nicken oder einsilbige Antworten brachte ich beim besten Willen nicht zustande. Ich war schlichtweg überfordert von den vielen Eindrücken, die unermüdlich auf mich einprasselten.

Ganz offensichtlich war es doch keine gute Idee gewesen, hierherzukommen. Stattdessen hätte ich meinem Instinkt folgen und im Bett bleiben sollen. Mit der Decke über dem Kopf war alles ruhig und friedlich gewesen. Aber dann waren Erinnerungen auf mich eingestürzt, die ich so weit wie möglich von

mir wegschieben wollte, und so war ich Hazels Einladung zum Abendessen schließlich doch gefolgt.

Die Campleiterin hatte schockiert gewirkt, als sie mich in meiner Unterkunft gefunden hatte, und sich wortreich für den schlechten Zustand der Hütte entschuldigt. Sie hatte mir sogar angeboten, in eines der renovierten Gästehäuser umzuziehen. Aber mir gefiel die abgelegene Lage, weil ich dort sicher viel weniger von dem Trubel im Camp mitbekommen würde. Außerdem gab es einen schmalen Schleichpfad, der durch den Wald direkt zum Seeufer führte.

»Und was machst du beruflich?«, erkundigte sich Brianna, während sie ein Stück Sesambrötchen in eine Ketchup-Pfütze tunkte. Ihr braunes Haar war von helleren Strähnen durchzogen und zu unzähligen dünnen Zöpfen geflochten. Sie war ein paar Jahre älter als ich, hatte einen bronzefarbenen Teint und eine sympathische Ausstrahlung. Ihr Poloshirt war mit zahlreichen Farbspritzern verziert. Sie war eindeutig die Künstlerin in der Gruppe. Neugier funkelte in ihren braunen Augen, während sie auf meine Antwort wartete.

Abermals richteten sich alle Blicke auf mich, und am liebsten wäre ich im Erdboden versunken. Ich hasste es, wenn alle Aufmerksamkeit auf mir lag. Aber mir war klar, dass Brianna, die eigentlich eine Investmentberaterin aus Portland war, keine bösen Absichten hatte. Wie hätte sie auch wissen sollen, dass ich in meinem Leben bisher nichts auf die Reihe gekriegt hatte?

»Ich bin gerade dabei, mich umzuorientieren«, wich ich ihrer Frage aus und zwang meine Mundwinkel noch weiter in die Höhe.

Verständnis flackerte in Briannas Miene auf. »Ich habe meine Passion auch erst sehr spät gefunden.«

»Besser spät als nie«, meinte Quill, während er sich grinsend über seinen struppigen Vollbart rieb. Er war ein Berg von einem Mann, mit breiten Schultern und muskelbepackten Oberarmen. Sein braunes Haar hatte er auf dem Hinterkopf zu einem Knoten zusammengebunden.

Brianna schnaubte. »Und das von dem Mann, der mit achtzehn Jahren seine erste Einzelausstellung in L.A. gefeiert hat.«

Ich blinzelte überrascht, und Hazel lehnte sich zu mir und setzte amüsiert zu einer Erklärung an. »Reed und ich kennen Quill seit dem Kindergarten. Er hat schon damals die verrücktesten, skurrilsten Figuren aus Sandkastenspielzeug gebaut. Es war beeindruckend und auch ein bisschen verstörend.«

»Ich habe deine neusten Werke im Internet gesehen«, warf Scott, der mir gegenübersaß, sichtlich begeistert ein. »Hast du *Die strahlende Diva* wirklich aus eintausend Löffeln konstruiert?«

»Genaugenommen waren es eintausendzweihundertdreizehn«, präzisierte Quill und klang dabei überaus zufrieden.

Brianna gluckste. »Löffel aus achtzehnkarätigem *Gold*.«

Demnach musste dieses Kunstwerk ein Vermögen wert sein. Aber warum verbrachte ein erfolgreicher Künstler wie Quill seinen Sommer ausgerechnet in diesem Camp?

Ich überlegte schon, ihn zu fragen, doch dann fiel mir ein, dass Hazel kurz zuvor erwähnt hatte, dass Quill neben Jade der einzige Betreuer war, der schon seit mehreren Jahren im Camp arbeitete. Wahrscheinlich hatte er also einfach sentimentale Gründe.

Alle anderen waren genauso neu wie ich, was eine echte Erleichterung war. Mich in ein eingespieltes Team zu integrieren, wäre sicher schwieriger gewesen. Andererseits beabsichtigte ich ohnehin nicht, hier lebenslange Freundschaften zu schließen, auch wenn ich überrascht war, wie aufgeschlossen und freundlich mir das Team gegenübertrat.

Nun ja. Alle außer einem.

Mein Magen zog sich zusammen, als ich an meinen neuen Boss dachte. Reed war so anders als Hazel. Schwer zu glauben, dass die beiden Geschwister waren, obwohl sich eine gewisse Ähnlichkeit nicht leugnen ließ.

Schon jetzt graute mir vor der Besprechung am nächsten Morgen. Ich hatte keine Ahnung, was Reed mir für Aufgaben zuteilen würde. Allerdings war ich fest entschlossen, sie klaglos zu erfüllen, damit dieser arrogante …

»Seid ihr alle satt?«, fragte Hazel, bevor ich mich noch in meiner Wut verlor. Ich hatte keinen Schimmer, warum Reed sich mir gegenüber wie ein Arsch benahm. Schließlich hatte ich ihm nicht das Geringste getan.

Inzwischen waren die Teller geleert. Nur ich stocherte noch lustlos in meinem Salat herum und legte schließlich die Gabel beiseite, obwohl mein Magen protestierte.

Hazel schaute in die Runde. »Habt ihr einen Tischdienst bestimmt?«

Die Betreuer nickten einstimmig, woraufhin die Campleiterin zufrieden in die Hände klatschte. »Dann los.«

Sofort fuhren alle Köpfe herum.

»Wer hat Lust auf ein Lagerfeuer?«, rief Hazel.

Tosender Applaus erklang, und ich zuckte zusammen. Nur knapp widerstand ich dem Drang, mir die Ohren zuzuhalten. Die ganze Terrasse erbebte, als die Kinder aufsprangen und zur Treppe strömten. Sie waren so aufgeregt, dass sie sich beinahe gegenseitig über den Haufen rannten. Und das galt sowohl für die Jüngsten, die erst acht waren, als auch für die Sechzehnjährigen.

Ich hielt die Luft an, bis das größte Getöse vorüber war. Zurück blieben nur Brianna und Hazel, die je zwei Kindern aus jeder Gruppe halfen, den großen Geschirrwagen zu befüllen, den ein älterer Mann namens Grover inzwischen herbeigeschafft hatte. Und da war auch noch der kleine Junge, den Scott vorhin gesucht hatte.

Er saß mit gesenktem Kopf auf der Bank und hielt sich tatsächlich die Ohren zu, wie ich es eben noch gern getan hätte, und er wirkte so verloren, wie ich mich fühlte.

Für den Bruchteil einer Sekunde überlegte ich, zu ihm rüberzugehen und mit ihm zu sprechen. Aber ich hatte keine Ahnung, was ich dem Jungen überhaupt sagen sollte. Also ließ ich es lieber bleiben und erhob mich, um ebenfalls den Tisch abzuräumen, während Brianna sich um den verängstigten Jungen kümmerte.

Sobald sie fertig waren, ging die Betreuerin mit den übrigen Kindern zum Lagerfeuer, und auch Hazel wollte sich auf den Weg machen. Doch als sie bemerkte, dass ich ihr nicht folgte, hielt sie irritiert inne. »Kommst du nicht mit?«

Ich deutete auf den voll beladenen Wagen, der mir glücklicherweise die perfekte Ausrede bot. »Ich bringe nur schnell das Geschirr weg.«

Eigentlich hatte ich gar nicht vor, mich ein weiteres Mal ins Kinderchaos zu stürzen. Andererseits war die Aussicht, den restlichen Abend allein in der Holzhütte zu hocken, auch nicht gerade verlockend.

Hazel bekam von meinem Zwiespalt nichts mit. Sie lächelte dankbar, ehe sie die Treppe nach unten zum Ufer eilte, wo sich bereits alle um das knisternde Feuer versammelt hatten. Die Kinder saßen in sicherem Abstand dazu auf dem Boden oder auf Baumstümpfen und unterhielten sich lachend.

Mitten unter ihnen saß Reed. Er hatte eine Akustikgitarre gezückt und spielte eine leise Melodie, die tatsächlich einen beruhigenden Effekt auf die Kinder zu haben schien. Zumindest drosselten sie ihre Lautstärke oder hörten sogar ganz auf zu reden, um seinem Spiel zu lauschen.

Widerwillig fasziniert, trat ich an das Geländer der Terrasse. Reed war vollkommen versunken in seiner Musik. Wo auch immer ihn seine Gedanken hingetragen hatten, es schien ein schöner Ort zu sein, denn der bittere Zug um seine Mundwinkel war fast vollständig verschwunden. Stattdessen lag ein sanftes Lächeln auf seinen Lippen.

Obwohl es noch nicht dunkel war, wirkte die Szenerie einladend und weit weniger hektisch als zuvor. Deshalb überlegte ich, ob ich nicht doch zu ihnen gehen sollte. Doch da hob Reed den Kopf und schaute in meine Richtung, als hätte er gespürt, dass ich ihn beobachtete.

Jegliche Sanftheit schwand aus seiner Miene, und seine Augen blitzten auf.

Reflexartig wich ich zurück, um seinem scharfen Blick zu entgehen. Stattdessen schnappte ich mir den Geschirrwagen und schob ihn mit lautem Geklapper in Richtung Speisesaal.

Die ältere Frau, die für das leibliche Wohl im Camp verantwortlich war, reckte den Kopf hinter dem Ausgabetresen hervor. Vor dem Abendessen hatte Hazel uns einander vorgestellt, aber die Küchenchefin war so beschäftigt gewesen, dass sie nur kurz gewunken hatte, bevor sie davongewirbelt war. Jetzt war der Speisesaal still, weshalb Dotty sich ausreichend Zeit nahm, um mich zu mustern. Nach einem kurzen Moment winkte sie mich zu sich.

»Bring den Wagen am besten gleich herein«, sagte sie,

machte ein paar Schritte und zog eine hüfthohe Durchgangstür auf.

Folgsam rangierte ich den Wagen in die Küche und brachte ihn vor einer Industriespülmaschine zum Stehen. Dotty verlor keine Zeit. Routiniert stellte sie einen Plastikkorb bereit und begann, das schmutzige Geschirr einzusortieren.

»Kann ich helfen?«, fragte ich, weil sie ganz allein und das wirklich eine Menge Geschirr war.

Dotty warf einen Blick über die Schulter. »Wenn du möchtest, kannst du das Geschirr vorspülen.«

»Okay.« Ich trat an die Spüle und griff nach dem Duschkopf.

»Ich kann dir Handschuhe geben«, bot Dotty an, doch ich lehnte dankend ab und schaltete das Wasser ein. Es zischte, und feuchter Nebel schlug mir ins Gesicht. Während ich die Essensreste von den Tellern schwemmte, nahm Dotty einen weiteren Korb und belud ihn. Anschließend schob sie das vorgereinigte Geschirr weiter in die eigentliche Spülvorrichtung.

Zwei Minuten später hob sie die Haube und blitzeblanke Teller kamen zum Vorschein. Überrascht musterte ich das Ergebnis. Ich hatte nie viel Zeit in der Küche verbracht, weil meine Mutter seit jeher eine Haushälterin beschäftigte. Allerdings war die furchtbar unsympathisch und ein wahrer Drachen, weshalb ich stets einen großen Bogen um diesen Teil des Anwesens gemacht hatte.

Eigentlich rechnete ich damit, dass Dotty mich nun ebenfalls mit Fragen bombardieren würde. Doch sie tat nichts dergleichen, und eine Weile arbeiteten wir in einträchtigem Schweigen, das nur vom Rauschen des Wassers und vom Klappern des Geschirrs begleitet wurde. Ich war schon fast dabei, mich wohlzufühlen, als Dotty doch beschloss, etwas zu sagen.

»Du hast heute Abend kaum etwas gegessen.«

In ihrer Stimme lag keine Wertung. Trotzdem gingen meine Wangen in Flammen auf, weil es der Küchenchefin aufgefallen war. »Ich war nicht besonders hungrig.«

Skepsis flackerte in Dottys Augen auf, doch sie kommentierte meine Aussage nicht weiter, sondern machte sich daran, den Geschirrwagen zu putzen. »Wie gefällt es dir bisher in Silver Springs?«

»Es ist toll«, erwiderte ich, bemüht um einen heiteren Tonfall. »Einfach wundervoll.«

Dass ich kein bisschen glaubhaft klang, wurde deutlich, als Dotty ihre knallrot geschminkten Lippen zu einem amüsierten Schmunzeln verzog. »Du findest es schrecklich hier.«

Nachdenklich ließ ich den Duschkopf sinken. *Schrecklich* war vielleicht ein wenig zu hart ausgedrückt. An sich war das Camp wirklich schön und abgesehen von Gästehaus 5 gut in Schuss. Man konnte spüren, mit wie viel Liebe und Sorgfalt es geführt wurde. Die Kinder schienen sich hier sehr wohlzufühlen. Auch wenn einer der beiden Chefs ein Vollidiot war.

Frustriert biss ich mir auf die Lippen. »Reed ist nicht sonderlich glücklich darüber, dass ich hier bin.«

Ich hatte keine Ahnung, warum ich mich ausgerechnet Dotty anvertraute. Aber die Küchenchefin hatte eine so herzliche, aufmerksame Art, dass es schwer war, in ihrer Gegenwart die Klappe zu halten. Verlegen spülte ich die restlichen beiden Teller ab und stellte sie in das Gitter.

»Reed tut sich manchmal schwer mit Situationen, die ihn unvorbereitet treffen«, erklärte Dotty sanft, während ich nach einem Handtuch griff. »Das ist nichts Persönliches.«

Da war ich mir aber nicht so sicher. Immerhin benahm er sich anderen gegenüber auch nicht derart herablassend. Seinen

Kollegen und den Kindern war er bisher ausschließlich freundlich und respektvoll begegnet. Er hatte sogar *gelächelt*.

Ein letztes Mal wischte Dotty mit dem Lappen über den Wagen, ehe sie sich zufrieden aufrichtete und mich betrachtete. »Ich glaube, du brauchst einen Brownie. Du wirst sehen, danach sieht die Welt gleich viel besser aus.«

Bevor ich ablehnen konnte, ging sie zum Kühlschrank und förderte einen Teller mit tiefbraunen Schokoladenklumpen zutage. Mir drehte sich der Magen um. Trotzdem legte ich das Handtuch beiseite und nahm den Teller entgegen, da ich die Küchenchefin nicht beleidigen wollte. »Danke.«

Dotty, die zweifelsfrei das Herz von Silver Springs war, winkte lächelnd ab und machte sich daran, die Arbeitsflächen abzuwischen. »Lass es dir schmecken.«

Obwohl ich keinen Hunger hatte und Süßes verabscheute, biss ich von dem klebrigen Teig ab. Sofort breitete sich eine schwere Süße in meinem Mund aus, die ich nur mühsam herunterbekam.

Plötzlich stieß die Küchenchefin ein leises Seufzen aus und sah mich wieder an. »Gib ihm ein bisschen Zeit, Estelle. Er ist ein guter Kerl. Sobald ihr warm miteinander geworden seid, wirst du erkennen, dass er gar nicht so übel ist.«

Ich nickte stumm, obwohl ich ehrlich bezweifelte, dass das jemals passieren würde.

KAPITEL 6

Estelle

Hinter mir lag eine grauenvolle Nacht. Obwohl das Bett überraschend bequem war, hatte ich kaum mehr als zwei Stunden geschlafen. Immer wieder war ich aus Träumen hochgeschreckt, weil mein Unterbewusstsein mir Bilder in den Kopf pflanzte, die ich einfach nur unvergessen machen wollte. Nun fühlte ich mich wie gerädert, während ich durch das Camp streifte. Die Luft war kühl. Feuchter Nebel zog vom Silver Lake heran und durchnässte meine langen Jeans und meinen Kaschmirpullover, sodass die Stoffe klamm an meinem Körper hafteten. Obwohl die Sonne noch tief am Himmel stand, brachen bereits helle Strahlen zwischen den Bäumen hindurch und blendeten mich, weshalb ich immer wieder blinzeln musste.

In den Hütten der Kinder war noch alles ruhig. Trotzdem hatten die Vögel bereits ein penetrantes Morgenlied angestimmt. Der Soundtrack klingelte in meinen Ohren und verstärkte das Pochen in meinen Schläfen. Außerdem war mir von Dottys Schokodröhnung immer noch flau im Magen.

Alles in allem keine guten Voraussetzungen, um gleich dem

übel gelaunten Teamleiter gegenüberzutreten. Dennoch war ich wild entschlossen, mich gegen Reed Dixon zu behaupten – oder ihm zumindest nicht zu zeigen, dass mir sein herablassendes Verhalten durchaus etwas ausmachte.

Im Geiste sprach ich mir selbst Mut zu, bevor ich die Eingangstür des Verwaltungsgebäudes aufzog und die Treppe nach oben nahm. Ich hatte das obere Stockwerk fast erreicht, als ich plötzlich Reeds tiefe Stimme vernahm.

Er lachte heiser, als hätte er seine Stimme noch nicht viel benutzt an diesem Morgen, was dafür sorgte, dass sich ein seltsames Gefühl in mir ausbreitete.

Neugierig lugte ich um die Ecke und entdeckte Reed am Ende des Ganges vor seiner Bürotür. Bei ihm stand eine Frau, die etwa in seinem Alter sein musste. Ihr hellblondes Haar fiel ihr in sanften Wellen bis auf die Schultern. Sie trug keines der Campshirts, die die Betreuer am Vortag getragen hatten, gehörte aber vermutlich ebenfalls zum Mitarbeiterstab.

Eine blaue Mappe gegen ihre Brüste gepresst, schaute sie mit einem verklärten Lächeln zu Reed auf. »Wie sagt man so schön? Beginne jeden Morgen mit einem guten Gedanken. Dann kann es nur ein toller Tag werden.«

Ich verzog das Gesicht. Mir persönlich wäre ein guter Kaffee in angenehmer Gesellschaft deutlich willkommener gewesen. Aber weder das eine noch das andere schien mir an diesem Morgen vergönnt zu sein.

»Ich brauche erst mal einen Kaffee«, sagte Reed plötzlich. »Vorher kann ich überhaupt nicht denken.«

Ein glockenhelles Lachen perlte von den Lippen der Frau, und sie streckte die Hand aus, um Reeds Oberarm zu tätscheln. »Das geht mir ähnlich.«

Reed zog sich nicht zurück, aber er zeigte auch keine übermäßige Begeisterung angesichts ihrer recht unbeholfenen Versuche, Körperkontakt mit ihm herzustellen.

Da ich sicher nicht beabsichtigte, die beiden noch länger zu beobachten, trat ich in den Gang und ging auf sie zu. Reeds Kopf fuhr herum, und Überraschung blitzte in seiner Miene auf, als hätte er nicht mit meinem pünktlichen Erscheinen gerechnet.

Empörung rauschte durch meine Adern, doch ich zwang mich zu einem Lächeln, als ich die beiden erreichte. »Guten Morgen.«

»Guten Morgen«, brummte Reed und wich nun doch ein Stück zurück, als wäre ihm die Berührung seiner Mitarbeiterin plötzlich unangenehm.

»Hallo, ich bin Aubrey, die hiesige Ergotherapeutin«, stellte die Frau sich vor. Ihr Tonfall war höflich, doch die unausgesprochene Warnung in ihren Augen verriet deutlich, dass sie bereits Pläne für Reed hatte, die ich gar nicht so genau ergründen wollte.

Reichlich unbeeindruckt stellte ich mich ebenfalls vor, bevor ich mich an Reed wandte. »Hast du die Liste mit meinen Aufgaben fertig?«

Seine Brauen schossen in die Höhe. »Ich bitte um Verzeihung. Bisher bin ich noch nicht dazu gekommen.«

Natürlich nicht. Er hatte sich ja lieber anhimmeln lassen.

Ich schenkte ihm ein ebenso sarkastisches Grinsen, welches er, dem Zucken an seinem Kiefer nach zu urteilen, genau richtig deutete.

»Komm mit«, knurrte er, bevor er sich anscheinend doch noch an seine guten Manieren erinnerte und sich wesentlich freundlicher von Aubrey verabschiedete.

Die Ergotherapeutin winkte lächelnd. »Wir sehen uns nachher, Reed.« Etwas frostiger fügte sie an mich gewandt hinzu: »Hat mich gefreut.«

Ja, das glaubte ich ihr aufs Wort.

Reed stieß die Tür zu seinem Büro auf und stapfte hinein. Missmutig folgte ich ihm und wartete, bis er sich dazu herabließ, mir seine Aufmerksamkeit zu schenken.

Er tat es nicht. Stattdessen blätterte er seelenruhig einige Unterlagen durch und ließ mich schmoren. Was für ein Idiot!

»Also«, brachte ich in angestrengt freundlichem Tonfall hervor, als mir endgültig der Geduldsfaden riss. »Was wären meine Aufgaben für heute?«

Abermals zuckte ein Muskel an Reeds Kiefer, während er weiterblätterte.

»Soll ich Quill assistieren?«, fragte ich, weil das eine Aufgabe wäre, die ich mir durchaus zutraute. Nicht dass ich in Sachen Kunst und Skulpturen-Basteln mit Quill mithalten konnte. Aber wenigstens schien er mir recht entspannt zu sein.

Reed schwieg.

»Ich kann auch Scott im Schauspielkurs helfen«, schlug ich vor, obwohl ich gar nicht wusste, welche Art von Theaterstück Scott überhaupt mit den Kindern einstudieren wollte. »Er braucht sicher ein Bühnenbild oder Ausstattung und ...«

»Die Kanus brauchen einen neuen Anstrich«, unterbrach Reed mich schroff, hob den Blick und musterte mich von oben herab. Er zog spöttisch eine Braue in die Höhe. »Meinst du, du kriegst das hin?«

Warum sollte ich das *nicht* hinkriegen? Hielt er mich wirklich für so dämlich?

Am liebsten hätte ich ihm genau diese Fragen ins Gesicht geschleudert, aber dem lauernden Funkeln in seinen Augen nach erwartete er genau diese Reaktion von mir. Deshalb schluckte ich meine Wut herunter und nickte. »Natürlich.«

Er versuchte, seine Überraschung hinter einem schmalen Lächeln zu verbergen. Doch es gelang ihm nicht. »Gut. Dann fang am besten damit an. Such Grover und sag ihm, dass ich dich schicke. Er wird dir alles Weitere erklären.«

Damit war ich entlassen.

Eine Beleidigung unterdrückend, wandte ich mich ab und marschierte aus Reeds Büro. Ich hatte keine Ahnung, wo ich Grover überhaupt finden sollte, aber vermutlich wusste seine Frau, wo er steckte. Deshalb ging ich nach unten in den Speisesaal, der zu meiner Erleichterung noch nicht mit kreischenden Kindern gefüllt war.

Das Frühstück war bereits auf einem Büfett angerichtet. Unzählige Schachteln Happy Crush standen in Reih und Glied, daneben Obstplatten, frische Brötchen, Marmeladen, Joghurt, Eier und Speck.

Sobald mir der würzige Geruch in die Nase stieg, krümmte sich mein Magen vor Hunger zusammen. Wie paralysiert streckte ich die Hand aus, doch eine Bewegung im Augenwinkel ließ mich zurückzucken.

Eine junge Frau stand mit zwei Milchkannen in den Händen hinter mir und beobachtete mich argwöhnisch. Ihr braunes Haar war zu einem Bob geschnitten und von feuerroten Strähnen durchzogen. Unter dem Halsausschnitt ihres weißen Shirts blitzte ein tätowierter Schlangenkopf hervor. »Kann ich helfen?«

Hitze schoss mir in die Wangen, und ich zog peinlich berührt die Hand zurück. »Ja, ich bin auf der Suche nach Dotty.«

»Und warum?«, fragte die Frau beiläufig, während sie die Milchkannen auf dem voll beladenen Tisch abstellte.

»Ich hatte gehofft, sie könnte mir sagen, wo ich Grover finde«, erklärte ich freundlich. »Ich bin übrigens Estelle, die neue … Praktikantin.«

»Oh, ich weiß genau, wer du bist.« Mit einer ungeduldigen Geste strich sich die Frau eine knallrote Haarsträhne aus der Stirn, woraufhin eine lange, wulstige Narbe über ihrer Augenbraue aufblitzte.

Jegliches Unbehagen, das ich bis eben noch verspürt hatte, verpuffte, und mein Herz zog sich vor Mitgefühl zusammen. Was immer diese Frau durchgemacht hatte, es musste schrecklich gewesen sein.

»Verrätst du mir auch deinen Namen?«, fragte ich.

Die Frau blinzelte überrascht, doch sobald sie den Kopf drehte, war ihr Blick wieder eisig. »Ich bin Gina.«

»Freut mich, dich kennenzulernen, Gina.« Ich lächelte zaghaft. »Arbeitest du schon lange hier?«

Demonstrativ trat Gina einen Schritt zurück. »Hör mal. Du denkst vielleicht, wir sind beide Teil des Campteams und müssen nett zueinander sein und all das. Aber glaub mir, das müssen wir nicht. Du und ich, wir sind grundverschieden, und wir werden ganz bestimmt keine Freundinnen. Also lass es einfach gut sein, ja?«

Entgeistert starrte ich die junge Frau an. Eigentlich hatte ich überhaupt keine Freundschaft mit Gina im Sinn gehabt, sondern wollte einfach bloß freundlich sein. Aber ganz offensichtlich war das nicht gewünscht.

Weil Reed keine Zeit verschwendet hatte, dummen Klatsch über mich zu verbreiten. Was für ein Mistkerl!

Ich zwang mir ein Lächeln ins Gesicht. »Alles klar.«

Für den Bruchteil einer Sekunde flackerte so etwas wie schlechtes Gewissen in Ginas Miene auf. Doch dann reckte sie

65

das Kinn vor. »Grover ist mit Dotty auf dem Parkplatz und nimmt eine neue Lieferung entgegen. Sie müssten gleich zurück sein. Du kannst hier warten, wenn du willst.«

»Nicht nötig.« Obwohl mir der Appetit vergangen war, nahm ich mir eine Weintraube und warf sie mir lässig in den Mund. »Ich werde sie draußen abfangen.«

Mit klopfendem Herzen ließ ich Gina stehen und ging zum Parkplatz, wo ich vor Schreck beinahe über meine eigenen Füße stolperte, als ich den riesigen LKW entdeckte, auf dessen Seitenplanen unverkennbar das Logo der Sinclair Corporation prangte. Zwei Männer waren gerade dabei, unter Dottys und Grovers wachsamen Blicken ganze vier Paletten Happy Crush abzuladen. Aber das war noch längst nicht alles. Neben dem Ehepaar stapelten sich bereits unzählige Kartons mit allen möglichen Süßigkeiten, die das Unternehmen ebenfalls herstellte.

Mir wurde schlecht.

Offenbar hatte meine Mutter nicht nur Unsummen gezahlt, sondern ließ auch einiges an Naturalien springen, um mir diesen *Praktikumsplatz* zu sichern. Beschämt wollte ich den Rückzug antreten, doch da hatte Dotty mich bereits entdeckt und winkte mich ungeduldig zu sich.

»Gut, dass du hier bist«, sagte die Küchenchefin und hielt ein paar Zettel in die Höhe, während Grover sich nach dem ersten Karton bückte und ihn wegtrug. »Könntest du bitte die Lieferung fertig überprüfen?« Sie zwinkerte mir zu. »Du kennst dich ja bestens mit diesen Produkten aus.«

Ich zuckte zusammen, willigte aber ein. Was blieb mir auch anderes übrig?

»Großartig.« Eilig übergab Dotty mir die losen Zettel mitsamt einem Kugelschreiber. »Ich muss dringend in den Speisesaal. Die Kinder kommen jeden Moment zum Frühstück angestürmt.«

Schon schnappte sie sich den nächsten Karton und huschte davon, während ich benommen auf die Liste starrte. Es waren Hunderte von Kartons, und der Wert der Lieferung belief sich auf mehrere Tausend Dollar.

Es quietschte, als die Laderampe herunterfuhr, um eine weitere Palette abzusetzen.

»Das ist dann alles«, informierte mich der ältere der beiden Männer und rückte ein speckiges Basecap auf seinem Kopf zurecht. Sein beleibter Körper steckte in einer grauen Latzhose, auf deren Brust ebenfalls das Logo der Sinclair Corporation prangte.

Während ich um die Paletten herumging und die Mengenangaben mit dem Lieferprotokoll verglich, kehrte Grover mit einer Sackkarre zurück und belud sie mit Kartons. Unterdessen steckte sich der Ältere eine Zigarette an. Es sah nicht so aus, als ob er oder sein Kollege mit anpacken würden.

Langsam ließ ich die Zettel sinken und schaute Grover an. »Kannst du den Männern bitte den Weg zum Lagerraum zeigen?«

»Sorry, Miss.« Sichtlich entspannt lehnte sich der Jüngere gegen die Seite des LKWs und verschränkte die Arme. »Wir liefern nur bis zur Türschwelle.«

Meine Augen wurden schmal. »Heute nicht.«

Der Ältere gluckste und präsentierte eine Reihe nikotinverfärbter Zähne. »Da musst du schon einen Hunderter extra drauflegen, Schätzchen. *Cash*, versteht sich.«

Unbändiger Zorn explodierte in meiner Brust. Es war noch nicht mal neun Uhr morgens, und ich war bereits zweimal blöd angemacht worden. Es reichte!

»Seien Sie doch so gut und nennen Sie mir Ihre Namen«, bat ich mit trügerisch freundlicher Stimme.

Der schlaksige Kerl musterte mich von Kopf bis Fuß, und man brauchte keine Fantasie, um zu erkennen, in welche Richtung seine Gedanken drifteten. »Ich bin Moe und mein Kollege heißt Fred. Willst du auch noch unsere Nummern haben, Süße?«

Diesen überaus schlechten Witz schien Fred richtig gut zu finden, denn er warf den Kopf in den Nacken und stieß ein donnerndes Lachen aus. Aber ich ließ mich davon nicht aus der Ruhe bringen. Schließlich hatte ich in meinem Leben schon oft genug mit chauvinistischen Idioten zu tun gehabt.

Ich lächelte breit. »Richtig. Ihre Personalnummern brauche ich natürlich ebenfalls.«

Allmählich verging den beiden das Lachen.

»Wir haben unseren Job gemacht«, erklärte Moe und kniff die Augen zusammen. »Willst du etwa eine Beschwerde bei der Personalabteilung einreichen?«

»Aber nein.« Ich strahlte die beiden an. »Ich will mich um einen Job bei der Sinclair Corporation bewerben und möchte es dabei nicht versäumen, deren beste Mitarbeiter lobend zu erwähnen.«

Fred nahm einen weiteren Zug an seiner Zigarette, während Moe argwöhnisch den Kopf schieflegte. »Wovon zum Teufel redest du?«

»Also bitte!«, sagte ich in einem Tonfall, als wäre das ja wohl mehr als offensichtlich. »Welcher Arbeitgeber billigt denn heutzutage Nebenverdienste? Und das auch noch steuerfrei?«

Fred begann zu husten, und der Qualm seiner Zigarette quoll ihm aus Mund und Nase.

Hektisch klopfte Moe ihm auf die Schulter, während er

mich nun doch etwas nervös beäugte. »Du hast da was missverstanden.«

»Wirklich?« Ich blinzelte einfältig, ehe ich mich an Grover wandte. »Ein Hunderter extra. *Cash*. Das hast du doch auch gehört, nicht wahr?«

Grover rieb sich über den weißen Vollbart und gab sich keine Mühe, sein Grinsen zu verbergen. »Klar und deutlich.«

»Dann wäre das ja geklärt.« Aufgeregt breitete ich die Arme aus. »Aufgepasst, Sinclair Corporation, ich komme! Und wissen Sie was?« Ich zeigte mit dem Finger auf die entsetzt dreinschauenden Männer. »Ich bin Ihnen so dankbar, dass ich Ihren Tipp in jeder Online-Jobbörse posten werde. Schließlich wäscht eine Hand die andere, nicht wahr?«

»Nein, nein, nein.« Moe setzte sich umgehend in Bewegung. »Die Lieferung bis ins Lager ist natürlich ein Gratisservice. Wir verlangen dafür nichts extra.«

Heftig nickend drückte Fred die Zigarette an der Stoßstange aus und schob den Stummel in seine Hosentasche. »Nebenverdienste gibt es bei der Firma nicht.«

Enttäuscht verzog ich das Gesicht. »Nicht?«

»Nein«, erwiderte Fred entschieden.

»Wie schade.« Ich zuckte mit den Schultern. »Dann bleibe ich wohl doch besser hier.«

Nicht dass ich eine andere Wahl gehabt hätte …

Die beiden Männer rissen sich in ihrer plötzlichen Hilfsbereitschaft beinahe gegenseitig die Kartons aus der Hand. Belustigt wies Grover ihnen den Weg, und ich packte ebenfalls mit an, weil ich nicht sinnlos auf dem Parkplatz herumstehen wollte.

Unter Reeds wachsamem Blick und dem tosenden Applaus der Kinder brachten wir die Kartons durch den Speisesaal in das dahinter liegende Lager. Es dauerte keine zehn Minuten, bis die Paletten leer geräumt waren. Schließlich unterschrieb ich den Lieferschein und übergab ihn an Fred.

Der warf mir einen flehenden Blick zu. »Ich brauche diesen Job, Miss.«

Ungerührt sah ich ihn an. Ich war immer noch sauer, weil die Männer nicht von sich aus zur Vernunft gekommen waren, sondern ich erst mit Konsequenzen hatte drohen müssen. Trotzdem war die Botschaft offenbar angekommen. »Dann sollten Sie sich in Zukunft anders benehmen.«

»Nächstes Mal wird es nicht so laufen«, versprach Fred reumütig.

Das konnte ich nur hoffen.

Schweigend sah ich zu, wie der LKW vom Parkplatz fuhr. Unterdessen trat Grover neben mich. »Warum hast du ihnen nicht einfach gesagt, wer du bist? Dann wären sie sofort gesprungen.«

Dass ich nur einen Anruf tätigen musste, um die beiden feuern zu lassen, war ein Privileg, das kein anderer Kunde besaß und auf das ich auch nicht besonders stolz war. Es war schon schlimm genug, dass meine Mutter offensichtlich keine Hemmungen hatte, andere zu bestechen, was spätestens nach dieser exorbitanten Lieferung jedem im Camp klar sein dürfte. Da wollte ich nicht auch noch Öl ins Feuer gießen, indem ich meine Verbindung zur Unternehmensleitung als Druckmittel gegen diese Trottel einsetzte. Ich zuckte mit den Schultern. »Ich hoffe, die beiden haben ihre Lektion auch so gelernt.«

»Da bin ich mir sicher.« Grover musterte mich amüsiert. »Das war eine beeindruckende Vorstellung.«

Seine Bewunderung brachte mich in Verlegenheit. Schließlich hatte ich nicht mehr getan, als eine Show abzuziehen, um meinen Willen durchzusetzen. Ich räusperte mich unbehaglich. »Reed hat mir aufgetragen, die Kanus zu lackieren.«

Eine kleine Falte erschien auf Grovers Stirn. »So? Hat er das?«

Es fiel mir schwer, mir einen spitzen Kommentar darüber zu verkneifen, dass der Teamleiter mich offenbar für unfähig hielt, mit den Kindern zu arbeiten. Stattdessen sagte ich mir, dass es mir sogar lieber war, weil ich auf diese Weise Abstand zu den kleinen Nervensägen wahren konnte. »Könntest du mir bitte zeigen, was ich genau zu tun habe?«

»Sicher.« Grover deutete zum Speisesaal. »Aber erst mal frühstücken wir.«

Allein die Vorstellung, abermals in den lauten Speisesaal zurückzukehren, jagte mir einen Schauer über den Rücken. »Ich habe keinen Hunger.«

»Aber ich«, versetzte Grover und marschierte weg, ohne auf mich zu warten. Das schien echt eine Macke von den Campleuten hier zu sein.

Kurz erwog ich es, einfach auf Grovers Rückkehr zu warten, dann folgte ich ihm leise fluchend. Schließlich waren die Kanus nicht das Einzige, worüber ich mit ihm sprechen wollte. Davon abgesehen konnte es sicher nicht schaden, diesen Mann auf meiner Seite zu haben, da er wie Dotty schon sein Leben lang hier arbeitete. Wenn also jemand Reed in seinem Eifer, mich fertigzumachen, bremsen konnte, dann waren das vermutlich die beiden. Zwar hoffte ich, dass es nicht so weit kommen würde. Aber ich war lieber auf alles vorbereitet, wenn es um Reed Dixon ging.

KAPITEL 7

Reed

Während des Tages waren die Kurse bunt gemischt. Direkt am Seeufer richtete Selma ein Beachballturnier aus. Glen, der Survival Coach, war mit einigen Kids bereits im Wald unterwegs. Scott und seine Theaterkursteilnehmer versuchten, das Wesen der Waldgeister zu erspüren, indem sie summend durch das Camp streiften. Brianna malte mit den Kindern auf einem schattigen Plätzchen hinter dem Verwaltungsgebäude, während Jade lieber einen klimatisierten Raum im Inneren nutzte, damit keines der Kids beim Tanzen schlappmachte.

Quill hatte sich mit seiner Gruppe, die heute überwiegend aus jüngeren Kids bestand, am Seeufer versammelt, wo sie gemeinsam im Schatten hoher Pinien an einem Mosaik aus Steinen und Holzstücken arbeiteten, die sie zuvor in der Gegend gesammelt hatten. Im Moment waren die Kids vollauf damit beschäftigt, ihre Fundstücke zu sortieren. Deshalb schien Quill beschlossen zu haben, mir auf die Nerven zu gehen, sobald ich mich näherte, um auch hier nach dem Rechten zu sehen.

»Warum zum Teufel lässt du sie die Boote streichen?«, fragte er und deutete fast schon vorwurfsvoll zum Ufer, wo vier große Kanus kopfüber aufgereiht waren.

Estelle stand zwischen ihnen und bestrich den Rumpf eines Bootes mit blauem Speziallack.

Grinsend verschränkte ich die Arme. »Sie brauchte eine Aufgabe, die ihren Fähigkeiten entspricht.«

Inzwischen war es fast Mittag, und die Sonne krachte vom wolkenlosen Himmel direkt auf sie herunter. Sie trug immer noch Jeans und einen Pullover, der zwar locker an ihrem schlanken Körper herabfiel, aber mit Sicherheit viel zu warm war. Außerdem hatte sie nicht mal einen verdammten Hut auf dem Kopf. Stattdessen hatte sie ihr endlos langes Haar zu einem hohen Zopf zusammengebunden, der bei jeder Bewegung hin und her schwang.

»Sie hockt seit mehr als zwei Stunden in der prallen Sonne. Sie wird noch einen Hitzschlag kriegen«, sprach Quill genau das aus, was ich plötzlich ebenfalls befürchtete. »Willst du das wirklich zulassen?«

»Wenn es der Prinzessin zu viel wird, braucht sie nur ein Wort zu sagen.«

Quill stöhnte, als hätte er Zahnschmerzen. »Du bist mein bester Freund seit dem Kindergarten. Aber manchmal will ich dir echt gern eine reinhauen.«

Ich warf meinem Freund einen spöttischen Blick zu. »Lass es lieber, Kumpel! Du würdest dir nur deine kostbaren Künstlerhände an meinem stahlharten Kiefer brechen.«

Quill stieß eine Mischung aus Lachen und Schnaufen aus, bevor er wieder ernst wurde und in Estelles Richtung deutete. »Du wirst ein schlechtes Gewissen haben, wenn sie umkippt.«

Das glaubte ich eher nicht.

Vielsagend hob Quill eine Braue.

Ach, verdammt!

Eigentlich hatte ich fest damit gerechnet, dass Estelle den beißenden Gestank des Bootslacks, die Affenhitze, die nervigen Mücken und die für sie zweifellos anstrengende Arbeit maximal eine Stunde aushielt, bevor sie mit einer Ausrede in den Schatten flüchtete. Aber offensichtlich hatte dieses sture Weib nicht vor, das Handtuch zu werfen.

Fluchend setzte ich mich in Bewegung.

»Du wirst mir noch mal dankbar sein«, rief Quill mir gut gelaunt hinterher, was ich allerdings stark bezweifelte.

Ich stapfte zu meinem Bungalow, der gleich hinter Hazels stand, riss die Tür auf und durchsuchte die Kommode im Eingangsbereich nach einer Kopfbedeckung, die klein genug für ihren Dickschädel war.

Mein Blick fiel auf eine bunt bestickte Kappe, in deren Mitte das Wort *Queen* stand. Als ich jünger war, hatte ich die Band verehrt, und das Cap war mein absolutes Lieblingsteil gewesen. Inzwischen waren die Farben verblichen und ich war ihm entwachsen. Trotzdem war es eigentlich viel zu schade für Estelle Sinclair. Andererseits war die Doppeldeutigkeit des Aufdrucks schon irgendwie witzig.

Bevor ich noch länger darüber nachdenken konnte, holte ich eine Flasche Wasser aus dem Kühlschrank und marschierte damit zurück zu Quill. Der betrachtete sichtlich erstaunt das Cap, war aber klug genug, meine Wahl nicht weiter zu kommentieren.

»Die anderen sind zu groß für ihren winzigen Schädel«, knurrte ich trotzdem aus dem Bedürfnis heraus, mich zu rechtfertigen, und drückte ihm die Kappe und das Wasser in die Hand.

»Verstehe«, erwiderte er gedehnt. »Und jetzt soll ich den Boten spielen?«

Genervt hob ich die Hände. »Mach mit dem Kram, was du willst. Ich bin raus.«

»Okay.« Eifrig setzte Quill sich in Bewegung. »Dann bleib kurz bei den Kids, ja? Ich bringe ihr die Sachen schnell rüber.«

»Beeil dich. Ich hab noch anderes zu tun.«

Er salutierte vergnügt, bevor er sich auf den Weg zu Estelle machte.

Missmutig schaute ich ihm nach. Ich kapierte einfach nicht, wieso Quill kein Problem hatte, auf Estelle zuzugehen. Schließlich kannte er ihren Hintergrund. Ich hatte ihm gestern Abend alles erzählt, was ich über sie herausgefunden hatte. Deshalb war ich mir seiner Unterstützung absolut sicher gewesen. Doch wie es schien, fraß er der Prinzessin bereits aus der Hand.

Estelle hob den Kopf, als Quill neben das Kanu trat, und ihre Mundwinkel hoben sich zu einem Lächeln, sobald sie seine Gaben entdeckte. Ohne jede Scheu setzte sie sich das Basecap auf den Kopf und zog ihren Zopf durch die Lasche. Anschließend schraubte sie die Wasserflasche auf und stürzte den Inhalt herunter, während Quill sich neben sie in den Sand setzte, als hätte er alle Zeit der Welt.

Mit einem leisen Knurren wandte ich mich ab und bemerkte Bowie, der hinter mir stand und die beiden ebenfalls aus sicherer Entfernung beobachtete. Weder beteiligte er sich an dem Kunstprojekt, an dem die anderen Kinder arbeiteten, noch schien er darauf erpicht zu sein, neue Freundschaften zu schließen. Stattdessen saß er abseits auf einem Baumstumpf.

Obwohl es brütend heiß war, trug er eine Tweedjacke und darunter ein Hemd, um dessen Kragen eine niedliche blaue Fliege gebunden war. Auch sein dunkelblondes Haar war akkurat frisiert. Seine Miene war nicht zu deuten, allerdings wirkte er seltsam verloren.

»Hey, Bowie«, sagte ich und ging zu ihm. »Ist alles in Ordnung?«

Der Junge nickte stumm, aber mir fiel auf, dass er Blickkontakt scheute.

»Willst du den anderen gar nicht helfen?«, hakte ich nach, da Schüchternheit bei neuen Campmitgliedern normal war.

Schweigend schüttelte er den Kopf.

»Aber das macht Spaß.« Ich bückte mich, hob einen runden Stein auf, der eine hübsche Maserung aufwies. Lässig warf ich ihn in die Luft und fing ihn wieder auf. »Wir könnten auch noch ein paar andere Materialien suchen. Vielleicht ein paar Hölzer oder Gräser.«

Erneut wies mich der Junge wortlos zurück.

»Dann willst du also einfach hier sitzen bleiben?«, fragte ich, nicht ganz sicher, was ich von der eisernen Zurückhaltung des kleinen Lords halten sollte. Zwar machte er keinen tieftraurigen Eindruck, aber glücklich war er definitiv auch nicht. Das stand außer Frage. Vielleicht brauchte er einfach noch ein wenig Zeit.

»Wie du möchtest.« Demonstrativ vergrößerte ich den Abstand zwischen uns, um Bowie zu signalisieren, dass ich seinen Wunsch nach Freiraum respektierte. Anschließend zeigte ich zu der Kindergruppe. »Falls du es dir anders überlegst, ich bin gleich dort drüben.«

Zu meiner Erleichterung nickte der Junge, und ich lächelte ihn an, bevor ich zu den kleinen Künstlern ging. Es waren insgesamt elf Kinder, die auf dem Boden kauerten und aufgeregt über das geplante Motiv diskutierten. Der Rahmen, den Quill zuvor gebaut hatte, war gut zwei Meter lang und einen Meter breit. Damit bot er eigentlich genug Platz für die Kids, ihrer Fantasie freien Lauf zu lassen.

Die waren sich jedoch uneinig. Drei kleine Rotluchse – Willow, Marie und Bailey – wollten unbedingt ein Blumenmuster legen. Zwei ältere Jungen der Weißkopfadler fanden das öde. Ihnen schwebte eher ein abstraktes Motiv vor. Ein Mädchen der Tigersalamander schlug vor, verschiedene Tiere zu gestalten, und erntete dafür etliche vernichtende Blicke.

»Wie wäre es mit einem Kompromiss?«, mischte ich mich in die Diskussion ein, bevor sie eskalieren konnte.

Sofort fuhren alle Köpfe zu mir herum.

»Wie meinst du das?«, fragte Willow, eindeutig das Mädchen mit dem größten Selbstbewusstsein in der Gruppe.

Ich ging zwischen den Kids in die Hocke. »Ihr könntet eine ganze Szene gestalten. Mit Tieren, Blumen *und* abstrakten Elementen.«

Die Kinder schwiegen nachdenklich, während sie den Bilderrahmen betrachteten, in dem bisher nur einige lose Steine herumlagen.

Bailey war die Erste, die ihre Zustimmung kundtat. »Finde ich gut.«

»Ich auch.« Willow warf sich ihren braunen Zopf über die Schulter, ehe sie sich vorbeugte und über der rechten Seite große Kreise in die Luft malte. »Wie wäre es mit einer Waldlichtung? Hier kommt ein Baum hin und da eine Wildkatze und da …«

»Da könnten Flammen hin«, rief Trevor aus.

Die anderen stimmten seinem Vorschlag begeistert zu, wohingegen ich nicht ganz so hingerissen von einem Waldbrand war. Aber zumindest herrschte jetzt eine gewisse Einigkeit.

Zufrieden richtete ich mich wieder auf und hielt nach Quill Ausschau. Der saß immer noch bei Estelle am Seeufer und plauderte entspannt mit ihr. Die beiden schienen die Welt um sich herum vollkommen vergessen zu haben.

Ich biss die Zähne zusammen, dann stieß ich einen grellen Pfiff aus, um die Aufmerksamkeit meines Freundes auf mich zu lenken.

Irritiert hob Quill den Kopf und runzelte die Stirn, als verstünde er gar nicht, wo mein Problem lag. Manchmal wollte ich ihn echt gern schütteln.

Ich hob den Arm und tippte auf meine Armbanduhr, um Quill zu signalisieren, dass er lange genug herumgetrödelt hatte. Grinsend sprang er auf die Füße und kehrte zu uns zurück.

»Das wurde aber auch Zeit«, brummte ich, sobald er in Hörweite war.

Lässig klopfte Quill mir auf die Schulter. »Ich konnte ihr deine Mütze ja schlecht vor die Füße werfen.«

Ich zuckte zusammen. »Hast du ihr etwa erzählt, dass das meine ist?«

Quill warf den Kopf in den Nacken und lachte. »Wenn ich das getan hätte, wäre dein Schatz vermutlich im Lacktopf gelandet.«

Mein Puls schnellte in die Höhe. »Und was bringt dich zu dieser Schlussfolgerung? Hat sich die Prinzessin etwa über mich beschwert?«

»Sie hat kein Wort über dich verloren, mein Freund.« Spott funkelte in Quills blauen Augen. »Aber man muss auch kein Genie sein, um ihre Abneigung deine Person betreffend zu bemerken. Sie kann dich wirklich nicht ausstehen.«

Nur mühsam unterdrückte ich ein Schnaufen. Diese Frau hatte wirklich Nerven.

»Dann ist es ja gut, dass mir scheißegal ist, was Miss Sinclair von mir hält«, presste ich hervor. »Wir sehen uns später.«

Ohne auf eine Erwiderung meines besten Freundes zu warten, marschierte ich davon. Ich war fest entschlossen, für den Rest des Tages keinen weiteren Gedanken an die Prinzessin zu verschwenden. Allerdings klappte das nicht besonders gut.

Wut und Empörung brodelten in meinem Bauch. Ich fragte mich, woher zur Hölle sie sich das Recht herausnahm, *mich* nicht zu mögen. Immerhin hatte sie diesen verdammten Job nur meinetwegen. Weil *ich* diesem Irrsinn zugestimmt hatte. Obwohl der ganze Deal gegen meine Prinzipien verstieß. Aber war sie mir dankbar dafür?

Nein, natürlich nicht.

Euer Hochwohlgeboren hatte es nämlich nicht nötig, sich anderen gegenüber erkenntlich zu zeigen. Schließlich bekam sie immer, was sie wollte, und wenn nicht, zückte Mommy eben ein paar Scheinchen, damit den Wünschen ihrer Prinzessin entsprochen wurde …

Es dauerte fast bis zum Mittagessen, bis ich mich einigermaßen beruhigt hatte. Letzten Endes konnte es mir schließlich egal sein, wie Estelle über mich dachte. Solange sie keinen Ärger machte, konnte ich ihre Anwesenheit getrost ignorieren.

Leider stellte ich wenig später fest, dass dies auf ihre *Abwesenheit* nicht zutraf.

Als sich der Speisesaal lichtete und die Kinder in ihre Hütten ausströmten, um ein wenig Freizeit zu genießen, war Estelle immer noch nicht aufgetaucht.

»Wo ist Estelle?«, fragte Hazel, der ihr Fehlen ebenfalls nicht entgangen war.

»Keine Ahnung.« Angespannt stach ich ein paar der Nudeln an, die großzügig mit Käsesoße übergossen waren. Es gab auch noch Bolognese, für die sich Hazel und ein Großteil der Kinder entschieden hatte. Beide Varianten schmeckten normalerweise wunderbar. Nur heute schien die Soße etwas fad zu sein.

»Zuletzt habe ich sie bei den Booten gesehen.«

»Macht sie denn gar keine Pause?«, fragte Hazel entsetzt.

»Ich bin mir sicher, Quill hat ihr Bescheid gesagt, dass es Essen gibt.«

Hazel kicherte. »Ich hab schon gehört, dass er sie unter seine Fittiche genommen hat.«

Herrgott noch mal! In diesem Camp ging es schlimmer zu als in jeder Kleinstadt. Alle liebten Klatsch. Meine Schwester bildete da keine Ausnahme.

Sie lehnte sich ein Stück zu mir herüber. »Selma hat mir erzählt, dass die beiden vorhin eine ganze Weile zusammengesessen und sich wunderbar unterhalten haben.«

»Was du nicht sagst«, erwiderte ich trocken, während meine Gedanken in eine ganz andere Richtung drifteten.

Estelle hatte schon beim Willkommensbarbecue kaum etwas gegessen und auch auf das Frühstück verzichtet. Dass sie jetzt schon wieder eine Mahlzeit ausfallen ließ, gefiel mir nicht – und egal, wie nervtötend ich diese Frau fand, sie gehörte zu meinem Team und in gewisser Weise trug ich die Verantwortung für sie.

»Die beiden gäben ein schönes Paar ab«, bemerkte Hazel, woraufhin ich mich fast an den Nudeln in meinem Mund verschluckte.

Entgeistert fuhr ich zu meiner Schwester herum. »Bitte sag mir, dass du nicht vorhast, die beiden zu verkuppeln.«

»Wieso denn nicht?«

Meine rechte Schläfe begann zu pochen. »Weil das nur wieder im Chaos endet.«

Ich meinte das nicht böse. Aber der Herzschmerz, den meine kleine Schwester im Frühjahr verursacht hatte, hatte mich etliche schlaflose Nächte gekostet. Ständig hatte ein armer Kerl an meine Tür geklopft und mir sein Herz ausgeschüttet. Aber befolgt hatte keiner meinen Rat, weshalb das Drama in zahlreichen Enttäuschungen mündete. Ich war wirklich nicht scharf auf eine Wiederholung. Außerdem war es praktisch meine Pflicht, meinen besten Freund vor jeglichem Kummer zu bewahren. »Abgesehen davon passen die beiden überhaupt nicht zusammen.«

»Findest du?«, fragte Hazel erstaunt.

Ich schob die letzten Nudeln zusammen. »Du kennst doch Quill. Er ist sensibel, mitfühlend, bescheiden, lustig und freundlich. Estelle ist … das exakte Gegenteil.«

Zugegeben, mit dieser Aussage lehnte ich mich recht weit aus dem Fenster. Aber anders ging es nicht, um meiner Schwester zu verdeutlichen, wie unterschiedlich die beiden waren – und trotzdem machte ich mich auf den Weg zum Seeufer, sobald ich meinen Teller geleert hatte.

Wie schon vermutet, war Estelle immer noch damit beschäftigt, die vier Boote zu lackieren. Als ich sie erreichte, stellte ich fest, dass das erste Kanu fast schon vollständig mit blauem Glanzlack überzogen war. Sie hatte überraschend gute Arbeit geleistet. Der Lack war ebenmäßig und sauber aufgetragen und wies keinerlei unschöne Farbtränen oder Risse auf.

Estelle kauerte über dem Bug und zog konzentriert eine Kante nach. Immerhin hatte sie inzwischen den warmen Pullover ausgezogen. Das schwarze, mit Spitze besetzte Trägertop schmiegte sich eng an ihren Körper und legte sehr viel ihrer ebenmäßigen Haut frei, die im Licht der Sonnenstrahlen schimmerte. Kleine Löckchen kringelten sich in ihrem Nacken und umschmeichelten den eleganten Schwung ihres Halses.

Verdammt, sie war wirklich heiß.

Obwohl sie mein Eintreffen garantiert bemerkt hatte, vollendete sie seelenruhig ihren Pinselstrich, ehe sie den Kopf in meine Richtung drehte. Unter der Kappe meines liebsten Basecaps blitzten ihre dunkel geschminkten Augen hervor. Sie stellten einen seltsamen Kontrast zu der sportlichen Kopfbedeckung dar und wirkten wie eine Maske in dem puppenhaften Gesicht. Estelle fragte nicht, warum ich gekommen war, sondern wartete einfach ab, bis ich mein Anliegen vortrug.

»Du warst nicht beim Mittagessen.«

Wir beide hörten den vorwurfsvollen Ton in meiner Stimme, doch sie ließ sich davon natürlich nicht aus der Fassung bringen.

»Ich war beschäftigt«, erklärte sie und tunkte den Pinsel erneut in den Lacktopf.

Mit einem abfälligen Schnaufen verschränkte ich die Arme. »Was soll das werden, Prinzessin? Ein Hungerstreik?«

Ihre Lippen verzogen sich zu einem zynischen Grinsen, doch sie ging nicht weiter auf meine Provokationen ein, sondern wandte sich wieder dem Boot zu.

Verflucht noch mal. Wenn sie so weitermachte, würde sie wirklich umkippen. Sie musste etwas essen und endlich raus aus der Sonne.

»Für heute reicht es mit den Kanus«, ließ ich sie wissen. »Bis drei Uhr ist Mittagspause, danach geht es mit den Kursen weiter. Quill wird mit den Kindern draußen bleiben. In der Zwischenzeit kannst du die Holzwerkstatt aufräumen und die Ateliers sauber machen.«

Spätestens an dieser Stelle rechnete ich mit ihrem Protest. Doch sie nickte nur, ohne mich anzusehen. »Okay.«

»Okay«, wiederholte ich wie ein Idiot und kam mir nicht zum ersten Mal seit ihrer Ankunft auch wie einer vor.

KAPITEL 8

Estelle

Drei Tage vergingen, in denen sich eine tröstliche Routine einstellte. An den Vormittagen strich ich die Kanus am Seeufer, und wenn es zu heiß wurde, erledigte ich andere Aufgaben, die Reed mir auftrug. Ich putzte sämtliche Ateliers, sammelte Müll am Seeufer zusammen oder suchte im Wald trockene Äste für das nächste Lagerfeuer. Die Arbeiten waren nicht sonderlich angenehm, aber wenigstens boten sie Schutz vor der brutalen Sonne. Ich hätte nie für möglich gehalten, wie heiß es in den Rocky Mountains werden konnte. Aber tatsächlich hatte ich mich bereits am zweiten Tag von einer langen Jeans verabschiedet und die Hosenbeine abgeschnitten. Nun bestand mein Tagesoutfit aus einem dünnen Top, Jeansshorts, Boots und dem Basecap, das Quill mir netterweise überlassen hatte.

Er zählte neben Hazel, Dotty und Grover zu den wenigen, die von den Gerüchten über mich unbeeindruckt geblieben waren. Zwar grenzten mich die übrigen Mitarbeiter nicht aus. Doch ihren wachsamen Mienen nach wussten sie inzwischen ebenfalls, dass ich dieses Praktikum nicht freiwillig absolvierte. Dafür hatte Reed anscheinend gesorgt.

Die Scham lastete schwer auf mir, und so zog ich es vor, lieber mein eigenes Ding zu machen. Ich aß, sobald sich der Trubel im Speisesaal gelegt hatte. Für Dotty war das zum Glück kein Problem. Nach zwei Tagen begann sie sogar damit, ein Extratablett für mich zusammenzustellen, und jedes Mal packte sie einen krachsüßen Brownie dazu, den ich allerdings nur herunterwürgte, weil ich die herzensgute Küchenchefin nicht beleidigen wollte.

Auch abends blieb ich lieber für mich. Ich ging meistens am See spazieren, während am Ufer ein Lagerfeuer loderte, um das sich die übrige Campgemeinschaft versammelte.

Gelächter und die sanften Melodien, die Reed auf seiner Gitarre spielte, waren meine einzigen Gefährten, wenn ich mich abseits am Ufer niederließ und über mein Leben nachdachte. Und es gab noch jemanden, der mir wie ein Schatten folgte. Aber bisher hatte es der kleine Junge nicht gewagt, mich anzusprechen.

Am Mittwochnachmittag saß ich auf der Terrasse des Speisesaals und genoss ein lauwarmes Stück Pizza, als Reed die Stufen hochkam. Er versteifte sich kurz, bevor er fast schon zögerlich zu mir an den Tisch trat.

»Die Kanus sehen gut aus«, sagte er und betrachtete mich, als erwartete er, dass ich jeden Moment ausflippen würde vor Freude und Dankbarkeit, weil er mich *gelobt* hatte.

Ich hatte allerdings nicht vor, vor diesem Tyrannen zu kriechen. Dafür war ich viel zu sauer, weil er mich vor den anderen bloßgestellt hatte. Davon mal ganz abgesehen war es verflucht anstrengend gewesen, die Boote zu streichen. Die ganze Aktion hatte mich literweise Schweiß und zudem drei Oberteile gekostet, die nun mit Lackflecken versaut waren. Allerdings musste ich zugeben, dass ich recht zufrieden mit dem Ergebnis war.

Inzwischen glänzten die vier Kanus in strahlendem Blau. Außerdem hatte ich die Bootsnummern, das Camplogo und die zwei Längsstreifen mit weißem Lack nachgezogen. Jetzt sahen die Kanus aus wie neu – und das war allein mein Verdienst. Ich warf Reed einen vernichtenden Blick zu, bevor ich abermals von meiner Pizza abbiss.

Er schien zu begreifen, dass ich keineswegs vorhatte, ihm den Hintern zu küssen. Ein Muskel zuckte an seinem Kiefer, bevor er mit einer ausladenden Geste hinter sich deutete. »Es wäre gut, wenn du dich als Nächstes um die Bunny Farm kümmerst«, informierte er mich in geschäftigem Tonfall. »Vorausgesetzt, du hast keine Allergie oder so was.«

Da war schon wieder dieser herausfordernde Unterton, der verriet, dass er spätestens jetzt mit meiner Gegenwehr rechnete. Aber da konnte er lange warten. Zwar kannte ich mich nicht sonderlich gut mit Kleintieren aus, aber ich hatte die sechs Kaninchen schon häufiger aus der Entfernung beobachtet und fand sie ziemlich niedlich. Diese Aufgabe wäre also eine angenehme Abwechslung im Vergleich zu der bisherigen Schufterei, obwohl vermutlich auch das Ausmisten des Stalles dazuzählte.

»Ich bin nicht gegen Tiere allergisch«, sagte ich, bevor ich einen Schluck von meiner eisgekühlten Cola trank.

»Gut.« Reed nickte geistesabwesend. »Normalerweise ist die Versorgung der Tiere Mailas Aufgabe. Aber nachher stehen Wasserspiele auf dem Programm. Deshalb wird meine Nichte keine Zeit haben. Dotty kann dir erklären, worauf du achten musst.«

»Okay«, erwiderte ich und widmete mich wieder meiner Pizza, ohne Reed weiter zu beachten.

Gut eine Minute verstrich, doch er rührte sich nicht vom Fleck.

Stirnrunzelnd sah ich ihn wieder an. »Ist sonst noch etwas?«

»Warum bist du vorbestraft?«, platzte er heraus und verzog sogleich das Gesicht, als könnte er nicht glauben, dass er das wirklich gefragt hatte.

Gleichzeitig hatte ich Mühe, meine Pizza bei mir zu behalten, weil sich mein Magen ruckartig zusammenzog. Zum ersten Mal, seit dieser überaus amüsante Machtkampf mit Reed begonnen hatte, wich ich seinem forschenden Blick aus. »Ich dachte, ihr wisst Bescheid.«

»Schon«, räumte er ein, woraufhin ich mich noch elender fühlte. »Aber mehrere Wochen Sozialarbeit kommt mir ein bisschen viel für Beamtenbeleidigung vor. Da muss doch noch mehr vorgefallen sein.«

Bestürzt riss ich den Kopf hoch und begegnete Reeds forschendem Blick. Ich fragte mich, wie zur Hölle er auf die abstruse Idee kam, dass ich mit einem Gesetzeshüter aneinandergeraten war. Dann wurde mir klar, dass es eigentlich nur eine logische Erklärung gab: Meine Mutter hatte es vorgezogen, Hazel bei der Aushandlung ihres Deals diese fadenscheinige Ausrede zu präsentieren. Als wäre Bestechung nicht schon schlimm genug.

Meine Wangen brannten lichterloh. Ich überlegte, die Sache richtigzustellen. Doch ich war schlichtweg zu feige. »Ich will nicht darüber reden.«

»Wieso nicht?«, hakte Reed nach. »Eigentlich sollte es in deinem Interesse sein, deine Version der Ereignisse zu schildern.«

Plötzlich schlugen meine Gefühle in pure Bitterkeit um. Seit meiner Ankunft hatte dieser Typ mich in jeder Sekunde spüren lassen, wie wenig er von mir hielt. Glaubte er ernsthaft, dass ich ausgerechnet ihm jemals mein Herz ausschütten würde? Ich stieß ein kaltes Lachen aus. »Warum willst du plötzlich wissen, was passiert ist? Du hast dein Urteil über mich längst gefällt.«

Reed zuckte zusammen, widersprach jedoch nicht.

Seine Reaktion war überraschend schmerzhaft. Noch schlimmer war jedoch die Erkenntnis, dass sich rein gar nichts an Reeds Einstellung ändern würde, wenn er die Wahrheit erfuhr. Ganz im Gegenteil. Er würde mich nur noch mehr verachten.

Genau wie ich mich selbst.

Kopfschüttelnd stand ich auf und ergriff mit zitternden Händen den Teller und das Glas, um beides in die Küche zu bringen.

Reed hielt mich nicht auf. Doch ich konnte seinen Blick in meinem Rücken spüren. Selbst dann noch, nachdem sich die Terrassentüren längst hinter mir geschlossen hatten.

***

Die Bunny Farm entpuppte sich als riesiges Freilaufgehege, das von einem Holzzaun umgeben war. Zwischen den einzelnen Latten war Volierendraht befestigt, und ein Vogelnetz spannte sich in zwei Metern Höhe wie ein Schutzzelt bis zu der Kiefer im Zentrum. Um den dicken Stamm verteilten sich mehrere niedliche Holzhütten, Fresstürme und Baumstümpfe. Dazwischen wuselten die sechs Kaninchen fröhlich hin und her.

»Alles, was du brauchst, befindet sich in der großen Truhe da drüben«, erklärte Dotty, die neben mir am Eingang des Geheges stand. »Pass nur auf, dass dir keiner der kleinen Racker entwischt, wenn du reingehst. Sie sind wirklich schnell.«

Staunend betrachtete ich all die liebevollen Details, die dieses Gehege zu einem wahren Kaninchenparadies machten. Es gab Buddelgruben, Kletterrampen und Knabberspielzeuge, dazu unzählige farbige Schalen mit frischem Gemüse, Heu und Blattwerk. Ich warf Dotty einen belustigten Blick zu. »Also, ich würde ja lieber hierbleiben, wenn ich ein Kaninchen wäre.«

»Ich auch«, stimmte Dotty mir kichernd zu. »Aber leider sind diese dusseligen Viecher ziemlich neugierig. Vor ein paar Wochen ist Nemo abgehauen. Wir haben fast den ganzen Tag gebraucht, um ihn wieder einzufangen.«

Klasse! Jetzt fühlte ich mich gleich viel weniger unter Druck gesetzt. Beklommen sah ich zwischen den Kaninchen und der Gattertür hin und her, während ich überlegte, wie ich möglichst schnell in das Gehege gelangen könnte.

»Die Kaninchen sind alle nach Figuren aus diesem Pixar-Film benannt«, fuhr Dotty unterdessen fort. »Frag mich aber bitte nicht, wer wer ist.«

Überrascht drehte ich den Kopf. »Maila muss den Film ja echt lieben.«

»Oh ja.« Dotty lächelte sanft. »Unsere Kleine liebt alles, was mit Wasser zu tun hat. Wenn es nach ihr ginge, würde sie wahrscheinlich im Silver Lake wohnen. Insofern war es ziemlich geschickt von Reed, dieses Gehege zu errichten.«

Ich blinzelte. »Reed hat das alles gebaut?«

Dotty nickte. »Sein Geschenk zur Einschulung. Maila war ein bisschen traurig, weil …« Die Küchenchefin hielt inne und winkte ab. »Nicht so wichtig.«

Ich hätte gerne nachgehakt, warum das aufgeweckte Mädchen traurig gewesen war. Aber ich war noch zu beschäftigt damit, die Tatsache zu verdauen, dass Reed offenbar auch eine mitfühlende Seite besaß.

»Ach, fast hätte ich es vergessen: Es dürfen immer nur zwei Kinder in das Gehege.« Schmunzelnd stieß Dotty sich vom Geländer ab. »Sonst wird es zu stressig für die *Fische*.«

»Verstanden.« Vorsichtig öffnete ich das Gatter und schlüpfte hinein.

Dotty versprach, später mit frischem Futter vorbeizuschauen, dann wünschte sie mir viel Spaß und ging in die Küche zurück, um das Abendessen vorzubereiten.

Zunächst war ich unsicher, ob ich erst einmal Kontakt zu den Kaninchen aufnehmen sollte oder ob es besser wäre, sie einfach zu ignorieren. Die kleinen Fellknäuel nahmen mir allerdings die Entscheidung ab, denn sie hoppelten neugierig auf mich zu.

Lächelnd ging ich in die Hocke und streckte einem goldgelben Kaninchen mit braunen Knopfaugen meine Hand entgegen. Die kleine rosa Nase zuckte, als das Kaninchen schnupperte. Dann stupste es mich sanft an.

Ich lachte leise auf und setzte mich auf den Boden, damit die Tiere mich erst einmal kennenlernen konnten.

Fünf Minuten später war ich umringt von allen sechs Kaninchen, die über meinen Schoß hüpften, an meinen Haaren zupfen und meine Jeans anknabberten. Ich genoss die Freundlichkeit der Tiere, denn sie war aufrichtig und frei von Vorurteilen.

Ein angenehmes Gefühl der Ruhe breitete sich in mir aus, während ich im Gras saß und meine neuen Freunde streichelte. Wahrscheinlich wäre ich den ganzen restlichen Tag einfach hier sitzen geblieben, hätten einen Moment später nicht ein paar Zweige hinter mir geknackt.

Überrascht schaute ich über die Schulter und entdeckte Bowie, der sich bis zum Zaun des Geheges vorgewagt hatte und die kleine Versammlung beobachtete. Neugier lag in seinem Blick und auch eine Sehnsucht, die ich nur zu gut verstand.

»Hallo«, sagte ich sanft, weil ich ihn nicht erschrecken wollte, nachdem er endlich den Mut aufgebracht hatte, sich mir zu nähern. Ich fragte mich, wer seinen Koffer gepackt hatte, denn er trug karierte Chino-Shorts, die verdächtig nach Golfoutfit aussahen. Auch das schneeweiße Polohemd und die passenden Slipper schienen eher einem alten Mann zu gehören. Andererseits war Bowie ohnehin nicht wie die anderen Kinder. In den letzten Tagen hatte ich mehrfach beobachtet, wie er sich von der Gruppe entfernte, weil ihn sowieso niemand beachtete.

Das war nicht unbedingt die Schuld der anderen Kinder. Sie hatten durchaus versucht, Bowie mit einzubinden. Aber der Junge tat sich schwer, sich zu integrieren, und mit der Zeit hatten die Kids einfach das Interesse an ihm verloren.

Bowie ließ nicht erkennen, ob ihm das etwas ausmachte. Aber ich kannte die Wahrheit ohnehin schon. Schließlich war es mir nicht anders ergangen, als ich in seinem Alter gewesen war. Auch ich war immer eine Außenseiterin gewesen. Genau genommen war ich jetzt immer noch eine. Nicht nur in diesem Camp, sondern überall.

Ein schmerzhaftes Ziehen machte sich in meiner Brust breit. Inzwischen war ich vier Tage fort und niemand hatte sich nach meinem Befinden erkundigt. Nicht einmal Mason. Dabei war ich so sicher gewesen, dass ich diesmal alles richtig gemacht hatte, um wahre Freunde zu finden. Ich hatte die perfekten Outfits getragen und war auf jeder Party bester Laune gewesen, was überhaupt nur durch literweise hochprozentigen Alkohol möglich gewesen war. Doch wieder einmal war es nicht genug gewesen.

Ich war nicht genug gewesen.

Ich fühlte mich genauso einsam und verloren wie immer.

Unvermittelt traten mir Tränen in die Augen, und ich blinzelte heftig, weil ich Bowie nicht erschrecken wollte. Der Junge konnte schließlich auch nichts dafür, dass ich genau wusste, wie er sich fühlte. Er verharrte noch immer still am Zaun, aber seine Augen zuckten zwischen mir und den Kaninchen hin und her.

»Möchtest du mit reinkommen?«, fragte ich aus einem Impuls heraus.

Zu meiner Überraschung schüttelte Bowie nicht den Kopf. Stattdessen flackerte Aufregung in seinen Augen auf. Er schien tatsächlich zu überlegen, ob er mein Angebot annehmen sollte.

Vorsichtig nahm ich das schwarze Kaninchen, das gerade auf meinem Schoß entspannte, und setzte es neben mich ins Gras. Anschließend stand ich auf und schlenderte mit vorgetäuschter Lässigkeit zum Eingang des Geheges. Während ich das Schloss entriegelte, schenkte ich Bowie ein einladendes Lächeln. »Du könntest ihnen Gesellschaft leisten, während ich den Stall ausmiste.«

Zunächst regte sich der kleine Junge nicht, doch dann trat er schüchtern näher an das Gatter.

Stolz erfasste mich. Mir war klar, wie viel Überwindung es Bowie kostete, zu mir in das Gehege zu kommen. Mein Lächeln wurde breiter. »Na, dann los.«

Eilig schlüpfte er durch die Tür und setzte sich auf einen Baumstumpf, um die Tiere aus der Nähe zu beobachten. Es dauerte nicht lange, bis das goldgelbe Kaninchen, das auch mich zuerst begrüßt hatte, bei ihm war. Als es Bowie um Aufmerksamkeit heischend anstieß, hoben sich seine Lippen zu einem hinreißenden Lächeln, und mein Herz schmolz wie Schokolade in der Sonne.

Ich beschloss, Bowie nicht weiter zu bedrängen, und wandte mich der Truhe zu. Mit Kehrschaufel, Besen und einem Eimer kniete ich mich vor eine der Holzhütten.

Dotty hatte mir erklärt, worauf ich bei der Reinigung achten musste. Also machte ich mich endlich ans Werk, während Bowie mit den Fellnasen Bekanntschaft schloss.

Eine halbe Stunde später war ich endlich mit dem Ausmisten fertig und verteilte saubere Streu in den Hütten. Da sprach Bowie mich zum ersten Mal an. »Du kannst Lärm nicht leiden.«

Überrascht drehte ich mich zu ihm um und musste sogleich die Lippen zusammenpressen, um nicht zu lachen. Mittlerweile saß er im Schneidersitz auf dem Baumstumpf und in seinem Schoß hockten drei gescheckte Kaninchen. Ein weißes hatte es irgendwie auf seine Schulter geschafft und die anderen beiden flankierten seinen schmalen Körper. Doch sein Blick war mit ungewöhnlicher Ernsthaftigkeit auf mich gerichtet.

»Stimmt«, erwiderte ich leichthin, als würde es mich nicht im Geringsten stören, wie sehr mir jede Art von Krach zusetzte. Auf der anderen Seite hatte Bowie diese kluge Feststellung nicht ohne Grund gemacht. Plötzlich erinnerte ich mich daran, wie er sich am ersten Abend beim Barbecue die Ohren zugehalten hatte. »Du magst Lärm auch nicht.«

»Nein«, bestätigte Bowie und lenkte seine Aufmerksamkeit zurück auf die Kaninchen in seinem Schoß. Es schien fast so, als würde er sich schämen. »Ich mag Chaos allgemein nicht.«

Das verstand ich nur zu gut, wobei ich mich schon fragte, was sich seine Eltern dabei gedacht hatten, ihn hierherzuschicken. Schließlich bedeutete ein Sommercamp mit über siebzig Kindern Chaos pur. Andererseits wussten sie es vielleicht gar nicht. Immerhin hatte ich mit meiner eigenen Mutter auch nie über meine Probleme geredet.

Moira Sinclair hatte sich ohnehin nicht dafür interessiert und mich schon gar nicht *verstanden*. Meistens hatte sie abgewunken, wenn ich versucht hatte, ihr zu erklären, warum ich Konzentrationsprobleme hatte, und meinte lediglich, ich müsse eben besser zuhören. Dabei hatte ich zugehört. Ich hatte *alles* gehört.

Das Getuschel meiner Klassenkameraden, das Rascheln von Papier, das Kratzen der Kreide über die Tafel, die schrille Stimme meiner Lehrerin, das Zwitschern der Vögel vor dem Fenster ... nie hatte ich mich wirklich auf eins davon fokussieren können, und als ich Bowie aus den Augenwinkeln beobachtete, dessen Blick beständig hin und her zuckte, hegte ich stark den Verdacht, dass es ihm ähnlich ging.

Vielleicht hatte er mich deshalb ausgesucht. Vielleicht wollte er aber auch einfach seine Ruhe, und nachdem ich mich in den ersten Tagen hier nicht besonders gesprächig gezeigt hatte, schien er sich bei mir die besten Chancen auszurechnen.

Ein paarmal hatte ich beobachtet, wie Scott, Aubrey und selbst Reed dem Jungen auf die Pelle rückten. Er hatte sie allesamt auflaufen lassen. Deshalb versuchte ich gar nicht erst, ihn weiter zu bedrängen, sondern warf ihm ein verständnisvolles Lächeln zu, bevor ich damit fortfuhr, Sägespäne in den Kaninchenhütten zu verteilen.

Ich war fast fertig, als plötzlich jemand geräuschvoll nach Luft schnappte. Sofort richtete ich mich auf und entdeckte Maila, die mit zwei Mädchen im selben Alter vor dem Zaun stand. Die drei trugen nasse Badeanzüge und Shorts. Eines der Mädchen hatte sich ein Handtuch um den Kopf geschlungen.

Aber die Nässe schien ihnen bei der Hitze nichts auszumachen. Stattdessen starrten sie Bowie mit weit aufgerissenen Augen an.

Der arme Kerl krümmte sich zusammen, als wollte er sich am liebsten in Luft auflösen, woraufhin das weiße Kaninchen auf seiner Schulter beinahe herunterpurzelte. Schnell hob er die Arme, fing es ab und setzte es zu den drei gescheckten Kaninchen, die inzwischen friedlich auf seinem Schoß schlummerten.

Maila kicherte. »O mein Gott! Du siehst aus wie ein Zauberer mit seiner Crew.«

Prompt überzog eine tiefe Röte Bowies Gesicht. Er runzelte die Stirn und schien ehrlich nicht zu wissen, ob das ein Kompliment oder eine Beleidigung war. Dabei war die Anerkennung deutlich in Mailas Ton zu hören gewesen, und auch der Ausdruck auf dem Gesicht des Mädchens war offen und ehrlich.

»Du kannst echt gut mit ihnen«, sagte sie, drückte ihrer Freundin ihr nasses Badetuch in die Hand und marschierte zum Gatter. Mit einer routinierten Bewegung schob sie den Riegel auf und schlüpfte ins Innere des Geheges.

Sofort kam Bewegung in die Kaninchen. Das Goldgelbe hüpfte vom Baumstamm und Maila entgegen, die sich sofort hinkniete. Sie klopfte auf ihren Schoß, und es hopste drauf.

Mir klappte vor Überraschung der Mund auf, und Mailas Freundinnen rückten nicht minder staunend näher an den Zaun.

Maila strich dem goldgelben Fellknäuel liebevoll über den Rücken. »Na, du kleiner Frechdachs. Bist du auch schön lieb?«

Das Kaninchen antwortete, indem es sich auf die Hinterläufe stellte und fordernd gegen ihre Hand stupste. Unterdessen hüpften drei weitere Kaninchen näher. Nur das weiße blieb in Bowies Schoß sitzen.

Behutsam nahm Maila das goldgelbe Kaninchen hoch und trat näher an Bowie heran, der ihrem Blick verunsichert auswich. Sie ließ sich davon aber nicht stören und setzte sich einfach neben ihn auf den Baumstamm. »Du bist Bowie, stimmt's?«

Er wirkte regelrecht schockiert. »Du weißt, wie ich heiße?«

»Klar.« Maila gluckste. »Du bist der, der angeblich nicht sprechen kann.«

Falls das überhaupt möglich war, wurde Bowie noch röter. »Ich kann wohl sprechen.«

»Das weiß ich selbst.« Mit einem belustigten Funkeln in den Augen warf sie ihre wilden braunen Locken zurück, woraufhin Wasserspritzer durch die Luft flogen. »Du hast ja gerade was gesagt.«

Die Mädchen am Zaun kicherten, und Bowie zog den Kopf ein, während sich mein Herz vor Mitgefühl zusammenzog. Ich konnte ihm ansehen, wie gern er etwas Cooles erwidert hätte, um die Mädchen zu beeindrucken. Stattdessen nahm er vorsichtig das weiße Kaninchen von seinem Schoß und stand auf.

»Willst du gar nicht wissen, wie sie heißen?«, fragte Maila, die sich von seiner Reaktion nicht aus dem Konzept bringen ließ.

Bowie hielt inne.

Ein triumphierendes Lächeln erschien in ihrem Gesicht. »Der Goldgelbe ist Nemo, und der Weiße da heißt Puff.«

Es überraschte mich nicht, dass der goldgelbe Rammler der kleine Ausreißer war, von dem Dotty mir erzählt hatte, so neugierig und furchtlos wie er auf jeden zuging.

»Puff?«, wiederholte Bowie skeptisch.

»Ja.« Maila stand ebenfalls vom Baumstamm auf und legte den Kopf schief. Das hatte sie auch schon an dem Tag getan, als ich ihr zum ersten Mal begegnet war, und diese Eigenheit erinnerte mich stark an ihren Onkel. Ich war mir nicht sicher, ob das gut oder schlecht war. Allerdings schien es in Bowies Fall zu bedeuten, dass Maila ihn mochte, denn ihre Miene wurde ganz weich.

»Puff ist von allen am ängstlichsten«, fuhr sie fort, während sie zusah, wie das kleine weiße Fellknäuel davonhoppelte. »Aber dir vertraut er.«

Der Stolz, der plötzlich in Bowies Augen aufflackerte, war herzzerreißend, auch wenn er es nicht wagte, etwas zu erwidern. Wahrscheinlich hatte er Angst, er könnte Mailas Anerkennung mit einem falschen Wort zunichtemachen.

»Wie heißen die anderen?«, mischte ich mich ein, weil ich wusste, dass Bowie diese Frage brennend interessierte.

Maila zeigte zuerst auf die drei gescheckten Kaninchen, die kaum voneinander zu unterscheiden waren. »Das sind Dorie, Bella und Luv. Der Schwarze da heißt Blubbel.«

Bowie wirkte ein bisschen fassungslos. »Wie in *Findet Nemo*?«

»Genau.« Maila grinste breit. »Kennst du den Film?«

»Ja.« Bowie musterte die herumhüpfenden Kaninchen. »Warum hast du deine Kaninchen nach Fischen benannt? Das ergibt keinen Sinn. Kaninchen sind Säugetiere.«

Maila zuckte mit den schmalen Schultern. »Ich mag Fische.«

Diese Logik schien Bowie gleich noch mehr zu verwirren. Dabei vergaß er glatt seine Zurückhaltung und schaute Maila direkt an. »Ja, aber …«

»Bowie!«

Beinahe hätte ich frustriert über die Unterbrechung aufge-schrien. Ich drehte mich zu Scott um, der soeben neben den beiden Mädchen am Zaun aufgetaucht war, und überlegte ernsthaft, ihn zu verscheuchen, damit Bowie und Maila länger ungestört reden konnten. Dann bemerkte ich jedoch, dass der junge Betreuer käseweiß im Gesicht war. Genaugenommen sah er aus, als müsste er sich gleich übergeben. »Du kannst doch nicht einfach weglaufen!«

Sein vorwurfsvoller Ton brach den Zauber, der Bowie aus seinem Schneckenhaus gelockt hatte. Sofort machte der Junge wieder dicht.

»Er war die ganze Zeit bei mir«, schaltete ich mich ein. »Dotty sagte, die Kinder dürfen jederzeit ins Gehege.«

Zugegeben, exakt diesen Wortlaut hatte sie nicht verwendet. Aber ich wollte vermeiden, dass Bowie noch mehr Ärger be-kam.

Scott warf die Hände in die Luft. »Doch nicht während ei-ner *Probe*.«

Es überraschte mich, dass Bowie sich für den Theaterkurs eingeschrieben hatte, denn eigentlich war der Junge viel zu schüchtern dafür. Andererseits hatte er sich vielleicht vorge-nommen, jeden Kurs auszuprobieren.

»Sorry«, murmelte er verlegen.

Doch leider war Scott selbst viel zu aufgelöst, um Bowies Unbehagen zu bemerken. Stattdessen setzte er noch eins drauf, indem er anklagend mit dem Finger auf ihn zeigte. »Du hast gesagt, du gehst nur mal kurz aufs Klo!«

Wie nicht anders zu erwarten, lachten die Mädchen am Zaun nun lauthals los, während Maila eine Grimasse schnitt und Bowie ein Loch im Boden suchte, in dem er verschwinden könnte.

Lieber Himmel! Sollten Schauspieler nicht ein Mindestmaß an Empathie besitzen? Das war ja fürchterlich.

Ich trat an den Zaun und baute mich vor Scott auf. »Er ist schon fast zwei Stunden hier.« Obwohl Scott eigentlich bisher immer nett zu mir gewesen war, gab ich mir keine Mühe, meinen Tonfall freundlich zu halten. »Was dich zweifellos zu einem grottenschlechten Betreuer macht, wenn dir sein Fehlen jetzt erst aufgefallen ist.«

Scott zuckte zurück. »Das war nicht meine Schuld! Ich dachte, er war so lange weg, weil …«

»Wag es nicht!«, unterbrach ich ihn scharf, da er in seiner Aufregung offensichtlich keinerlei gesunden Menschenverstand mehr besaß und kurz davor war, dem Jungen in aller Öffentlichkeit irgendwelche Verdauungsprobleme anzudichten. Bowie hätte sich niemals von diesem Tiefschlag erholt. Unbarmherzig kniff ich die Augen zusammen. »Du bist der Kursleiter, Scott. Es ist dein verdammter Job, die Kids wenigstens im Auge zu behalten, wenn du es schon nicht schaffst, ihnen die Freude an der Schauspielerei zu vermitteln.«

Empört reckte Scott sein Kinn vor. »Die Kinder haben immer Spaß in meinem Kurs. Da kannst du jeden hier fragen.«

An dieser Stelle hätte ich natürlich einwenden können, dass definitiv *nicht* alle Kinder Spaß in seinem Kurs hatten. Aber ich weigerte mich, die Aufmerksamkeit zurück auf Bowie zu lenken. Stattdessen verzog ich spöttisch die Lippen. »Bisher habe ich noch nicht viel Beeindruckendes gesehen.«

»Ach, glaubst du, du kannst es besser?« Scotts Stimme überschlug sich fast vor Entrüstung.

Nun ja, immerhin trug ich schon mein halbes Leben lang eine Maske. Insofern war mir dieses Metier durchaus vertraut.

Andererseits brannte ich auch nicht für die Schauspielerei wie Scott, und ich hatte erst recht nicht vor, ihm seinen Platz streitig zu machen. Ich war lediglich eingeschritten, um Bowies Blamage abzuwenden, was mir eher schlecht als recht gelungen war, wie ich leider zugeben musste.

»Gibt es hier ein Problem?«, erklang da eine enervierend ruhige Stimme, bevor ich die Gelegenheit bekam, Scott zu antworten.

Innerlich stöhnte ich auf. Natürlich musste Reed ausgerechnet jetzt auftauchen, und natürlich hatte er sich bereits ein Bild von der Situation gemacht.

»Nein«, erwiderte ich tonlos. »Alles in Ordnung.«

Vollkommen entspannt stützte Reed die Ellenbogen auf den Holzzaun und durchbohrte Scott mit seinen grünen Augen. Dass er nicht weiter nachfragte, beunruhigte mich. Andererseits musste ich so wenigstens nicht lügen.

Reed zog eine Braue in die Höhe. »Vielleicht solltet du und Bowie jetzt zu den anderen zurückgehen.«

»Ja!«, rief Scott aus und winkte den Jungen hektisch zu sich. »Komm! Sie warten sicher schon.«

Mit gesenktem Kopf schlüpfte Bowie an mir vorbei aus dem Gehege, bevor er neben Scott mit hängenden Schultern davontrottete.

Sobald die beiden weg waren, wandte Reed sich an seine Nichte. »Und ihr seid schon fertig mit den Wasserspielen?«

»Jepp.« Maila grinste breit, bevor sie die Gehegetür aufzog. »Mein Team hat gewonnen.«

Reed wirkte nicht überrascht. »Gratuliere, Flipper.«

»Wir gehören auch zum Team«, merkte das Mädchen mit dem Handtuch auf dem Kopf an. In ihren Augen glitzerten kleine Herzchen.

Wieder einmal zeigte Reed seine charmante Seite, indem er auch den anderen beiden Mädchen anerkennend zulächelte. »Das habt ihr toll gemacht.«

»Danke.« Gut gelaunt hüpfte Maila zu ihren Freundinnen und hakte sich bei ihnen unter. »Wir gehen uns jetzt mal umziehen.«

Reed nickte. »Wir sehen uns nachher beim Essen.«

»Bis später«, flötete Maila und winkte zum Abschied sogar noch einmal in meine Richtung, bevor die drei mit einem aufgeregten Kichern verschwanden.

Und schon wieder war ich mit Reed Dixon allein.

KAPITEL 9

Reed

Die Mädchen waren kaum um die Ecke des Verwaltungsgebäudes gebogen, da wandte Estelle sich auch schon von mir ab, griff nach einer Harke und begann damit, die losen Salatblätter und Zweige zusammenzukehren, die Mailas Kaninchen aus den Futternäpfen gezerrt und im gesamten Gehege verteilt hatten. Dabei gab sie vor, mich nicht zu beachten. Aber sie konnte mich nicht täuschen. Ich wusste genau, dass sie jede meiner Regungen verfolgte. Wahrscheinlich hoffte sie, dass ich endlich verschwand. Aber ich stand da wie angewurzelt. Ich war schon sehr viel länger in der Nähe gewesen, als Estelle ahnte. Allerdings hatte sie mich nicht bemerkt, weil sie zu sehr auf Bowie konzentriert gewesen war.

Den Jungen inmitten der Kaninchen unweit von ihr zu entdecken, war eine echte Überraschung für mich gewesen, vor allem, da der Junge ihre Nähe aktiv gesucht zu haben und sich sichtlich wohl bei ihr zu fühlen schien, obwohl die beiden kaum miteinander sprachen. Erst Mailas Erscheinen hatte dafür gesorgt, dass Estelle den Mund aufgemacht hatte – und bei Scott war sie fast schon zur Furie mutiert.

Sie stieß ein missmutiges Seufzen aus und hielt nun doch mit ihrer Arbeit inne. Herausforderung funkelte in ihren strahlend blauen Augen. »Na los! Bringen wir es hinter uns.«

Ich runzelte die Stirn. »Was meinst du?«

»Ich habe vor den Kindern einen Kollegen zur Schnecke gemacht«, erinnerte sie mich, während sie sich auf der Harke abstützte. »So was gehört sich nicht.«

Damit hatte sie nicht ganz unrecht. Allerdings stand außer Frage, dass sie mit ihrer Einmischung nur versucht hatte, Bowie zu schützen, womit sie weit mehr Mitgefühl bewiesen hatte als Scott. Ich musste wirklich dringend unter vier Augen mit ihm sprechen. Liebe zum Theater hin oder her. Es ging nicht, dass Bowie ihm schon wieder entwischt war, er aber, anstatt die Schuld bei sich zu suchen, lieber den Jungen fertigmachte. Vor den Mädchen wohlgemerkt.

Insofern konnte ich es Estelle nicht einmal verübeln, dass sie zum Gegenschlag ausgeholt hatte. Allerdings störte mich plötzlich, dass sie meinen Tadel trotzdem erwartete. Hielt sie mich wirklich für so ein Riesenarschloch?

»Ich habe nicht vor, dir eine Standpauke zu halten.«

Sie stieß ein bitteres Lachen aus. »Lohnt die Mühe nicht, was?«

Ihr Vorwurf traf mich mit unerwarteter Wucht. »Ich würde mir die Mühe schon machen, wenn du im Unrecht wärst. Aber das bist du nicht … Also …« Mit einer Lässigkeit, die ich bei Weitem nicht empfand, zuckte ich mit den Schultern. »Keine Standpauke.«

Falls sie überrascht war, so zeigte sie es nicht. Stattdessen fuhr sie damit fort, das Gehege auszufegen.

Nachdenklich legte ich den Kopf schief. In den letzten Tagen hatte ich ihr echt fiese Aufgaben gegeben und abgesehen von heute Mittag nie ein anerkennendes Wort über ihre Arbeit verloren. Im Gegenzug hatte Estelle sich nie beklagt, sondern fügsam jeden Job erledigt. Sie war fleißig, gründlich und zuverlässig und sich offensichtlich auch nicht zu fein, Kaninchenställe auszumisten. Dabei hätte ich spätestens an dieser Stelle ihren Widerspruch erwartet.

Ich wusste selbst nicht genau, warum ich ihr überhaupt diese Aufgabe übertragen hatte. Das hieß, ich wusste es schon. Aber es fiel mir schwer, mir einzugestehen, dass ich sie nur hierhergeschickt hatte, weil ich wütend gewesen war. Wütend auf sie, weil sie mich hatte abblitzen lassen, nachdem ich ihr angeboten hatte, ihre Version der Geschichte zu schildern. Und wütend auf mich selbst, weil sich allmählich gewisse Zweifel in mir regten.

Eigentlich hatte ich mich noch nie fundamental in einem Menschen getäuscht. Aber Estelles Verhalten passte einfach nicht zum Bild der verwöhnten Prinzessin in meinem Kopf. Hatte Hazel mit ihrer Einschätzung also doch recht gehabt und ich war blind vor lauter Vorurteilen gewesen? Oder machte Estelle uns allen etwas vor?

»Morgen steht ein Tagesausflug zu den Wasserfällen im Süden des Sees an«, sagte ich, während eine Idee in mir reifte. »Ich möchte, dass du Glens Gruppe begleitest.«

Für einen kurzen Moment weiteten sich ihre Augen. Aber entgegen meiner Erwartung wirkte Estelle nicht erfreut über das Angebot, sondern irgendwie … verletzt, tieftraurig. Allerdings verbarg sie ihre Reaktion schnell hinter einem spöttischen Grinsen. »Du willst mich doch nicht im Ernst auf arme, unschuldige Kinder loslassen.«

»Willst du lieber Fenster putzen?«, schoss ich zurück, weil das die Aufgabe war, die ich ihr ursprünglich zugedacht hatte.

Sie schnaubte. »Ist mir vollkommen egal.«

»Bowie hat sich ebenfalls für den Ausflug angemeldet.«

Nun festigte sich ihr Griff um die Harke. Ihr Interesse war zweifellos geweckt.

»Ich dachte mir, du könntest ihn vielleicht im Auge behalten«, fuhr ich fort und musste beinahe lachen, weil sie weiterhin so tat, als wäre ihr das total schnuppe. Das mochte vielleicht auf die Wanderung an sich zutreffen, aber sicher nicht auf den kleinen Lord.

»Das könnte ich schon machen«, murmelte sie.

Sie hätte nicht gleichgültiger klingen können – und doch wurde ich das Gefühl nicht los, dass das exakte Gegenteil der Fall war. Blieb nur zu hoffen, dass ich diese spontane Planänderung am Ende nicht bereute.

***

Auf dem Versammlungsplatz herrschte bereits reges Treiben, als ich am nächsten Morgen eintraf. Ich hatte Estelle nicht gesagt, dass ich mitkommen würde, weil ich befürchtet hatte, dass sie am Ende Fensterputzen meiner Gesellschaft vorzog.

Ich war nicht stolz darauf, aber selbst mir war klar, dass ich eine derartige Abfuhr nicht besonders gut weggesteckt hätte. Deshalb hatte ich einfach gar nichts weiter erklärt, sondern sie lediglich gebeten, gleich nach dem Frühstück zum Treffpunkt zu kommen.

Und da war sie.

Sie stand abseits der Gruppe und beobachtete den Trubel mit unverhohlenem Misstrauen. Wie üblich waren ihre Augen dunkel umrahmt, und sie hatte sich mein Queen-Basecap tief ins Gesicht gezogen. Ihr langes Haar war zu einem hohen

Zopf zusammengebunden, der sie wesentlich jünger wirken ließ als Mitte zwanzig. Das Trägertop haftete eng an ihrem schlanken Oberkörper, und die abgeschnittenen Jeans zeigten vor allem zur Freude der älteren Jungs sehr viel von ihren glatten, gebräunten Beinen.

Als ich an drei fünfzehnjährigen Ochsenfröschen vorbeikam, die Estelle ohne jede Zurückhaltung musterten, war ich versucht, ihnen allen eine Kopfnuss zu verpassen. Dann stellte ich allerdings fest, dass meine Einmischung gar nicht nötig war. Ein strenger Blick von ihr genügte und die Jungs wandten sich eilig ab.

Teenager!

Belustigt blieb ich neben Glen stehen, der bereits die Anwesenheitsliste durchging. Insgesamt hatten sich fünfzehn Kinder für den heutigen Ausflug angemeldet, weil es sich bei den Wasserfällen um ein beliebtes Ziel handelte.

Mit Pausen war es eine Wanderung von gut drei Stunden bis zum südwestlichen Ende Sees. Allerdings führte die Route größtenteils durch den schattigen Wald am Fuße der umliegenden Berge und war angenehm zu laufen. Deshalb machte ich die Tour immer wieder gerne mit.

»Sind wir vollzählig?«, fragte ich, machte mir aber nicht die Mühe, ebenfalls die Anzahl der Köpfe zu überprüfen. Zwar war das auch Glens erstes Mal in Silver Springs, allerdings merkte man ihm seine jahrelange Erfahrung als Survival Coach deutlich an. Sein Umgang mit den Kids war routiniert und unaufgeregt. Hinzu kam, dass er eine medizinische Ausbildung vorweisen konnte. Der Mann war also ein echter Hauptgewinn, obgleich es mir ein wenig Sorge bereitete, wie interessiert er meine Schwester betrachtete, wenn wir abends zusammen am Lagerfeuer saßen – und umgekehrt.

»Jepp.« Zufrieden faltete Glen die Liste zusammen und schob sie in die hintere Hosentasche seiner olivgrünen Cargoshorts. »Von mir aus können wir los.«

»Perfekt.« Ich bedeutete ihm vorauszugehen. »Nach dir.«

Grinsend steckte Glen sich Daumen und Zeigefinger in den Mund und stieß einen grellen Pfiff aus. »Alle mir nach«, brüllte er, und schon setzte sich die Truppe in Bewegung.

Ich blieb, wo ich war, und scannte die Menge nach Bowie ab.

Inzwischen stand der Junge gleich neben Estelle, und wieder stach er mit seinem Outfit hervor. Die meisten Kids trugen bunte T-Shirts, Shorts und Turnschuhe. Bowie hatte sich für ein kariertes Hemd und eine Leinenhose entschieden, unter der Sandalen hervorblitzten. Seine Hände krallten sich um den Riemen seines teuren Lederrucksacks, und als die Kinder lachend und schwatzend an ihm vorbeimarschierten, schob er sich ein Stück zur Seite, wie um sich hinter Estelle zu verstecken.

Diese wartete mit einem Ausdruck absoluter Gelassenheit, bis die Kinder vorbeigelaufen waren. Sie wollte sich gerade der Gruppe anschließen, als sie mich bemerkte.

Ihre Gelassenheit schwand, wie ich nicht ohne einen unangenehmen Druck in meiner Brust registrierte. Dennoch zwang ich meine Mundwinkel in die Höhe. »Guten Morgen.«

»Guten Morgen«, erwiderte Estelle und reckte das Kinn vor, als würde sie sich innerlich wappnen. »Hast du es dir anders überlegt?«

»Was?« Verdattert schüttelte ich den Kopf, als ich begriff, dass sie ihre Teilnahme an diesem Ausflug meinte. »Nein, natürlich nicht.«

Sie blieb skeptisch. »Und was machst du dann hier?«

»Ich werde euch begleiten.«

Estelles Augen wurden groß, während Bowie neugierig hinter ihr hervorlugte.

»Wieso?«, platzte sie entgeistert heraus.

»Weil es eine Menge Kids sind und ich heute keine anderweitigen Pläne habe.«

Das stimmte nicht ganz. Eigentlich musste ich immer noch mit Scott reden, ein paar neue Materialien besorgen, um die mein Team für die Kurse gebeten hatte, das erste große Campfest am Wochenende vorbereiten, mit Dotty und Hazel den Speiseplan für die kommende Woche besprechen und noch gefühlt tausend andere Punkte auf meiner To-do-Liste erledigen. Trotzdem hatte ich beschlossen, diesen Ausflug mitzumachen, denn erfahrungsgemäß kam man in Plauderlaune, wenn man entspannt durch den Wald spazierte. Meine Chancen standen also recht gut, dass ich am Ende des Tages wusste, wie Estelle wirklich tickte – und dann würden diese nagenden Zweifel, die mich inzwischen pausenlos nervten, hoffentlich verstummen.

Ich setzte ein unverbindliches Lächeln auf. »Los geht's.«

Nach einem letzten misstrauischen Blick in meine Richtung ging Estelle los. Bowie blieb dicht an ihrer Seite, während ich nach einem geeigneten Einstieg in ein möglichst aufschlussreiches Gespräch suchte.

Zehn Minuten später stellte ich fest, dass das gar nicht so einfach war. Die Gruppe hatte das Campgelände durch einen Seitenausgang verlassen und wanderte nun angeführt von Glen am Seeufer entlang. Der sandige Boden war mit Kieselsteinen, abgebrochenen Ästen und Felsbrocken bedeckt, was einen entspannten Spaziergang trotz der angenehmen Temperaturen nahezu unmöglich machte.

Die Kids liebten es jedoch, so nah am Wasser entlangzugehen, das wunderschön in der Morgensonne glitzerte. Sie hielten immer wieder inne, um die herrliche Aussicht zu genießen oder kleine Entdeckungen zu feiern, und jedes Mal blieb Glen stehen, ratterte Steckbriefe herunter oder wies auf die besonderen Eigenheiten von Flora und Fauna hin. Dieser Mann schien ein wandelndes Lexikon zu sein. Er kannte jedes Insekt und identifizierte mühelos Heilkräuter, Pilze und anderes Gewächs.

Die meisten Dinge wusste ich ebenfalls, allerdings lernte auch ich noch einiges dazu. Ob Estelle diese Informationsflut genauso genoss, vermochte ich jedoch nicht zu sagen. Jedes Mal, wenn ich sie aus den Augenwinkeln beobachtete, war ihre Miene ausdruckslos. Sie wirkte vollkommen unbeeindruckt von der faszinierenden Umgebung. Manchmal war ich mir nicht mal sicher, ob sie überhaupt zuhörte. Stattdessen schien sie mit ihren Gedanken ganz woanders zu sein.

Nach gut einer halben Stunde dirigierte Glen die Gruppe zwischen zwei blühenden Holunderbüschen hindurch und auf einen Pfad mitten in den Wald hinein. Es dauerte nicht lange, bis sich die Gruppe entzerrte. Glen lief voraus, direkt neben ihm die eifrigsten drei Schüler. Das Mittelfeld wurde von den Kids ausgefüllt, die genug vom Unterricht hatten und lieber miteinander herumalberten. Das Schlusslicht bildeten weiterhin Estelle, Bowie und ich.

Zwischen uns herrschte Schweigen, allerdings konnte ich nicht gerade behaupten, dass es sonderlich angenehm war. Je weiter wir gingen, umso angespannter suchte ich nach einem möglichst unverfänglichen Einstieg in ein Gespräch. Aber nach allem, was bisher zwischen uns gesagt worden war, fiel mir partout nichts ein, womit ich anfangen könnte. Sämtliche Themen kamen mir entsetzlich banal vor. Außerdem fühlte ich mich blöd dabei, mein plötzliches Interesse an ihr auszudrücken, zumal sie sich sicher denken konnte, dass ich Hintergedanken dabei hatte.

Ihr Misstrauen war auch so schon deutlich spürbar, weil ich ihr und Bowie nicht von der Seite wich. Irgendwann war die Stille kaum noch erträglich, und ich schaffte es nur, in ihrer Nähe zu bleiben, weil ich nicht mit eingezogenem Schwanz davonlaufen wollte.

Nach einer weiteren halben Stunde blieben unmittelbar vor uns drei Jungs am Wegrand stehen. Sie gehörten zu Quills Weißkopfadlern und waren um die zwölf Jahre alt. Einer von ihnen – Tobey – stocherte mit einem langen Stock in einem Busch herum. »Guckt euch das an!«

Seine Freunde zogen angewiderte Grimassen, und diesmal blieb ich stehen, während Estelle mit ausdrucksloser Miene an den dreien vorbeiging. Bowie verlangsamte sein Tempo ebenfalls und reckte interessiert den Kopf. Doch bevor er sehen konnte, was Tobey entdeckt hatte, legte Estelle die Hand auf seine schmale Schulter und schob ihn sachte weiter.

Der Junge ließ es geschehen. Zunächst war ich erstaunt darüber, aber als ich das tote Eichhörnchen entdeckte, das Tobey unentwegt mit dem Stock anstupste, war ich erleichtert. Irgendwie schien der Kerl eine sadistische Ader zu haben, denn es bereitete ihm sichtlich Freude, den Kadaver zu schikanieren.

»Hör auf damit«, sagte ich streng und nahm ihm den Stock ab.

Tobey verzog schmollend den Mund, doch sein Kumpel Camden, der inzwischen schon ganz grün im Gesicht war, wandte sich erleichtert ab.

»Wie es wohl gestorben ist?«, überlegte Pete und kratzte sich an der Stirn, bevor er einige seiner verschwitzten roten Locken beiseitewischte.

»Ich wette, es ist vom Baum gefallen.« Tobeys Begeisterung fand ich ein bisschen besorgniserregend, erst recht, als er nun die Hand hob und mit einem langsamen Pfeifen in Richtung Boden senkte. »Platsch!«

Camden und Pete lachten, aber sicher nicht, weil sie die Vorstellung besonders cool fanden, sondern weil Tobey, der zweifellos ihr Anführer war, genau diese Reaktion von ihnen erwartete.

»Gehen wir weiter.« Ich pfefferte den Stock mit Schwung ins Dickicht und trieb die Jungs an, zur Gruppe aufzuschließen.

Sobald sie Estelle und Bowie erreicht hatten, wagte der kleine Lord einen Blick in Tobeys Richtung. Neugier funkelte in seinen Augen.

Mehr Ermutigung brauchte Tobey nicht. Mit einem breiten Grinsen beugte er sich zu Bowie. »Schon mal ein verwestes Eichhörnchen von innen gesehen?«

Das Bild, das er mit diesen Worten in Bowies Kopf heraufbeschwor, ließ diesen vor Entsetzen erstarren. Diese Reaktion schien Tobey jedoch noch nicht zu reichen, denn er beugte sich mit diebischer Freude im Gesicht zu ihm hinab.

»Das war mega. Da waren überall Maden. Sie haben es ganz langsam …«

»Was zur Hölle stimmt nicht mit dir?«, fauchte Estelle ihn an, bevor ich einschreiten konnte.

Verdattert, weil Estelle seinen Enthusiasmus ganz offensichtlich nicht teilte, klappte Tobey den Mund auf. Er brauchte mehrere Anläufe, um zu antworten. »Ich … Mit mir ist alles in Ordnung.«

»Sicher?« Estelle musterte ihn mit diesen durchdringenden blauen Augen. »Denn diese Aktion war definitiv nicht *mega*, sondern einfach nur dämlich.«

Unter ihrer scharfen Kritik wurde Tobey puterrot. Aber als er die schiefen Blicke seiner Freunde bemerkte, winkte er lachend ab. »Komm mal runter. Ich hab das Vieh ja nicht selbst gekillt. Es war längst tot. Schätze, es ist vom Baum gekracht und hat sich die Beine gebrochen.«

Bowie zuckte abermals zusammen, während Estelle ruckartig stehen blieb. Sie sah aus, als wollte sie dem Jungen am liebsten an die Gurgel gehen.

Ich seufzte. »Es reicht jetzt, Tobey!«

Der Junge schien echt Angst um seinen Platz innerhalb des Trios zu haben, denn er hörte einfach nicht auf.

»Was denn?«, fragte er mit all der nervenzerfetzenden Provokation, die Zwölfjährige offenbar mühelos aufbrachten. »Ich sage bloß die Wahrheit!«

»Und ich sage, du sollst die Klappe halten«, schoss ich ungerührt zurück, nickte zum Rest der Gruppe und fügte etwas freundlicher hinzu: »Geht schon mal vor und richtet Glen aus, dass wir beim Greywitch Stone eine Pause machen.«

Tobey klappte den Mund auf, um zu widersprechen. Doch Pete war entschieden cleverer als er und zog ihn rasch mit sich. Die drei Weißkopfadler eilten davon, während Estelles Blick ihrem Anführer ein Loch in den Rücken brannte.

Sie war immer noch stinkwütend, nachdem es ausgerechnet dieser vorlaute Kerl geschafft hatte, sie aus der Fassung zu bringen. Außerdem war ich mir ziemlich sicher, dass sie sich nur wegen Bowie zurückhielt.

Wenig später rasteten wir bei einem gewaltigen Steinhang. Vor Jahren war hier ein heftiges Unwetter durchgefegt und hatte Teile des Bodens weggerissen. Nun ragte auf der rechten Seite eine Felswand empor, die durch Netze gesichert war. Davor hatten einige Ranger Bänke aus Baumstämmen ge-

111

schlagen, auf denen sich die Kinder nun verteilten und die Provianttüten mit Obst und Sandwiches plünderten, die sie am Morgen im Speisesaal bekommen hatten.

In einem unbeobachteten Moment trat ich an Glen heran und bat ihn, Bowie unauffällig unter seine Fittiche zu nehmen.

Kurz darauf rief Glen alle Kids zusammen. »Okay, Survival Team. Wer von euch will die nächste Etappe übernehmen?«

Sofort riss die Hälfte der Kinder die Hände hoch. Bowie war nicht unter ihnen. Er hockte noch immer neben Estelle auf einem dicken Baumstamm.

Trotzdem trat Glen lächelnd auf ihn zu, zog eine Geländekarte aus seiner Hosentasche und streckte sie ihm entgegen. »Willst du es versuchen?«

Panik glomm in Bowies Augen auf, und für einen Moment bereute ich es, mich mit dieser Bitte an Glen gewandt zu haben.

Doch da stupste Estelle den Jungen behutsam mit der Schulter an und flüsterte ihm etwas zu.

Was immer sie sagte, schien wahre Wunder zu bewirken, denn Bowie rutschte vom Baumstamm und ging auf Glen zu.

Mehr Ermutigung brauchte Glen nicht. Er ging vor ihm in die Hocke und entfaltete die Karte. Die restliche Gruppe rückte näher heran, während Estelle stocksteif auf ihrem Platz verharrte.

Sie schien sich erst zu entspannen, als Glen zum Aufbruch rief. Er bestand darauf, dass Bowie bei ihm blieb und ihm die Route vorgab.

Bowie warf Estelle einen nervösen Blick zu, und sie schenkte ihm ein ermutigendes Lächeln. Es war so sanft, wie ich es noch nie bei ihr gesehen hatte.

Wie gebannt stand ich da und starrte sie an, während sich meine Brust verkrampfte. Konnte ich mich wirklich so sehr in ihr getäuscht haben?

Als hätte sie meinen Blick gespürt, drehte Estelle das Gesicht in meine Richtung. Schlagartig verblasste ihr Lächeln, während Bowie in Begleitung von Glen loszog.

Die anderen Kinder folgten ihnen, und auch Estelle hüpfte vom Baumstamm und schulterte eilig ihren Rucksack. Wahrscheinlich ahnte sie schon, dass ich mit ihr reden wollte, denn plötzlich schien sie gar nicht schnell genug wegkommen zu können. Was mir noch weniger gefiel als ihre Reserviertheit.

»Einen Moment«, sagte ich tonlos.

Sie biss die Zähne zusammen, blieb aber stehen.

Langsam schlenderte ich auf sie zu. Ich schindete Zeit, bis sich der Abstand der Gruppe so weit vergrößert hatte, dass uns niemand mehr hören konnte. Kurz überlegte ich, das Thema einfach fallen zu lassen. Andererseits gab es Regeln im Camp, und die galten für jeden.

»Hör zu«, sagte ich und fühlte mich plötzlich seltsam befangen. »Wir behandeln alle Kinder im Camp gleich. Nur weil du Tobey nicht magst, kannst du nicht so mit ihm reden.«

Mit einem leisen Schnaufen verschränkte Estelle die Arme. »Ach, aber du schon?«

»Ich habe Tobey nicht für *dämlich* erklärt«, stellte ich klar.

»Das habe ich auch nicht.« Trotzig reckte sie ihr Kinn vor. »Ich sagte lediglich, seine Aktion war dämlich.«

»Das ist Wortklauberei, und das weißt du auch.« Ich signalisierte ihr, der Gruppe zu folgen, bevor ich hinzufügte: »Du musst respektvoll bleiben.«

Natürlich blieb sie stur. »Ich habe aber keinen Respekt vor kleinen Idioten, die sich diebisch darüber freuen, in toten Tie-

113

ren herumzustochern, und anschließend auch noch jedes Detail vor unschuldigen Kindern ausbreiten.« Mit angewiderter Miene setzte sie sich in Bewegung, die Hände zu Fäusten geballt. »Das ist einfach nur krank.«

»Und diese qualifizierte Diagnose stellst du aufgrund deiner umfangreichen Expertise?«, fragte ich hinter ihr.

»Nein, da reicht gesunder Menschenverstand.«

Frust ballte sich in mir zusammen. »Jetzt mach mal halblang, Prinzessin. Tobey ist zwölf. Da veranstalten Jungs nun mal jede Menge Blödsinn. Deswegen haben sie längst keine psychischen Probleme.«

Schnaubend schob Estelle einen langen Ast beiseite, der bis auf den Pfad ragte. »Genau das würde jemand behaupten, der früher selbst in Tierkadavern herumgestochert hat.«

Sie ließ los, und der Ast wäre mir fast ins Gesicht geklatscht. Ich fing ihn gerade noch ab, während Estelle über die Schulter zu mir blickte.

»O mein Gott!«, rief sie aus und blieb abrupt stehen, während sie mich musterte, als wäre ich Freddy Krueger persönlich. »Du hast so was echt gemacht!«

Weil ich einfach nicht widerstehen konnte, ließ ich sie einen Moment lang zappeln. Dann knickte ich schließlich doch ein. »Nein.«

Natürlich blieb sie skeptisch, weshalb ich zu einer Erklärung ansetzte, bevor ich mich selbst zurückhalten konnte. »Ich kann nicht mal einen Fisch ausnehmen, ohne dass mir übel wird.«

Plötzlich veränderte sich ihr Gesichtsausdruck. Die Abscheu machte ehrlicher Belustigung Platz. Ihre Mundwinkel zuckten.

»Aber ich habe andere Sachen gemacht«, fuhr ich fort, um von dieser kleinen Schwäche abzulenken.

Sie zog eine Braue hoch. »Was zum Beispiel?«

Tja, was? Mit einem Mal war mein Kopf wie leergefegt. Wo war Quill, wenn man ihn brauchte? Der hatte sicher hundert Storys parat, die bewiesen, wie krass ich früher drauf gewesen war.

In meiner Not ließ ich ein teuflisches Grinsen aufblitzen. »Das werde ich dir sicher nicht verraten.«

Sie verdrehte die Augen und wandte sich sichtlich unbeeindruckt ab. »Das dachte ich mir.«

»Ich habe Käfer gegessen.«

Himmel! Was redete ich denn da?

Sie gab einen spöttischen Laut von sich. »Wie überaus rebellisch von dir.«

Eigentlich war ich mir sogar verdammt rebellisch vorgekommen, nachdem ich mich dazu überwunden hatte, dieses Krabbelvieh bei einer Mutprobe runterzuschlingen und anschließend nicht zu kotzen. Dass ihr das so gar nicht imponierte, nervte mich allerdings gewaltig. »Du hast recht. So besonders war das gar nicht. Immerhin isst jeder von uns bis zu acht Spinnen jährlich im Schlaf.«

Gespannt fixierte ich ihren Rücken, wartete darauf, dass sie ihre Schultern bei dieser Information vor Unbehagen versteiften. Stattdessen platzte ein leises Lachen aus ihr heraus.

»Was genau findest du daran witzig?«, fragte ich irritiert.

»Ich finde es witzig, dass jemand, der inmitten der Natur aufgewachsen ist, einer derart unglaubwürdigen urbanen Legende auf den Leim gegangen ist.«

Plötzlich war ich froh, dass sie vor mir ging, denn ich schaffte es nicht, meine Überraschung zu verbergen. Neugier regte sich in mir. »Wie kommst du darauf, dass es nur eine Legende ist?«

115

»Zunächst einmal ist es extrem unwahrscheinlich, dass so ein Krabbelvieh überhaupt den Weg in unseren Mund findet. Außerdem ist es physiologisch gar nicht möglich, dass wir im Schlaf essen. Wenn sich ein Fremdkörper in unserem Rachen befindet, husten oder würgen wir, je nachdem, welcher Reflex zuerst anspringt, aber wir schlucken ihn definitiv nicht einfach runter.«

Ihre nüchterne Antwort war ein regelrechter Schock für mich. Zwar hatte ich Estelle nicht für strohdumm gehalten, aber nach so vielen gescheiterten Versuchen, einen Collegeabschluss zu machen, hatte ich auch nicht eine derart sachliche Argumentation erwartet.

Wie passte das zusammen?

Ich grübelte immer noch darüber nach, als wir zu der Gruppe aufschlossen. Ich hätte Estelle gern gefragt, warum sie in ihrem Leben nie eine Ausbildung abgeschlossen hatte, aber ihrer verschlossenen Miene nach zu urteilen, war das neckische Geplänkel vorüber. Sie hatte sich wieder in sich selbst zurückgezogen – und das frustrierte mich mehr, als ich mir selbst eingestehen wollte.

KAPITEL 10

Estelle

Licht brach durch die Baumwipfel und ließ den See kristallklar glitzern. Die drei Wasserfälle rauschten an einer steilen Felswand entlang gut zehn Meter in die Tiefe, wo sie eine kleine Bucht des riesigen Sees speisten.

Ich saß etwas abseits, damit das Rauschen des Wassers nicht gar so sehr in meinen Ohren dröhnte, auf einem größeren Felsbrocken, die Arme um die Knie geschlungen, und beobachtete die Kinder, die sich vergnügt im See tummelten. Manche hielten lachend ihre Köpfe unter die eiskalten Wasserfälle, andere tauchten, und wieder andere sprangen von den Felsbrocken in den See.

Bowie saß am Ufer im Gras und studierte die Landkarte, die Glen ihm überlassen hatte. Sein blondes Haar saß nicht mehr akkurat, sondern war ein wenig zerzaust, und auch sein niedliches kariertes Hemd hatte Knitterfalten. Er war so konzentriert auf die Karte, dass er die drei Mädchen neben sich gar nicht bemerkte, die ihn neugierig beobachteten. Obwohl sie zu Mailas Gruppe – den acht- bis zehnjährigen Rotluchsen – gehörten, schien keine von ihnen so selbstbewusst wie Reeds Nichte zu sein. Zumindest brachte keine von ihnen den Mut

auf, Bowie anzusprechen, obwohl vor allem die kleine Blondine kaum die Augen von ihm lassen konnte.

Ich lächelte. Hoffentlich überwand sich die Kleine doch und Bowie fand auf dieser Tour endlich Freunde, mit denen der Aufenthalt im Sommercamp sicherlich wesentlich angenehmer für ihn wäre.

»Du solltest ihn ermutigen, sie anzusprechen«, erklang da Reeds Stimme hinter mir.

Genervt verdrehte ich die Augen. Anscheinend hatte er mich dabei beobachtet, wie ich die Kinder beobachtete, und ich hatte es nicht mal mitgekriegt.

Schritte, die vom Gras gedämpft wurden, näherten sich. Schon tauchte Reed neben mir auf. Er musterte mich nachdenklich. »Bowie mag dich. Bestimmt hört er auf dich, wenn du ihm bei Gelegenheit rätst, sich mehr um die anderen zu bemühen.«

Meine Lippen verzogen sich zu einem zynischen Grinsen. »Ich denke überhaupt nicht daran.«

Reeds Augen wurden schmal. »Er braucht Freunde in seinem Alter.«

Obwohl ich eben noch denselben Gedanken gehabt hatte, schüttelte ich nun den Kopf. »Ich werde ihn nicht zu etwas drängen, das er nicht will.«

Ich selbst hatte im Leben viel zu oft Dinge getan, die ich nicht hatte tun wollen. Es fühlte sich nie gut an, und es endete auch nie gut.

Reeds Miene wurde irritierend weich. »Wenn er sich nur hinter dir versteckt, hat er keinen Grund, über sich selbst hinauszuwachsen.«

»Vielleicht will er das gar nicht«, knurrte ich. »Vielleicht mag er sein ruhiges Leben innerhalb seiner Komfortzone.«

Mit der Hüfte lehnte Reed sich an den Felsbrocken und verschränkte die Arme. »Wenn es so wäre, wäre er nicht hier.«

Ich schnaubte. »Deshalb ist er ganz sicher *nicht* hier.«

Er hatte selbst zugegeben, dass er die vielen Geräusche und das Chaos genauso sehr hasste wie ich. Aber das würde ich niemals jemandem anvertrauen. Schon gar nicht Reed, der plötzlich viel mehr zu sehen schien, als mir lieb war.

»Dann hat Bowie dir nicht erzählt, dass dieses Sommercamp *seine* Idee war?«, fragte er.

Ungläubig sah ich ihn an. »Das kann nicht sein.«

»Er hat sogar darauf bestanden.« Reed zuckte mit den Schultern. »Die meisten Kids bleiben für zwei, maximal vier Wochen hier. Aber Bowie wollte das Camp unbedingt zwei Monate lang durchziehen. Seine Eltern hatten Bedenken, ob es gut für ihn wäre, ihn für so lange Zeit sich selbst zu überlassen. Deshalb haben sie uns angerufen und uns von seinen Schwierigkeiten erzählt.«

Ich konnte nicht umhin, den Mut des Jungen zu bewundern. In seinem Alter hatte ich mich während der Ferien stets mit einem Stapel Bücher allein in meinem Zimmer verkrochen. Wahrscheinlich war meine Mutter nur deshalb nicht auf die Idee gekommen, mich fortzuschicken, weil sie mich vollkommen vergessen hatte.

»Kannst du ihm also den Gefallen tun?«, hakte Reed nach.

Ich zog eine Braue hoch. »Wenn du es so formulierst, wäre ich schon ein ziemliches Miststück, dir diese Bitte abzuschlagen.«

Dabei hatte ich das überhaupt nicht vor. Ich mochte Bowie und wollte ihn mit den anderen Kindern herumtollen sehen, so wie ich es mir früher selbst in meiner Einsamkeit gewünscht hatte.

119

»Ich glaube nicht, dass du ein Miststück bist«, sagte er sanft.

Bullshit! Natürlich glaubte er das, und obendrein schien er mich auch noch für strohdumm zu halten, wenn er meinte, mich so leicht manipulieren zu können.

»Tja, ich fürchte, da liegst du falsch.« Ich wandte ihm den Rücken zu und rutschte von meinem Stein, bevor ich ihm ein spöttisches Grinsen zuwarf. »Netter Versuch, Dixon. Aber vielleicht trägst du beim nächsten Mal nicht ganz so dick auf.«

Reeds Augen weiteten sich. Aber ich ließ ihm keine Gelegenheit zu antworten, sondern schlenderte mit wiegenden Hüften davon.

Erst überlegte ich, mich zu Bowie zu setzen, doch da sich die Mädchen inzwischen sogar noch näher an ihn herangewagt hatten, wechselte ich spontan die Richtung und trat ans Ufer. Ich versuchte, gelassen zu wirken, aber innerlich kochte ich vor Wut. Was bildete sich dieser Kerl überhaupt ein? Glaubte er wirklich, ein freundliches Wort oder ein warmer Blick würden genügen, um mich nach seinem Willen zu lenken? Nach allem, was er in den letzten Tagen abgezogen hatte? Nach all der Demütigung, den Sticheleien und der Schinderei?

Ich stieß ein abfälliges Schnaufen aus. Ich hätte einfach im Camp bleiben und diese verfluchten Fenster putzen sollen. Stattdessen war ich jetzt auf dieser idyllischen Lichtung gefangen, umringt von all diesen glücklichen Kindern – dazu noch Tobey, dem kleinen Psychopathen.

Angespannt betrachtete ich den See und fand den Jungen unter dem Wasserfall, wo er lachend seine Freunde herumschubste. Diese ließen seine Angriffe klaglos über sich ergehen.

Ich verstand Kinder nicht. Das hatte ich noch nie.

Die Leute behaupteten immer, Kinder wären einfach zu durchschauen, ehrlich und direkt. Aber wenn das stimmte, warum wehrten sich die anderen nicht? Warum ließen sie es zu, dass Tobey sie drangsalierte und lächerlich machte? Wo war ihr Stolz?

Ich grübelte immer noch darüber nach, als Reed einige Zeit später einen Pfiff ausstieß und die Kinder aus dem Wasser winkte. Er war inzwischen zu Glen hinübergegangen und saß nun neben ihm auf einem Baumstumpf.

Glen hatte ein Schnitzmesser in der Hand und bearbeitete damit ein Holzscheit, während Reed die Kinder anwies, sich abzutrocknen und etwas zu essen, bevor wir uns in einer halben Stunde auf den Rückweg machen würden.

Erleichterung machte sich in mir breit. Ich konnte gar nicht schnell genug von diesem Ort verschwinden. Egal, wie idyllisch es hier war.

Das Nichtstun machte mir zu schaffen. Nachdem ich in den letzten Tagen pausenlos geschuftet und mich von den quälenden Gedanken in meinem Kopf abgelenkt hatte, wurden die Stimmen nun wieder lauter. Sie erinnerten mich an all die falschen Entscheidungen, die ich in meinem Leben getroffen hatte, zeigten mir Bilder, die ich nicht sehen wollte, und konfrontierten mich mit meinem Versagen.

»Alles in Ordnung?«, fragte da eine warme Männerstimme, die zum Glück nicht Reed gehörte.

Ich blinzelte und drehte mich in Glens Richtung. »Mir geht's gut.«

»Probierst du eine neue Meditationstechnik?«, erkundigte er sich neugierig.

»Nein, wieso?«

»Weil ich noch nie jemanden gesehen habe, der so lange so

121

reglos in der Gegend herumstand wie du.« Er deutete auf mich. »Du siehst aus wie eine Statue. Gibt es irgendeinen Muskel in deinem Körper, der gerade *entspannt* ist?«

Nicht einen einzigen.

Ich zwang mich, meine Fäuste zu lockern und ignorierte das Bedürfnis, meine steifen Hände auszuschütteln, während ich das Gewicht auf meinen steifen Beinen verlagerte. »Besser?«

Glen schmunzelte. »Sag du es mir.«

»Ich habe mich nicht schlecht gefühlt.«

Mit einem belustigten Funkeln in den Augen beugte Glen sich vor und kam mir so nahe, dass ich mich instinktiv zurücklehnte. »Aber du hast den Kids Angst gemacht.«

Stirnrunzelnd schaute ich über meine Schulter und stellte fest, dass ich tatsächlich von einer beträchtlichen Anzahl von Kindern misstrauisch beäugt wurde. Reed saß immer noch in der Nähe auf dem Baumstumpf. Auch ihm war meine Anspannung nicht entgangen, und zweifellos konnte er jedes Wort mitanhören, das Glen und ich wechselten.

»Was hat dich dermaßen beschäftigt?«, fragte Glen. Obwohl er nicht unhöflich klang, spiegelten sich auch in seiner Miene gewisse Vorbehalte. Er war also mit den Gerüchten über mich vertraut.

Ein Stich fuhr mir in die Brust. Für einen kurzen Moment überlegte ich, wie es wohl wäre, ihn einfach in meine Sorgen einzuweihen. Aber warum sollte ich mir die Mühe machen? Glen glaubte sowieso den Mist, den Reed über mich rumerzählte.

Ich warf ihm einen gelangweilten Blick zu. »Ich habe mich nur gefragt, ob es in diesem Kaff in der Nähe des Camps eine halbwegs anständige Shopping Mall gibt. Ich habe Lust, etwas Geld auszugeben.«

Interessanterweise schaute Glen kurz in Reeds Richtung, fast als wollte er dessen Meinung über mich wortlos bestätigen.

»Gibt es?«, setzte ich nach, obwohl mein Nacken vor Scham brannte. Ich hatte nicht die geringste Lust auf eine Shoppingtour. Andererseits brauchte ich tatsächlich ein paar neue Shorts und Hygieneartikel. Mein Duschbad war aufgebraucht, nachdem ich ewig versucht hatte, mir die Lackspritzer von meiner Haut zu schrubben.

Glen zuckte mit den Schultern. »Eine Shopping Mall gibt es in Lexington nicht, aber du wirst sicher ein paar Läden finden, in denen du Geld auf den Kopf hauen kannst.«

Jepp, ich war ein wandelndes Klischee.

Ich schenkte ihm ein süffisantes Lächeln. »Das wäre zumindest eine nette Abwechslung zu diesem Bio-Terror.«

Natürlich traf ich damit einen wunden Punkt bei einem Naturburschen wie Glen. Er rümpfte die Nase. »Wir machen uns bald auf den Rückweg.«

»Ausgezeichnet.« Ich winkte wie eine Königin, die einen Untertan aus ihrer Gesellschaft entließ, und Glen stapfte ohne ein weiteres Wort davon.

Ich schaute ihm nicht nach, da ich auf den herablassenden Blick von Reed gut verzichten konnte. Stattdessen setzte ich mich auf einen Stein neben dem Weg, zog mein Handy aus meinem Rucksack und gab vor, ein paar Nachrichten zu lesen, die in Wahrheit nur Werbemails waren.

Nach zehn Minuten brachen wir endlich auf.

Wie schon zuvor wartete ich, während die Kinder an mir vorbeiliefen, und erhob mich erst, als Bowie bei mir stehen blieb.

»Kommst du?«, fragte er leise, ohne mich direkt anzusehen.

»Ich bin gleich hinter dir«, versprach ich, und nach einem

letzten Blick auf die idyllischen Wasserfälle folgte ich ihm auf den schmalen Pfad, der wieder tiefer in den Wald führte.

Sobald der Weg breiter wurde, gingen wir schweigend nebeneinanderher. Inzwischen war früher Nachmittag, und selbst im Schatten war es drückend warm. Die Hitze staute sich unter dem Blätterdach, wo nur noch vereinzelt Vögel durch die Baumwipfel flatterten. Die übrigen hatten sich an kühlere Orte zurückgezogen.

»Hast du keine Lust mehr, die richtige Route auszukundschaften?«, fragte ich nach einer Weile.

Bowie schob die Hände in die Hosentaschen. »Die Rotluchse wollten es auch mal versuchen.«

Das waren die Mädchen, die zuvor versucht hatten, Kontakt mit ihm aufzunehmen. Ich warf ihm einen beiläufigen Blick zu. »Die drei sahen ganz nett aus, findest du nicht?«

Wie nicht anders zu erwarten, zuckte Bowie mit den Schultern. Er war mit den Gedanken ganz woanders. »Ich hoffe nur, dass sie uns nicht in die Irre führen.«

»Du könntest ihnen ja deine Hilfe anbieten.«

Die Furchen auf seiner Stirn vertieften sich. »Sie würden nie und nimmer auf mich hören.«

»Und wenn doch?«, fragte ich, denn auch wenn ich es ungern zugab, hatte Reed in diesem Punkt doch recht. Bowie brauchte Freunde in seinem Alter. Ich zwinkerte ihm zu. »Du wirst es erst wissen, wenn du es versuchst.«

Bowie senkte den Kopf. Lange Zeit sagte er nichts, und ich fürchtete schon, ich hätte ihn doch zu sehr gedrängt, als er flüsterte: »Und wenn sie mich nicht mögen?«

Schlagartig zog sich meine Brust zusammen. Seine Zweifel waren mir so vertraut. Deshalb wusste ich auch, dass es nichts gab, um ihn vom Gegenteil zu überzeugen. Aber ich versuchte es trotzdem. »Sie werden dich mögen, wenn du ihnen die Chance gibst, dich richtig kennenzulernen.«

Davon war ich absolut überzeugt. Gleichzeitig entging mir nicht die Ironie dessen, dass auf mich im Grunde dasselbe zutraf, und plötzlich bereute ich es, dass ich es vorgezogen hatte, Glens Vorurteile zu bestätigen, anstatt sie zu widerlegen.

Wenn ich mich ihm und dem restlichen Team gegenüber etwas offener zeigen würde, würden sie ihre Vorbehalte gegen mich vielleicht ablegen. Neue Freundschaften würden den Aufenthalt in diesem Camp sicher etwas erträglicher machen.

»Für mich ist das nicht so leicht«, murmelte Bowie und kickte frustriert gegen einen Stein. Das war eine überraschend emotionale Reaktion, die mir zeigte, wie sehr es unter seiner stillen Oberfläche brodelte. »Ich habe immer das Gefühl, nicht richtig zu sein.«

Himmel! Dieses Kind sprach mir so sehr aus der Seele, dass es fast ein bisschen unheimlich war. Es war wie eine Begegnung mit meinem eigenen jüngeren Ich.

Ich wünschte, ich hätte einen guten Ratschlag oder wenigstens ein paar Worte der Zuversicht für ihn. Aber mein Herz war erfüllt von Bitterkeit.

Das Leben hatte mich gelehrt, dass man entweder gnadenlos ausgegrenzt wurde, wenn man *nicht richtig* war, oder dass man sich selbst verlor, wenn man versuchte, *richtig* zu sein. Weder das eine noch das andere wäre besonders aufmunternd für Bowie. Deshalb tätschelte ich nur tröstend seine verkrampfte Schulter. »Du bist gut, so, wie du bist, Bowie. Wenn die anderen das nicht erkennen, ist das ihr Pech.«

Er öffnete den Mund, um etwas zu erwidern, da preschten unmittelbar vor uns Tobey und seine beiden Freunde aus dem Gebüsch.

Bowie fuhr erschrocken zusammen, und ich schaffte es gerade noch, einen wüsten, nicht jugendfreien Fluch zu unterdrücken. Reed konnte sagen, was er wollte. Dieser Zwölfjährige, der da über den Waldweg stürmte, während er Bowie über seine Schulter hinweg durchtrieben angrinste, war definitiv …

Er stürzte.

Es ging so schnell, dass ich vor Schreck die Arme hochriss, als könnte ich es dadurch auf magische Weise verhindern. Aber da mehrere Meter zwischen uns lagen und ich leider über keinerlei Zauberkünste verfügte, konnte ich nur hilflos zusehen, wie sich Tobeys rechter Turnschuh in einer Baumwurzel verhakte und er, begleitet von einem erstickten Schrei, mit voller Wucht auf den Boden krachte. Staub wirbelte auf und winzige Steinchen spritzten in alle Richtungen.

Shit!

»Tobey!«, rief sein Kumpel erschrocken, während ich zu dem Jungen rannte, der sich benommen aufrichtete. Ich war heilfroh, dass er nicht bewusstlos liegen geblieben war, auch wenn mir sein Anblick gleich den nächsten Schock versetzte.

Blut tropfte von seinem Kinn, auf das er hart aufgeschlagen war. Seine Großspurigkeit war verschwunden. Nun krümmte er sich vor Schmerz und seine Unterlippe zitterte. Seine Knie waren ebenfalls verletzt. Kleine Steinchen hatten sich in seine Haut gebohrt und vermischten sich mit Staub und Blut. Es sah höllisch schmerzhaft aus.

Vollkommen überfordert ging ich neben ihm in die Hocke. Der Weg vor uns war verwaist, weil die Truppe längst weitergezogen war. Ich war also die einzige Erwachsene im Umkreis von mindestens hundert Metern.

Klasse!

Mir war klar, dass ich die Ruhe bewahren musste, damit die vier Kinder nicht panisch wurden. Aber, *lieber Himmel!*, was, wenn ich es noch schlimmer machte? Wenn Tobey noch irgendwo anders verletzt war? Wenn ich ihn falsch anfasste? Durfte ich das überhaupt?

Tobey stieß ein Wimmern aus. Plötzlich sah der Junge, der zuvor noch vorlaut und selbstbewusst gewesen war, derart hilflos aus, dass es mir nicht schwerfiel, meine Vorbehalte beiseitezuschieben.

Ich sah ihm forschend ins Gesicht. Seine Augen waren glasig, aber ich war mir ziemlich sicher, dass das eher daran lag, dass er mit den Tränen kämpfte, als an einer schwerwiegenden Kopfverletzung. Das war schon mal gut.

Tobeys rothaariger Kumpel stützte die Hände auf die Knie und beugte sich hinab. »O Mann, das sieht übel aus.«

»Hier«, sagte Bowie leise. Er hatte seinen Rucksack abgezogen und hielt Tobey ein sauberes Stofftaschentuch hin.

Tobey schniefte, machte aber keine Anstalten, das Taschentuch zu nehmen. Seine Hände blieben verkrampft auf seinen Schienbeinen liegen.

»Soll ich das machen?«, fragte ich.

Diesmal brachte Tobey ein zustimmendes Brummen hervor, weshalb ich das Taschentuch nahm und mich damit langsam seiner Wunde am Kinn näherte.

Prompt zuckte Tobey ängstlich zurück.

Ich warf ihm ein beruhigendes Lächeln zu. »Ich bin ganz vorsichtig.«

Wie durch ein Wunder schien der Junge mir zu glauben. Er reckte den Kopf sogar ein bisschen höher, und diesmal hielt er still, als ich erst das Blut auf der unversehrten Haut abwischte und mich langsam der Verletzung näherte.

»Ich weiß, dass es wie die Hölle brennt, aber es ist nur eine Hautabschürfung«, stellte ich nach einem kurzen Moment fest. »Sind deine Zähne noch alle da, wo sie sein sollen?«

Zaghaft bewegte Tobey den Unterkiefer. Dann nickte er. »Ja.«

»Gut.« Ich rang mich zu einem Lächeln durch. »Dann ist heute Abend sicher ein besonders großes Steak für dich drin.«

»Eigentlich mag ich lieber Frühstück«, nuschelte Tobey.

Der Rotschopf gluckste. »Du bist echt so eine krasse Naschkatze.«

Tobey warf ihm einen finsteren Blick zu. »Halt die Klappe, Pete.«

»Er hat doch recht«, meinte sein anderer Freund, beugte sich vor und tätschelte unbeholfen Tobeys Schulter, während er mich anstrahlte. »*Mit* Happy Crush *startet jeder glücklich in den Tag.*«

Ich verdrehte die Augen, als ich den Werbeslogan hörte, der meine gesamte Kindheit geprägt hatte. »Hat jemand von euch zufällig Pflaster dabei?«

Wie befürchtet schüttelten die drei älteren Jungen den Kopf. Bowie hingegen förderte schweigend ein kleines Erste-Hilfe-Set zutage und hielt es in die Höhe.

Ich blinzelte überrascht.

»Wow!« Pete stieß ein anerkennendes Grunzen aus. »Willst du mal Sanitäter werden oder so was?«

Bowie bekam rote Ohren. »Man sollte immer vorbereitet sein.«

»Das ist sehr klug von dir«, erwiderte ich lächelnd und nahm dankbar das Päckchen an. Ich öffnete den Reißverschluss und suchte nach einem passenden Pflaster für Tobeys Kinn. Nachdem ich es verarztet hatte, rutschte ich ein Stück zurück. »Sehen wir uns mal deine Beine an.«

Alle kamen noch ein Stück näher, und mir drehte sich der Magen um, als ich die blutigen, verschmutzten Knie betrachtete. Das rechte sah deutlich schlimmer aus als das linke.

»Du musst erst den Dreck abspülen«, sagte Bowie leise. »Sonst gibt es Entzündungen.«

Verdammt. Daran hatte ich gar nicht gedacht.

Tobey riss die Augen auf. »Wird das wehtun?«

Ganz sicher. Aber ich konnte die Verletzungen schlecht so verunreinigt lassen und einfach ein paar Pflaster draufpappen. Angespannt schraubte ich meine Wasserflasche auf. »Vielleicht ein bisschen. Ich fange mit dem rechten Knie an, okay? Dann hast du das Schlimmste gleich hinter dir.«

Schon wollte Tobey protestieren, aber als Pete meinte, er könne ruhig schreien, biss er die Zähne zusammen und brummte mich an. »Na mach schon.«

Bei seinem pampigen Ton zog ich eine Braue hoch. »Willst du es lieber selbst tun?«

Missmutig schüttelte er den Kopf. »Du ... bitte.«

Das letzte Wort kam dem Jungen nur schwer über die Lippen. Allerdings musste ich ihm zugutehalten, dass er es schaffte, abgesehen von einem leisen Zischen keinen Laut von sich zu geben, während ich das klare Wasser über die Wunde träufelte und den gröbsten Schmutz wegschwemmte.

»Hero«, murmelte Pete bewundernd.

Sofort kehrte Tobeys Selbstsicherheit zurück. »Das war doch gar nichts.«

»Ganz sicher?« Der andere Junge lachte. »Du bist nämlich ganz schön käsig im Gesicht.«

Pete legte den Kopf schief. »Camden hat recht. Du siehst aus, als müsstest du gleich kotzen.«

Oh, bitte nicht!

»Wenigstens flenne ich nicht rum wie du letztens«, knurrte Tobey. Er war so abgelenkt von seinen Freunden, dass er kaum mitbekam, wie ich mit einem sauberen Tuch über die offene Wunde tupfte. Stattdessen schraubte er nun seine Stimme in die Höhe. »»Hilfe! Ich bin auf einen Stein getreten. Hilfe! Hilfe! Ruft den Notarzt.««

»He!« Camden schnaubte empört. »Das war ein verflucht spitzer Stein!«

Ich presste die Lippen zusammen, um nicht zu lachen, während ich zu Bowie schaute. Er wirkte jedoch keineswegs amüsiert, sondern beobachtete die Jungs mit gerunzelter Stirn, als könnte er einfach nicht verstehen, wie sie einander derart angehen konnten, wo doch einer von ihnen verletzt war.

Ohne mich einzumischen, ließ ich den Jungs ihren Schlagabtausch und klebte rasch ein Pflaster auf die Schürfwunde.

Tobey zuckte zusammen.

»Es ist ein Wunder, dass ich mir nicht jeden Knochen im Fuß gebrochen habe«, fuhr Camden etwas lauter fort. »Das war ja wohl viel krasser als das bisschen Blut.«

Allmählich kapierte ich, dass der Junge seinen Freund ablenken wollte – und ich war heilfroh darüber. Während Tobey sich auf Camden konzentrierte, versorgte ich eilig das zweite Knie. Als ich fertig war, lehnte sie mich zurück.

»Fertig?«, fragte Camden.

Ich warf ihm einen dankbaren Blick zu. »Ja, aber wenn wir im Camp sind, muss sich das trotzdem ein Profi ansehen.« Inzwischen war ich vor lauter Stress klatschnass, aber auch ein bisschen stolz auf mich. Ich kam auf die Füße und reichte Tobey die Hand. »Kannst du aufstehen?«

Zunächst etwas zögernd nahm Tobey meine Hand, stand auf und verlagerte steif das Gewicht auf seinen Beinen. Abgesehen von den Schürfwunden schien ihm zum Glück wirklich nichts zu fehlen.

»Geht's?«, fragte Pete und trat an seine Seite, während Bowie eilig sein Medi-Pack verschloss und zurück in seinen Rucksack stopfte.

»Ja.« Schweiß glitzerte auf Tobeys Stirn, aber er beklagte sich nicht, als er mich losließ und humpelnd losging. Dabei schaute er über die Schulter und hob die Mundwinkel. »Danke.«

Sein Lächeln war so ehrlich und herzlich, dass ich verdutzt blinzelte. »Keine Ursache.«

Pete nickte. »Das war voll korrekt von dir.«

Prompt wurden meine Wangen heiß, und ich winkte verlegen ab. »Guckt, wo ihr hinlauft. Sonst kann Bowie seine Pflaster gleich wieder auspacken.«

Die Jungen feixten, während Reed am Ende des Weges erschien und einen schrillen Pfiff ausstieß. Er winkte uns ungeduldig heran.

»Immer mit der Ruhe«, brummte Tobey und schlurfte in Begleitung seiner Freunde voran.

Plötzlich stutzte Reed, und selbst auf die Entfernung konnte ich erkennen, wie er jedes Pflaster auf Tobeys schlaksigem Körper registrierte. Sein Blick wanderte zu mir.

Ich konnte den Ausdruck in seinem Gesicht nicht recht deuten. Aber Dankbarkeit sah definitiv anders aus. Deshalb wandte ich mich lieber wieder Bowie zu, der in diesem Moment seinen Rucksack schulterte. Er schien nicht sehr glücklich zu sein. Vermutlich, weil sich die Jungen ausschließlich bei mir bedankt hatten.

»Ich bin so froh, dass du in meiner Nähe warst«, sagte ich und zwinkerte ihm zu. »Ohne deine Hilfe hätte ich gar nicht gewusst, was ich machen soll.«

Seine Reaktion bestand aus einem Lächeln, das sogar das von Tobey toppte. Es wärmte meine Brust und schlug einen tiefen Riss in die Mauer, die ich um mein Herz errichtet hatte.

KAPITEL 11

Reed

»So trübsinnig, mein Freund?«, fragte Quill, als wir spät abends noch am Lagerfeuer zusammensaßen. Die beiden jüngeren Gruppen hatten sich bereits in ihre Hütten zurückgezogen, die älteren Kids waren vor den Mücken und der schwülen Nachtluft ins Verwaltungsgebäude geflohen und zockten Billard oder spielten an ihren Handys herum. Daher war recht wenig los am Feuer, was dummerweise dazu geführt hatte, dass ich mich vollkommen in meine Gedanken verstrickt hatte.

Ich warf meinem besten Freund einen missmutigen Blick zu, weigerte mich aber zu offenbaren, wem meine Überlegungen gegolten hatten.

Quill durchschaute mich trotzdem. Ein schelmisches Grinsen umspielte seine Mundwinkel, als er sich zu mir beugte. »Ich nehme an, es gibt einen bestimmten, äußerst hübschen Grund dafür, warum du heute stundenlang durch den Wald gestiefelt bist. Ist es etwa nicht so gelaufen wie erhofft?«

Nicht mal ansatzweise.

Diese Frau war nach wie vor ein nervenzerfetzender Widerspruch. Einerseits war sie kühl und abweisend, anderer-

seits schien sie für Bowie echt etwas übrig zu haben, so fürsorglich, wie sie sich ihm gegenüber verhielt. Außerdem hatte sie sich mit erstaunlicher Gelassenheit um Tobeys Verletzungen gekümmert, obwohl sie kurz zuvor keinen Hehl daraus gemacht hatte, dass sie den Jungen nicht ausstehen konnte.

Nicht, dass ich nachgehakt hätte, wie sie sich nach Tobeys Sturz verhalten hatte. Diese Information hatten die Jungs ganz freiwillig rausgerückt. Die drei hatten offenbar einen richtigen Narren an ihr gefressen. Ich wusste wirklich nicht, was ich davon halten sollte.

Mit einem ungeduldigen Schnaufen rammte Quill mir den Ellenbogen in die Rippen. »Jetzt rede endlich, Mann. Du bist doch sonst nicht so mies drauf.«

»Erzähl keinen Mist«, schoss ich zurück.

Quill lachte leise, aber in seinen Augen schimmerte Sorge. Genau wie damals.

Meine Kehle schnürte sich zu, und ich wandte mich zum Feuer. »Sieh mich nicht so an. Mir geht's gut, okay?«

Langsam schüttelte Quill den Kopf. »Dir geht's nicht mehr gut, seit Estelle einen Fuß in dieses Camp gesetzt hat. Wieso reibt diese Frau dich derart auf?«

Allein die Frage sorgte dafür, dass sich mein Puls beschleunigte. Vielleicht scheute ich mich deshalb nicht, die Wahrheit auszusprechen. »Ich habe keine verdammte Ahnung.«

Quill dachte einen Moment lang nach. »Könnte das vielleicht daran liegen, dass du ein schlechtes Gewissen hast, obwohl du keins haben willst?«

»Ich habe *kein* schlechtes Gewissen«, knurrte ich, obwohl es gleichzeitig diese ätzende Fehlschaltung in meinem System gab, die mir unzählige, kleine Momente präsentierte, in denen ich mich Estelle gegenüber wie ein Riesenarschloch aufgeführt hatte.

Ich hasste diese Bilder.

Denn so war ich eigentlich nicht.

Das machte *sie* mit mir.

Quill lehnte sich zurück und legte den Kopf in den Nacken, um zu den Sternen emporzublicken. »Ich glaube, sie triggert dich.«

Ich schwieg.

»Sie erinnert dich an den ganzen Mist, der dir passiert ist … reißt alte Wunden auf …«

Müde rieb ich mir über das Gesicht. »Denkst du, das ist mir nicht bewusst?«

»Findest du das fair ihr gegenüber?«, fragte Quill leise.

Natürlich war das alles andere als fair.

»Ich weiß nicht, wie ich dagegen ankommen soll.« Ich lachte bitter auf. »Ich weiß nicht mal, ob ich es überhaupt will.«

Es zu wollen, fühlte sich wie Verrat an.

»Reed«, sagte Quill eindringlich. »Mann, du kannst *sie* nicht für etwas bestrafen, das sie nicht getan hat. Das ist einfach nicht richtig.«

Auch das war mir bewusst. Das Problem war nur, dass Estelle all diese Gefühle in mir hervorrief, die ich einfach nicht empfinden wollte. Jedes Mal, wenn ich sie ansah, fühlte ich dieses Loch in meiner Brust mit einer Vehemenz, die mir den Atem raubte.

Anfangs war ich mir sicher gewesen, diese Reaktion lag an meiner Abneigung gegen ihren gesellschaftlichen Status und die damit verbundenen Privilegien. Aber manchmal flackerte hinter all dem Trotz in ihren hübschen blauen Augen dieser seltsame Schmerz auf, der mich irgendwie berührte.

135

Frust machte sie in mir breit. Ich wollte nicht auf diese Weise für Estelle empfinden.

»Dann empfiehlst du mir also was?«, fragte ich meinen Freund. »Sie nicht wie die Straftäterin zu behandeln, die sie ist?«

Quill zog eine Braue hoch. »Ich bin ebenfalls ein verurteilter Straftäter, falls du das vergessen haben solltest.«

Ich verdrehte die Augen. »Ein paar Strafzettel wegen Falschparkens zu ignorieren, ist wohl kaum mit dem vergleichbar, was Estelle getan hat.«

Auch wenn besagte Strafzettel mit einem Haufen Bußgeldbescheiden, Mahnverfahren und einer saftigen Geldstrafe per Gerichtsurteil geendet hatten.

»Ich weiß nicht recht.« Nachdenklich rieb Quill sich über das Kinn. »Macht sie auf dich wirklich den Eindruck, als würde sie zu Handgreiflichkeiten neigen?«

»Zumindest hat sie es nicht abgestritten, als ich sie darauf angesprochen habe.«

»Vielleicht musste sie sich wehren«, überlegte Quill und befeuerte damit einen Gedanken, der mir auch schon mehrfach gekommen war.

Allein bei der Vorstellung, dass jemand Estelle gegen ihren Willen angefasst haben könnte, wurde mir kotzübel. Andererseits wäre sie in diesem Fall wohl kaum verurteilt worden. »Sie hat jedes Recht, sich selbst zu verteidigen. Auch gegen einen Cop.«

»Stimmt«, erwiderte Quill. »So eine Schweinerei würde kein Richter, der etwas auf sich hält, durchgehen lassen.«

Ich schnaubte. »Schon gar nicht, wenn es sich bei der Angeklagten um eine stadtbekannte Millionärstochter handelt.«

»Was nun wirklich nicht ihre Schuld ist«, versetzte Quill

und klopfte mir auf die Schulter. »Deine Schwester hat es dir gesagt und ich tue es jetzt auch noch einmal, weil ich nur dein Bestes will und gewissermaßen für deinen Seelenfrieden verantwortlich bin: Vergiss endlich deine zerstörerischen Vorurteile und gib der Frau eine ehrliche Chance. Und vor allem eine sinnvolle Aufgabe.«

»Schwebt dir da etwas Bestimmtes vor?«, fragte ich gepresst.

Quill wackelte mit den Augenbrauen. »Sie könnte in meinem Kurs mitmachen.«

Schon sah ich die beiden vor mir, wie sie lachend am Seeufer saßen, über die Kunstwerke diskutierten und sich näherkamen. Meine Nackenhaare stellten sich auf, obwohl ich selbst nicht so recht wusste, was mich an dieser Szenerie störte. Angespannt rieb ich mir über das stoppelige Kinn. »Ich denke darüber nach.«

»Und das sagst du nicht nur, damit ich die Klappe halte?«, hakte Quill skeptisch nach.

»Nein«, brummte ich und wedelte mit der Hand. »Es ist spät. Bring deine Vögel ins Nest. Ich kümmere mich um das Feuer.«

Gut gelaunt salutierte Quill, stand auf und rief mit einem schrillen Pfiff die Weißkopfadler zusammen.

Auf der anderen Seite des Feuers hob Brianna, die mit einigen Kids zusammensaß, den Kopf. Als sie sah, dass Quill seine Gruppe heranwinkte, stand sie ebenfalls auf und rief ihre Steinkäuze.

Wie nicht anders zu erwarten war, protestierten die Kids lautstark, trotteten letztlich aber doch hinter ihren Betreuern her, bis ich allein am Feuer saß. Ich überlegte, einen Eimer Wasser auf die lodernden Flammen zu kippen und in meine Hütte zu gehen, doch die Aussicht, den restlichen Abend allein vorm Fernseher zu verbringen, war nicht besonders verlockend. Also streckte ich die Hand nach meiner Gitarre aus und begann, eine leise Melodie zu zupfen, während ich überlegte, wie ich das Versprechen, das ich gerade meinem Freund gegeben hatte, einhalten konnte, ohne das Gesicht zu verlieren.

***

Als Estelle am nächsten Morgen mein Büro betrat, war sie wie üblich wachsam. Mit ihrer Kriegsbemalung im Gesicht sah sie aus, als würde sie in eine Schlacht ziehen, was in gewisser Weise vielleicht sogar stimmte. Trotz funkelte in ihren dick umrahmten Augen, und sie reckte das Kinn vor. »Welche Fenster soll ich putzen?«

»Gar keine.« Ich schnappte mir einen Ordner aus dem Bücherregal, vor dem ich gerade stand, klemmte ihn mir unter den Arm und ging zur Tür. »Komm mit.«

Estelle fragte nicht nach, sondern folgte mir schweigend nach unten in den Speisesaal. Noch waren die Tische unbesetzt. Es drangen lediglich ein paar Geräusche aus der Küche zu uns herüber: Geschirrgeklapper, Dottys fröhliches Lachen und das Brutzeln von Speck.

Sofort grummelte mein Magen in freudiger Erwartung. Aber das Essen würde warten müssen. Zunächst steuerte ich die Kaffeemaschine am Ende des Raumes an, goss zwei Pötte Kaffee ein und verzichtete bei einer Tasse auf Milch und Zucker, weil ich inzwischen wusste, dass Estelle ihren Kaffee schwarz trank. »Hier.«

Falls sie überrascht über meine Geste war, so zeigte sie es nicht, sondern nahm die Tasse entgegen. »Danke.«

Sie trank einen Schluck, ohne eine Miene zu verziehen.

»Es ist mir ein Rätsel, wie du Dottys Gebräu pur runterkriegst«, platzte ich heraus, bevor ich mich zurückhalten konnte.

Ein durchtriebenes Lächeln erschien auf ihren vollen Lippen. »Das liegt an meiner finsteren Seele.«

Obwohl ich mich dagegen wehrte, zuckten meine Mundwinkel. »Das ergibt Sinn.«

Belustigung tanzte in ihrem Blick, und plötzlich war ich vollkommen gebannt. Mir war nie aufgefallen, dass ihre Augen nicht einfach nur blau waren, sondern unterschiedliche helle und dunkle Blautöne vereinten. Der Kontrast trat im Licht der Morgensonne, die durch die breite Fensterfront auf uns fiel, besonders stark hervor und faszinierte mich so sehr, dass ich wie ein Idiot dastand und sie anstarrte.

Erst das Gebrüll von Kindern zerriss den Zauber, und ich wich reflexartig zurück.

Die Rotluchse, angeführt von Jade, stürmten in den Speisesaal. Gleichzeitig kam Dotty mit einem Berg knusprig gebratenen Specks nach vorn und stellte das Tablett ans Büfett. Die Kids ignorierten Dotty jedoch, sondern rangelten lieber um die Happy-Crush-Packungen, die schon bereitstanden.

Dottys kratziges Lachen hallte durch den Speisesaal. »Immer langsam, ihr kleinen Rabauken. Wir haben mehr als genug Happy Crush da.« Sie drehte den Kopf in Estelles Richtung und zwinkerte ihr verschwörerisch zu.

Diesmal verzog Estelle abfällig die Lippen. »Habe ich heute Küchendienst?«, fragte sie mich.

Ich zog eine Braue hoch. »Wäre das ein Problem?«

»Nein, natürlich nicht.«

Sie wirkte aufrichtig. Allerdings wunderte ich mich schon über den Anflug von Bitterkeit, der kurz in ihrer Miene aufgeflackert war.

Jade tänzelte zu uns, gut gelaunt wie eh und je. »Guten Morgen.«

»Hey«, begrüßte ich sie freundlich. »Ruhige Nacht gehabt?«

»Das schon, aber auch sehr kurz.« Schwungvoll goss Jade sich eine Tasse Kaffee ein. »Maila und ihre Freundinnen sind ewig nicht zur Ruhe gekommen.«

»Soll ich mal ein ernstes Wort mit meiner Nichte reden?«, fragte ich mit gespielter Stenge.

Jade winkte lachend ab. »Ach was! Diese Mini-Hexen kriegen mich nicht klein.«

»Das dachte ich auch nicht«, erwiderte ich amüsiert, während Scott und seine Gruppe in den Speisesaal kamen.

Nachdem Jade drei Würfel Zucker in ihren Kaffeebecher geworfen hatte, trat sie einen Schritt näher an mich heran und nickte in Richtung der Gruppe. »Also, wer von den kleinen Kerlen ist Bowie?«

»Warum willst du das wissen?«, schaltete Estelle sich ein.

Grinsend rührte Jade in ihrem Kaffee herum. »Weil er mächtig Eindruck auf meine Mädels gemacht hat.«

Sofort gab Estelle ihre angespannte Haltung auf, während ich die Menge scannte. »Ich kann Bowie nirgends sehen.«

Ohne sich umzudrehen, zeigte Estelle mit dem Daumen hinter sich. »Er ist auf der Terrasse.«

Tatsächlich saß der Junge allein auf einer Bank und schaufelte eine Portion Happy Crush in sich rein. Ich hatte nicht mal mitbekommen, wie er so schnell seine Schüssel gefüllt hatte und aus dem Speisesaal gehuscht war.

»Warum isst er denn ganz allein?«, fragte Jade verdutzt.

Unzufrieden runzelte ich die Stirn. »Das wüsste ich auch gern.«

Eigentlich lag es in Scotts Verantwortung, seine Gruppe beisammenzuhalten. Doch er hatte offenbar genug damit zu tun, zwei andere Jungs von einer Prügelei abzuhalten.

Estelle schnaubte. »Bowie isst *immer* draußen. Er fühlt sich hier drin nicht wohl.«

»Warum das denn?«, fragte Jade betroffen.

»Wegen der Geräusche.« Estelle schaute irritiert zwischen Jade und mir hin und her. »Ich dachte, ihr wüsstet das.«

Betreten schüttelte Jade den Kopf. »Ich hatte keine Ahnung.«

Ich auch nicht. Auch seine Eltern hatten nichts von einer Geräuschempfindlichkeit erwähnt. Sie hatten nur gesagt, dass Bowie extrem schüchtern war.

Verdammt! Wie hatte mir das entgehen können?

Bevor ich lange darüber nachdenken konnte, marschierte ich zu meiner Nichte, die mit ihren beiden Freundinnen geduldig gewartet hatte, bis sie an der Reihe war. »Hey, Flipper.«

Maila grinste zu mir hoch. »Selber hey.«

Belustigt musterte ich die braunen Locken, die in alle Richtungen abstanden, weil Maila sich sicher tagelang nicht gekämmt hatte. »Nette Frisur. Deine Mom wird durchdrehen.«

Sie zuckte mit den schmalen Schultern. »Bailey wollte mir einen Dutt machen, aber wir hatten keine Zeit mehr. Ich kümmere mich nachher drum.«

Das wagte ich zu bezweifeln, aber ich war schließlich nicht hier, um mit ihr über Haarpflege zu diskutieren. »Lust, zur Abwechslung an der frischen Luft zu frühstücken?«

Überrascht riss Maila die Augen auf. »Das dürfen wir doch nicht.«

»Jetzt schon.« Ich nickte in Richtung Terrasse. »Aber passt auf die Wespen auf und bleibt zusammen, in Ordnung?«

Maila folgte meinem Blick, und als sie begriff, worauf ich hinauswollte, strahlte sie mich an wie damals, als ihre neuen *Fische* in die Bunny Farm eingezogen waren. »Verstanden!«

»Viel Spaß!«

Nun etwas zufriedener, kehrte ich zu den Frauen zurück. Aber während Jade aufrichtig erfreut zu sein schien, wirkte Estelle alles andere als begeistert. Sie kommentierte meine Aktion jedoch nicht weiter, sondern nippte nur schweigsam an ihrem Kaffee.

»Sollen wir los?«, fragte Jade.

»Ja.« Ich winkte auch Estelle, mitzukommen, bevor wir den Speisesaal verließen und den großen Besprechungsraum ansteuerten. Unterwegs begegneten uns auch die übrigen Gruppen. Je älter die Kids wurden, umso schlaftrunkener wirkten die Betreuer.

Meine Schwester saß bereits an dem großen Tisch, eine dampfende Tasse Kaffee und unzählige Unterlagen vor sich. Ihre Mundwinkel hoben sich zu einem herzlichen Lächeln, als sie Estelle hinter mir entdeckte.

»Die anderen sollten auch gleich da sein«, sagte ich, während ich neben Hazel Platz nahm. Jade setzte sich neben mich.

Estelle blieb unsicher stehen und betrachtete die kunterbunte Bilderwand, an der Hunderte von Fotos hingen. Zeugnisse all der Feste, die in diesem Camp schon gefeiert worden waren.

»Wir haben keine feste Sitzordnung«, informierte Hazel sie und klopfte auf den freien Stuhl links von sich.

Die Tür ging erneut auf, und Quill erschien in Begleitung von Glen, Brianna und einem reichlich abgekämpften Scott. Anschließend schoben sich Selma und Aubrey in den Raum.

Letztere stutzte, als sie Estelle bemerkte, sagte aber nichts, sondern schenkte mir ein strahlendes Lächeln, während sie sich eine Strähne ihres hellblonden Haares hinters Ohr strich. »Guten Morgen.«

»Guten Morgen«, erwiderte ich freundlich.

»Uh!«, rief Quill voller Begeisterung aus, ließ sich neben Estelle auf einen Stuhl fallen und stupste sie mit seiner breiten Schulter an. »Herzlichen Glückwunsch zur Beförderung, Stella!«

Ich verspannte mich, als ich den Spitznamen für sie hörte. Noch schlimmer aber war, dass Quill ihn nicht zum ersten Mal zu benutzen schien.

»Danke«, erwiderte Estelle trocken, doch ihre Augen funkelten.

Meine Brust krampfte sich zusammen. »Legen wir los!«

Die Aufforderung klang womöglich ein bisschen forscher als beabsichtigt, aber sie bewirkte, dass Quill aufhörte, mit Estelle zu flirten, und auch die übrigen Gespräche verstummten.

»Irgendwelche Probleme letzte Nacht?«, fragte Hazel als Erstes, was zum Glück alle verneinten.

Anschließend schaute sie auf ihre Unterlagen, ehe sie sich an Selma wandte. »Kyras Wespenstich verheilt gut?«

Selma nickte. »Die Schwellung ist fast weg.«

Zufrieden wandte Hazel sich an Quill. »Und Tobey hat seinen Sturz auch verwunden?«

»Glen hat ihn sich gestern Abend noch einmal angesehen«, berichtete Quill und nickte seinem Kollegen zu. »So weit ist alles in Ordnung.«

»Es sind bloß ein paar oberflächige Schürfwunden«, ergänzte Glen. »Estelle hat bei der Erstversorgung alles richtig gemacht. Bisher hat sich noch keine Entzündung gezeigt.

Daher denke ich nicht, dass wir ihn bei der Ärztin in Lexington vorstellen müssen, aber ich behalte es im Auge.«

»Großartig. Danke.« Hazel warf dem Allrounder einen anerkennenden Blick zu und lehnte sich zurück. »Das war alles an Patienten, oder?«

Die Betreuer nickten einstimmig.

Ich schmunzelte. »Zwei Wespenstiche und ein Sturz. Kein schlechter Schnitt für die erste Woche.«

»Beschrei es nicht«, erwiderte meine Schwester und wedelte in der Luft herum, als könnte sie so böse Gedanken verscheuchen.

Der gesamte Mitarbeiterstab lachte. Ich erkundigte mich, ob alle Kurse wie geplant liefen, was zum Glück ebenfalls alle bejahten.

»Okay, letzter Punkt. Dann brauche ich dringend was zu futtern«, verkündete Hazel anschließend. »Das Programm für unser erstes Campfest mit dem Motto *Waterworld* steht: Erst haben wir die Kunstausstellung mit Brianna und Quill zum Thema Wassergeister, anschließend den Wasserparcours unter Leitung von Selma und Glen und nach dem Abendessen kommen drei Tänze von Jade, zwei Bühnenstücke von Scott und zum Abschluss die Preisverleihung mit Reed und meiner Wenigkeit. Mit Dotty habe ich gestern das Menü besprochen. Wir halten uns an Bewährtes, was bedeutet, es gibt gegrillten Fisch, Potatoes und verschiedene Gemüsesorten mit Dip.«

Quill lehnte sich vor. »Macht sie zum Dessert wieder diese niedlichen mit Schokolade überzogenen Früchtefiguren?«

»Das ist der Plan«, erwiderte Hazel eifrig.

Die Kids liebten das Zeug.

»Dann fehlt jetzt also nur noch die Deko?«, erkundigte ich mich mit Blick auf die Uhr. Uns rannte wie üblich die Zeit weg. Das Frühstück war gleich vorbei, und wir hatten alle noch nichts gegessen.

»Genau.« Hazel schnitt eine Grimasse. »Was das betrifft, habe ich eine gute und eine schlechte Nachricht. Welche wollt ihr zuerst hören?«

»Die schlechte«, erwiderte Glen sofort.

Hazel warf ihm ein gequältes Lächeln zu. »Ein Großteil der Deko-Elemente vom letzten Jahr ist Schrott.«

»Wieso das denn?«, fragte ich.

Meine Schwester warf mir einen schuldbewussten Blick zu. »Weil möglicherweise jemand vergessen hat, die Boxen fachgerecht zu verschließen, weshalb sie im Frühling ein wunderbarer Nistplatz für eine süße Marderfamilie waren. Die ist zwar inzwischen wieder ausgezogen, aber zahlreiche Stoffe sind zerfetzt, die Kabel zerbissen und einzelne Schaumstoffelemente angeknabbert. Das Einzige, was heil geblieben ist, ist die Box mit den Fischernetzen.«

»Wenn wir die mit ein paar Muscheln und Meermotiven aus Pappe bestücken, sehen sie sicher ohne viel Aufwand ganz nett aus«, überlegte Quill.

Hazel nickte. »Das klingt gut. Meinst du, du könntest mir da heute irgendwas Hübsches zaubern, während die Kids an ihren Skulpturen arbeiten?«

Quill kniff die Augen zusammen, bereits ganz gefangen in seiner kreativen Aufgabe. »Sicher.«

»Und ist das jetzt die gute Nachricht, dass wir wenigstens die Netze retten können?«, fragte ich und versuchte, lieber nicht auszurechnen, welcher Schaden entstanden war, weil die Lichterketten, Windspiele und Stoffbahnen nun in die Tonne wandern mussten.

»Nein, die kommt jetzt.« Hazel grinste breit. »Wir haben

etwas Budget übrig, um in neue Dekoartikel zu investieren. Deshalb habe ich gleich gestern Abend ein paar wunderschöne Sachen bestellt: illuminierte Quallen, Lichterketten mit Glaskristallen und blaue Lampions. Sie werden heute per Expresslieferung zugestellt. Glaubt mir, es wird hinreißend aussehen. Und das alles dank der großzügigen Sachspende der Sinclair Corporation.«

Estelle wurde blass, und auch die anderen tauschten vielsagende Blicke, von denen Hazel in ihrem Eifer gar nichts mitbekam.

»Was sagt ihr dazu?«, fragte sie aufgeregt.

»Chapeau«, meinte Aubrey spöttisch und prostete Estelle mit ihrer Kaffeetasse zu.

Shit!

Hazel, die endlich realisierte, dass alle Leute am Tisch genau wussten, weshalb die Sinclair Corporation derart großzügig gewesen war, ruderte betroffen zurück. »Na ja, wir hätten uns diese Dinge so oder so leisten können. Auch ohne … Spende.«

Wohl eher *Bestechung.*

Natürlich sprach es niemand laut aus. Aber allen war anzusehen, dass sie dieses Wort für eine passendere Umschreibung hielten. Außer Quill, der Estelle voller Mitleid betrachtete.

Blanke Wut glitzerte in ihren Augen. Sicher glaubte sie jetzt, dass ich sie bloß hierhergeschleppt hatte, um sie zu demütigen, nachdem ich dafür gesorgt hatte, dass jeder hier am Tisch Bescheid wusste, wie sie an diesen *Praktikumsplatz* gekommen war. Aber ich hatte mich in dieser Runde nur Quill anvertraut und der hielt nichts von Tratsch. Auch Hazel würde nie schlecht über neue Mitarbeiter sprechen. Trotzdem war die Information irgendwie durchgesickert, und so, wie ich mich

Estelle gegenüber verhalten hatte, gab sie mir nun die Schuld an der peinlichen Situation.

Was in gewisser Weise sogar stimmte. Schließlich hatte ich keinen Hehl aus meiner Abneigung gemacht.

»Wie auch immer«, warf Quill ein und lehnte sich etwas näher an Estelle heran, als wollte er sie beschützen. »Ich werde Hilfe bei den Netzen brauchen und würde mich freuen, wenn du mir hilfst, Stella.«

Sie nickte, ohne ihn anzusehen.

»Cool.« Es gab nichts, das Quill aus der Fassung bringen konnte. Aber der Blick, mit dem er mich nun bedachte, sprach Bände. Er war stinksauer, die Stimmung im Raum angespannt. »Dann sind wir hier fertig, oder?«

»Ja, das war's erst mal«, sagte Hazel, die sich inzwischen vor Unbehagen wand und froh über den Ausweg war.

Die Gruppe zerstreute sich, nicht ohne letzte verurteilende Blicke in Estelles Richtung zu werfen. Zurück blieben nur meine Schwester und ich.

Beschämt vergrub Hazel das Gesicht in den Händen. »O Mann! Was für eine Katastrophe.« Traurig ließ Hazel die Arme sinken und sah mich an. »Das kam alles ganz falsch rüber, oder?«

»Es war nicht deine Schuld«, erwiderte ich und rieb mir über die Brust, die sich schmerzhaft verkrampfte.

Plötzlich stieß Hazel ein kaltes Lachen aus. »Weißt du was? Du hast absolut recht.« Sie stand auf, klaubte mit groben Zügen ihre Unterlagen zusammen und schaute wütend auf mich herab. »Ich will dir mal was sagen, Bruderherz: Ich hatte schon beschlossen, Estelle eine Chance zu geben, *bevor* Moira Sinclair diese Spende erwähnte. Aber dass jetzt alle glauben, wir wären bestechlich und Estelle nur so viel wert wie ein paar Packungen Süßigkeiten, ist allein dein Verdienst. Also bring das verdammt noch mal wieder in Ordnung!«

Damit rauschte sie aus dem Konferenzraum. Die Tür fiel krachend hinter ihr ins Schloss, und ich blieb allein zurück mit der Stille und einem schlechten Gewissen, das ich einfach nicht mehr länger ignorieren konnte.

KAPITEL 12

Estelle

Am späten Nachmittag saß ich am Seeufer und befestigte mit Nadel und Faden unzählige Fische, Nixen und Muscheln an den Fischernetzen, die bei der Waterworld-Party als Deko dienen sollten. Quill und ich hatten den ganzen Tag über an den Figuren gearbeitet, sie auf Pappen gezeichnet, ausgeschnitten und mit bunter Leuchtfarbe angemalt. Dabei hatten wir kein Wort über die demütigende Szene im Besprechungsraum verloren. Stattdessen hatte Quill mir von den Anfängen seiner Künstlerkarriere in L.A. erzählt und von den Skulpturprojekten, die nach dem Sommercamp anstanden.

Ich war froh über die Ablenkung, auch wenn ich nicht so recht einschätzen konnte, ob Quills Ideen gut waren. Ich kannte mich nicht mit Kunst aus, und einiges klang für meinen Geschmack ein bisschen zu abgedreht. Andererseits war das vermutlich der Grund für Quills überragenden Erfolg.

Vor ein paar Minuten war er zu den Kids gegangen, um bei ihnen nach dem Rechten zu sehen. Sie saßen etwas abseits im Schatten und arbeiteten an Holzskulpturen, die sie aus Ästen und Zweigen anfertigten.

Als leises Gekicher erklang, drehte ich den Kopf und beobachtete Quill mit den aufgeregten Kindern. Und obwohl ich noch immer schrecklich wütend war, musste ich unweigerlich lächeln.

Es war mir unbegreiflich, wie so ein empathischer, sensibler Mann mit einem selbstgerechten Hinterwäldler wie Reed Dixon befreundet sein konnte. Angewidert schüttelte ich den Kopf, nahm eine Muschel und nähte sie an das Netz.

Reed hatte sich den ganzen Tag über von mir ferngehalten. Was vermutlich auch besser so war, sonst hätte ich für nichts garantieren können. Dafür kam Hazel kurze Zeit später mit einem riesigen Karton vorbei.

»Hey.« Sie bedachte mich mit einem warmen Lächeln, stellte den Karton ab und deutete auf die ausgebreiteten Netze, die bereits fertig verziert waren. »Das sieht klasse aus.«

Ich zuckte mit den Schultern. »Dank nicht mir, sondern Quill. Er ist der Künstler.«

»Du hast auch deinen Teil dazu beigetragen«, widersprach Hazel entschieden und sah auf ihre Armbanduhr. »Die Kids gehen gleich zum Abendessen. Dann können wir alles schmücken.«

»Ist gut.« Ich warf einen Blick auf den flachen Karton, in dem sich nur noch ein paar wenige Pappfiguren befanden. »Ich bin hier auch gleich fertig.«

»Großartig.« Hazel setzte sich neben mich, öffnete den Kartondeckel und begann damit, die Lichterketten und Lampions auszupacken. »Reed holt gerade eine Flasche Helium aus dem Fachmarkt. Damit werden wir noch ein paar Luftballons aufblasen.«

Als ich nichts erwiderte, hielt Hazel plötzlich inne. Dann

stieß sie ein leises Knurren aus. »Mein Bruder hat nicht mit dir geredet, oder?«

»Weshalb?«, erwiderte ich tonlos, obwohl mein Herz einen Satz machte. »Wir haben ohnehin nichts zu besprechen.«

Hazel brummte etwas, das im Knistern der Folie unterging.

Ein Stück entfernt stieß Quill einen Pfiff aus. Er rief zu uns herüber, dass er und die Kinder die Kunstwerke ins Verwaltungsgebäude bringen würden, und versprach, später mit einer Leiter zu uns zu stoßen.

Kurz darauf waren Hazel und ich allein. Wir begannen damit, das Seeufer in eine fluoreszierende Wasserwelt zu verwandeln. Unterdessen schallte ein poppiger Taylor-Swift-Song über den See und sorgte für eine ausgelassene Stimmung am Ufer.

Hazel war ganz anders als ihr Bruder. Sie war locker und herzlich und offensichtlich liebte sie es, zu tanzen. Dabei waren ihre Bewegungen so fließend und anmutig, dass ich meine Neugier irgendwann nicht mehr zurückhalten konnte.

»Hast du das mal professionell gemacht?«, fragte ich, während wir die Fischernetze in den Zweigen der Büsche befestigten.

»Ich wollte Tänzerin werden, seit ich ein kleines Mädchen war.« Hazel reckte sich, um einen Zweig durch eine Lasche zu ziehen. »Aber als ich sechzehn war, wurde ich mit Maila schwanger und habe den Traum vom Broadway aufgegeben.«

»Das muss schwer gewesen sein«, stellte ich fest und rückte einen kleinen Fisch zurecht. Ich überlegte, wie es wohl wäre, jahrelang einem bestimmten Ziel hinterherzujagen. Diese Vorstellung war mir vollkommen fremd.

Hazel hielt auf der Suche nach den richtigen Worten inne. »Ich war noch jung, und meine Familie hat mich immer unterstützt. Ich hätte meine Karriere weiter vorantreiben können. Aber das hätte bedeutet, mehr Zeit im Tanzsaal zu verbringen als mit meiner Tochter – und das wollte ich nicht.«

Nicht zum ersten Mal fragte ich mich, was wohl mit Mailas Vater passiert war, der im Leben der beiden offenbar keine Rolle spielte. Aber ich wagte es nicht, mich danach zu erkundigen, sondern lächelte Hazel an. »Du machst das jedenfalls immer noch sehr gut.«

Sie strahlte mich an. »Danke.«

»Und warum führst du nicht den Tanzkurs?«, erkundigte ich mich weiter und strich ein paar Blätter beiseite, um eine große Muschel in den Vordergrund zu rücken.

»Weil ich dafür einfach keine Zeit mehr habe. Die Leitung des Camps nimmt vor allem im Sommer viel Zeit in Anspruch.« Sie zwinkerte mir zu. »Ehrlich gesagt passt es mir ganz gut, dass Maila zurzeit bei den Rotluchsen übernachtet. So hat sie Spaß mit ihren Freundinnen, und ich muss mich nicht schlecht fühlen, wenn ich spätabends noch Verträge lese, Bestellungen aufgebe oder Mails beantworte.«

»Verstehe.«

Hazel warf mir einen vorsichtigen Blick zu. »Weißt du, ich habe all diese Sachen weder am College gelernt noch danach gestrebt. Offengestanden hätte ich mir noch vor ein paar Jahren nicht einmal vorstellen können, eines Tages den Platz meiner Eltern einzunehmen, während sie ihren Ruhestand genießen, indem sie in einem Camper durchs Land reisen. Aber heute liebe ich meinen Job. Man wächst eben mit seinen Aufgaben. Ich bin mir sicher, du findest auch deinen Weg, obwohl du ihn vielleicht noch nicht erkennen kannst.«

Noch nie hatte jemand Zuversicht hinsichtlich meiner Zukunft geäußert. Wahrscheinlich war ich deshalb so gerührt von Hazels Worten, dass ich keinen Ton hervorbrachte.

Glücklicherweise schien Hazel das auch gar nicht zu erwarten. Sie trat einen Schritt zurück und betrachtete mit schief gelegtem Kopf die Fischernetze. Dann nickte sie zufrieden. »Ich denke, das reicht fürs Erste.«

Hinter uns stieß Quill ein anerkennendes Pfeifen aus. Er balancierte mühelos eine Stehleiter auf der Schulter und bot mit den tiefsitzenden Jeans und dem offenen Holzfällerhemd einen ziemlich beeindruckenden Anblick.

Hazel grinste. »Du siehst aus wie ein wahr gewordener Traum.«

»Süße, ich *bin* ein wahr gewordener Traum«, erwiderte er schmunzelnd.

Lachend boxte Hazel ihn gegen die freie Schulter. »Und so bescheiden.«

»Wo machen wir weiter?«, fragte Quill und sah sich am Ufer um.

Hazel deutete auf die Bäume, die uns am nächsten waren. »Ich dachte, wir hängen dort die Lichterketten und Lampions auf.«

Schon marschierte Quill los und setzte die Leiter ab. Da Hazel es nicht so mit Höhe hatte und Quill die Leiter lieber sichern wollte, stieg ich nach oben und begann damit, die Lichterketten an den herabhängenden Zweigen zu befestigen.

Kurz darauf kamen Glen, Brianna und Jade.

»Die meisten Kids schauen jetzt einen Film in der Aula, der Rest zockt Billard«, sagte Glen. »Scott und Selma haben sich freiwillig als Aufpasser gemeldet.«

Ich stand noch immer auf der Leiter und schaute absichtlich nicht zu ihnen runter, sondern zupfte nervös an einem Zweig

153

herum. Ich war noch nie gut im Small Talk gewesen, aber nach dem, was am Morgen im Besprechungsraum passiert war, wusste ich wirklich nicht, was ich sagen sollte. Zwar war mir vorher schon bewusst gewesen, dass verschiedene Gerüchte über mich im Camp kursierten, aber die offen feindselige Stimmung war doch ein ganz anderes Kaliber gewesen als ein paar abschätzige Blicke aus der Ferne.

Es hätte mir egal sein sollen, was die anderen über mich dachten. Genau wie ich es Bowie geraten hatte. Aber als ich mit Glen bei den Wasserfällen gesprochen und das verwöhnte Prinzesschen auf der Suche nach einer Shopping Mall gemimt hatte, war seine Missbilligung überraschend schmerzhaft gewesen. Denn im Grunde schien Glen ganz in Ordnung zu sein und er hatte sich mir gegenüber bis zu diesem Zeitpunkt auch nicht unhöflich verhalten. Das hatte ich mir selbst eingebrockt.

Frustriert biss ich mir auf die Unterlippe, während die anderen drei Anweisungen von Hazel entgegennahmen. Anschließend entfernten sie sich, um den nächsten Uferabschnitt zu schmücken.

Zu sechst kamen wir schnell voran, und da Hazel und Quill weniger Probleme mit Vorurteilen zu haben schienen, war ihre Gesellschaft richtig angenehm. Es dauerte nicht lange, bis ich mich entspannte und den Schlagabtausch der beiden zu genießen begann.

Das Band zwischen ihnen war stark, aber da war trotz ihrer Flirterei kaum sexuelle Energie zwischen ihnen spürbar. Das überraschte mich, denn die beiden passten im Grunde gut zusammen.

Als es nichts mehr an den Baumkronen aufzuhängen gab, kletterte ich von der Leiter und Quill entschuldigte sich, um zu

Reed zu gehen. Er und Aubrey waren inzwischen ebenfalls eingetroffen und bestückten den Steg mit Heliumballons.

Reed war über die Gasflasche gebeugt und füllte gerade einen Ballon. Aubrey stand neben ihm und erzählte ihm irgendwas. Sonderlich amüsant schien es nicht zu sein, so geistesabwesend, wie Reed dreinschaute.

Hazel schnaubte. »Das wird nie was.«

»Was?«, fragte ich irritiert.

Mit einer knappen Bewegung ihres Kinns deutete Hazel zum Steg. »Mein Bruder hat kein Interesse an ihr. Das scheint jeder zu kapieren. Nur sie nicht.«

Tatsächlich wirkte Reed nicht besonders angetan, als Aubrey einen Ballon entgegennahm und ihn anstrahlte, als hätte er ihr eben einen exorbitanten Blumenstrauß überreicht.

»Steht er auf Männer?«, fragte ich, weil es für mich das Naheliegendste war. Immerhin war Aubrey hübsch, klug und im ganzen Camp unheimlich beliebt.

»Nein«, erwiderte Hazel. Erst zögerte sie, doch dann seufzte sie leise und fuhr fort. »Da gab es eine Frau, die Reed sehr geliebt hat. Aber ... es ging nicht gut aus. Seither hat er keine andere mehr an sich herangelassen.«

In gewisser Weise tat es mir leid, das zu hören. Doch dass er einmal so tief verletzt worden war, war keine Entschuldigung für ein derart mieses Verhalten. Da ich aber nicht länger über Reed nachdenken wollte, warf ich meiner neuen Freundin einen vorsichtigen Blick zu. »Und was ist das zwischen dir und Quill?«

Hazel lachte, als hätte ich einen irrsinnig guten Witz gerissen. »Nein, zwischen uns läuft nichts.«

»Warum?«, hakte ich neugierig nach. »Ihr zwei scheint euch blendend zu verstehen.«

Hazel blinzelte. »Quill ist wie ein Bruder für mich. Das wäre … irgendwie schräg.«

Nachdenklich lehnte ich mich gegen die Leiter. »Sicher, dass er das genauso sieht?«

»Absolut.« Schmunzelnd deutete Hazel in Richtung Bootssteg, den Quill soeben erreicht hatte. »Also, falls du Interesse an ihm hast … nur zu.«

»Hab ich nicht.« Abwehrend hob ich die Hände. »Wirklich nicht.«

Hazel zog einen Schmollmund. »Schade. Ich hatte gehofft, ich könnte ein bisschen Amor bei euch beiden spielen.« Plötzlich riss sie erschrocken die Augen auf. »Oder bist du vergeben?«

Ich dachte an Mason. Er hatte sich seit unserem Telefonat nicht mehr gemeldet, und ich bezweifelte, dass er vor Sehnsucht nach mir nachts die Kissen vollheulte. Viel wahrscheinlicher war wohl, dass Jenny inzwischen sein Bett wärmte.

»Nein.« Eilig wandte ich mich ab und schnappte mir die Aufbauanleitung einer riesigen Leuchtqualle, um sie intensiv zu studieren. »Schlag dir deine Kuppelversuche trotzdem aus dem Kopf.«

»Und du bist dir sicher, dass es ausweglos ist?«, erkundigte Hazel sich in beiläufigem Tonfall, während sie neben mich trat. »Du könntest dir ja zumindest einen kleinen Sommerflirt gönnen.«

Offenbar lag die Sturheit in der Familie. Belustigt schaute ich wieder auf. »Mein Leben ist auch so schon kompliziert genug. Da brauche ich sicher keinen Mann, der es noch mehr durcheinanderbringt.«

Hazel verdrehte die Augen. »Du sollst ihn ja nicht gleich heiraten.«

Angespannt schüttelte ich den Kopf. »Wie ich kürzlich herausgefunden habe, sind oberflächliche Affären nicht mein Ding. Ich denke, dabei sollte ich es belassen.«

Diesmal ließ Hazel die Sache auf sich beruhen, und das war auch gut so.

Die Beziehung mit Mason hatte zwar für kurzweilige Zerstreuung gesorgt, aber echte Erfüllung hatte ich nicht gefunden. Nicht mal ansatzweise.

Vielleicht wäre das mit Quill anders. Er war ein netter Kerl. Von all den Männern hier im Camp mochte ich ihn mit Abstand am liebsten. Zudem war er wahnsinnig attraktiv. Aber letztlich reizte mich nicht einmal der charmante Künstler genug, um es auf einen weiteren Versuch ankommen zu lassen.

***

Da es bis in die Nacht hinein dauerte, bis das Seeufer fertig geschmückt war, beschloss Hazel, mir das Wochenende freizugeben.

»Du hast diese Woche genug geschuftet«, meinte sie und reckte trotzig ihr Kinn vor. »Und keine Sorge! Ich kläre das mit dem Teamleiter.«

Mir konnte das nur recht sein, obwohl ich keine Ahnung hatte, was ich hier mitten in der Pampa überhaupt tun sollte. Ich war die ganze Woche über in aller Frühe aufgestanden. Deshalb klappte Ausschlafen schon mal nicht.

Bereits um sieben Uhr morgens wälzte ich mich im Bett umher, während Sonnenstrahlen durch das Fenster schienen und die Vögel einen Heidenlärm veranstalteten.

Nach einer Stunde hatte ich genug davon. Ich zog mich an,

schnappte mir meine Handtasche und marschierte drei Meilen bis nach Lexington, um ein paar Sachen zu besorgen.

Als ich die winzige Kleinstadt erreichte, war mein Shirt klatschnass geschwitzt, und ich stellte frustriert fest, dass Glen reichlich untertrieben hatte. Lexington war ein verschlafenes Nest, in dem es lediglich einen Supermarkt, einen heruntergerockten Diner und ein paar Einzelhandelsgeschäfte gab, dazu eine Handvoll Wohnhäuser, und das war's. Ich hatte die Stadt innerhalb von fünf Minuten durchquert.

Fluchend machte ich kehrt und steuerte mangels Alternativen ein äußerst fragwürdiges Modegeschäft an, in dem leider genau die Artikel vertrieben wurden, die die Schaufensterpuppen trugen: Bermudashorts in allen Farben, mit Blumen gemusterte altbackene Blusen und Leinenhemden. Jedes Kleidungsstück, das ich in die Finger bekam, sah einfach nur fürchterlich aus. Allerdings waren die Klamotten preisgünstig und die ältere Ladenbesitzerin freute sich aufrichtig, dass ich zwei unförmige Jeans und einige Tops kaufte.

Wahrscheinlich würde ich später ein schlechtes Gewissen haben, wenn ich die Teile zurechtschnitt. Aber da meine Kleidung schon nach einer Woche ziemlich ramponiert war, blieb mir nichts anderes übrig.

Danach ging ich zum Supermarkt und lud Hygieneartikel, würzige Tortilla Chips und Käsedip in den Einkaufswagen. Als ich wenig später den Supermarkt verließ, überlegte ich, mir noch einen Eiskaffee in dem Diner am Ortsausgang zu gönnen. Allerdings standen die Chancen gut, dass das für mich mit einer Salmonellenvergiftung endete. Also machte ich mich auf den Weg zurück ins Camp.

Inzwischen war schon früher Nachmittag, aber ich hatte keine Eile und schlenderte ohne Hast die asphaltierte Straße entlang. Schließlich war es ja nicht so, als würde mich irgendjemand vermissen.

Ich war vielleicht zehn Minuten gelaufen, als sich hinter mir ein Auto näherte. Die Hupe gellte so laut, dass ich erschrocken zur Seite sprang.

Entrüstet fuhr ich herum. Ein schwarzer Pick-up hatte neben mir auf der Straße angehalten, und meine Wut verflog, sobald Maila den Kopf aus dem Beifahrerfenster steckte. Mit einer ungeduldigen Geste wischte sie sich eine dicke braune Locke aus dem Gesicht und grinste mich breit an. »Hi, Estelle.«

»Oh, hallo«, erwiderte ich und spähte an Maila vorbei.

Reed saß am Steuer und nickte mir knapp zur Begrüßung zu. In seinen Augen lag ein Ausdruck, der mich fast an Reue erinnerte. Aber wahrscheinlich bildete ich mir das bloß ein.

»Brauchst du eine Mitfahrgelegenheit?«, fragte Maila.

Sofort winkte ich ab. »Nein, vielen Dank.«

Maila runzelte die Stirn. »Aber es ist irre heiß, sogar im Schatten. Und du verpasst ja das Beste von der Party.«

Da ich ohnehin nicht vorgehabt hatte, mir das Spektakel anzusehen, zuckte ich mit den Schultern. »Das macht nichts.«

»Und wie das was macht.« Maila rutschte auf der Bank ein Stück zurück und klopfte auf den freien Platz. »Jetzt komm endlich. Wir müssen los.«

Es war wirklich schwer, diesem Mädchen etwas abzuschlagen. Hinzu kam, dass sie nicht ganz unrecht hatte. Ich zerfloss hier draußen. Meine Haare klebten schwitzig an dem Queen-Basecap und mein Shirt war schon wieder durchnässt.

»Okay.« Ich zog die Beifahrertür auf und stieg ein. Ich musste ja nicht mit Reed reden. Maila war so ein Wirbelwind, wahrscheinlich kam während der kurzen Fahrt außer ihr sowieso keiner zu Wort.

Kaum hatte ich die Tür zugezogen, wandte Maila sich auch schon ihrem Onkel zu. »Gib Gas!«

Reed brummte, fuhr aber in gemäßigtem Tempo los.

Maila grinste mich an. »Gut, dass wir gerade in der Nähe waren, was?«

»Es hätte mir nichts ausgemacht, zu laufen«, stellte ich lächelnd klar, während mir die eiskalte Luft aus der Klimaanlage eine Gänsehaut bescherte.

Lässig winkte Maila ab. »Wir brauchten eh Kaninchenfutter.«

Ich runzelte die Stirn. »Ich dachte, das kriegen sie von Dotty.«

»Frisches Gemüse, ja«, bestätigte das Mädchen und deutete hinter sich auf die Ladefläche. »Aber das Spezialfutter müssen wir extra besorgen.«

»Verstehe.«

»Meinst du, du könntest dich heute wieder um sie kümmern?«, fragte sie flehend.

Ich blinzelte verdutzt. »Äh …«

»Estelle hat heute frei, Flipper«, mischte Reed sich da in schroffem Tonfall ein. »Und du hast versprochen, deine Pflichten auch weiterhin zu erfüllen.«

Maila wirbelte zu ihm herum. »Aber heute ist doch das Fest und meine Freundinnen warten schon auf mich. Wenn ich mich jetzt erst noch um die Fische kümmern muss, verpasse ich ja den Parcours.«

Reed trommelte mit dem Daumen auf das Lenkrad. »Du kannst dich später um die Tiere kümmern.«

»Wann denn?«, rief Maila aus. »Ich will auch die Shows sehen, und dann ist Stranddisco, und danach ist es zu dunkel.«

»Das war der Deal, Flipper.«

»Aber ...«

»Es reicht, Maila«, schoss Reed unerbittlich zurück.

Offenbar sprach er sie nicht oft mit ihrem richtigen Namen an, denn das quirlige Mädchen zog die schmalen Schultern hoch und wurde ganz still.

Mein Herz zog sich zusammen. Ich kannte diesen kühlen Ton von meiner Mutter und erinnerte mich gut an das Gefühl der Machtlosigkeit, das mich jedes Mal durchströmt hatte, wenn in diesem Ton eine Entscheidung gefällt worden war.

»Ich kann das nachher schnell erledigen«, sagte ich, weil mir das Mädchen wirklich leidtat. Außerdem graute mir davor, den Nachmittag allein in meiner Hütte zu verbringen. Die Kaninchen wären sicher eine angenehme Gesellschaft. Die freuten sich wenigstens, wenn ich kam.

Reed versteifte sich, während Maila erfreut kiekste. »Wirklich?«

»Klar.« Ich schenkte ihr ein Lächeln. »Ich habe heute sowieso nichts weiter vor – und der Wasserparcours reizt mich nicht besonders.«

»O danke!« Bevor ich wusste, wie mir geschah, hatte Maila die Arme um meinen Hals geschlungen und sich an mich gedrückt. »Ich mache es wieder gut. Ehrlich. Ich schwör's.«

»Schon okay.«

Reed bog auf den Parkplatz ein. Er sah verärgert aus, kam aber nicht mehr dazu, etwas zu sagen, weil ich die Tür öffnete, sobald er den Motor ausgeschaltet hatte.

Maila sprang hinter mir aus dem Wagen und flitzte nach einem aufgeregten Dank in meine Richtung davon.

»Du musst das nicht tun«, sagte Reed hinter mir, der inzwischen ebenfalls ausgestiegen war. Seine Stimme war ruhig, aber die Art, wie sich seine Finger um die Seitenrampe des

Pick-ups krallten, verriet, dass er wütend war. »Maila wollte diese Kaninchen unbedingt haben. Sie kann sich nicht nur um sie kümmern, wenn ihr gerade der Sinn danach steht, und die Aufgaben ansonsten jemand anderem übertragen, der gerade zufällig in der Nähe ist.« Ein Muskel zuckte an seinem Kiefer. »Auch wenn dein Angebot sicher nett gemeint war.«

Allmählich dämmerte es mir, dass es hier nicht nur darum ging, dass Maila sich vor ihren Aufgaben gedrückt hatte. Reed war auch sauer, weil ich mich eingemischt hatte.

Ich lächelte kühl. »Nun, wie du schon selbst festgestellt hast, habe ich heute frei und kann tun und lassen, was ich will. Und da du bisher auch kein Problem damit hattest, mich das Kaninchengehege ausmisten zu lassen, brauchen wir auch nicht länger darüber diskutieren.«

Er öffnete den Mund, um erneut zu protestieren, aber ich wandte mich bereits ab und ging hoch erhobenen Hauptes davon.

KAPITEL 13

Reed

Der Wasserparcours war das Highlight bei der Waterworld-Party. Vom geschmückten Steg aus reichte die kunterbunte aufgeblasene Badespaßkonstruktion gut fünfzehn Meter in den See und war in unterschiedliche Module aufgeteilt, die aus Gummirampen, Walzen und anderen Hindernissen bestanden. Außerdem gab es in der Mitte ein Trampolin, eingefasst in Luftschläuche, und ganz am Ende eine drei Meter hohe Rutsche, die vor allem bei den jüngeren Kids beliebt war, während die älteren lieber Saltos in den See machten.

Das Team hatte sich auf dem Steg, im Wasser und am Ufer verteilt, und es war offensichtlich, dass alle einen Heidenspaß hatten. Aus einem portablen Lautsprecher kamen aktuelle Popcharts und sorgten zusätzlich für gute Stimmung.

Im Grunde gab es also nicht viel für mich zu tun, als ich zum See kam. Ich hatte das Kaninchenfutter bei Dotty in der Küche abgeladen, mir ein kaltes Stück Pizza stibitzt und war danach direkt hierhergekommen. Es überraschte mich nicht, dass meine Nichte bereits quietschend im Wasser tobte.

So ausgelassen und fröhlich, wie Maila über den Parcours

flitzte, konnte ich ihr unmöglich böse sein, dass sie Estelle um den Finger gewickelt hatte. Ich selbst hätte es ihr auch nicht abgeschlagen, mich um die Tiere zu kümmern. Allerdings hatte ich sie noch ein bisschen zappeln lassen wollen, damit es nicht zur Gewohnheit wurde, die unliebsamen Stallaufgaben auf andere abzuwälzen.

Tja, und dann hatten wir Estelle am Straßenrand aufgegabelt.

Sie hatte keine Ahnung gehabt, dass ich sie schon im Supermarkt entdeckt und beobachtet hatte – was vermutlich gut so war, da sie mich sonst nicht nur für ein unsensibles Arschloch, sondern auch noch für einen irren Stalker halten würde.

Seltsamerweise hatte sie nicht wirklich danach ausgesehen, als würde es ihr Spaß machen, Geld auf den Kopf zu hauen. Stattdessen hatte sie mit leerem Blick ein paar wenige Sachen in ihren Korb geschmissen und war gegangen.

Genau der gleiche Ausdruck fiel mir plötzlich im Gesicht eines Jungen auf.

Fast reglos stand Bowie bei den Büschen und schaute dem wilden Treiben im See aus der Ferne zu. Er trug eine blaue Badehose, die viel zu groß für seinen schmächtigen Körper war. Dass sie trocken war, verriet mir, dass er noch gar nicht im Wasser gewesen war, obwohl er sich zweifellos wünschte, mit den übrigen Kindern herumzutoben. Sonst hätte er sich in der Mittagspause gar nicht erst umgezogen.

Heute Morgen hatten Maila und ihre Freundinnen wieder mit ihm auf der Terrasse gefrühstückt. Zwar war Bowie auch diesmal wortkarg gewesen, doch die Anwesenheit der Mädchen hatte ihm hier und da ein Lächeln entlockt.

Ich hatte es genau gesehen.

Vielleicht brauchte er wieder einen kleinen Schubs, um sich zu überwinden und auf die anderen Kinder zuzugehen?

Entschlossen machte ich mich auf den Weg. Er schaute kurz über seine Schulter, als würde er ernsthaft darüber nachdenken, hinter die Büsche zu flüchten. Aber ich war schneller.

»Hey, Bowie«, sagte ich und schob die Hände in die Taschen meiner Jeans. »Keine Lust, bei dem Spektakel mitzumachen?«

Schweigend schüttelte er den Kopf. Wie schaffte Estelle es bloß, dem schüchternen Kerl Worte zu entlocken? Auf der Wanderung zu den Wasserfällen hatte er die ganze Zeit mit ihr geredet.

»Es macht Spaß«, fuhr ich fort und lächelte. »Besonders die Rutsche am Ende.«

Bowie schluckte.

Ich nickte einladend in Richtung Steg. »Willst du es nicht mal versuchen?«

Diesmal trat Bowie einen Schritt von mir weg, was deutlich signalisierte, dass ich ihn zu sehr bedrängte. Genau wie Estelle gesagt hatte.

»Ich mache dir einen Vorschlag«, sagte ich schnell. »Ich setze mich auf den Steg, und wenn du willst, kommst du nach und wir sehen uns das Ganze erst mal aus der Nähe an, in Ordnung?«

Bowies Blick zuckte zu mir. Er war also nicht abgeneigt.

Obwohl es mir schwerfiel, den Jungen wieder allein zu lassen, drehte ich mich um und tat genau das, was ich versprochen hatte.

Einige Kids schossen an mir vorbei, als ich den Steg betrat, mich auf die Holzplanken setzte und die Beine baumeln ließ. Unterdessen beobachtete ich aus den Augenwinkeln, was Bowie tat.

Gut zehn Minuten regte sich der Junge nicht, während die Kids um mich herumtobten. Dann endlich setzte er sich in Bewegung.

Ich hielt den Atem an, während Bowie einen zögerlichen Schritt nach dem anderen tat. Es schien ihn enorme Überwindung zu kosten, sich dem Lärm und Gespritze zu nähern. Aber er kämpfte tapfer gegen seine Furcht an.

Im Geiste feuerte ich ihn an.

Bowie hatte den Steg beinahe erreicht, da schwang Tobey sich aus dem Wasser auf die Holzplanken und baute sich direkt vor ihm auf.

Bowie blieb abrupt stehen.

»Sieh mal einer an, wer sich da endlich aus dem Gestrüpp getraut hat«, feixte der ältere Junge und schüttelte sich wie ein nasser Hund. Wassertropfen flogen in alle Richtungen und trafen Bowie, der stolpernd zurückwich.

Tobey lachte. »Was ist denn los? Bist du etwa wasserscheu?«

Bowie klappte den Mund auf, um etwas zu sagen, aber er war so überfordert, dass er kein Wort herausbrachte.

Wie aus dem Nichts tauchte Maila auf. In einem Moment war sie noch im See gewesen, im nächsten schob sie sich tropfnass vor Bowie. Ihre dunklen Locken kringelten sich auf ihren Schultern und ihr blauer Sportbadeanzug schimmerte im Licht der Sonne. »Lass ihn in Ruhe, du Stinker!«

Tobey stieß ein brüllendes Lachen aus, ehe er sich an Bowie wandte. »Musst du dich etwa von einem Mädchen beschützen lassen?«

Mailas Augen wurden schmal, ein untrügliches Zeichen dafür, dass hier gleich die Hölle losbrach. »Halt ja die Klappe!«

»Sonst was?«, erwiderte Tobey. Der kleine Idiot hatte wirklich keine Ahnung, welches Temperament in meiner Nichte schlummerte. Manchmal hatte ich das Gefühl, sie brauchte das Wasser vor allem deshalb, um das wütende Feuer in sich zu zügeln.

Unerschrocken trat Maila auf den älteren Jungen zu, der sie um mehr als einen Kopf überragte. »Sonst mache ich dich fertig!«

Das war kein Bluff. Maila war das beliebteste Mädchen im Camp, was rein gar nichts damit zu tun hatte, dass es unserer Familie gehörte. Stattdessen mochten die anderen Kids sie wegen ihrer Offenheit, ihrer Hilfsbereitschaft und ihrer Lebensfreude. Es würde sie ein müdes Lächeln kosten, die anderen gegen Tobey aufzuhetzen.

Aber er schien seinen eigenen Status innerhalb der Campgemeinschaft fatal falsch einzuschätzen. In gespielter Panik ließ er seine Beine schlottern. »Uh, jetzt habe ich aber Angst.«

Obwohl Maila den Sarkasmus zweifellos heraushörte, ignorierte sie ihn. »Die solltest du auch verdammt noch mal haben.«

»Okay, das reicht jetzt«, schaltete ich mich nun doch ein und stand auf, ehe Maila wirklich noch auf Tobey losgehen konnte. Ich warf ihr einen strengen Blick zu, weil sie geflucht hatte, beschloss aber, sie nicht zurechtzuweisen. Stattdessen wandte ich mich direkt an Tobey. »Wenn du keine Lust mehr auf den Parcours hast, kannst du dich abtrocknen gehen.«

»Aber ich hab Lust«, erwiderte er empört.

Ich zog eine Braue hoch. »Dann kapiere ich nicht, warum du hier rumstehst und Ärger machst.«

Tobey schob die Unterlippe vor, war aber doch klug genug, nichts mehr zu sagen, sondern drehte sich um und flitzte davon.

»Wir hätten das auch allein geschafft, Onkel Reed«, stieß Maila hinter mir genervt hervor. »Nicht wahr, Bow…«

167

Ihre Worte erstarben, und ein Blick über die Schulter bestätigte, was ich schon vermutet hatte: Bowie war gegangen.

Da er noch nicht weit sein konnte, reckte ich den Kopf. Tatsächlich entdeckte ich ihn auf dem Pfad zu den Hütten. Doch als er an der Bunny Farm vorbeikam, blieb er stehen.

Estelle war bereits dort und kümmerte sich um die Tiere. Sie trat an den Zaun und musterte ihn mit schiefgelegtem Kopf, registrierte innerhalb von Sekunden, wie erschüttert der Junge war.

Diesmal gab es kein Zögern. Als sie mit einem sanften Lächeln die Gattertür aufzog, schlüpfte Bowie ins Gehege und verschwand aus unserer Sicht.

Maila seufzte. »Ich glaub, jetzt hab ich ihn erschreckt. Tut mir leid.«

Sie klang so traurig, dass ich mich wieder zu ihr umdrehte. »Entschuldige dich nie dafür, dass du jemanden verteidigt hast, Flipper.«

Abermals glomm Ärger in ihren sturmgrauen Augen auf. »Tobey ist so ein blöder Idiot.«

Ich lachte leise, beugte mich vor und flüsterte: »Das habe ich mir auch gedacht, aber im Gegensatz zu dir darf ich es nicht laut sagen.«

Maila grinste, bevor sie wieder ernst wurde und einen besorgten Blick in Richtung Kaninchenstall warf. »Denkst du, ich sollte mal nach ihm sehen?«

Das war im Grunde keine schlechte Idee. Aber im Moment wusste wohl niemand besser als Estelle mit dem aufgewühlten Jungen umzugehen. »Gib ihm noch einen Moment, okay?«

Unzufrieden verzog Maila das Gesicht, nickte jedoch. »Na gut.«

»Maila!«, rief Bailey vom Wasserparcours aus und winkte fröhlich. Sie hatte von der Auseinandersetzung nichts mitbekommen.

Ich gab meiner Nichte einen sanften Schubs. »Na los, geh und hab Spaß.«

»Okay.«

Kaum war Maila davongeflitzt, tauchte Hazel neben mir auf. »Manchmal denke ich, sie hat vor gar nichts Angst«, sagte sie, während wir ihrer Tochter hinterherschauten.

Ich war geneigt, meiner Schwester zuzustimmen, denn ich kannte kein Kind, das so wenig vor Ärger zurückschreckte wie Maila. Andererseits wusste ich auch, wie sensibel sie war und wie sehr sie unter der Tatsache litt, dass Hazel nie über ihren Vater sprach.

Nicht einmal ich wusste viel über den Kerl, weil ich in jenem schicksalhaften Sommer ihrer Zeugung mit Freunden verreist war. Ich kannte nicht mal einen Namen. Dabei hatte ich *wirklich* versucht, ihn herauszufinden, um diesem Typen den Arsch aufzureißen, weil er nie auf Hazels Nachrichten reagiert hatte, nachdem sie von ihrer Schwangerschaft erfahren hatte …

Ich war so tief in Gedanken versunken, dass ich das Krachen in der Ferne nur am Rande wahrnahm. Dafür waren die erschrockenen Schreie umso lauter.

Sofort wirbelten wir herum.

Hazel schnappte nach Luft. »Du lieber Gott!«

Fassungslos starrte ich zur Bunny Farm. Die rechte Seite der Umzäunung war fort – und die Kaninchen flohen in alle Richtungen.

KAPITEL 14

Reed

Mein erster Gedanke galt Bowie und Estelle, und der einzige Grund, warum ich keinen verfluchten Herzinfarkt bekam, war der Tatsache zu verdanken, dass die beiden quicklebendig durch das Gehege hasteten und versuchten, zwei der drei gescheckten Kaninchen einzufangen, die noch nicht abgehauen waren.

Während ich losrannte, warf Estelle sich auf den Boden und erwischte ein Tier, das sie sofort in eines der Häuschen sperrte. Unterdessen schaffte Bowie es, das andere in eine Ecke zu drängen und so seine Flucht zu verhindern.

Ich erreichte das Gehege in dem Moment, in dem Bowie das Kaninchen vorsichtig auf den Arm nahm und zu einem Holzhäuschen trug. Er war aschfahl im Gesicht.

»Was ist passiert?«, bellte ich und betrachtete ungläubig den eingestürzten Zaun.

»Der Baumstamm ist umgekippt«, erklärte Estelle atemlos und kletterte auf der Suche nach weiteren Ausreißern über besagte Stelle. »Er ist in den Zaun gekracht und hat ihn umgerissen.«

Tatsächlich entdeckte ich inmitten des umgekippten Zauns den dicken Baumstamm, der bisher als Futterturm gedient hatte. Ich hatte die Löcher für die Zweige selbst hineingebohrt und das Teil im Boden fixiert. Deshalb wusste ich, dass der Baumstamm äußerst stabil gestanden hatte – und dass Estelle gerade log.

»Blödsinn!«, sagte ich. »Der Baumstamm wäre niemals einfach so umgekippt.«

Ihre Schultern versteiften sich. »Ich bin dagegen gestoßen.«

»Mit Anlauf, oder was?«

»Es war ja keine Absicht«, zischte sie, ohne sich nach mir umzudrehen.

Ich schüttelte den Kopf. »Das glaube ich dir nicht.«

Langsam kniete Estelle sich hin. Ihre Hand schoss vor, und sie hatte ein weiteres Kaninchen erwischt, diesmal das weiße. Behutsam hob sie Puff hoch, presste ihn dicht an ihren Oberkörper und hielt ihm die Augen zu, damit er nicht in Panik geriet. Aber viel nützte es nicht. Das arme Vieh wehrte sich mit ganzer Kraft.

»Können wir das vielleicht später diskutieren?« Estelle balancierte über den kaputten Zaun zurück ins Gehege, brachte Puff in ein Holzhäuschen und atmete erleichtert auf.

Als sie sich umdrehte, entdeckte ich, dass ihr Oberarm und ihr Schlüsselbein zerkratzt waren. Aber sie selbst schien das überhaupt nicht zu bemerken. Stattdessen warf sie einen besorgten Blick in Bowies Richtung.

Der Junge stand noch immer kreidebleich mitten im Gehege. Estelle ging zu ihm, beugte sich hinab und schaute ihm tief in die Augen. »Wir haben Puff, Dorie und Luv. Die anderen finden wir auch noch. Hilfst du mir bitte suchen?«

Damit schien sie zu dem Jungen durchzudringen. Er nickte, versteifte sich aber sogleich wieder, als sich Schritte näherten.

171

»Meine Fische!«, jammerte Maila und fing sofort an zu weinen. »Wo sind sie? Was hast du gemacht?«

Bailey und Willow legten schützend ihre Arme um sie, während sie Estelle mit ihren Blicken förmlich erdolchten. Hazel, Quill und ein paar weitere Kinder kamen ebenfalls herbei.

Unglücklich trat Estelle vor und schob sich dabei kaum merklich vor Bowie. »Es tut mir furchtbar leid, Maila. Ich bin gegen den Baumstamm gestoßen und der hat den Zaun umgerissen.«

»Wie konnte das passieren?«, kreischte Maila. Ihre Stimme war so schrill, dass sie selbst mir in den Ohren klingelte. »Wieso hast du denn nicht aufgepasst? Hast du keine Augen im Kopf?«

Beschwichtigend hob Estelle die Hände. Ihr war anzumerken, dass ihr das Publikum nicht behagte, aber sie bewahrte die Fassung, selbst als einige Campmitarbeiter und Kinder zu tuscheln begannen. »Es war ein Versehen.«

»Das ist mir egal!« Maila schluchzte auf. »Du hast alles kaputt gemacht! Ich hoffe, meine Mom feuert dich.«

»Wer das Team verlässt und wer bleibt, entscheide immer noch ich, Flipper«, sagte ich und erntete dafür einen strafenden Blick von meiner Nichte und eine hochgezogene Braue von Hazel.

Weitere Kinder scharten sich um Maila, bildeten eine vorwurfsvolle Front gegen Estelle.

»Wie auch immer die Entscheidung ausfällt, ich werde sie respektieren und die Konsequenzen für meinen Fehler tragen. Aber im Moment verlieren wir nur unnötig Zeit.« Mit einer steifen Bewegung zeigte Estelle auf die Böschung. »Die drei anderen sind in diese Richtung gehoppelt.«

Bevor Maila zum nächsten verbalen Hieb ausholen konnte, wurde ich aktiv. »Jemand soll Grover Bescheid sagen. Wir müssen den Zaun wieder instand setzen. Der Rest von euch – wer mag – schließt sich der Suche an.«

»Aber die Shows fangen bald an«, rief Scott bestürzt aus.

Quill deutete auf das Unterholz. »Dann sollten wir uns besser beeilen.«

»Ich suche Grover«, rief ein Junge aus der Menge und rannte davon, während sich die übrigen Schaulustigen nach einem letzten missbilligenden Blick in Estelles Richtung verteilten, um die geflohenen Kaninchen einzukreisen.

Maila schniefte. »Und wenn wir sie nicht wiederfinden?«

»Das ganze Gelände ist umzäunt«, erinnerte ich sie sanft, umfasste ihre nassen Wangen und wischte mit den Daumen die Tränen weg. »Alles kommt wieder in Ordnung. Okay?«

»Okay«, nuschelte sie und schaute zu ihren Freundinnen. »Helft ihr mir suchen?«

»Natürlich«, erwiderte Bailey, als könnte sie nicht glauben, dass Maila diese Frage überhaupt stellte.

»Danke«, krächzte Maila und wischte sich erneut über die Wangen, ehe sie tieftraurig zu Bowie sah. »Kommst du auch?«

Der Junge sah Estelle an, die lächelnd nickte. »Geh mit ihnen. Ich suche etwas weiter links.«

Bowie öffnete den Mund, um etwas zu sagen. Doch Estelle wandte sich einfach ab und stieg über den kaputten Zaun.

Kurz darauf waren auch die restlichen Kinder verschwunden, und ich ging gefolgt von Quill in das Gehege. Gemeinsam wuchteten wir den Baumstamm hoch und richteten den Zaun wieder auf.

»Und?«, fragte Quill nach einer Weile. »Glaubst du, es war so, wie sie gesagt hat?«

Langsam hob ich den Kopf und schaute in die Richtung, in die Estelle verschwunden war. »Nicht ein Wort.«

173

KAPITEL 15

Estelle

Es dauerte fast zwei Stunden, bis ein älterer Junge zufällig das schwarze Kaninchen in einem hohlen Baumstumpf entdeckte, und eine weitere, bis sich das dritte gescheckte Kaninchen aus seinem Versteck wagte. Als wir es endlich eingefangen hatten, war bereits Abend.

In der Zwischenzeit hatte Reed mithilfe von Quill und Grover den Zaun repariert. Ein weiteres Mal sprach er mich nicht auf meine Geschichte an. Er und die übrigen Betreuer hatten ohnehin genug damit zu tun, die aufgelösten Kids zu beruhigen, denn Nemo blieb unauffindbar, und das veranlasste etliche Kinder dazu, sich an eigene Haustiere zu erinnern, die verschwunden oder gestorben waren. Nicht wenige weinten.

Was für eine Katastrophe.

All die stundenlange Planung und die viele Mühe bei der Vorbereitung waren völlig umsonst gewesen. Die Kids rührten Dottys Essen kaum an, obwohl sie mit Ginas Hilfe ein wahnsinnig kreatives Büfett mit panierten Fischfiguren, krakenförmigen Pommes und geschnitztem Seegemüse auf der Terrasse aufgebaut hatte. Und die Shows im Anschluss wurden auch nur halbherzig durchgezogen.

Jade hatte Verständnis für die Kids, die vor lauter Kummer ihre Tanzschritte vergaßen. Scott hingegen schaffte es kaum, seine Enttäuschung zu verbergen, wann immer ein Akteur seinen Einsatz bei den Bühnenstücken verpasste. Danach saßen alle noch inmitten des traumhaft leuchtenden Seeufers zusammen. Aber egal, wie viel Mühe sich die Betreuer gaben, das Fest war nicht mehr zu retten.

Niedergeschlagen schlich ich am Ufer entlang und ließ mich weit abgelegen ins Gras fallen. Der Mond stand bereits am Himmel und spiegelte sich im See. Grillen zirpten, und Gemurmel drang über das leise Plätschern hinweg. Ich verstand nicht, was die Kinder sagten, aber ich konnte mir lebhaft vorstellen, wie die Trauer allmählich in Wut umschlug, weil ich den Zaun zerstört hatte und damit die Schuld an dem Debakel trug.

Gott! Ich hoffte wirklich, Nemo tauchte doch noch irgendwo auf. Wenn wir Mailas Lieblingskaninchen irgendwo leblos auffanden, könnte ich dem Mädchen nie wieder in die Augen sehen. Aber zurücknehmen würde ich mein Geständnis trotzdem nicht.

Mutlos schlang ich die Arme um meine nackten Knie. Ich fragte mich, wie es Bowie inzwischen ging. Der arme Kerl war vollkommen fertig gewesen, als er zu mir ins Gehege gekommen war. Er hatte am ganzen Körper gezittert vor Aufregung, Frust und Verbitterung.

Er hatte nichts gesagt, sondern war rastlos im Gehege auf und ab getigert, während ich darauf gewartet hatte, dass er Worte fand, um mir den Grund für seinen emotionalen Ausnahmezustand zu erklären. Aber dann hatte er plötzlich mit voller Wucht gegen den Baumstamm getreten.

Einfach so.

Eigentlich hätte nichts passieren dürfen. Bowie war klein und schmächtig. Aber – lieber Himmel! – da war so viel Wut in ihm. Dass die Feuchtigkeit aus der Erde in das Holz gezogen war und es morsch und bröselig gemacht hatte, hatte ebenfalls zu dem Unglück beigetragen.

Als der Baumstamm umgekippt war, war ich im ersten Moment einfach nur heilfroh gewesen, dass keines der sechs Kaninchen zerquetscht worden war. Zum Glück hatten sich die Fellnasen zu diesem Zeitpunkt auf der anderen Seite des Geheges befunden, weit weg von dem Jungen, in dem sich so viel Aggression angestaut hatte. Allerdings hielt meine Erleichterung auch nur so lange, bis die Kaninchen aufgeregt davonhoppelten.

Meine Lippen verzogen sich zu einem bitteren Grinsen, als ich an Reeds Reaktion dachte. Natürlich zweifelte er nicht an meiner Schuld. Aber dass er auch noch glaubte, ich hätte das Gehege mit voller Absicht zerstört …

Das traf mich wirklich.

Wahrscheinlich würde er mich spätestens morgen rausschmeißen, und dann bliebe mir nichts anderes übrig, als zurück nach Hause zu fahren. Und dort würde meine Mutter sicher schon mit ihrem Anwalt auf mich warten, das Telefon gezückt, um dem Richter den versprochenen Haftbefehl abzuschwatzen. Natürlich *nachdem* sie mich zur Schnecke gemacht hatte, weil ich es nicht mal schaffte, ein zweimonatiges Praktikum durchzuziehen.

Versagerin!

Wieder und wieder hallte dieses ätzende Wort durch meinen Geist, begleitet von all den Fehlentscheidungen, die ich mir bisher geleistet hatte.

Reifen quietschten.

Glas splitterte.

Knochen brachen.

Ich stieß ein Wimmern aus und presste die Lippen zusammen, um den Schrei zurückzuhalten, der meine Kehle hinaufkroch. Ich blinzelte hektisch, als könnte ich so die grauenvollen Bilder aus meinem Kopf vertreiben.

Der Silver Lake lag still und friedlich da, aber den Sturm in meinem Inneren konnte der idyllische Anblick nicht bezwingen. Tränen liefen mir immer noch über die Wangen, als ich Schritte hörte.

Ich wusste, dass es Reed war, ohne aufsehen zu müssen, und senkte den Kopf in dem Bestreben, mein Gesicht vor ihm zu verbergen. Ich wünschte, ich hätte das Basecap noch aufgehabt. Aber das hatte ich vorhin in der Hütte zurückgelassen.

Kies knirschte, als er sich neben mich setzte. Er zog ebenfalls die Beine an, stützte die Ellenbogen auf die Knie und betrachtete den See im Mondschein.

Aus den Augenwinkeln beobachtete ich, wie sein Adamsapfel hüpfte. Was immer er mir gleich zu sagen hatte, kam ihm zumindest nicht leicht über die Lippen. Offenbar hatte er nicht vor, mit der Kündigung bis morgen zu warten.

»Bitte«, stieß ich hervor. Es gab nur wenige Momente in meinem Leben, in denen ich mich noch elender gefühlt hatte als jetzt. Ich wollte wirklich nicht zurück nach Seattle. »Schmeiß mich nicht raus.«

Reed versteifte sich. »Du denkst, ich bin hier, um dich zu feuern?«

Mehr als ein Nicken brachte ich nicht zustande.

Fluchend schüttelte er den Kopf. »Es tut mir leid. Ich …«

»Bitte, Reed«, unterbrach ich ihn verzweifelt. Von meinem

Stolz war nichts mehr übriggeblieben. »Zwing mich nicht dazu, zu betteln. Ich brauche diesen Job.«

Angespannt raufte Reed sich die Haare. »Es tut mir leid … Was da gestern im Besprechungsraum passiert ist, meine ich. Und auch an den Tagen zuvor.«

Als ich nicht reagierte, drehte er den Kopf und sog scharf die Luft ein, als er meine Tränen bemerkte. Im ersten Moment wollte ich mich peinlich berührt abwenden, andererseits war ich es leid, mich zu verstecken.

Reed schüttelte frustriert den Kopf. »Ich habe mir eine Meinung über dich gebildet, bevor ich dich überhaupt kannte, und mich absolut unprofessionell verhalten. Bitte entschuldige.«

Seine Worte klangen überraschend warm und aufrichtig, was für mich ein gewaltiger Schock war. Natürlich hatte ich diese sanfte Seite schon häufiger bei ihm bemerkt, wenn er mit seinen engsten Vertrauten oder den Kids redete. Aber mir gegenüber …

»Du willst mich also nicht feuern?«, hakte ich sicherheitshalber nach.

»Nein, natürlich nicht«, erwiderte er sanft. »Ich weiß, dass du die Schuld nur auf dich genommen hast, um Bowie zu beschützen.«

Erleichterung machte sich in mir breit. Aber sie währte nur so lange, bis mein Ärger auf ihn zurückkehrte. »Wenn das so ist, würde ich dich wirklich gern anschreien.«

»Ist mir klar«, erwiderte er und wandte sich wieder zum See. »Und das habe ich absolut verdient. Aber nur fürs Protokoll: Du warst auch nicht besser.«

Ich schnaubte. »Du hast echt eine merkwürdige Art, dich zu entschuldigen.«

»Also hast du mich nicht innerhalb der ersten fünf Minuten als Arschloch abgestempelt?«

Ich öffnete den Mund, um zu widersprechen. Doch die Worte blieben mir im Hals stecken. Denn leider hatte er nicht ganz unrecht. Ich hatte ihn genauso schnell in eine Schublade gestopft wie er mich. Allerdings hatte nicht ich mit diesem Scheiß angefangen. »Du hast mir nicht mal die Hand gegeben!«

»Ich war gestresst und überrumpelt.« Hilflos zuckte Reed mit den Schultern. »Meine Schwester hatte mir erst zwei Minuten vorher mitten im Anreisechaos erzählt, dass du kommst und mir nur ein paar Brocken über dich hingeworfen: Millionenerbin aus Seattle. Vorbestraft. Tonnenweise Süßigkeiten im Austausch für ein Praktikum.«

Ich verzog das Gesicht. Doch Reed bemerkte es nicht, denn er war zu sehr in den Erinnerungen an unsere erste Begegnung gefangen.

»Bevor ich überhaupt kapiert habe, was los ist, standest du da.« Er stieß ein bitteres Lachen aus. »Die Coolness in Person, und alles an diesem Camp – meinem *Zuhause* – schien dir zuwider zu sein.«

Ich seufzte leise. »Es war nicht das Camp an sich, sondern die vielen Eindrücke. All die fremden Geräusche und Gerüche. Ich ... ich kann nicht besonders gut mit so was umgehen.«

Mein Geständnis schien Reed zu verwirren. »Ist es in Seattle nicht viel lauter?«

Wahnsinnig laut. Aber im Laufe der Zeit hatte ich verschiedene Strategien entwickelt, um damit klarzukommen. Ich zuckte mit den Schultern. »Es gibt ja Hilfsmittel. Ohropax, Kopfhörer ...«

Alkohol.

Beschämt verzog ich das Gesicht. Natürlich war mir immer klar gewesen, dass Drinks keine Lösung waren, um die Reizüberflutung in Schach zu halten. Aber ich hatte mich so sehr vor dem Spott anderer gefürchtet, dass ich es in Gesellschaft nie gewagt hatte, meine alternativen Hilfsmittel zu benutzen.

»Warum hast du uns nicht einfach erzählt, dass du damit Schwierigkeiten hast?«, fragte Reed verständnislos.

»Wer gibt schon gern seine größte Schwäche zu?« Ich legte die Wange auf mein Knie und sah Reed an. »Ich wollte einen guten Eindruck auf euch machen. Aber ich war so hoffnungslos überwältigt von all dem Gekreische, dem Lachen, den Stimmen, dem Summen, dem Zwitschern, dem Rascheln …«

Allein bei der Erinnerung daran brach mir der Schweiß aus.

»Klasse«, murmelte Reed. »Und dann auch noch mein herzlicher Empfang. Da hast du dich sicher wie im Himmel gefühlt.«

Ich hob eine Braue. »Eigentlich war es erst so richtig perfekt, nachdem du mir meine Unterkunft gezeigt hast.«

Er zuckte zusammen. »Wir haben noch andere Hütten …«

»Nein, schon gut«, unterbrach ich ihn belustigt. »Ob du es glaubst oder nicht, ich fühle mich inzwischen ganz wohl dort.«

»Aber der Boiler ist kaputt.«

»Jetzt nicht mehr.«

»Was?«

»Die Zirkulationspumpe war verkalkt. Grover und ich haben sie an meinem zweiten Tag repariert.« Ich konnte mir ein selbstzufriedenes Grinsen nicht verkneifen. »Wie sich herausgestellt hat, war das Semester Ingenieurwissenschaft doch nicht ganz umsonst.«

Entgeistert schüttelte Reed den Kopf. »Grover hat kein Wort darüber verloren.«

»Wir wollten dir nicht den Spaß verderben«, erwiderte ich schmunzelnd und strich mir eine lose Haarsträhne hinters Ohr.

Reeds Blick folgte der Bewegung und verweilte kurz auf meinem Hals, bevor er mir wieder in die Augen sah.

Mein Magen flatterte. »Allerdings hätte ich nichts gegen eine funktionierende Mikrowelle einzuwenden.«

Schon gar nicht, wo ich endlich meinen geliebten Käsedip hatte, der aufgewärmt noch viel besser schmeckte.

»Ich werde dir so schnell wie möglich eine besorgen«, versprach er und musterte mich neugierig. »Brauchst du sonst noch etwas?«

Gute Frage. »Ein Neuanfang wäre nicht schlecht.«

Es war nur so dahingesagt. Trotzdem nickte Reed, als würde er verstehen. Er atmete tief durch und streckte vorsichtig die Hand in meine Richtung aus. »Hi, ich bin Reed Dixon. Willkommen im Camp Silver Springs.«

Ich konnte nicht anders, als zu lächeln. Ich nahm seine Hand und spürte ein Kribbeln, das sich ausgehend vom sanften Druck seiner rauen Handfläche in meinem Körper ausbreitete. Aber ich ließ nicht los.

Es war das erste Mal, dass wir uns berührten. Wahrscheinlich reagierte ich nur deshalb so heftig darauf, weil wir die vergangene Woche damit zugebracht hatten, einander leidenschaftlich zu hassen.

»Nett, dich kennenzulernen, Reed. Ich bin Estelle.«

Ein jungenhaftes Grinsen hob seine Mundwinkel, und seine grünen Augen blitzten schelmisch in dem fahlen Licht. »Schön, dass du hier bist.«

Du lieber Himmel! Er konnte wirklich charmant sein.

Belustigt entzog ihm meine Hand. »Übertreib's nicht.«

Reed lachte leise, ein tiefes Grollen, das mir durch Mark und Bein ging. »Ja, okay, das war vielleicht ein bisschen fett aufgetragen. Aber als Teamleiter kann ich dir versichern, dass fähige Mitarbeiter immer gern gesehen sind.«

Skeptisch runzelte ich die Stirn. »Ich bin die, die lieber Zeit und Geld verschwendet hat, anstatt einen Blick in ein Fachbuch zu werfen, schon vergessen? Von *fähig* kann also keine Rede sein.«

Mit einem Seufzen rieb er sich übers Gesicht. »Ich war wirklich ein Arschloch.«

»Aber eins, das nicht ganz unrecht hat«, gab ich widerwillig zu. »Es wäre wirklich billiger gewesen, wenn ich vorher mal einen genauen Blick in die Lehrpläne geworfen hätte, anstatt mich immer gleich irgendwo einzutragen.«

Ich hatte das wirklich in bester Absicht getan, stets davon überzeugt, dass der Stoff diesmal spannend genug wäre, damit ich mich nicht von all den störenden Geräuschen im Hörsaal würde ablenken lassen. Leider war das ein Irrtum. Ich war jedes Mal hoffnungslos überfordert gewesen, und egal, wie viel ich gelernt hatte, letztlich scheiterte ich daran, dass meine Mitschriften falsch, unvollständig oder zu wirr waren, um die Prüfungen zu bestehen.

Versagerin.

»Vor zwei Jahren hatten wir mal einen Betreuer im Team«, sagte Reed, lehnte sich ein Stück zurück und stützte die Hände im Gras ab. »Er hatte sein Psychologiestudium an einem Ivy League College mit Bestnoten abgeschlossen und schien der perfekte Mitarbeiter zu sein.«

Neugierig legte ich den Kopf schief. »Aber das war er nicht?«

»Nein.« Reed stieß ein leises Lachen aus. »Es war ein Desaster. Der Kerl hatte keinerlei Empathievermögen und bei jedem

Problem, das die Kids hatten, ratterte er irgendwelche Lehrsätze runter. Er hat uns noch vor dem Ende der Saison verlassen. Niemand hat ihn sonderlich vermisst.«

Obwohl ich mich deswegen ein bisschen schlecht fühlte, fand ich es tröstlich, dass selbst ein erfolgreicher Collegeabsolvent am echten Leben gescheitert war.

»Dich würde durchaus jemand vermissen«, fuhr Reed fort, und sein Blick wurde weich. »Was du bei Bowie erreicht hast ... die Art, wie du sein Vertrauen gewonnen hast, ihn instinktiv verstehst ... das ist etwas Besonderes, das dir kein Lehrbuch beibringen kann. Wenn du mich fragst, bist du also durchaus *fähig*.«

Ich wollte mich nicht geschmeichelt fühlen. Aber Reeds Worte berührten mich, und ich konnte einfach nicht wegsehen. Dafür war die ehrliche Bewunderung in seinen Augen viel zu schön.

Auch er wandte sich nicht ab, sondern musterte mich, als würde er mich zum ersten Mal wirklich sehen.

Mein Mund wurde trocken, und mein Puls beschleunigte sich.

»Ich ...«

Ein Rascheln brach den Bann, und ich hielt die Luft an, als direkt neben Reed ein Kaninchen durchs Gras hüpfte.

Nemo.

»Beweg dich nicht«, flüsterte ich und streckte langsam die Hand aus.

Reed versteifte sich, als ich mich in Zeitlupe über ihn beugte. Ich stützte eine Hand im Gras ab und streckte mich weiter aus. Mein Bauch streifte seine harten Oberschenkel, aber jetzt war nicht der richtige Zeitpunkt für Scham. Vorsichtig hielt ich Nemo meine andere Hand entgegen.

Das Kaninchen hüpfte neugierig näher und schnupperte. Seine kleine, feuchte Nase stupste zur Begrüßung gegen meine Fingerspitzen.

Am liebsten hätte ich die kleine Fellnase einfach gepackt. Aber Kaninchen waren Fluchttiere. Eine falsche Bewegung und Nemo wäre wieder weg gewesen. Das wollte ich auf keinen Fall riskieren. Also blieb mir nichts anderes übrig, als mich ganz auf Reeds Oberschenkel sinken zu lassen und auch meine andere Hand nach dem Kaninchen auszustrecken.

Reed gab einen erstickten Laut von sich, hielt aber still, während ich mit der Fingerspitze sanft über Nemos Stirn strich. Das Kaninchen zuckte etwas zurück, schien die Aufmerksamkeit jedoch zu sehr zu genießen, um die Flucht zu ergreifen.

Es vergingen einige Sekunden, ehe Nemo wieder näherhoppelte und abermals mit der Nase gegen meine Hand stupste.

Ich lächelte. »Na, du kleiner Ausreißer.«

Nemos Ohr zuckte, doch diesmal wich er bei meiner sanften Stimme nicht zurück. Also sprach ich beruhigend auf ihn ein.

»Wir haben uns schon Sorgen um dich gemacht«, flüsterte ich und streichelte wieder seine Stirn, während ich versuchte, die andere Hand unbemerkt an ihm vorbeizuschieben. »Maila ist ganz unglücklich ohne dich.«

Nemo hörte aufmerksam zu, und ich fuhr an seiner rechten Flanke entlang. Ich betete, dass er nicht abhaute, als ich die Hand auf seine linke Körperhälfte legte. Dann packte ich so sanft wie möglich zu.

Wie ich befürchtet hatte, erschrak Nemo trotzdem und begann zu zappeln. Da ich ihm nicht wehtun wollte, rollte ich mich auf Reeds Schoß auf den Rücken, spannte die Bauchmuskeln an, setzte mich auf und drückte Nemo gegen meine

Brust. Sein winziges Herz donnerte gegen meine Handflächen.

»Hast du ihn?«, fragte Reed, der sich immer noch nicht bewegt hatte.

Seine Stimme sorgte dafür, dass sich das Kaninchen heftiger wehrte. Krallen, erstaunlich scharf, kratzten über meine Haut, und ich zischte leise. »Ja, aber er ist sehr aufgeregt.«

Reed bewegte sich. »Warte.«

Es raschelte hinter mir, aber ich hatte zu viel Angst, das gestresste Kaninchen zu verlieren, wenn ich mich jetzt nach Reed umdrehte. Gleich darauf beugte er sich über mich und legte ein Stück Stoff über Nemo und meine Arme.

Sein Duft stieg mir in die Nase, maskulin, herb. Sandelholz – was sonst?

Ich hätte belustigt die Augen verdreht, wäre ich nicht so besorgt um das Kaninchen gewesen.

Reed trat vor mich, ging in die Hocke und stopfte unendlich vorsichtig den Stoff fest, bis nur noch Nemos Nasenspitze herausschaute. Endlich hörte Nemo auf zu zappeln und beruhigte sich, und auch ich entspannte mich ein wenig.

Zumindest so lange, bis ich aufschaute.

Denn Reed hatte nicht von irgendwoher ein Stück Stoff aus dem Hut gezaubert, sondern sein T-Shirt ausgezogen – und nun hockte er mit nacktem Oberkörper vor mir.

Mein Blick glitt über seine definierten Brustmuskeln, den flachen Bauch, den Pfad dunkler Härchen, der in seinen Jeans verschwand.

Mir brach der Schweiß aus. Ich war froh, dass ich Nemo festhielt, denn die Versuchung war groß, die Hand auszustrecken und zu überprüfen, ob seine Haut wirklich so glatt und fest war, wie es im Mondlicht den Anschein hatte.

Himmel! Dieser Kerl war einfach umwerfend, und die knisternde Energie, die sich schlagartig zwischen uns entlud, sorgte dafür, dass mir ganz schwindelig wurde. Ich blinzelte mehrfach, ehe ich es schaffte, den Kopf zu heben und Reed wieder ins Gesicht zu sehen.

Hitze schoss mir in die Wangen, als ich realisierte, dass er mir die ganze Zeit zugesehen hatte, wie ich ihn angestarrt hatte. Und es schien fast so, als ginge meine Reaktion auf seinen entblößten Körper auch an ihm nicht spurlos vorbei.

Er räusperte sich. »Kannst du allein aufstehen, oder soll ich …?«

»Ich schaffe das«, unterbrach ich ihn, bevor er noch auf die Idee kam, mich erneut zu berühren. Sonst hätte ich Nemo wirklich vor Schreck losgelassen.

»Okay.« Reed erhob sich und trat einen Schritt zurück, während ich reichlich unelegant die Beine anzog.

Leider stellte ich fest, dass ich bei Weitem nicht fit genug war, um aufzustehen, ohne mich abzustützen. Kläglich schaute ich zu Reed hoch, der inzwischen vor mir stand und mit unverhohlener Belustigung meine Mühen verfolgte.

»Vielleicht könntest du doch …?«

Ich schaffte es nicht, den Satz zu Ende zu bringen, nachdem ich sein Angebot gerade noch entschieden abgelehnt hatte.

»Wirklich?« Spöttisch hob er eine Braue. »Du kannst es auch gern noch ein bisschen allein versuchen. Offen gestanden finde ich das ziemlich unterhaltsam.«

Meine Menschenkenntnis hatte mich also doch nicht getrogen. Reed war ein Sadist, der sich nun an meiner Verlegenheit ergötzte. Aber diesen Gefallen würde ich ihm nicht tun. Trotzig funkelte ich ihn an. »Hör auf, dich über mich lustig zu machen, und hilf mir hoch.«

Er deutete eine Verbeugung an. »Wie die Dame wünscht.«

Ich verdrehte die Augen, was er mit einem Lachen quittierte. Er trat wieder hinter mich und legte seine Hände unter meine Achseln.

Nur knapp schaffte ich es, nicht zusammenzucken. Aber mein Puls schoss dennoch durch die Decke.

»Nun mach schon, Dixon«, knurrte ich in der Hoffnung, ein wenig von dieser schockierenden, sexuellen Energie zwischen uns abzubauen. »Ich kann ihn nicht mehr lange halten.«

Das war eine Lüge. Das Kaninchen war federleicht und lag reglos in meinen Armen. Aber immerhin verstärkte Reed seinen Griff und hob mich von hinten behutsam hoch.

Sobald ich auf den Füßen war, hatte ich plötzlich Schwierigkeiten, mein Gleichgewicht zu finden. Doch Reed schien das vorausgeahnt zu haben, denn er zog mich mit einem Ruck an sich heran.

Plötzlich bereute ich die Wahl meines Trägertops, das einen großen Teil meines Rückens freiließ.

Haut traf auf Haut. Und das war noch nicht mal das Schlimmste. Reeds Atem streifte über meinen Nacken, und eine Gänsehaut breitete sich auf meinem Körper aus. Außerdem hätte ich schwören können, dass seine Finger zuckten, als wollten sie auf Wanderschaft gehen und jede meiner Kurven erkunden …

O mein Gott!

Entsetzt stolperte ich zwei Schritte vor. Was zur Hölle passierte hier?

Gerade noch hatte ich weinend am Ufer gesessen. Einsam, verletzt und tieftraurig. Und Reed hatte nicht unwesentlich Schuld an meiner Stimmung gehabt. Trotzdem wurde ich jetzt in seinen Händen plötzlich butterweich?

Nein, verdammt!

»Danke«, stieß ich hervor und marschierte in Richtung Bunny Farm davon. Wahrscheinlich sah ich genauso verwirrt aus wie das Kaninchen in meinem Arm.

KAPITEL 16

Reed

Wie vom Donner gerührt stand ich da und starrte der fliehenden Frau hinterher, während ich versuchte, meine wirren Gedanken – und mein Verlangen – wieder in den Griff zu kriegen. Ich war mir sicher, dass sie es auch gespürt hatte.

Ihre Reaktion zeigte jedoch, dass ihr diese Gefühle genauso unwillkommen waren wie mir.

Ich konnte mir nicht erklären, woher diese plötzliche Anziehung kam. Ich war zu ihr gegangen, um mich zu entschuldigen, nachdem mir klargeworden war, wie falsch ich gelegen hatte. Zwar hatte ich es schon vorher gewusst, aber als Estelle die Schuld für die zerstörte Bunny Farm auf sich genommen hatte, fand ich einfach keine Ausreden mehr, einen Rückzieher zu machen.

Ihre Selbstlosigkeit war wie ein Tritt in die Eier gewesen. Sie hatte genau gewusst, dass sie die gesamte Campgemeinschaft gegen sich aufbringen würde. Trotzdem hatte sie keine Sekunde gezögert und war für Bowie in die Bresche gesprungen. So etwas tat keine verwöhnte Upperclass-Tussi. Also hatte ich mich auf die Suche nach ihr gemacht.

Und dann war irgendwie alles aus dem Ruder gelaufen. Ich hatte meinen Schutzschild gesenkt, und sie hatte dasselbe getan, mich ihre Schwächen und Ängste sehen lassen. Es war paradox, aber nie zuvor hatte sie stärker und anziehender auf mich gewirkt als in diesem Moment.

Ich wollte mehr davon.

Ein Ruck ging durch meinen Körper, und ich eilte Estelle hinterher, die inzwischen fast beim Campplatz war. Noch immer funkelten an Büschen und Bäumen befestigte Fische und Quallen vor dem dunklen Nachthimmel. Aber ansonsten lag der Platz verlassen da. Es war schon nach Mitternacht, und das Team hatte es inzwischen hoffentlich geschafft, die aufgewühlten Kinder zu beruhigen.

Estelle sagte nichts, als ich zu ihr aufschloss, sondern steuerte direkt auf die Bunny Farm zu. Das Licht vom Verwaltungsgebäude reichte aus, um das gesamte Gehege zu erhellen.

Sobald wir sicher waren, dass sich kein Kaninchen in der Nähe des Gatters befand und gleich wieder abhauen konnte, öffnete ich die Tür und Estelle schlüpfte hinein. Sie kniete sich hin und beugte sich weit vor, ehe sie das kleine Bündel auf dem Boden absetzte. Anschließend zog sie vorsichtig mein Shirt von Nemo weg.

Das Kaninchen reckte den Kopf, schnupperte und schoss direkt zum Futternapf, um sich an dem frischen Gemüse gütlich zu tun.

Estelle lachte erleichtert auf und drehte sich zu mir um. »Es geht ihm prima.«

»Ja.« Meine Mundwinkel hoben sich, doch meine Erleichterung verpuffte, als Estelle wieder zu mir kam.

Nemo hatte sie gekratzt, und zwar so heftig, dass die Wunden vom Nachmittag wieder aufgegangen und noch einige weitere hinzugekommen waren. Blut schimmerte auf dem Ansatz ihrer Brüste und am Hals. Aber sie schien es gar nicht zu bemerken, sondern hob provokativ eine Braue. »Gefällt dir, was du siehst?«

Viel zu sehr.

Aber wenn ich das laut zugegeben hätte, wäre sie wahrscheinlich schneller weg gewesen als die Kaninchen. Deshalb gab ich nur einen missbilligenden Laut von mir. »Du bist total zerkratzt.«

Stirnrunzelnd schaute Estelle an sich hinab und betastete ihre Verletzungen. »Oh.«

Ich klopfte auf die Gattertür, und sie schob sich geschwind aus dem Gehege.

»Komm mit«, sagte ich.

Skepsis flackerte in Estelles Augen auf. »Wohin?«

Ich deutete zu meinem Bungalow. »Ich habe Verbandszeug im Haus. Wir müssen das behandeln.«

»Es sind doch bloß ein paar Kratzer.«

»Die sich trotzdem entzünden können.« Sie öffnete den Mund, um erneut zu widersprechen, doch ich ließ sie nicht zu Wort kommen. »Es ist meine Aufgabe, für die Sicherheit meines Teams zu sorgen. Also lass mich das bitte tun, okay?«

Das war die Wahrheit. Zu fünfzig Prozent. Die andere Hälfte bestand darin, dass ich schlicht und ergreifend nicht wollte, dass unser Gespräch so abrupt endete.

»Na schön, von mir aus«, sagte Estelle und warf mir mein Shirt wieder zu. »Ich fürchte, Nemo ist ein kleines Malheur passiert.«

Naserümpfend knüllte ich den Stoff zusammen, bevor wir uns auf den Weg machten.

»Nur damit das klar ist«, sagte Estelle plötzlich. »Ich werde die Wunden selbst versorgen.«

Ich stieß ein Lachen aus, das vielleicht ein wenig zu atemlos klang. »Keine Sorge! Das ist kein Vorwand, dich anzufassen.«

»Gut.« Hochmütig reckte sie das Kinn. »Denn ich hatte auch ein Semester lang Kampfsport.«

Belustigt schaute ich sie an. »Davon steht gar nichts in deinem Lebenslauf.«

Sie grinste teuflisch. »Manche Dinge behält man besser für sich. Dann ist der Überraschungseffekt größer.«

Ob ihre Kenntnisse in Kampftechniken der Grund für ihre harte Strafe waren? Wenn sie den Cop so richtig ausgeknockt hatte, war das durchaus plausibel. Ich überlegte, Estelle danach zu fragen. Doch die Stimmung war gerade so entspannt zwischen uns, dass ich beschloss, das Thema vorerst auf sich beruhen zu lassen.

»Ich bin froh, dass Nemo wieder aufgetaucht ist«, sagte sie nun, als strebte sie ebenfalls eine neue Richtung für das Gespräch an.

Ich nickte. »Maila wird sehr erleichtert sein.«

»Willst du ihr nicht lieber gleich Bescheid sagen?«, fragte Estelle.

»Daran habe ich noch gar nicht gedacht.« Ich zog mein Handy hervor. Hazel hatte mir geschrieben, dass Maila diese Nacht lieber zu Hause bei ihr verbringen wollte, weil sie so traurig war. Ich tippte eilig, dass Nemo sicher und gesund zurück im Gehege war, und steckte das Handy wieder weg. »Hazel weiß Bescheid.«

Ich hatte den Satz kaum ausgesprochen, da klingelte mein Handy.

Estelle kicherte. »Wenn ich du wäre, würde ich rangehen. Vorher gibt sie sicher nicht auf.«

»Da könntest du recht haben.« Genervt zog ich mein Handy wieder hervor. »Hey.«

»O mein Gott! Wo hast du ihn gefunden?«, kreischte Hazel mir so laut ins Ohr, dass ich zurückzuckte.

Estelle presste die Lippen zusammen, um nicht zu lachen. Wir hatten meine Hütte inzwischen erreicht.

»Schrei nicht so«, brummte ich, ging die Stufen zur Veranda hoch, drückte die Tür auf und betrat mein Heim.

»Tut mir leid.« Hazel senkte die Stimme auf ein normales Level. »Aber ich hätte nie im Leben gedacht, dass du ihn jetzt noch findest. Ich hatte auf morgen Vormittag gehofft. Aber bis dahin hätte ja alles Mögliche mit dem kleinen Kerl passieren können ...«

Hazel plapperte weiter, während ich das Licht einschaltete. Anschließend drehte ich mich nach Estelle um, die auf der Türschwelle stehen geblieben war, als wäre sie nicht sicher, ob sie wirklich eintreten sollte.

»Ist ja alles noch mal gut gegangen«, sagte ich zu meiner Schwester, bevor ich die Hand auf das Mikrofon legte und zu Estelle meinte: »Wenn du nicht gleich reinkommst, werde ich eine sehr lange, sehr schlaflose Nacht haben.«

Irritiert starrte sie mich an. Dann färbten sich ihre Wangen in einem zarten Rosaton. Offenbar hatte sie mich völlig falsch verstanden.

»Reed?«, fragte Hazel. »Bist du noch dran?«

Ich ließ die Hand wieder sinken, ohne Estelle aus den Augen zu lassen. »Klar.«

»Mit wem hast du da gerade geredet?«, wollte meine Schwester wissen, aber ich war viel zu abgelenkt, um zu antworten, denn wie es schien, waren Estelles Gedanken nicht in dieselbe Richtung gewandert wie meine. Ich hatte lästige Insekten gemeint, die vom Licht angezogen wurden, aber ihr fiel anscheinend ein ganz anderer Grund für eine schlaflose Nacht ein.

Sie zog die Unterlippe zwischen die Zähne und biss zu, während ihr Blick über meinen nackten Oberkörper wanderte.

Das Verlangen überrollte mich wie ein Güterzug.

»Reed!«, rief Hazel verärgert aus.

»Tut mir leid, da war eine *Mücke*«, antwortete ich und schaffte es, meine Reaktion zu verbergen, indem ich Estelle frech zuzwinkerte.

Sie begriff, worauf ich hinauswollte – und wurde noch röter. Plötzlich gar nicht mehr so tough, schaute sie über die Schulter, als wollte sie tatsächlich die Flucht ergreifen.

Hazel seufzte. »Ja, die Biester sind wirklich lästig dieses Jahr.«

»Das stimmt«, antwortete ich schnell. »Hör mal, ich muss jetzt Schluss machen.«

»Aber du hast mir doch noch gar nicht erzählt, wie du Nemo eingefangen hast«, protestierte Hazel. »Komm doch noch rüber. Morgen ist Sonntag. *Chilltag*. Es wird sicher entspannt mit den Kids am See.«

»Dann kann ich dir alles Weitere auch morgen erzählen. Nemo ist wieder da. Die Fischgang ist komplett. Gute Nacht, Schwesterchen.«

Bevor Hazel noch etwas sagen konnte, beendete ich das Gespräch und musterte Estelle, die sich noch immer nicht bewegt hatte. Vielleicht war ich doch zu forsch gewesen. Mir brach der Schweiß aus. »Wenn du lieber gehen willst, kannst du den Verbandskasten auch mitnehmen. Ich kann ihn schnell holen.«

Sie schüttelte sich, als wäre sie gerade aus einer Trance erwacht. »Nein, schon gut.«

Endlich trat sie ein und schloss die Tür hinter sich.

Mein Bungalow war nicht groß. Aber ich hatte alles, was ich brauchte. Links war das Schlafzimmer. Rechts gelangte man durch den kleinen Korridor ins Wohnzimmer mit offener Küche. Gleich daneben befand sich das Badezimmer. Ich war nicht pingelig, aber ich mochte es gern ordentlich, wenn ich nach einem turbulenten Tag im Camp nach Hause kam. Deshalb lagen auf dem grauen Sofa nur ein paar Zeitschriften, mein Laptop und ein Hoodie.

Ich warf das verschmutzte Shirt beiseite und schlüpfte in den Hoodie, obwohl ich jetzt schon schwitzte.

Hinter mir gab Estelle plötzlich einen erstickten Laut von sich.

Als ich mich umdrehte, fand ich sie vor den gerahmten Fotos, die an der Wand über dem Esstisch hingen. Auf einem waren ich und Hazel zu sehen.

»Das ist ja *dein* Basecap«, stieß sie verblüfft hervor.

»Äh, ja. Ist das ein Problem?«

»Nein, ich dachte nur ... Ich dachte, es gehört Quill.« Sie drehte sich zu mir um und musterte mich abwägend. »Du hast so schlecht über mich gedacht und hast mir trotzdem ein Cap gegeben, das du schon seit deiner Kindheit besitzt?«

»Ich wollte nicht, dass du einen Sonnenstich kriegst.« Normalerweise konnte man mich nicht so leicht in Verlegenheit bringen. Aber unter Estelles nachdenklichem Blick fühlte ich mich dennoch seltsam bloßgestellt. Ich wandte mich ab, holte den Verbandskasten aus dem Küchenschrank und hielt ihn ihr entgegen. »Ich habe nur im Bad einen Spiegel.«

Estelles Mundwinkel zuckten. »Immerhin neigst du nicht zur Eitelkeit.«

Ihr Spruch sorgte dafür, dass ich mich ein wenig entspannte. »Willst du was trinken? Ein Lightbeer vielleicht? Oder Eistee?«

»Eistee, bitte.«

»Kommt sofort.« Ich ging zum Kühlschrank, während Estelle das Bad ansteuerte. Sie ließ die Tür offen stehen.

»Wolltest du eigentlich immer hier Teamleiter werden?«, erkundigte sie sich in beiläufigem Ton.

Sicher war sie bloß auf der Suche nach einem unverfänglichen Gesprächsthema. Sie konnte ja nicht ahnen, dass sie damit in ein Wespennest stach. Nur stellte ich diesmal fest, dass der scharfe Schmerz, der sonst jeden Gedanken an meine einstigen Zukunftspläne begleitete, diesmal weitaus weniger quälend war.

»Ich wollte immer mit Kindern arbeiten«, antwortete ich nach kurzem Zögern und holte zwei Gläser aus dem Schrank. »Aber eigentlich hatte ich geplant, etwas Eigenes aufzubauen.«

»Was denn?«, kam es aus dem Bad.

Ich schluckte. »Eine Jugend-Ranch.«

Wahrscheinlich fand sie den Gedanken lächerlich. Savannah hatte immer darüber gelacht. Nicht bösartig, sondern eher mit ihrem liebevollen »Du Träumer«-Lächeln. Ihr hatte ein Leben in Denver vorgeschwebt, wo wir uns auch kennengelernt hatten. Sie meinte, in dieser riesigen Stadt gäbe es genug zu tun. Womit sie sicher recht hatte. Und trotzdem hatte ich insgeheim an diesem Traum festgehalten.

Bis ich plötzlich gar keine Träume mehr hatte.

»Mit Landwirtschaft und Viehzucht und allem Drum und Dran?«, fragte Estelle über das Rascheln von Folie hinweg.

»Genau.« Ich füllte die Gläser und leerte eins davon mit gierigen Schlucken. Anschließend füllte ich das Glas erneut auf und drehte mich wieder zum Kühlschrank, um die Packung zurückzubringen.

Estelle lehnte in der Badezimmertür und musterte mich nachdenklich. Ihr Dekolleté war rot, wahrscheinlich von dem Wunddesinfektionstuch, das sie gerade über ihre Haut gerieben hatte. »Für welche Kinder?«

Eine interessante Frage. »Für die, die auf die schiefe Bahn geraten sind und eine neue Perspektive in ihrem Leben brauchen, um mit ihren Problemen fertigzuwerden.«

»Und sind das bestimmte Probleme?«, fragte sie weiter.

»Eigentlich sollte die Ranch alles abdecken: Drogenprobleme, posttraumatische Belastungsstörung, Sucht und so weiter.« Ich stellte den Eistee zurück in den Kühlschrank. »Ich wollte ein Netzwerk mit Therapeuten, Sozialarbeitern und Fachleuten aufbauen, die den Kids dabei helfen, ihr Leben neu auszurichten, ihre Stärken zu finden, an sich selbst zu glauben und all das. Vielleicht hätten wir sogar einen Weg gefunden, dass sie ihren Schulabschluss machen und einen Beruf erlernen.«

Darüber dachte Estelle kurz nach. Dann nickte sie und verschwand wieder aus meiner Sicht.

Irritiert lugte ich ins Badezimmer.

Estelle stand vor dem Waschbecken. Im Spiegel konnte ich ihre glasigen Augen erkennen. Sie kämpfte mit den Tränen.

»Findest du die Idee so furchtbar?«, fragte ich, nur halb im Scherz.

»Nein, gar nicht.« Sie begegnete meinem Blick im Spiegel. »Du bist ganz anders, als ich dachte.«

Nur sie schaffte es, vorwurfsvoll und sanft zugleich zu klingen. Aber so, wie ich mich bisher aufgeführt hatte, konnte ich ihr keinen Vorwurf machen.

Heute Abend hatte ich versucht, es wiedergutzumachen, indem ich ihr viel von meinem wahren Ich gezeigt hatte. Es hatte sich gut angefühlt. Doch nun war meine Neugier auf sie geweckt.

»Ich würde dich gern besser kennenlernen.« Die Worte waren raus, bevor ich sie zurücknehmen konnte.

Estelles Augen weiteten sich – und dann machte sie dicht, und zwar vollkommen.

Sie klaubte die Desinfektionstücher aus dem Waschbecken, warf sie in den Müll und schlüpfte an mir vorbei ins Wohnzimmer. »Die Kratzer sind nicht besonders tief. Ich denke nicht, dass da extra Pflaster drauf müssen. Aber danke trotzdem.«

Schon war sie auf dem Weg zur Tür.

»Estelle ...«

Sie winkte lässig, ohne sich umzudrehen. »Gute Nacht, Dixon«, sagte sie und verschwand. Die Tür fiel mit einem leisen Klicken ins Schloss.

Frustriert rieb ich mir über das Gesicht. Das war ja nicht so toll gelaufen. Am liebsten hätte ich mir selbst in den Hintern getreten. Andererseits hatte ich es auch nicht anders verdient.

Ich würde mir etwas einfallen lassen müssen. Denn nach diesem Gespräch wusste ich Folgendes mit absoluter Gewissheit: Auch sie war anders, als ich geglaubt hatte, und ich wollte eine zweite Chance.

Unbedingt.

KAPITEL 17

Estelle

Am Sonntagmorgen klappte es mit dem Ausschlafen ein wenig besser. Zumindest schaffte ich es, bis um neun im Bett zu bleiben, ehe ich beschloss, meine Unterkunft umzudekorieren. Ich hatte im Gerümpelraum – wie ich das Nachbarzimmer inzwischen nannte – eine ganze Menge Krimskrams gesehen, der meine Bleibe vielleicht ein wenig behaglicher machen würde. Außerdem brauchte ich etwas zu tun, um mich von all den Gedanken, die unablässig durch meinen Kopf trudelten, abzulenken.

Obwohl mein Magen knurrte und ich mich nach einer Tasse Kaffee sehnte, verzichtete ich auf einen Abstecher in den Speisesaal und machte mich ans Werk. Schließlich war mir klar, dass die verächtlichen Blicke nicht wie durch ein Wunder aufhörten, nur weil die Bunny Farm wieder vollständig war.

Von Reed Dixon ganz zu schweigen.

Ich hatte die halbe Nacht lang wach gelegen und darüber gegrübelt, wie ich den plötzlichen Richtungswechsel unserer vormals hasserfüllten Beziehung einsortieren sollte. Aber ich hatte keine Ahnung. Also probierte ich es mit Verdrängung.

Ich zerrte einen alten Korbsessel unter ein paar Kartons hervor und schleppte ihn ins Wohnzimmer. Anschließend dekorierte ich die Fensterbank und den Küchentresen mit Kerzen und süßen Vasen, die ich in einer kleinen Box fand. Den Jackpot knackte ich eine halbe Stunde später, als ich in einem luftdicht verschlossenen Beutel zwei dunkelrote Wolldecken und passend gemusterte Kissen fand. Es waren nicht die schönsten Accessoires, die ich je gesehen hatte, aber sie rochen überraschend frisch, waren mottenfrei und machten das kahle Sofa gleich viel behaglicher. Zu guter Letzt stellte ich eine recht antike, aber funktionierende Stehlampe, ein kleines Metallregal und einen runden Hocker auf, der sich perfekt als Sofatisch eignete. Als ich gerade überlegte, wie ich diesen noch ein wenig dekorieren könnte, klopfte es.

Im ersten Moment war ich mir sicher, dass Reed vor der Tür stand, doch Hazels Stimme belehrte mich schnell eines Besseren.

»Estelle?«, rief sie. »Bist du da?«

Ich öffnete die Tür. »Hi.«

Mit einem Tablett, beladen mit zwei Kannen sowie einem Teller voll Toast, Rührei und Speck, stand Hazel vor mir. »Guten Morgen. Störe ich?«

Eilig trat ich beiseite. »Nein, komm rein.«

»Ich will dich an deinem freien Tag auch gar nicht nerven. Ich wollte nur …«

Abrupt blieb Hazel stehen »Himmel! Was ist denn hier passiert?«

»Reed sagte, ich darf mir nehmen, was ich brauche«, erklärte ich und schloss die Tür. »Das ist doch in Ordnung, oder?«

»Machst du Witze?« Hazel lachte fröhlich. »Ich wusste nicht mal, dass wir all dieses Zeug überhaupt noch haben, und dann machst du *das* daraus.« Sie stellte das Tablett auf den Hocker und schüttelte staunend den Kopf. »Unglaublich!«

Ich freute mich über das Lob, auch wenn ich im Grunde nichts weiter getan hatte, als ein paar Sachen in dem kargen Raum zu verteilen. »Danke.«

Fast schon übermütig grinste Hazel mich an. »Lust auf Frühstück?«

Dankbar nickte ich. »Möchtest du auch?«

»Ach, wenn du so fragst …« Hazel ließ sich in den Korbsessel fallen. »Für mich aber nur Kaffee, bitte.«

Belustigt holte ich zwei Tassen mit Blumenmuster aus dem Küchenschrank. Es waren die einzigen beiden. Ich setzte mich aufs Sofa und füllte die Tassen mit dampfendem Kaffee. Für Hazel gab ich noch einen ordentlichen Schuss Milch aus der anderen Kanne hinzu.

»Danke.« Hazel nahm ihre Tasse entgegen und nickte zu dem vollen Teller. »Mit besten Grüßen von Dotty. Mir persönlich ist das ja ein bisschen deftig auf nüchternen Magen. Also wenn du lieber Happy Crush willst, hole ich dir schnell eine Packung.«

»Nein.« Ich lachte schnaubend. »Das hier ist fantastisch. Dotty ist eine gute Beobachterin.«

Hazel grinste wie eine Raubkatze. »Genau genommen hat Reed auf Eier und Speck bestanden. Er meinte, du rührst nie Süßes an.«

Das hatte er bemerkt?

»Wo wir gerade von meinem Bruder sprechen«, sagte Hazel gedehnt und lehnte sich lässig zurück. »Gibt es einen bestimmten Grund dafür, warum du mitten in der Nacht aus seiner Hütte flüchtest?«

Hitze schoss mir in die Wangen, doch ich schaffte es immerhin, gleichmütig mit den Schultern zu zucken. Ich zupfte mein hochgeschlossenes Top ein wenig herunter und präsentierte die unzähligen Kratzer auf meiner Haut.

Hazel sog scharf Luft ein. »Ich hoffe doch sehr, dass das nicht mein Bruder war.«

Amüsiert verdrehte ich die Augen. »Natürlich nicht. Als wir Nemo eingefangen haben, war der arme Kerl so verängstigt, dass er sich gewehrt hat. Reed hat darauf bestanden, dass ich die Kratzer desinfiziere.«

»Verstehe.« Hazel trank einen Schluck Kaffee. »Und mehr war da nicht?«

Ich wollte Hazel nicht anlügen, aber auch nicht zu viel in die Sache hineininterpretieren. Deshalb winkte ich ab. »Wir haben nur geredet. Nichts weiter.«

»Hat er sich entschuldigt?«, fragte sie spitz.

Ich lächelte. »Ja, wir haben uns ausgesprochen.«

»Na endlich«, brummte Hazel, während ich mich auf das Essen stürzte. Hazel seufzte leise. »Ich weiß, dass mein Bruder sehr stur und kaltschnäuzig sein kann. Aber eigentlich hat er ein butterweiches Herz.«

Nachdem ich ihn inzwischen besser kennengelernt hatte, glaubte ich das sogar. »Er hat mir von der Jugend-Ranch erzählt.«

Hazels Augen weiteten sich. »Ehrlich wahr?«

Neugier regte sich in mir. »Warum hat er es nicht durchgezogen? Ich bin nicht mehr dazu gekommen, ihn danach zu fragen.«

Weil ich vor lauter Überforderung die Flucht angetreten hatte.

Hazel zögerte. »Es hat sich einfach nicht ergeben. Nach seinem Abschluss … da … da hatte er anderes im Kopf. Außerdem war Maila noch so klein und meine Eltern brauchten hier im Camp dringend Unterstützung. Deshalb ist er erst mal zurückgekommen. Ich dachte, er hätte diesen Traum abgehakt. Aber wie es scheint, lag ich falsch.«

Nachdenklich betrachtete ich Reeds Schwester, die mit einem Mal seltsam unglücklich wirkte. »Du möchtest nicht, dass er geht.«

Hazel lachte leise. »Natürlich nicht. Er ist mein bester Freund und so etwas wie ein Vaterersatz für Maila. Außerdem arbeiten wir perfekt zusammen. Aber ich würde ihm nie im Weg stehen, wenn er sich doch entschließen sollte, seine Träume zu verwirklichen.«

»Und dann würdest du das Camp allein weiterführen?«, erkundigte ich mich, bevor ich mir eine Gabel mit fluffigem Rührei in den Mund schob.

Hazel nickte. »Dieses Camp ist mein Zuhause. Ich will nirgendwo anders sein.«

Gott! Ich wünschte wirklich, ich wüsste ebenfalls so genau, wo ich hingehörte.

»Offen gestanden bin ich überrascht, dass Reed dir von der Ranch erzählt hat«, meinte Hazel und ließ nachdenklich den Blick auf mir ruhen. »Er hat schon sehr lange nicht mehr darüber geredet.«

Bei ihrem bedeutungsschweren Tonfall machte mein Herz einen Satz. »Es hat sich einfach zufällig im Gespräch ergeben.«

»Tja, da irrst du dich.« Hazel nahm eine ihrer Locken zwischen die Fingerspitzen und zwirbelte sie. »Mein Bruder ist in vielen Dingen sehr verschlossen. Er hat sich dir nicht grundlos anvertraut.«

Verständnislos runzelte ich die Stirn. »Und welcher Grund soll das sein? Er will mich sicher nicht anheuern.«

Hazel kicherte. »Nein, du Dussel. Ich denke, er mag dich.«

Ich würde dich gern besser kennenlernen.

Seine warme Stimme umschmeichelte meinen Geist. Mein Magen flatterte.

»Immer langsam«, stieß ich sowohl an mich selbst als auch an Hazel gerichtet hervor. »Wir haben uns gerade erst ausgesprochen. Aber das macht uns noch lange nicht zu Freunden.«

Langsam schüttelte Hazel den Kopf. »Ich denke nicht, dass ihr jemals Freunde werdet.«

Ich verstand sie absichtlich falsch. »Sag ich doch. Mir reicht es völlig, wenn wir in Zukunft anständig miteinander umgehen. Alles andere bringt sowieso nur schlechte Stimmung ins Team.«

Es fiel mir schwer, Hazels durchdringendem Blick standzuhalten. Aber ich schaffte es trotzdem irgendwie.

Hazel schnaubte. »Nun ja, davon hatten wir gestern Abend wahrlich genug.«

Angespannt senkte ich den Blick. »Tut mir leid, dass ich euch das Fest ruiniert habe.«

»O Mann«, murmelte Hazel. »Du glaubst doch wohl nicht ernsthaft, dass Reed der Einzige ist, der deine kleine Lüge durchschaut hat.«

Verdutzt schaute ich meine Freundin an.

»Wir haben lediglich deine Entscheidung, dich für Bowie einzusetzen, respektiert.« Hazel verzog das Gesicht. »Na ja, die Kids haben deine Erklärung natürlich nicht infrage gestellt. Aber nun, da die Kaninchen wieder unversehrt in ihrem Gehege sind, finde ich schon, wir sollten allen die Wahrheit sagen.«

»Nein.« Entschieden schüttelte ich den Kopf. »Maila mag

vielleicht großherzig genug sein, Bowie zu verzeihen, dass er aus Versehen den Zaun zerstört hat. Aber die anderen sind vielleicht nicht so nachsichtig mit ihm.«

Schon gar nicht die Kids, die wie Tobey tickten.

Der Junge mochte nach seinem Sturz etwas zugänglicher gewesen sein. Aber er liebte es immer noch, über Schwächere herzuziehen, und Bowie wäre nach der Aktion ein gefundenes Fressen für ihn. Er würde diesem liebenswerten, kleinen Jungen jede Chance rauben, endlich Freunde zu finden.

Hazel seufzte. »Ich hatte schon befürchtet, dass du das sagen würdest.«

»Glaub mir, ich möchte nicht von dir verlangen, deine Tochter anzulügen«, erwiderte ich betrübt. »Aber ich denke, für Bowie ist es das Beste, wenn wir es dabei belassen.«

Verständlicherweise war Hazel nicht glücklich mit dieser Bitte. Aber letztlich stimmte sie doch zu. »Na schön. Von mir aus.«

»Danke. Das weiß ich zu schätzen.«

Hazel schnaubte. »Du musst dich nicht dafür bedanken, dass ich eine Lüge decke, die dich zur Bösen macht.«

»Ich kann damit leben. Ehrlich.«

Schließlich gab es Schlimmeres.

»Zumindest ist dein Opfer nicht umsonst.« Hazel lächelte mitfühlend. »Maila und ihre Freundinnen haben Bowie unter ihre Fittiche genommen. Sie sitzen schon seit zwei Stunden in der Bunny Farm, während einer der Graufüchse, mit dem Bowie sich für den Rest des Monats das Zimmer teilt, vor dem Zaun hockt, weil er allergisch gegen Tierhaare ist. Ich denke, da etabliert sich gerade ein neuer Freundeskreis.«

Mir wurde warm ums Herz. »Das freut mich sehr.«

»Ja, mich auch.« Hazel lächelte. »Wir haben uns wirklich Sorgen um ihn gemacht, aber wie es scheint, ist der Knoten endlich geplatzt.«

»Und wenn der Monat um ist?«, fragte ich.

Hazel winkte ab. »Nächstes Wochenende reisen einige Kinder wieder ab und neue kommen hinzu. Die meisten schließen sich dann bestehenden Gruppen an. Wer einmal drin ist, bleibt in der Regel auch drin.«

Das waren wirklich gute Neuigkeiten.

Hazel blieb noch eine halbe Stunde, in der wir uns über die Pläne für die nächste Woche unterhielten. Im Großen und Ganzen würde der Ablauf ähnlich sein wie in der vorigen, mit dem Unterschied, dass am Samstag kein weiteres Themenfest stattfand, weil das Team genug mit der An- und Abreise der Kinder zu tun hatte.

Schließlich war es für Hazel Zeit, sich auf den Weg zu machen. »Ich würde gern noch länger bleiben, aber ich muss zum Ufer und den anderen beim Abbauen der Deko helfen. Kommst du mit?« Sie grinste. »Natürlich zum Spaß und nicht, um zu arbeiten.«

Für einen kurzen Moment zog ich in Erwägung, Hazel zu begleiten. Doch die Aussicht, Reed gegenüberzutreten, verunsicherte mich mehr, als ich mir selbst eingestehen wollte. Deshalb redete ich mich lieber heraus. »Wenn ihr mich nicht braucht, gönne ich mir heute mal eine Pause von der Sonne.«

»Dagegen hilft erfrischendes Seewasser.« Schmunzelnd stellte Hazel die Tasse zurück aufs Tablett und stand auf. »Du kannst jederzeit nachkommen. An den Sonntagen machen wir uns immer einen faulen Nachmittag mit den Kids am See.«

Einerseits klang das tatsächlich verlockend, andererseits waren das immer noch über siebzig äußerst lebhafte Kids, die das Seeufer zum Beben brachten und mich für eine Vandalin hielten.

»Es wäre wirklich schön, wenn du nachkämst.« Hazel zwinkerte mir verschmitzt zu. »Und ich wäre sicher nicht die Einzige, die sich freut.«

***

Hazel hatte nicht untertrieben. Die Sonntagnachmittage schienen tatsächlich recht träge zu verlaufen. Die meisten Kids entspannten in der Sonne, alberten leise miteinander herum, lasen Zeitschriften und Bücher oder zockten an ihren Handys. Der Rest von ihnen planschte auf Luftmatratzen im See. Nur ein paar wildere Kids spielten etwas weiter abseits am Ufer Volleyball. Von den Mitarbeitern konnte ich auf den ersten Blick nur Glen und Jade erkennen, die zwischen den Kids saßen, mit ihnen plauderten und das Geschehen überwachten.

Inzwischen war es schon fünf Uhr. Ich hatte lange mit mir gehadert, mich letztlich aber doch entschieden, Hazels Einladung anzunehmen, weil ich mich nicht verstecken wollte. Weder vor den wütenden Kids noch vor Reed. Die Sonne brannte noch immer glühend heiß herunter. Deshalb entschied ich, lieber im Schatten zu bleiben. Ein Stück weiter hatte sich eine kleine Gruppe versammelt, die offenbar Karten spielte.

Erleichterung machte sich in mir breit, als ich Bowie, Maila und Hazel in der Runde entdeckte. Hazel, bekleidet mit einem grünen Badeanzug, saß im Schneidersitz auf einer Decke, und ein strahlendes Lächeln erhellte ihr ohnehin schon herzliches Gesicht, während sie mich eifrig zu sich winkte.

Ohne zu zögern, steuerte ich auf die kleine Versammlung zu.

Als Maila mich bemerkte, flackerte Zorn in ihren Augen auf, doch ein scharfes Wort von ihrer Mutter genügte und das Mädchen gab seine abwehrende Haltung auf.

Trotzdem wurde ich mit jedem Schritt nervöser, als sich auch alle anderen nach mir umdrehten. »Hallo.«

»Hey, schön, dass du da bist.« Hazel klopfte auf den freien Platz neben sich. »Setz dich zu mir.«

Unter den wachsamen Blicken der anderen breitete ich mein Handtuch aus und setzte mich. Anschließend nickte ich in Richtung der Karten. »Was spielt ihr?«

»*Spoons*«, antwortete Hazel vergnügt. »Kennst du das?«

Irritiert musterte ich meine Freundin. Soweit ich wusste, ging es bei dem Spiel darum, vier gleiche Karten zu sammeln. Wer zuerst ablegen konnte, musste sich einen Löffel aus der Mitte schnappen. Die anderen ebenfalls. Wer keinen Löffel mehr bekam, war raus, und am Ende erhielt der Gewinner einen Shot. »Ist das nicht ein Trinkspiel?«

Hazel lachte. »Wir zocken natürlich die jugendfreie Variante. Der Sieger hat einen Wunsch frei.«

Neugierig beugte ich mich vor. »Und hat schon jemand gewonnen?«

»Jepp.« Glucksend deutete Hazel in Richtung Verwaltungsgebäude. »Und da kommt auch schon mein Preis.«

Es war nicht so, dass ich unvorbereitet war. Ich hatte schließlich gewusst, dass Reed hier sein und sehr wahrscheinlich lediglich eine Badehose tragen würde. Und trotzdem traf mich sein Anblick mit voller Wucht in den Magen.

Himmel, dieser Körper! Gestählte Muskeln unter leicht gebräunter, glatter Haut.

Er hatte schlichte schwarze Badeshorts an, die seine kräftigen Oberschenkel betonten, und trug eine riesige Schüssel.

Nur am Rande registrierte ich, dass Selma und Quill ihn begleiteten. Die beiden waren ebenfalls im Badeoutfit unterwegs und mit Schüsseln bewaffnet. Jedoch gingen sie in Richtung Ufer, wohingegen Reed auf unsere Gruppe zukam.

Als er mich inmitten der anderen entdeckte, huschte Überraschung über sein Gesicht und ein Lächeln hob seine Mundwinkel. Doch seine Augen blieben hinter einer lässigen Pilotensonnenbrille verborgen.

Mit einem erfreuten Quietschen sprang Maila auf und stürzte auf ihren Onkel zu, der nun lachend die Schüssel höher hielt. »Nicht so schnell, Flipper!«

»Aber ich will zuerst!«, insistierte das Mädchen.

Doch davon ließ Reed sich nicht beeindrucken. »Es ist genug für alle da.«

Maila zog eine Schnute, hüpfte aber die restlichen Meter gut gelaunt neben ihrem Onkel her.

Bei uns angekommen, beugte Reed sich vor und überreichte seiner Schwester feierlich die Schüssel. »Einmal eisgekühlte Melonenstückchen für unsere *Spoons*-Meisterin.«

»Danke«, flötete Hazel, stellte die Schüssel mitten auf die Decke und stibitze sich sogleich etwas Melone. Nachdem sie sich das Stück in den Mund geworfen hatte, schloss sie verzückt die Augen. »Lecker.«

»Dürfen wir jetzt endlich auch was haben?«, quengelte Maila.

Hazel lachte. »Na los, ihr kleinen Obstpiraten, greift zu.«

Johlend stürzten sich die Kids auf die Schüssel, und ich rutschte erschrocken zurück, während Bowie das Gleiche tat.

»Hey, immer langsam«, rief Reed, aber natürlich ignorierten die Kinder ihn. Also nahm er die Schüssel notgedrungen wieder an sich. »Ich sagte: langsam.«

209

Maila und Willow protestierten mit vollem Mund, doch Reed ließ sich nicht erweichen. Er sorgte dafür, dass die Schüssel herumgereicht wurde, sodass jeder ein paar Stücke abbekam. Sogar Bowie griff nach kurzem Zögern zu.

Es dauerte nicht lange, bis die Schüssel leer war und alle Kinder klebten.

Hazel klatschte in die Hände. »Ich würde sagen, es ist Zeit für ein Bad!«

Sofort waren die Kids auf den Beinen und stürmten zum See. Hazel reckte sich genüsslich und nickte Bowie zu, der im Laufe der Melonenschlacht dichter an mich herangerückt war. »Du kommst auch mit.«

Bowies Blick zuckte zum See. Dann schüttelte er den Kopf.

»O doch!« Hazel stand auf und schaute streng auf ihn hinab. »Du hast Melonensaft auf der Brust, und wenn du das nicht abspülst, kommen die Wespen.«

Der arme Kerl wurde feuerrot im Gesicht. Es war offensichtlich, dass ihm nicht der Sinn nach einer Abkühlung stand. Aber wie es schien, hatte Hazel eine Mission. Sie warf ihrem Bruder, der mir inzwischen gegenübersaß, einen vielsagenden Blick zu. »Wie wäre es, wenn du inzwischen mit Estelle über die nächste Woche sprichst?«

Mein Herz machte einen Satz. »Was ist denn nächste Woche?«

»Das erfährst du gleich.« Hazel winkte Bowie mit sich. »Ich habe auch keine Lust auf Baden. Setzen wir uns einfach ans Ufer?«

Das schien Bowie schon besser zu gefallen. Aber wirklich glücklich sah er nicht aus, als er aufstand und neben Hazel zum See tappte.

Aus mehreren Gründen nervös, drehte ich den Kopf und schaute Reed an. Dass ich ihm nicht in die Augen schauen konnte, verunsicherte mich, auch wenn er nach wie vor lächelte. »Geht es dir gut?«

Im ersten Moment verstand ich nicht, warum er das fragte. Dann wurde mir klar, dass er die Kratzer meinte, die er durch den hohen Ausschnitt nicht sehen konnte. »Alles bestens, danke.«

Reed schien zu bemerken, dass ich Schwierigkeiten mit seiner Sonnenbrille hatte, und nahm sie ab.

Mann, dieser Typ hatte wirklich schöne Augen. Das war mir vorher nie aufgefallen. Nun aber hätte ich darin versinken können.

Im Geiste verpasste ich mir eine Kopfnuss.

»Was hat Hazel gerade gemeint?«, erkundigte ich mich in dem Bestreben, meine Aufmerksamkeit in eine andere Richtung zu lenken.

Beklommen rieb Reed sich über die Stirn. »Versprichst du mir, absolut ehrlich zu sein, wenn ich dich gleich um deine Meinung bitte?«

»Sicher.« Ich drehte mich in seine Richtung und zog die Beine zum Schneidersitz an. »Worum geht's?«

Reed ließ die Hand sinken. »Brianna hat vorhin einen Anruf bekommen. Sie muss aus beruflichen Gründen für eine Woche im Camp pausieren. Hazel wird zu den Steinkäuzen ziehen und sich nachts um die Kinder kümmern. Aber wir brauchen jemanden, der den Malkurs übernimmt. Könntest du dir vorstellen, das zu machen?«

Ich starrte ihn wie vom Donner gerührt an. Dann warf ich den Kopf in den Nacken und lachte. »Nein!«

Reed runzelte die Stirn. »Wieso nicht?«

Hitze schoss mir in die Wangen. »Weil ich nicht mal einen geraden Strich malen kann.«

Belustigung blitzte in Reeds Augen auf. »Niemand erwartet von dir, dass du neue Picassos heranziehst.«

»Trotzdem haben die Kids sicher Fragen, die ich garantiert nicht beantworten kann.« Proportionen, Perspektiven, Farbharmonien – das würde ich niemals auf die Reihe kriegen. Ich würde mich vollkommen lächerlich machen. Entschieden schüttelte ich den Kopf. »Ich kann Brianna unmöglich ersetzen.«

Reed schien ehrlich nicht damit gerechnet zu haben, dass ich ihm eine Abfuhr erteilte. »Brianna ist auch keine ausgebildete Künstlerin. Sie tut einfach, was sie liebt, und das reicht schon.«

»Ich hasse Kunst«, erwiderte ich trocken. Das war kein Witz. Ich war wirklich kein Fan von diesem modernen, extravaganten Zeug.

Ungläubig runzelte Reed die Stirn. »Kein Mensch hasst Kunst.«

Seine Entrüstung war so niedlich, dass ich beinahe gelacht hätte. »Ich schon.«

»Ehrlich wahr?«, hakte Reed noch einmal nach.

Ich zuckte mit den Schultern. »Wenn überhaupt mag ich die alten Meister. Die konnten wenigstens noch richtig malen im Gegensatz zu diesen Typen, die drei winzige Striche auf eine zwanzig Quadratmeter große Leinwand pinseln und das Ganze dann *Reh am Waldrand* nennen oder so ein Blödsinn.«

Entgeistert starrte Reed mich an. Dann brach er in Gelächter aus. »Lass das ja nicht Quill hören. Ich habe mal etwas Ähnliches zu ihm gesagt. Daraufhin hat er mir stundenlang

Vorträge über moderne und postmoderne Kunstrichtungen gehalten. Er wollte mich die ganze Zeit bekehren. Viel hat nicht mehr gefehlt und ich hätte ihn hochkant aus dem Camp geschmissen.«

Ich schmunzelte. »Danke für die Warnung.«

»Keine Ursache.« Schon kehrte Reed zum eigentlichen Thema zurück. »Meistens wollen die Kids bloß wissen, ob dir gefällt, was sie malen. Und dann gibst du ihnen einfach positives Feedback. Im Grunde ist es wirklich nicht schwer.«

»Und wenn ich die Bilder schrecklich finde?«

Grinsend zuckte Reed mit den Schultern. »Ich bin mir sicher, du kannst die Wahrheit in nette Worte verpacken.«

»Tatsächlich?« Meine Augen wurden schmal. »Darf ich dich daran erinnern, dass ich letzte Woche gerade mal gut genug zum Putzen war? Tut mir leid, ich weiß dein Angebot zu schätzen. Aber ich kann das wirklich nicht.«

»Du musst dich für gar nichts entschuldigen«, erwiderte er sanft. »Ich bin der Idiot, der dir wegen seiner dämlichen Vorurteile nur Aufgaben zugeteilt hat, die weit unter deinen Fähigkeiten lagen. Aber glaub mir, wenn ich auch nur eine Sekunde daran zweifeln würde, dass du diesen Kurs hinkriegst, hätte ich dich nicht gefragt. Es wäre auch nur für viereinhalb Tage. Am Freitagnachmittag gibt es einen Kanuwettbewerb am See, und am Wochenende finden sowieso keine Kurse statt. Vielleicht kannst du wenigstens darüber nachdenken?«

Ich biss mir auf die Unterlippe. In der vergangenen Woche hatte ich aus der Ferne oft beobachtet, wie Brianna den Kurs leitete. Die Kinder saßen an Staffeleien direkt hinter dem Verwaltungsgebäude und malten Motive, die Brianna ihnen vorgab: Blumen, Stofftiere und so weiter. Meistens ging Brianna dann zwischen ihnen umher, lobte ihre Arbeit und gab ihnen

Tipps, wie sie Farb- und Lichteffekte noch mehr herausarbeiten könnten. Wenn man sich mit Kunst auskannte, war das sicherlich nicht schwer.

Nur leider fehlte mir jegliches Farbempfinden. Ich hatte bis heute nicht kapiert, warum Rot zu den warmen Farben zählte, obwohl es regelrecht aggressiv wirken konnte. Blau dagegen galt als kalt, obwohl der Farbe zugleich eine beruhigende Atmosphäre nachgesagt wurde. Irgendwie ergab das für mich keinen Sinn.

»Wir könnten den Kurs auch erst mal zusammen starten«, schlug Reed vor. »Bis du sicher bist.«

Verständnislos sah ich ihn an. »Warum machst du ihn nicht gleich allein?«

»Weil ich eigentlich keine Zeit dafür habe.« Reed deutete auf die vielen Kids, die sich am Ufer tummelten. »Hazel hat genug mit dem Papierkram und der Organisation des Camps zu tun. Für das Team bin ich verantwortlich. Ich muss hier alles im Blick behalten. Es sieht vielleicht nicht so aus, aber im Laufe des Tages ergeben sich ständig Fragen und Probleme. Manchmal fehlen Materialien, ein Kind verletzt sich, es gibt irgendwelche Krisen wie Liebeskummer oder Heimweh. Außerdem stehen ein paar Reparaturen an, bei denen Grover meine Unterstützung braucht. Da kann ich die Kids im Malkurs nicht einfach sich selbst überlassen. Jemand muss sie im Auge behalten.« Er zwinkerte mir zu. »Damit sie keine Farbe trinken.«

Meine Augen weiteten sich. »Das ist nicht unbedingt das beste Argument, mich von dieser Aufgabe zu überzeugen.«

Lachend hob Reed die Hände. »War nur ein Witz!«

»Ganz sicher?«, fragte ich zweifelnd.

»Natürlich musst du sie nicht die ganze Zeit bewachen. Sie

kommen auch ein paar Minuten allein klar. Nur eben nicht stundenlang. Es wäre wirklich eine große Hilfe.«

Na ja, deshalb war ich schließlich hier ... um zu helfen.

Angespannt rieb ich mir über die Stirn. Ich war mir wirklich unsicher, ob ich es schaffte, ein Dutzend Kinder stundenlang zu supporten und zu bespaßen. Andererseits konnte ich Reed nicht vorwerfen, dass er mir rein gar nichts zutraute, wenn ich bei so einer Chance gleich den Kopf in den Sand steckte. Ich wollte ihm – und auch mir selbst – beweisen, dass ich noch mehr drauf hatte, als zu putzen und Boote anzustreichen.

»Also schön«, gab ich deshalb nach. »Ich werde es versuchen.«

Erleichterung und Freude huschten über seine Züge. »Danke. Das hilft uns sehr weiter. Und du musst dir keine Sorgen machen. Ich werde dabei sein, solange du mich brauchst.«

Irgendwie wühlten diese Worte mich sogar noch mehr auf als der Kurs, den ich bald leiten würde.

KAPITEL 18

Reed

Kaum hatte Estelle zugestimmt, den Malkurs zu übernehmen, kehrten auch schon Bowie und Hazel zurück. Der Junge pflanzte sich direkt neben Estelle auf das Handtuch und musterte sie voller Sorge. Vermutlich fürchtete er, ich wäre schon wieder gemein zu ihr gewesen. Doch sie zwinkerte ihm unbekümmert zu.

»Hattest du Spaß am Wasser?«, fragte sie.

Bowie nickte. »Ist gar nicht so kalt.«

Wie aufs Stichwort sprang Maila mitten auf die Decke und schüttelte sich wie ein nasser Hund. Lachend wichen wir zurück.

»Warum sitzt ihr nur hier rum?«, fragte meine freche Nichte atemlos. »Kommt mit schwimmen!«

»Ich kann leider nicht, Flipper.« Hazel, die sich gar nicht erst wieder gesetzt hatte, nahm die Schüssel. »Ich muss noch die Einkaufsliste für morgen mit Dotty besprechen.«

Maila zog eine Schnute, bevor sie sich an Bowie wandte. »Und was ist mit dir?«

Schüchtern wich er ihrem Blick aus. »Vielleicht später.«

»Wie wäre es mit noch einer Runde *Spoons*?«, schlug ich vor, woraufhin der Junge erleichtert nickte.

Schnaufend kam Maila wieder auf die Beine. »Nachher.«

Schon flitzte sie wieder davon, und auch Hazel ging. Ich nahm die Karten und forderte Estelle mit meinem Blick heraus. »Bist du auch dabei?«

Ein teuflisches Glitzern erschien in ihren Augen. »Hat die Siegerin einen Wunsch frei?«

»Hör sie dir an, Bowie«, sagte ich, während ich begann, die Karten zu mischen. »Sie denkt, sie hat schon gewonnen.«

Bowie stieß ein leises Glucksen aus, warf drei Löffel auf den nassen Fleck in der Mitte und rückte etwas von Estelle weg, damit sie nicht in seine Karten schauen konnte. »Das werden wir ja sehen.«

Schmunzelnd nahm Estelle die Karten, die ich austeilte – und das Spiel begann.

Die erste Runde gewann Bowie, und Estelle griff schnell wie eine Schlange zu.

Sie grinste mich an. »Und tschüss.«

Lachend mischte ich aufs Neue. Eine Minute später hielt Estelle triumphierend den Löffel hoch. »Gewonnen.«

»Dann hast du jetzt einen Wunsch frei«, erwiderte ich, amüsiert über ihre Aufregung.

Nachdenklich biss sie sich auf die Unterlippe und lenkte meine Aufmerksamkeit von ihren leuchtenden Augen zu ihrem Mund. Es war ein verdammt hübscher Mund, der aufgrund ihres starken Augen-Make-ups kaum Beachtung erhielt. Unwillkürlich fragte ich mich, ob das Absicht war. Diese Lippen konnten einem nämlich durchaus den Verstand rauben. Eine Welle heißer Lust schoss durch meine Adern, während ich mir vorstellte, was sie alles mit diesem sündigen Mund anstellen könnte.

Als hätte sie meine Gedanken gelesen, senkten sich ihre Lider. Sie lehnte sich ein Stück vor. »Ich wünsche mir …«

Alles, was du willst, Prinzessin.

»Ich wünsche mir …«, wiederholte sie mit betörend sanfter Stimme. Sie tat, als würde sie überlegen. Aber dem Schimmern in ihren Augen nach wusste sie genau, was sie wollte. Und was sie mit mir machte.

Abermals fiel mein Blick auf ihre Lippen, und ich beugte mich vor. »Sag es.«

Mein Tonfall war so verlockend, dass ihr die Röte in die Wangen stieg. Mir gefiel ihre Reaktion auf mich, und ich wollte definitiv herausfinden, was ich bei ihr noch alles bewirken konnte. Leider war gerade ein denkbar schlechter Zeitpunkt, um mir all diese sinnlichen Details genau auszumalen.

Bowie stieß ein ungeduldiges Schnaufen aus und brach damit den Bann zwischen uns. »Sollen wir dir noch mehr Melone holen?«

Estelle blinzelte, als hätte sie vollkommen vergessen, wo wir waren. »Nein. Danke«, stammelte sie. »Wisst ihr was? Ich werde mir meinen Wunsch einfach aufheben.«

Unzufrieden runzelte Bowie die Stirn, doch er diskutierte nicht, sondern nahm die neuen Karten entgegen, die Estelle eilig austeilte. Wir spielten noch vier weitere Runden, die Bowie allesamt gewann. Er wünschte sich Eis zum Nachtisch, natürlich für alle Kinder. Ein Wunsch, den ich ihm liebend gern erfüllte.

Ich war überzeugt, dass dasselbe auch auf Estelles Wunsch zutraf – sobald sie den Mut aufbrachte, ihn auszusprechen.

**

Am nächsten Morgen fand sich unser Team wie üblich im Besprechungsraum zusammen, damit wir in Ruhe die Pläne für den Tag besprechen konnten. Ein Großteil reagierte verhalten, als ich verkündete, dass nicht ich, sondern Estelle vorübergehend Briannas Kurs übernehmen würde. Nur Hazel und Quill waren begeistert.

Mein bester Freund musterte sie mit ganz neuem Interesse. »Ich hatte ja keine Ahnung, dass du kunstbegeistert bist, Stella.«

Ihr Blick flog zu mir, und ich schüttelte schmunzelnd den Kopf.

Natürlich verstand sie meine Warnung, Quill besser nicht zu widersprechen, und strahlte ihn stattdessen an. »Doch, doch. Ich finde Kunst faszinierend.«

»Ja, nicht wahr?« Eifrig lehnte Quill sich vor. »Welche Kunstrichtung magst du am liebsten? Postmoderne? Street-Art? Ich wette, du bist ein Fan von Hyuro.«

Offenbar hatte Estelle keinen Schimmer, von wem Quill da sprach. Trotzdem nickte sie, bevor ich einschreiten konnte. »Ja, ich finde ihn toll.«

Leider war das die falsche Antwort. Hyuro war eine argentinische Künstlerin, die seit Anfang der 2000er zur Street-Art-Elite zählte und ihr Lebenswerk dem Kampf für die Rechte der Frauen gewidmet hatte. Quill verehrte sie und hatte ihren Tod vor einigen Jahren sehr betrauert.

Prompt schossen seine Brauen in die Höhe, doch er bohrte zum Glück nicht weiter nach, sondern überließ es mir, das Gespräch voranzutreiben. Nachdem alles Wichtige geklärt war, stand ich auf. »Lasst uns loslegen.«

»Ach, Reed.« Aubrey legte mir die Hand auf den Arm, um mich am Weggehen zu hindern. »Hättest du kurz Zeit für mich?«

219

»Was gibt es denn?«, fragte ich geistesabwesend, während die anderen aus dem Raum gingen.

Lächelnd strich Aubrey sich eine Haarsträhne hinters Ohr. »Das würde ich lieber allein mit dir besprechen.«

Estelle warf einen Blick über die Schulter. Ihre Miene war vollkommen gleichmütig.

Irgendwie wurmte mich das.

Mein Stolz flüsterte mir zu, sie ein wenig zu piesacken. Aber ich wollte Aubrey nicht für irgendwelche Spielchen benutzen. Sie schien ohnehin schon viel zu sehr an privaten Gesprächen interessiert zu sein. Da wollte ich bestimmt keine falschen Signale senden. Außerdem hatte ich Estelle versprochen, für sie da zu sein. Ich würde sie nicht hängenlassen.

Estelle verließ den Raum, und ich warf Aubrey einen entschuldigenden Blick zu. »Tut mir leid, ich kann jetzt nicht. Reicht es später beim Mittagessen?«

Ihr Lächeln wackelte ein wenig. »Sicher.«

»Gut.« Schon stürmte ich hinter Estelle her. »Bis später, Aubrey.«

Ich hörte ihre Antwort nicht mehr, sondern rannte beinahe durch den Korridor, bis ich Estelle eingeholt hatte.

Überraschung huschte über ihr Gesicht, fast so, als hätte sie wirklich nicht damit gerechnet, dass ich Aubrey so schnell stehen lassen würde.

Ich wischte ihre Skepsis mit einem Lächeln weg. »Bereit?«

Sie nickte angespannt.

»Das wird schon werden«, raunte ich ihr zu, als wir das Foyer betraten, um die Kinder abzuholen, die sich heute für den Malkurs angemeldet hatten.

Insgesamt waren es nur sechs, viel weniger als sonst. Gestern Abend hatten noch mehr Namen auf der Liste gestanden, aber vier Kinder hatten ihren Eintrag bis zur Unkenntlichkeit durchgestrichen und sich schnell woanders dazugeschrieben.

Wie es schien, hatte die Neuigkeit, dass Estelle den Kurs halten würde, bereits unter den Kindern die Runde gemacht. Ich fragte mich, wie das sein konnte, denn eigentlich hatte ich nur Grover Bescheid gesagt, dass er ohne mich mit den Reparaturen an der Regenrinne von Gästehaus 3 beginnen sollte.

Ganz offensichtlich trugen einige Kids Estelle immer noch nach, dass sie vermeintlich die Party ruiniert hatte. Mich nervte diese Ungerechtigkeit. Aber da sie nicht zuließ, dass Bowie die Sache richtigstellte, nahm ich es zähneknirschend hin, als einige Jugendliche mit abschätzigen Blicken an ihr vorbeistolzierten.

Nur Bowie war glücklich über die neue Kursleiterin. Er war der Erste, der vor uns auftauchte, gefolgt von Willow und einem Jungen namens Joshua. Dazu kamen drei Mädchen von den Tigersalamandern, von denen zwei den Kurs in der vergangenen Woche beinahe täglich besucht hatten. Offenbar malten sie wirklich gern und ließen sich selbst von bösem Klatsch nicht abschrecken.

Gemeinsam gingen wir ins Atelier, um die Materialien zu holen. Anschließend traten wir durch die Terrassentür direkt auf den Platz hinter dem Verwaltungsgebäude. Er war viel kleiner als der große Versammlungsplatz auf der anderen Seite und lag dank der hohen Bäume vollständig im Schatten. Ganz in der Nähe standen zwei überdachte Picknicktische mit Bänken, die abends besonders gern von den älteren Kids in Beschlag genommen wurden. In Richtung See führte ein Pfad direkt zur Sport-Area.

Es dauerte fast eine halbe Stunde, bis jedes Kind einen guten Sitzplatz gefunden, seine Staffelei aufgebaut und die

Farbe bereitgelegt hatte. Dann schauten alle erwartungsvoll zu Estelle.

Sie warf mir einen unsicheren Blick zu. Ich überlegte, das Gespräch für sie zu eröffnen, aber ich wollte ihr nicht das Gefühl geben, dass sie es allein nicht schaffte. Also nickte ich ihr nur aufmunternd zu.

»Okay, also, ich dachte, wenn ihr Lust habt, könntet ihr heute mal versuchen, euren Lieblingsplatz zu malen«, schlug sie zögernd vor.

Sophie, ein blondes Mädchen, runzelte unzufrieden die Stirn. »Aber davon habe ich kein Foto.«

»Das brauchst du auch nicht.« Nervös knetete Estelle ihre Finger aneinander. »Es geht nicht darum, diesen Ort original-getreu darzustellen, sondern durch euer Bild auszudrücken, *warum* er euch so viel bedeutet. Euer Bild muss für andere keinen Sinn ergeben. Nur für euch.«

Entgeistert starrte ich sie an. Wie konnte sie ernsthaft behaupten, keine Ahnung von Kunst zu haben, und dann so etwas sagen? Diese Idee war grandios, und offen gestanden gefiel sie mir wesentlich besser als Briannas Ansatz, die Kinder einfach irgendwelche Gegenstände abmalen zu lassen.

Trotzdem schauten die Kinder einander ratlos an.

Da hob Bowie die Hand. »Und wenn es diesen Ort gar nicht gibt?«

Allein die Frage sorgte dafür, dass sich mein Herz zusammenzog. Vor allem, als Estelle den Jungen voller Verständnis anlächelte. »Ich habe nicht gesagt, dass dein Lieblingsplatz echt sein muss. Als ich so alt war wie du, war meiner eine schneeweiße Zuckerwatteburg.«

Die älteren Mädchen kicherten, und Estelles Wangen verdunkelten sich vor Verlegenheit.

»Oh, das ist klasse!«, rief Joshua begeistert aus. »Dann male ich eine Insel mit einem kunterbunten Happy-Crush-Turm und einer Lakritz-Brücke über einem Fluss aus Himbeerbrause.«

»Ich male den Silver Lake«, verkündete Sophie und strahlte mich an. »Hier finde ich es am schönsten.«

Ich lächelte. »Das freut mich.«

»Kann ich auch eine Pferdekoppel malen?«, fragte Darla, ein Mädchen mit tiefschwarzen Locken und leuchtenden braunen Augen. »Ich liebe Pferde. Ich wünschte, ich hätte selbst eins.«

»Na klar.« Estelle tippte sich auf die Schläfe. »Ihr könnt malen, was ihr möchtet. Schließt einfach die Augen und findet den Ort, an dem ihr am liebsten seid – im echten Leben oder in euren Gedanken.«

Die Kids folgten ihrem Rat, und einen Augenblick lang wurde es ganz still.

Ich schaute zu Estelle, die sich allmählich zu entspannen schien. Ein zaghaftes Lächeln lag auf ihren Lippen, und als sie sich zu mir drehte und ich die zaghafte Hoffnung in ihrem Blick entdeckte, beschleunigte sich mein Puls. Ich fragte mich, wie ich sie jemals für eine egoistische, kaltherzige Upperclass-Prinzessin hatte halten können. Quill und Hazel hatten von Anfang an recht gehabt. Ich war wirklich ein Idiot gewesen.

Reue fraß sich durch meine Eingeweide. Am liebsten hätte ich sie gleich noch einmal beiseitegenommen, um ihr zu sagen, wie sehr ich mein Verhalten bedauerte. Aber Ivy suchte sich genau diesen Moment aus, um ein tiefes Seufzen auszustoßen.

»Ich male mein Bett!«, verkündete sie, was die anderen zum Lachen brachte.

Die Kids machten sich an die Arbeit, während ich abwartete, ob Estelle schon durch die Reihen gehen wollte. Doch sie zog ihr Handy hervor.

»Hat jemand etwas gegen Musik?«, fragte sie.

Die beiden älteren Mädchen tauschten einen irritierten Blick.

»Eigentlich hat Brianna gesagt, Musik lenkt nur ab«, erklärte Sophie zögernd.

Estelle ließ stirnrunzelnd das Handy sinken. »Oh.«

Wieder überlegte ich, etwas zu sagen. Doch Estelle musterte die Kinder nachdenklich. »Gibt es denn jemanden, der *keine* Musik hören will?«

Niemand meldete sich.

Diesmal schaute Estelle zu mir, als hätte sie doch Angst, einen Fehler zu machen. Ich zuckte mit den Schultern. »Im Moment ist es *dein* Kurs.«

Sie nickte dankbar, bevor sie sich wieder an die Kinder wandte. »Okay, also, ich habe eine Playlist zusammengestellt. Wenn euch die Songs nicht gefallen, könnt ihr aber auch gern eigene Sachen hören.«

Sie startete die App, und ich blinzelte überrascht, als der erste Song erklang. Ich kannte weder die Band noch den Song. Der Sound war eine Mischung aus Pop, Electro und Alternative. Nicht langsam und deprimierend, aber auch nicht schnell und stressig. Ein perfekter erster Song.

Keines der Kids zog sein eigenes Handy hervor. Stattdessen bat Willow, die gleich neben Bowie ganz hinten saß, etwas lauter zu machen.

»Mehr geht leider nicht«, sagte Estelle bedauernd.

Ich trat zu ihr. »Ich habe einen Bluetooth-Lautsprecher oben in meinem Büro. Ich könnte ihn holen, wenn du möchtest.«

Kurz schien der Gedanke, mit den Kindern allein zu sein, sie zu erschrecken, dann straffte sie die Schultern. »Ja, das wäre super. Danke.«

»Kein Problem.« Ich zwinkerte ihr zu. »Bin gleich zurück.«

Sie lächelte, und schon wieder fühlte ich mich in einem Ausmaß zu ihr hingezogen, das mir Angst machte. Ich stolperte beinahe über meine eigenen Füße, als ich wegging.

Lässig, Dixon. Wirklich lässig.

Kühle Luft umfing mich, als ich das Gebäude durch die Hintertür betrat. Ich nahm mehrere Stufen auf einmal die Treppe hinauf in mein Büro. Wenn alles glatt lief, könnte ich Estelle vielleicht überzeugen, sich am Abend der restlichen Campgesellschaft anzuschließen. Mir gefiel es nicht, dass sie immerzu allein abhing. Davon abgesehen wollte ich noch so viel mehr über sie wissen.

Ich erreichte gerade mein Büro, als hinter mir die Tür aufflog. »Bleib sofort stehen, Kyra!«

Überrascht von Aubreys scharfem Ton drehte ich mich um.

Kyra war fünfzehn und eines der Mädchen, die den ganzen Sommer hier verbrachten. Ihr pink gefärbtes Haar war zu einem hohen Zopf gebunden, und wie üblich trug sie einen Minirock und ein hautenges, bauchfreies Top, das ihren extrem schlanken Körper betonte. Soweit ich wusste, steckten ihre Eltern mitten in einem hässlichen Scheidungskrieg und wollten Kyra während der Trennungsphase aus dem Weg haben.

Das Mädchen tat mir leid. Es musste hart sein, einfach abgeschoben zu werden. Deshalb hatten Hazel und ich es für eine gute Idee gehalten, Aubrey auf sie anzusetzen, damit sie sich etwas von ihrem Kummer von der Seele reden konnte. Aber dem fuchsteufelswilden Blick nach, mit dem Kyra davonstapfte, war das ein gewaltiger Irrtum.

Weil das nun wirklich keinen Aufschub duldete, ging ich über den Flur und drückte die Tür auf. Aubreys Büro war nicht groß, genügte aber ihren Ansprüchen. Es gab eine Sitzecke mit zwei Loungesesseln sowie einen Schreibtisch vor dem Fenster.

Unsere Ergotherapeutin stand mit hochroten Wangen im Raum und zitterte am ganzen Körper, während sie auf ein paar zerrissene Zettel zu ihren Füßen starrte.

Ich klopfte leise an den Türrahmen, um sie nicht zu erschrecken.

Ruckartig schaute sie auf, und ihre Augen weiteten sich. »Oh! Hallo, Reed.«

»Hi.« Ich trat ein und schloss die Tür hinter mir. »Willst du mir erzählen, was gerade los war?«

Abfällig verzog Aubrey die Lippen. »Ich habe Kyra gebeten, einen Fragebogen auszufüllen. Aber wie du siehst, hatte sie keine Lust dazu.«

Ich bückte mich und sammelte die Papierfetzen zusammen. »Und deshalb war sie so wütend?«

»Ja.« Seufzend hockte Aubrey sich hin, zupfte einen Papierschnipsel vom grau melierten Teppich und drehte ihn zwischen den Fingerspitzen. »Ich kann diesem Mädchen nicht helfen, Reed. Sie hat eine ernst zu nehmende Verhaltensstörung. Das überschreitet meine Kompetenz.«

Stirnrunzelnd schaute ich auf. »Du hast doch erst ein Treffen mit ihr gehabt.«

Aubrey winkte ab. »Ich bitte dich! Allein, wie sie rumläuft. So was gehört sich einfach nicht.«

Ich wusste nicht so recht, was ich von dem scharfen Urteil halten sollte. »Na ja, dieser Look ist zurzeit bei den Kids angesagt, und es ist immerhin Hochsommer.«

Aubrey schnaubte. »Also, wenn du mich fragst, ist sie bloß auf der Suche nach Aufmerksamkeit.«

Vielleicht, vielleicht auch nicht. Uns stand es jedenfalls nicht zu, ihre Garderobe zu beurteilen. »Kyra hat es im Moment nicht leicht.«

»Oh bitte!« Aubrey verdrehte die Augen. »Nur weil ihre Eltern sich scheiden lassen, muss sie nicht so rumlaufen. Sie sieht aus, als wäre sie leicht zu haben. Genau wie Estelle.«

Mein Puls schoss in die Höhe. Es fiel mir schwer, professionell zu bleiben. »Hör zu. Ich verstehe, dass du wütend bist, weil das Gespräch mit Kyra nicht so gelaufen ist wie geplant. Aber ich bezweifle, dass du mit deiner vorgefertigten Meinung einen Weg findest, zu ihr durchzudringen.«

Ich erhob mich und warf die Papierschnipsel in den Mülleimer, bevor ich mich wieder zu Aubrey umdrehte. Sie war inzwischen ebenfalls aufgestanden und starrte verärgert aus dem Fenster. »Ihr hättet eine Psychiaterin für Fälle wie diesen einstellen sollen.«

»Silver Springs ist ein Freizeit- und Feriencamp, keine Rehaklinik«, widersprach ich und bereute es plötzlich, dass ich mich von Hazel überhaupt dazu hatte überreden lassen. »Die Ergotherapie und die Einzelcoachings, die wir durch dich anbieten können, sollen einen Mehrwert darstellen. Aber sie sind weder für uns noch für die Kinder verpflichtend. Wenn Kyra sich nicht wohl mit diesem Angebot fühlt, muss sie es nicht nutzen.«

Darüber dachte Aubrey einen Moment nach. »Dieses Mädchen ist unberechenbar. Ich rate dir, sie im Auge zu behalten.«

Ich glaubte nicht, dass das Mädchen eine Gefahr darstellte. Trotzdem gab ich um des lieben Friedens willen nach. »Das mache ich.«

Da Aubrey sich endlich beruhigt zu haben schien, wandte ich mich ab, um den Lautsprecher zu holen. Ich hatte die Tür fast erreicht, da hielt Aubrey mich noch einmal auf.

»Bleibt es nachher beim Mittagessen?«, fragte sie leise.

Das hatte ich ganz vergessen. »Klar.«

»Schön.« Aubrey lächelte. »Ich freue mich.«

»Ich mich auch.« Zu spät wurde mir klar, dass ich die Hoffnung, die plötzlich in Aubreys Augen aufflackerte, mit meiner unbedachten Erwiderung erst recht befeuert hatte.

KAPITEL 19

Estelle

Wie lange konnte es dauern, einen Lautsprecher aus dem Büro zu holen?

Irritiert schaute ich zur Hintertür des Verwaltungsgebäudes. Aber Reed tauchte nicht auf. Stattdessen kam ein Mädchen heraus, das den Eindruck erweckte, als würde sie gleich explodieren. Soweit ich mitbekommen hatte, hieß sie Kyra und gehörte zu Selmas Tigersalamandern.

Kyra machte ein paar Schritte. Dann blieb sie abrupt stehen und fuhr zu mir herum. »Du hörst Duplex Heart?«

Bei ihrem anklagenden Tonfall hob ich eine Braue. »Ist das ein Problem?«

»Nein.« Kyra vergaß ihren Zorn und kam neugierig näher. »Ich hätte dich nur eher für einen Fan von dem ganzen kommerziellen Mist gehalten?«

Ein Lächeln zupfte an meinen Mundwinkeln. »Tja, da liegst du falsch.«

»Hm.« Kyra ließ den Blick von mir über die Gruppe schweifen und blieb bei Willows Leinwand hängen. Stirnrunzelnd trat sie näher. »Was ist das?«

Das Mädchen schaute lächelnd über die Schulter. »Mein Lieblingsplatz.«

»Dein Lieblingsplatz ist ein rosa Camper?«, hakte Kyra skeptisch nach.

»Ja.« Willow grinste. »Er gehört meiner Granny.«

Kyra verzog spöttisch die Lippen. »Kann mir nicht vorstellen, was so toll daran sein soll, in so einem abgewrackten Teil zu leben.«

Willows Freude erstarb.

»Dich hat niemand um deine Meinung gebeten«, knurrte ich, ging zwischen den Leinwänden hindurch und schob mich zwischen Willow und Kyra. »Wenn du schlechte Laune verbreiten willst, verschwinde!«

Es gab so einige, die bei meinem scharfen Ton zurückgewichen wären. Doch die kleine Zicke reckte das Kinn vor. »So darfst du nicht mit mir reden.«

»Ich rede mit dir, wie es mir passt«, versetzte ich. »Das hier ist *mein* Kurs, und hier wird niemand schlechtgemacht. Kapiert?«

Ein Raunen setzte hinter mir ein, doch ich starrte Kyra weiter an, die nun verdattert zurückwich. Ihre Wangen wurden so pink wie ihre Haare. »Sorry.«

Ich trat einen Schritt beiseite. »Bei mir musst du dich nicht entschuldigen.«

Langsam senkte Kyra den Blick auf Willow, die aufgehört hatte zu malen. Sie schien abzuwägen, ob sie es durchziehen oder weggehen sollte.

»Jetzt komm schon, Kyra«, rief Ivy. »Gib dir einen Ruck.«

Kyra verdrehte die Augen, gab aber nach und schob ihren Stolz beiseite. »Tut mir leid. Das war gemein.«

»Ein bisschen«, stimmte Willow ihr zu und lächelte zaghaft. »Grannys Camper ist vielleicht nicht der schönste. Aber er duftet immer nach Blumen und Vanillepudding. Es ist mein liebster Ort auf der ganzen Welt.«

Kyras Miene wurde weich, und plötzlich wirkte sie sehr verloren. »Das klingt echt nett.«

Wie sie da so stand in ihren knallengen Klamotten und mit dem auffallend pinken Haar wurde mir klar, dass das auch nichts anderes war als eine Rüstung. Das Mädchen war tief verletzt und einsam. Vielleicht hatte sie Heimweh?

»Möchtest du bleiben und deinen eigenen Lieblingsplatz malen?«, fragte ich.

Ein bitteres Lächeln erschien auf Kyras Lippen. »So etwas habe ich nicht.«

»Dann denk dir doch einen aus«, rief Darla und winkte sie zu sich. »Setz dich zu mir.«

Ich nickte. »Du kannst malen, was du möchtest. Hauptsache, du fühlst dich gut an diesem Ort.«

Verlegen rieb Kyra die Hände aneinander. »Ich kann es ja mal versuchen.«

»Okay.« Ich sah nach den Kindern, die inzwischen wieder auf ihre Bilder konzentriert waren. Keines machte den Eindruck, als würde es in absehbarer Zeit die Farbe futtern. »Dann schnapp dir schon mal eine Leinwand und einen Stuhl. Ich hole dir schnell eine Staffelei.«

Fünf Minuten später begann Kyra ihre eigene Suche nach ihrem Lieblingsort, während ich am vorderen der beiden Picknicktische saß und ein Buch über Maltechniken durchblätterte, das ich im Atelier gefunden hatte.

Reed war immer noch nicht wieder aufgetaucht. Aber ich stellte überrascht fest, dass das in Ordnung war. Leise Musik klang über den Platz, und die Stimmung in der Gruppe war herrlich entspannt.

»Estelle?« Darla lugte hinter ihrer Leinwand vor. »Kannst du mir kurz helfen?«

Vorbei war es mit der Entspannung. Mein Puls schoss in die Höhe. Ich hatte keine Ahnung, wie ich dem Mädchen helfen sollte. Aber da ich schlecht sitzen bleiben konnte, nahm ich das Buch an mich und ging auf wackligen Beinen zu ihr.

Darlas Bild war fürchterlich. Da gab es leider nichts schönzureden. Einfach alles war krumm und schief, und der seltsame Klumpen in der Mitte, von dem ich annahm, dass es sich um ein Pferd handelte, sah aus wie ein Ungeheuer. Trotzdem schaute Darla voller Stolz auf. »Wie findest du es?«

Fast schon panisch musterte ich das Gemälde.

Die Wahrheit nett verpacken. Die Wahrheit nett verpacken.

»Wow! Das ist … wahnsinnig fantasievoll. Die Wiese hast du super hingekriegt.«

Wenn man grüne Tupfen als Wiese bezeichnen konnte …

Darla schien zum Glück zufrieden mit meinem Feedback. Sie zeigte auf einen fetten schwarzen Strich oben rechts im Bild. »Ja, aber dieser Baum sieht komisch aus.«

»Vielleicht versuchst du es mit etwas mehr Schwung?« Hektisch blätterte ich in dem Buch herum und suchte die Seite, in der es um Landschaftsmalerei ging. »Schau mal, hier. Da gibt es Tipps, wie man Äste und Zweige natürlich darstellen kann.«

»Oh, cool. Danke!« Sofort vertiefte Darla sich in die Lektüre.

Da hob Joshua die Hand und winkte mich zu sich. Der Junge hatte tatsächlich ernst gemacht und lauter Süßigkeiten gemalt, aber die waren wenigstens als solche erkennbar.

»Sieht super aus«, sagte ich und war ehrlich überrascht, wie detailreich das Bild war.

»Danke.« Joshua grinste. »Was gibt es noch für Süßigkeiten?«

Da musste ich erst mal überlegen. Ich war echt kein Fan von Süßem. »Wie wäre es mit einem Lolly-Wald?«

»Find ich klasse!« Schon tauchte Joshua wieder in sein Bild ab, und ich reckte den Kopf, um zu Bowie zu schauen.

Bevor ich jedoch einen Blick auf sein Bild erhaschen konnte, kam Reed zurück. Er sah ein bisschen abgekämpft aus. »Tut mir leid. Sobald ich im Büro war, hat pausenlos das Telefon geklingelt.«

Er kam zu mir, stutzte jedoch, sobald er Kyra bemerkte.

»Kyra hat spontan beschlossen, sich uns anzuschließen«, erklärte ich. »Das ist doch okay, oder?«

»Ja, sicher.« Geistesabwesend reichte er mir den Bluetooth-Lautsprecher und schaute auf die Uhr. In seinem Kopf schienen die Gedanken zu rasen, aber als er mich wieder ansah, klärte sich sein Blick. Er musterte mich prüfend. »Alles gut?«

Ich lächelte, gerührt von seiner Sorge. »Ja.«

Wieder flatterte mein Magen, als Reed mein Lächeln auf diese ganz neue Weise erwiderte. Da war keine Bitterkeit, keine Ironie …

»Reed!« Dotty rauschte mit hochrotem Kopf heran. Ihre weißen Löckchen standen in alle Richtungen ab. »Schlechte Neuigkeiten. Ganz schlechte Neuigkeiten.«

»Was ist los?«, fragte er alarmiert.

Gequält verzog Dotty das Gesicht. »Der Salat ist welk.«

Sie klang, als stünde die Welt kurz vor einem Kollaps.

»Oh nein«, murmelte Joshua sarkastisch. »Kein Grünzeug. Wie schrecklich.«

Ich war geneigt, ihm zuzustimmen.

Mit weit aufgerissenen Augen schüttelte Dotty den Kopf. »Ich habe keine Ahnung, wie das passieren konnte. Aber er ist ungenießbar. Jetzt habe ich keine Beilage fürs Mittagessen. Kannst du schnell nach Lexington fahren und neuen Salat besorgen? Ich würde ja meinen Mann bitten, aber der hängt fluchend in der Regenrinne.«

Reed warf mir einen kurzen Blick zu. »Was ist mit Gina?«

»Sie kann auch nicht. Ich brauche sie dringend in der Küche.« Energisch hob Dotty die Hand. »Und bevor du fragst: Deine Schwester telefoniert seit einer Stunde herum und versucht herauszufinden, wo unsere restliche Lebensmittellieferung abgeblieben ist. Die ist nämlich auch noch nicht da.«

Genervt rieb Reed sich über das Gesicht. Es war offensichtlich, dass er mich nicht im Stich lassen wollte. Aber wie es schien, hatte er keine andere Wahl.

»Fahr ruhig.« Ich schenkte ihm ein beruhigendes Lächeln. »Ich komme hier zurecht.«

Er zögerte dennoch. Nicht weil er an meinen Fähigkeiten zweifelte, sondern weil er eindeutig ein schlechtes Gewissen hatte. »Ich hatte mir das eigentlich anders gedacht.«

»Ich weiß.« Mit einem frechen Grinsen legte ich ihm die Hand auf die Brust und gab ihm einen leichten Schubs. »Nun mach schon, Dixon. Sonst zwinge ich dich, *deinen* Lieblingsplatz zu malen.«

Belustigung flackerte in seinen grünen Augen auf, wurde jedoch durch Hitze ersetzt, als er mich von Kopf bis Fuß musterte, als wäre *ich* sein neuer Lieblingsplatz.

Mein Körper begann zu summen.

Da gab Dotty ein ungeduldiges Räuspern von sich, und ich

senkte ertappt den Blick auf den Lautsprecher in meiner Hand. »Ich werde mich mal um die Musik kümmern.«

Reed seufzte schwer. »Ich bin zurück, so schnell ich kann.«

***

Der restliche Vormittag ging wie im Flug vorbei. Reed hielt sein Versprechen und kam wieder, kaum dass er den Salat besorgt hatte. Allerdings konnte er nicht lange bleiben, weil Grover seine Hilfe brauchte.

Am Nachmittag lief es ähnlich ab. Jedes Mal, wenn Reed sich ein paar Minuten freischaufeln konnte, schaute er bei uns vorbei, aber sobald er auch nur versuchte, sich zu mir zu setzen, klingelte sein Telefon oder jemand rief ihn zu sich. Zum Schluss machte er sich gar nicht mehr die Mühe, seine Gereiztheit zu verbergen, was ich ziemlich amüsant fand. Nur in Gegenwart der Kinder riss er sich natürlich zusammen.

Als Maila kurz vor dem Abendessen beim Malkurs vorbeischaute und ihren Onkel anflehte, den Zaun der Bunny Farm zu überprüfen, weil sie noch eine undichte Stelle gefunden hatte, gab er endgültig auf. Mit gequältem Blick schaute er mich an. »Kommst du heute Abend ans Lagerfeuer?«

Die Vorstellung, dort mit ihm zu sitzen, seinem Gitarrenspiel zuzuhören und mit ihm zu reden, gefiel mir viel zu sehr. Insofern war es vermutlich besser, ich hielt an meinem ursprünglichen Plan fest, es mir mit einer Packung Tortillas auf meinem Bett gemütlich zu machen und ein paar Informationen über das Malereihandwerk zu recherchieren, damit ich den Kids am nächsten Tag bessere Tipps geben konnte. Ich schenkte ihm ein entschuldigendes Lächeln. »Das war ein langer Tag. Vielleicht ein anderes Mal.«

Enttäuscht ging er weg, und ich fühlte mich schlecht, obwohl dieser Tag für mich persönlich ein Riesenerfolg war. Alle Kinder waren wohlauf und schienen obendrein zufrieden mit dem Kurs und ihren Werken zu sein.

Bowie hatte einen Raum gemalt, in dem alle Dinge, die er mochte, ordentlich aufgereiht waren, dazu Boxen mit seinen »geheimen Sachen«, wie er mir schüchtern erklärt hatte. Es war ein hübsches Bild, sehr detailreich, aber in gedeckten Farben.

Ganz im Gegensatz dazu war Kyras Bild wild und kunterbunt.

Als ich das Bild beim Aufräumen nachdenklich betrachtete, verschränkte Kyra sogleich abwehrend die Arme.

»Ich habe meinen Platz noch nicht gefunden«, erklärte sie verschnupft und warf mir einen missmutigen Blick zu. »Ich werde morgen wiederkommen müssen.«

Ich lächelte. »Mach das. Ich freue mich auf dich.«

Das Mädchen riss die Augen auf, als hätte es so eine simple, nette Äußerung lange nicht mehr gehört.

Etwas in der Art hatte ich schon vermutet. Ich hatte Kyra im Laufe des Tages beobachtet und festgestellt, dass sie gar nicht wütend, sondern vielmehr traurig war. Immer wieder hatte sie mit den Tränen gekämpft, und mehr als einmal hatte ich überlegt, zu ihr zu gehen. Nur weil ich das Mädchen nicht bedrängen wollte, hatte ich es letztlich gelassen. Aber als ich jetzt diesen Schmerz in ihren Augen sah, konnte ich mich nicht zurückhalten. »Kyra, wenn du reden möchtest ...«

Weiter kam ich nicht, denn das Mädchen schüttelte bereits den Kopf. »Mir geht's gut. Wohin mit der Leinwand? Sie ist noch nass.«

Ich drang nicht weiter in sie, sondern zeigte zur Terrassentür des Ateliers. »Schau mal, ob du drinnen einen guten Platz zum Trocknen findest.«

»Okay, dann bis morgen.«

Schon war Kyra fort, und auch die übrigen Kinder verabschiedeten sich nach und nach, um zu ihren Stammgruppen zurückzukehren.

Nachdem ich sichergestellt hatte, dass alle Materialien wieder an ihren Plätzen und das Atelier in tadellosem Zustand war, schaute ich im Speisesaal vorbei.

»Oh, hallo Schätzchen, da bist du ja schon«, rief Dotty zur Begrüßung, während Gina mich ignorierte. »Dein Essen ist noch nicht fertig.«

Dankbar stützte ich mich auf den Tresen. »Du musst dir meinetwegen wirklich nicht jeden Tag solche Umstände machen. Ich kann mir einfach etwas am kalten Büfett holen.«

Wie üblich winkte Dotty ab. »Papperlapapp! Du brauchst etwas Richtiges im Bauch, wenn du es mit dieser wilden Bande aufnimmst. Außerdem ist das überhaupt kein Problem.«

Sie rauschte in die Küche und hatte im Handumdrehen einen Teller mit Nudelsalat und warmen Würstchen beladen. Und natürlich stellte sie auch noch einen Brownie auf das Tablett, bevor sie es mir überreichte. »Wie ist der Kurs gelaufen?«

»Überraschend gut.« Ich grinste. »Sie haben alle überlebt.«

Dotty lachte herzlich. »Das freut mich. Gut gemacht!«

Ihre Worte wärmten meine Brust. »Danke schön, Dotty.«

»Gern geschehen, Liebes. Lass es dir schmecken.«

»Das werde ich.« Mit dem Tablett in den Händen kehrte ich in meine Hütte zurück.

Dort angekommen, stellte ich verblüfft fest, dass auf der Küchenzeile eine nagelneue Mikrowelle stand. Reed musste sie aus Lexington mitgebracht haben, als er den Salat besorgt hatte. Sie war sogar schon ans Stromnetz angeschlossen und betriebsbereit.

Lächelnd verschlang ich mein Abendessen – einschließlich Brownie – und gönnte mir eine lange heiße Dusche. Dann wärmte ich etwas Käsedip auf, schnappte mir eine Packung Tortillachips und machte es mir mit meinem Handy auf dem Sofa gemütlich.

Ich schaute mir verschiedene Videoclips über Malerei an und las ein paar Blogs von Leuten, die so viel Talent im kleinen Finger hatten wie ich im ganzen Körper. Aber je weiter der Abend voranschritt, desto rastloser wurde ich. Immer wieder schweifte ich in Gedanken ab und überlegte, Reeds Einladung doch noch zu folgen.

Es wäre zweifellos eine dumme Idee.

Ich würde dich gern besser kennenlernen.

Das hatte noch nie jemand zu mir gesagt. Schließlich wussten die Leute in Seattle, wer ich war, und hatten bei ihrer Kontaktaufnahme selbstverständlich konkrete Ziele im Sinn. Entweder wollten sie mit mir ins Bett oder mein Geld und meine Verbindungen für ihre Zwecke nutzen. Es war immer dasselbe Spiel. Aber niemals wollten die Leute wirklich etwas über *mich* wissen.

Dass ausgerechnet Reed das plötzlich wollte, überforderte mich.

Es gab so vieles, von dem er keine Ahnung hatte. Manches wollte ich ihm gern erzählen, anderes hingegen … Das waren Dinge, für die er mich zweifellos verachten würde, so wie ich mich selbst verachtete.

Plötzlich war diese Hütte viel zu klein, und ich stand auf und trat frustriert ans Fenster.

Draußen war es fast dunkel. Sicher knisterte das Feuer schon und Reed saß mit seiner Gitarre da und spielte diese wunderschönen Melodien. Ein Bild wie in einem verfluchten Countrysong. Ich schnaubte.

Wenn ich ihn weniger anziehend finden würde, hätte ich eine Freundschaft zwischen uns bestimmt zulassen und es vielleicht sogar genießen können. Wenigstens für eine kurze Zeit. Aber diese knisternde Energie zwischen uns war schon von Anfang an da gewesen. Erst hatte die Wut sie genährt, doch jetzt wurde sie plötzlich von etwas Gegenteiligem befeuert. Ich hatte Angst, dass das hier vollends außer Kontrolle geriet, wenn ich nicht aufpasste.

Oder machte ich aus einer Mücke einen Elefanten?

Reed war ganz offensichtlich nicht der Typ, der sich Hals über Kopf in eine leidenschaftliche Affäre stürzte. Dazu war er viel zu verantwortungsbewusst. Und ich selbst hatte ja eigentlich auch keine Ambitionen in diese Richtung.

Was immer zwischen uns passierte, hätte sowieso ein Verfallsdatum. Nur leider konnte ich absolut nicht entscheiden, ob es gut oder schlecht wäre, Reed für einen begrenzten Zeitraum an mich heranzulassen.

Einerseits nahm mir das den Druck, da ich ohnehin in ein paar Wochen abreisen würde. Ich müsste mich nicht verstellen oder anpassen und könnte tun, was ich wollte, ohne mich um die Konsequenzen scheren zu müssen. Andererseits, was, wenn mir das gefiel? Oder wenn ich Reed zu nah an mich heranließ und am Ende wieder enttäuscht und verletzt wurde? Ich hatte das nun schon so oft erlebt.

Meine Kehle schnürte sich zu, als ich vom Fenster zurücktrat. Es wäre leichtsinnig und dumm, zum Lagerfeuer zu gehen. Allein war ich besser dran. Diesen Schmerz war das Risiko wirklich nicht wert.

KAPITEL 20

Reed

»Das ist total unfair. Du warst gestern schon dran!«

Ein schrilles Kichern erklang. »Tja, wer zuerst kommt, malt zuerst.«

»Sehr witzig, Kyra!«

Jemand schnaubte. »Geh lieber in Scotts Schauspielkurs, du Komikerin.«

»Vergiss es!«, schoss Kyra scharf zurück. »Fragt doch Darla oder Sophie, ob sie tauschen wollen. Ich gehe nirgendwohin.«

»Du blöde, egoistische …«

»Okay, das reicht!«, rief ich und schob mich an den Kids, die sich vor dem Schwarzen Brett versammelt hatten, vorbei. Ich war noch nicht mal richtig wach und hatte nach einer schlaflosen Nacht sicher keine Nerven, jetzt schon den Streitschlichter zu spielen. Fast schon vorwurfsvoll schaute ich in die Runde von mindestens acht Kindern. »Was ist hier los?«

Flora, ein sommersprossiges Mädchen aus der Steinkauz-Gruppe, verschränkte trotzig die Arme. »Wir wollen in den Malkurs, aber die anderen machen keinen Platz.«

Irritiert drehte ich mich zu der Liste um. Jeder Kurs bot eine Kapazität für maximal fünfzehn Kinder, doch im Gegensatz zu gestern war Estelles Kurs diesmal bis auf den letzten Platz besetzt, worüber Flora und einige andere offenbar sehr verärgert waren.

Im Grunde hätte mich diese Entwicklung nicht überraschen sollen. Schon am Vorabend am Lagerfeuer hatten die Kids, die den Tag mit Estelle verbracht hatten, keinen Hehl daraus gemacht, wie viel Spaß sie gehabt hatten. Es gefiel ihnen, dass Estelle eine entspannte Atmosphäre mit guter Musik geschaffen hatte und sie einfach machen ließ. Sie war da, wenn sie gebraucht wurde, aber sie ging niemandem mit unerwünschten Kommentaren auf den Keks oder bedrängte die Kids, weiterzumalen, wenn sie keine Lust mehr hatten. Stattdessen hatte sie zwischendurch Erfrischungsgetränke und Snacks für alle besorgt und sich mit den Kindern über ihre Lieblingsplätze unterhalten. Selbst Bowie hatte offen seine Begeisterung gezeigt. Ein absolutes Novum.

Ich dagegen hatte nur schweigend zugehört, den Blick auf die Hütten gerichtet, wartend, hoffend, dass sie doch noch auftauchen würde. Aber sie war nicht gekommen.

»Gibt es keine Regeln für so einen Fall?«, fragte ein Junge nun laut und riss mich damit aus meinen Gedanken.

Ich stieß ein leises Lachen aus. »Bisher haben wir die nicht gebraucht.«

Es gab immer ein paar Kinder, die sich relativ schnell auf einen Kurs festlegten. Die anderen switchten hin und her und sorgten für eine ausgeglichene Platzverteilung. Zwar hatte ich angenommen, dass der Vortag mit der Unterbelegung des Malkurses eine Ausnahme wäre und sich alles wieder einpendeln würde. Aber hiermit hätte selbst ich nicht gerechnet. Die Vorbehalte gegen die »Bunny-Farm-Zerstörerin« waren offensichtlich vollkommen vergessen.

Wie Estelle wohl reagieren würde, wenn sie davon erfuhr?

Ich hatte gewusst, dass sie diese Herausforderung meistern würde, und war stolz auf sie, obwohl ich sicher das geringste Anrecht darauf hatte. Schließlich hatte ich noch vor einer Woche alles getan, um sie loszuwerden.

»Und was machen wir jetzt?«, fragte Flora genervt.

Ich verdrängte mein schlechtes Gewissen und überlegte. Natürlich könnte ich die Teilnehmeranzahl spontan erhöhen. Aber zum einen wollte ich Estelle damit nicht überfahren und zum anderen würde das für ein noch größeres Ungleichgewicht sorgen. Deshalb schüttelte ich bedauernd den Kopf. »Für heute ist der Kurs leider voll. Aber alle, die sich diesmal nicht eintragen konnten, erhalten morgen einen sicheren Platz auf der Liste.«

Wirklich zufrieden waren die Kids mit dieser Lösung nicht. Trotzdem scheuchte ich sie zum Frühstück. Im Speisesaal angekommen, reckte ich den Kopf auf der Suche nach Estelle.

Mein Herz klopfte schneller, als ich sie mit Hazel und Quill an einem Tisch vorm Fenster entdeckte. Wie es schien, hatte sie die guten Neuigkeiten schon gehört – und wirkte alles andere als begeistert. Genau genommen war sie sogar ziemlich blass.

Ich holte mir schnell einen Kaffee und ging zu ihnen.

»Guten Morgen«, murmelte ich und setzte mich neben meine Schwester, da Quill bereits neben Estelle saß und gut gelaunt eine Schüssel Happy Crush in sich reinschaufelte.

Hazel biss von ihrem Marmeladentoast ab und warf mir einen vergnügten Seitenblick zu. »Wie hast du den Zwergenaufstand gelöst?«

Also hatten sie mitbekommen, was vor dem Schwarzen Brett los gewesen war. Gelassen zuckte ich mit den Schultern und erklärte, worauf ich mich mit den Kids *geeinigt* hatte. Estelle sah aus, als hätte sie eine Zahnwurzelentzündung. Ich versuchte es mit einem Lächeln. »Es sind bloß ein paar Kinder mehr. Du wirst den Unterschied kaum bemerken.«

Ihre dunkel umrahmten Augen waren riesengroß vor Angst. »Es sind fast *dreimal* so viele, Reed.«

»Du kriegst das hin«, erwiderte ich sanft. »Und diesmal bleibe ich.«

Nichts würde mich davon abhalten, den Tag mit Estelle zu verbringen. Das hatte ich mir am Vorabend am Lagerfeuer selbst versprochen, als sie nicht aufgetaucht war.

Tatsächlich schienen sie meine Worte zu beruhigen, denn sie nickte und entspannte sich ein wenig.

Quill sagte nichts, aber in seiner Miene stand deutliche Belustigung. Was ihn derart amüsierte, wollte ich lieber nicht so genau wissen.

Als wir ein paar Minuten später gingen, grinste der Idiot immer noch, und ich wurde das Gefühl nicht los, dass er irgendwas im Schilde führte. Allerdings hatte ich keine Ahnung, was das sein könnte. Ich erfuhr es erst, als Quill und seine Gruppe ebenfalls hinter dem Verwaltungsgebäude auftauchten.

Die fünfzehn Kinder, die sich für den Malkurs angemeldet hatten, waren gerade dabei, ihre Staffeleien und Leinwände aufzubauen, und hielten verblüfft inne, als zehn weitere Kinder auf den kleinen Platz strömten.

»Was macht ihr hier?«, fragte ich meinen besten Freund, der einen großen Karton vor sich hertrug.

Quill zwinkerte Estelle zu. »Hab gehört, hier gibt's die beste Musik.«

Sie reagierte mit einem atemberaubenden Lächeln – und mir wurde heiß.

Unmittelbar vor ihr blieb Quill stehen. »Das ist doch in Ordnung, oder? Du kannst es mir ruhig sagen, wenn wir stören.«

Und wie ihr stört!, dachte ich im selben Moment, in dem Estelle antwortete: »Nein, ihr stört nicht.«

Viel fehlte vermutlich nicht mehr und mir käme Dampf aus den Ohren. Ich schüttelte den Kopf. »Das wird trotzdem zu eng für uns alle.«

Das war natürlich Blödsinn.

»Oh, keine Sorge, wir brauchen nicht viel Platz.« Ohne mich weiter zu beachten, marschierte Quill an uns vorbei und steuerte den hinteren Picknicktisch an. Die Kinder folgten ihm wie eine Gänseschar, während ich ihnen leicht überfordert nachschaute.

Eigentlich sollte ich mich freuen, dass Quill in der Nähe war. Falls ich doch spontan weggerufen wurde, hätte Estelle jemanden an ihrer Seite, der immer freundlich zu ihr gewesen war und dessen Nähe ihr Sicherheit gab.

Und Quill, dieser durchtriebene Mistkerl, wusste das. Zumindest ließ das selbstgefällige Grinsen, mit dem er mich über die Köpfe der Kinder hinweg bedachte, darauf schließen.

Eifersucht loderte in mir auf. In all der Zeit unserer langjährigen Freundschaft hatte Quill mir nie eine Frau streitig gemacht. Wieso zur Hölle fing er jetzt damit an? Hatte Hazel ihn etwa dazu ermuntert? Sie war von Anfang an voller Begeisterung für die Idee gewesen, Estelle und Quill zu verkuppeln. Und am schlimmsten war, dass sie recht hatte. Die beiden passten wirklich gut zusammen. Außerdem hatte Quill sich seit ihrer Ankunft für Estelle starkgemacht …

»Was sollen wir heute malen?«

Darlas eifrige Stimme riss mich aus meinen Überlegungen. Ich schaute zu Estelle, die gerade bei Bowie, Joshua und Willow stand. Die drei Kinder himmelten sie an, doch sie schien es gar nicht zu bemerken, sondern betrachtete die erwartungsvollen Gesichter der Kinder.

Unsicherheit flackerte in ihren Augen auf, aber diesmal suchte sie nicht nach meiner Bestätigung. Stattdessen straffte sie die Schultern.

»Was ist ein Held?«, fragte sie laut.

Nachdenkliches Schweigen erfüllte den Platz. Selbst die Kinder von Quills Gruppe reckten neugierig die Köpfe.

Joshuas Hand schoss als erste hoch. »Jemand, der anderen hilft und sie beschützt.«

Estelle nickte. »Was noch?«

»Jemand, den wir bewundern«, sagte Kyra nachdenklich.

»Sehr gut«, erwiderte Estelle und winkte auffordernd. »Was noch?«

Bowie räusperte sich. »Jemand, der wir gern sein möchten.«

Estelle strahlte ihn an und nickte. »Genau! Fällt euch noch etwas ein?«

»Jemand, der Superkräfte hat«, rief Pete, der zu meiner Überraschung ebenfalls im Kurs saß. Offenbar hatte er heute keine Lust, mit Tobey abzuhängen. »Wie Superman zum Beispiel.«

»Oder wie Spiderman«, stimmte Joshua zu.

»Wonderwoman!«, rief Quill von seinem Platz aus und erntete dafür ein amüsiertes Schmunzeln von Estelle.

Sie kam allerdings nicht mehr dazu, ihm zu antworten, weil Lara bereits den nächsten Vorschlag machte. »Meine Eltern.«

Willow reckte stolz das Kinn. »Meine Granny.«

»Mein Kater Jumbo ist mein Held«, warf Ivy ein und grinste. »Er frisst und schläft den ganzen Tag. Ich will so sein wie er.«

Alle lachten.

Da hob Darla die Hand. »Was ist mit Musikbands? Ich finde Blackpink super.«

»Oh ja, die mag ich auch«, stimmte Sophie ihr zu.

Estelle lächelte. »Wer für euch ein Held oder eine Heldin ist, entscheidet ihr allein. Es können Menschen aus eurem engsten Umfeld sein, Familienmitglieder oder ein besonderer Freund, aber auch Schauspieler, Sportler oder Musiker, die ihr toll findet, sogar fiktive Figuren oder ihr selbst. Wen auch immer ihr wählt, er oder sie verdient es, von euch gemalt zu werden. Das ist eure heutige Challenge.«

Einen Moment lang konnte ich diese Frau nur bewundernd anstarren. Ich hatte keine Ahnung, woher sie ihre Ideen nahm. Aber das hier war so viel kreativer als Schalen mit Obst abzumalen. Brianna würde ihren Kurs grundsätzlich überdenken müssen, sobald sie zurück war, denn die Begeisterung, mit der die Kinder nun diskutierten, hatte ich in der vergangenen Woche kein einziges Mal beobachtet.

Einige Kinder schienen sehr genau zu wissen, wer ihre Helden waren, denn sie machten sich sogleich daran, ihre Ideen mit Bleistift vorzuzeichnen.

Unterdessen startete Estelle eine neue Playlist, und gleich darauf sang eine samtweiche Frauenstimme von Liebe und Sehnsucht. Aber nicht auf diese traurige, sentimentale Weise, sondern beschwingt und fröhlich und voller Hoffnung.

So, als wäre all das Gefühlschaos etwas Wunderbares.

Ich konnte nur bedingt zustimmen, während ich Estelle betrachtete.

Sie saß inzwischen seitlich auf der Bank am Picknicktisch und beobachtete interessiert, wie Quill seine Truppe in die Tagesaufgabe einweihte. Er hatte einige Packungen Softton und Krimskrams mitgebracht, woraus Kinder Miniatur-Fabelwesen formen sollten.

Noch so eine brillante, kreative Aufgabe.

Ernüchtert ließ ich mich neben Estelle auf die Bank sinken. Sie runzelte die Stirn. »Was ist los?«

»Nichts«, antwortete ich, woraufhin sie zweifelnd eine Augenbraue hob. Ich schnitt eine Grimasse. »Ehrlich gesagt komme ich mir wie ein Hinterwäldler vor.«

Das schien sie noch mehr zu verwirren. »Warum?«

»Ich habe auch schon einige Male einen Kurs übernommen«, erklärte ich und deutete auf die Gruppe eifriger Kinder. »Aber auf so etwas wäre ich nicht im Traum gekommen.«

»Was haben sie denn in deinen Kursen gemacht?«

Beschämt verzog ich das Gesicht. »Meistens habe ich ihnen ein Poster hingestellt und sie gebeten, das Motiv abzumalen. Ich dachte, so entwickeln sie am besten ihre eigene Technik.«

»Das ist doch … kein schlechter Ansatz«, erwiderte sie zögernd.

Ich stöhnte, woraufhin sie leise kicherte. Ein Geräusch, das mir durch und durch ging.

»Jaja, mach mich nur fertig«, murmelte ich.

Übermut blitzte in ihren Augen auf. Sie stützte die Hände auf die Bank, lehnte sich ein Stück in meine Richtung und senkte die Stimme. »Führe mich nicht in Versuchung.«

Mir brach der Schweiß aus. »Nie im Leben.«

Schon war dieses Knistern zwischen uns zurück.

Estelle schien es auch zu spüren, denn sie rutschte unruhig auf der Bank herum. »Danke übrigens für die Mikrowelle.«

Es freute mich, dass sie sich freute. »Gern geschehen.«

Lächelnd schob Estelle sich eine verirrte Haarsträhne hinters Ohr. »Du musst hier wirklich nicht den ganzen Tag die Zeit totschlagen. Ich denke, ich hab den Dreh jetzt raus.«

Ich schnaubte. »Und wie du den raus hast.«

Sie wedelte mit der Hand. »Dann geh ruhig und tu, was immer du den ganzen Tag so tust.«

»Willst du mich loswerden?«, fragte ich in scherzhaftem Tonfall, obwohl mein Herz vor Enttäuschung bis auf den Boden krachte.

Nachdenklich schürzte sie diese teuflisch sinnlichen Lippen und ließ mich eine geschlagene Minute schwitzen. Dann schüttelte sie langsam den Kopf. »Nein, will ich nicht.« Sie wich meinem Blick aus und schaute zur Gruppe. »Ich will nur nicht, dass du dich dazu verpflichtet fühlst, weil du es nun mal versprochen hast. Wenn du eigentlich gar nicht hier sein willst, dann …«

Ich dachte nicht nach. Bevor sie den Satz zu Ende sprechen konnte, hatte ich meine Hand ausgestreckt und auf ihre gelegt. Ein Kribbeln schoss durch meine Handfläche, und wir zuckten beide bei der Berührung zusammen. Doch ich zog meine Hand nicht zurück. Stattdessen wartete ich, bis Estelle mich wieder ansah. »Ich *will* hier sein.«

Die Welt um uns herum verschwamm, während wir einander anstarrten.

In diesem Moment wollte ich sie so sehr an mich ziehen und küssen, dass mir ganz schwindelig wurde. Ich lehnte mich sogar noch weiter in ihre Richtung und erhaschte einen Hauch ihres Parfüms. Es war nicht so süß wie die meisten Frauendüfte, sondern kühl und verlockend. Wie ein sternenklarer Nachthimmel.

Ich hatte diesen Duft schon einmal gerochen. Vor zwei Tagen, als wir Nemo eingefangen hatten – und genau wie damals reagierte mein Körper auch jetzt. Lust peitschte durch meine Adern, ließ meine Nervenenden kribbeln und sammelte sich in meinen Lenden.

Heilige Scheiße! Ich wollte diese Frau. Ich wollte sie erkunden und kosten und spüren …

Und sie? Sie wollte das auch.

Ich konnte es in ihren Augen erkennen und an der Art, wie sie die Zähne in ihre volle Unterlippe grub, als würde sie sich vorstellen, in etwas ganz anderes zu beißen. Ein herrlicher Schauer rieselte mein Rückgrat hinab, während ich dieses Bild in meinem Kopf ausmalte. Es war so verdammt heiß, dass ich beinahe vergaß, wo wir uns befanden. Leider erinnerte mich Quills Hüsteln in diesem Moment daran.

Dieser Typ, der seinen Job und seinen Status als mein bester Freund todsicher verlor, wenn er so weitermachte, hatte sich irgendwie von dem hinteren Picknicktisch weggebeamt und stand nun direkt vor uns. Mit unverhohlener Belustigung sah er auf uns herab. »Ich störe ja nur ungern bei eurem nonverbalen Vorspiel, aber ihr treibt hier gerade die Hormonspiegel einiger Teenies alarmierend in die Höhe.«

Das reichte aus, um die aufgeheizte Stimmung zwischen uns schockzufrosten. Panisch rutschte Estelle weg und brachte fast zwei Meter Abstand zwischen uns.

»Entschuldigung«, murmelte sie mit hinreißend roten Wangen.

Quill gluckste. »*Du* musst dich sicher nicht entschuldigen, Stella.«

Ich ballte die Hand, mit der ich eben noch Estelle berührt hatte, zur Faust und warf Quill einen vorwurfsvollen Blick zu.

Am liebsten hätte ich ihn zum Teufel gejagt. Aber leider hatte er recht. Nicht wenige Kids tuschelten und kicherten hinter ihren Leinwänden.

Ich spähte zu Estelle, die sich überraschend schnell von ihrer Verlegenheit erholt hatte und nun amüsiert mit den Schultern zuckte. »Diese Teenager sind einfach viel zu verdorben.«

Lachend schüttelte Quill den Kopf. »Ich glaube, nicht nur die.«

Estelle winkte ab. Sie wirkte wieder ganz gelassen, aber mir konnte sie nichts vormachen. Der besondere Moment zwischen uns war ihr ebenfalls unter die Haut gegangen – und das gefiel mir außerordentlich.

KAPITEL 21

Estelle

Es freute mich, dass der Malkurs so ein Riesenerfolg war und sich die Kinder sogar darum stritten, wer mitmachen durfte. Trotzdem war die Lautstärke anstrengend, weshalb ich am Dienstagabend um acht ins Bett fiel und sofort einschlief.

Zum ersten Mal wachte ich nicht durch einen Albtraum mitten in der Nacht auf. Stattdessen war ich erregt und wälzte mich stöhnend in den Laken, bis es Zeit zum Aufstehen war.

Ich versuchte, nicht daran zu denken, was ein gewisser Teamleiter in meinen Träumen mit mir getan hatte, oder daran, wie verflucht gut es sich angefühlt hatte. Dabei konnte ich das gar nicht wissen. Schließlich hatte Reed mich nicht noch einmal berührt, nachdem Quill dazwischengefunkt hatte.

Dafür fragte er mich jeden Tag nach meinem Wunsch – und meine Antwort war immer dieselbe: »Ich schwanke noch.«

Er verstand auch ohne Erklärung, was ich ihm damit sagen wollte, und wahrte auch in den nächsten Tagen körperliche Distanz. Stattdessen ging er dazu über, meine Seele zu umschmeicheln, indem er mir alle möglichen Fragen stellte. Er wollte wissen, welcher Studiengang mir von allen am besten

gefallen hatte, welche Musik ich mochte, was ich schon von der Welt gesehen hatte und noch tausend andere Dinge.

Unsere Gespräche waren leicht, unverkrampft und schön und wurden nur ab und zu unterbrochen von den Kindern, die meine Meinung einforderten oder anderweitig Hilfe brauchten. Ich konnte mich nicht entsinnen, je so entspannte Zeiten verbracht zu haben.

Reed war ein Charmeur, wie er im Buche stand. Die Mädchen jeder Altersgruppe schmachteten ihn an, und die Jungs wollten genauso cool sein wie er. Es machte Spaß, ihm zuzusehen, und ich bedauerte es, wann immer ihn seine Verpflichtungen von mir wegtrieben. Nur auf mein Vergehen sprach er mich nicht noch einmal an.

Ich war froh darüber. Zum einen wollte ich ihn nicht belügen. Zum anderen hatte ich entsetzliche Angst vor seiner Reaktion, falls die Wahrheit doch herauskam.

Da wir ohnehin fast den ganzen Tag zusammen waren, gab ich meinen Widerstand am Donnerstagabend endgültig auf und kam seiner Einladung zum Lagerfeuer endlich nach.

Das Lächeln, mit dem er mich bedachte, sobald er mich sah, ließ meine Knie weich werden. Deshalb nahm ich sicherheitshalber den freien Platz neben Bowie. Erst als ich den Jungen genauer betrachtete, fiel mir auf, wie unglücklich er wirkte.

»Hey, was ist los?«, flüsterte ich.

Bowie schüttelte mit zusammengepressten Lippen den Kopf.

Mit einem Anflug von Panik überlegte ich, was mir entgangen sein könnte. Bowie hatte den Malkurs jeden Tag besucht und war immer gut drauf gewesen. Seine Freundschaft mit Joshua und Willow hatte sich gefestigt, und da Reed ihn gebeten hatte, Maila bei der Versorgung der Kaninchen zu helfen, mochte sie ihn ebenfalls sehr.

Erst an diesem Nachmittag war sie herangerauscht und hatte vor der gesamten Truppe verkündet, dass Bowie beim bevorstehenden Wettbewerb am Freitag in ihrem Kanu mitfahren würde.

Bowie hatte zunächst verhalten reagiert und kleinlaut eingestanden, dass er kein besonders guter Paddler war. Aber Maila hatte nur abgewunken. »Du gehörst zum Team und damit basta.«

Daraufhin hatte er nicht weiter widersprochen, sondern mich mit roten Ohren und einem schüchternen Lächeln angegrinst. Er war stolz gewesen. Was also hatte sich in den vergangenen paar Stunden verändert?

»Möchtest du ein Stück gehen?«, fragte ich in der Hoffnung, dass er vielleicht mit der Sprache herausrückte, wenn wir ungestört waren.

Erst zögerte Bowie, dann nickte er und stand auf.

Ich tauschte einen kurzen Blick mit Reed, der die Szene aus der Entfernung verfolgt hatte. Er gestikulierte stumm, dass er auch schon versucht hatte, mit Bowie zu reden. Ohne Erfolg.

In der Dämmerung spazierten wir zum Steg und setzten uns auf die Holzplanken.

Ich ließ die Beine baumeln. »Also, was ist los?«

Traurig schaute Bowie über den tiefschwarzen See. »Als wir uns heute um die Fische gekümmert haben, habe ich Maila erzählt, dass ich es war.«

O nein!

Ich schaute zurück zum Lagerfeuer. Als ich zum Feuer gegangen war, war ich so abgelenkt gewesen, dass ich mir gar nichts dabei gedacht hatte, Bowie allein dort sitzen zu sehen. Nun aber ahnte ich Böses. »Wie hat sie reagiert?«

»Sie hat gesagt, sie will nie wieder mit mir reden«, krächzte Bowie und wischte sich verstohlen über die Wange.

Meine Brust zog sich zusammen. Ich hatte versucht, den Jungen zu beschützen, indem ich die Verantwortung für seinen Fehler übernahm. Aber ich hatte unterschätzt, wie sehr ihm sein schlechtes Gewissen zu schaffen machen würde.

»Ach, Bowie, das tut mir schrecklich leid«, sagte ich leise, streckte die Hand aus und rieb vorsichtig über seinen Rücken. »Aber sie wird dir verzeihen. Sie hat dich viel zu gern, um lange böse auf dich zu sein.«

Mit glasigen Augen schaute Bowie zu mir auf. »Glaubst du?«

Die Hoffnung in seinem Gesicht schnürte mir die Kehle zu. Deshalb zögerte ich keine Sekunde. »Ich bin mir sogar absolut sicher.«

Bowie schien meine Zuversicht nicht zu teilen. Gedankenversunken wandte er sich wieder zum See. »Morgen ist der Kanuwettkampf.«

Ich nickte. »Eine gute Chance, Maila zu zeigen, dass sie auf dich zählen kann.«

»Eigentlich wollte ich da gar nicht mitmachen.«

»Warum nicht?«, fragte ich überrascht. »Es macht bestimmt Spaß.«

»Ich kann das nicht.« Bowie ließ den Kopf sinken. »Wahrscheinlich mache ich es nur noch schlimmer. Wenn wir wegen mir verlieren, wird sie bestimmt noch wütender.«

»Das glaube ich nicht.« Ich gab ihm einen sanften Klaps auf den Rücken. »Maila ist zwar ehrgeizig, aber andere Dinge sind ihr noch viel wichtiger. Freundschaft und Zusammenhalt. Dass du ihr die Wahrheit gesagt hast, zeigt nur, wie mutig du bist und wie aufrichtig, weil du sie nicht länger anlügen wolltest.«

Tatsächlich wünschte ich mir, ich wäre genauso stark wie dieser tapfere kleine Junge. Aber ich fürchtete mich zu sehr davor, die zarte Freundschaft mit Reed gleich wieder zu zerstören, wenn ich ihm beichtete, warum ich vorbestraft war.

Bowie nahm einen kleinen Stein und schnippte ihn ins Wasser. »Ich hätte den Käfig nicht kaputt machen dürfen.«

»Menschen machen Fehler, Bowie«, erwiderte ich leise. »Die Frage ist nur, ob sie daraus lernen oder nicht.« Ich musterte den Jungen aufmerksam. »Du hast deine Lektion gelernt, nicht wahr?«

Nachdenklich biss er sich auf die Lippe und nickte. Dann schaute er auf. »Was hast du falsch gemacht?«

So viele Dinge. Aber da ich ihn damit nicht belasten wollte, zuckte ich nur mit den Schultern. »Ich war mal so wütend über die Nachricht einer Mitschülerin, dass ich mein Handy gegen die Wand gepfeffert habe.«

Tatsächlich hatte es sich bei besagter Nachricht um mehrere spöttische Kommentare über mein Unvermögen, mich im Unterricht zu konzentrieren, gehandelt – und zwar in der digitalen Klassengruppe. Aber diese Information wollte ich lieber nicht preisgeben.

Bowie riss die Augen auf. »Ist es kaputt gegangen?«

»In tausend Teile zersplittert«, erwiderte ich. »Ich musste den Schaden im Garten abarbeiten.«

Mitfühlend verzog er das Gesicht. »Das ist hart.«

»Jepp.« Ich grinste. »Aber ich habe meine Lektion gelernt und nie wieder mein Handy gegen eine Wand gedonnert.«

Ein leises Kichern schallte über den See, bevor Bowie wieder ernst wurde. »Ich hoffe, Maila verzeiht mir.«

»Das wird sie.« Ich lehnte mich zur Seite und stupste mit meiner Schulter sanft gegen seine. »Mach beim Wettbewerb mit, und zeig ihr, wie wichtig dir eure Freundschaft ist. Dann wird sie dir im Nu vergeben.«

Unbehaglich rieb Bowie seine Hände aneinander. »Ich weiß nicht recht.«

»Trau dich! Du wirst sehen, es lohnt sich.«

Bowie dachte einen Moment lang darüber nach. »Na, mal sehen.«

Er klang noch nicht wirklich danach, als wäre er von dem Plan überzeugt. Allerdings wusste ich, dass es keinen Sinn machte, ihn weiter zu bedrängen. Ich war schon froh, dass er sich mir überhaupt anvertraut hatte.

Wir blieben noch eine Weile sitzen, lauschten dem sanften Plätschern des Sees und unterhielten uns über den Malkurs. Soweit ich wusste, würde Brianna am Sonntagnachmittag zurückkehren und dort weitermachen, wo sie aufgehört hatte. Und ich wäre raus.

»Machst du dann einen anderen Kurs?«, fragte Bowie.

Bedauernd schüttelte ich den Kopf. »Nein. Ich denke nicht.«

Ich hatte keine Ahnung, welche Aufgaben Reed mir dann zuteilen würde. Aber inzwischen fand ich es echt schade, dass ich den Kurs wieder abgeben würde. Es hatte mir Spaß gemacht, die Kids zu inspirieren, und ich hatte das Gefühl, zum ersten Mal wirklich gesehen zu werden. Nicht nur von den Kindern, sondern auch von den anderen Betreuern. Selbst Glen, Jade, Scott und Selma waren heute Morgen bei der Teambesprechung ausnehmend freundlich zu mir gewesen. Nur Aubrey blieb eine blöde Kuh, die mich bei jeder Gelegenheit belächelte. Aber irgendwie traf mich das nicht mehr so sehr wie am Anfang.

Irgendwann rief Joshua nach Bowie und es wurde Zeit, zum Lagerfeuer zurückzukehren. Dort war von Reed weit und breit nichts zu sehen.

»Er kümmert sich um Maila«, erklärte Quill, dem mein suchender Blick nicht entgangen war.

Ich runzelte die Stirn. »Wo ist Hazel?«

Belustigung zupfte an Quills Mundwinkeln. »Glaub mir, das willst du nicht wissen.«

Entschlossen verschränkte ich die Arme. »Sonst hätte ich ja nicht gefragt, oder?«

Quill reckte sich genüsslich. »Sie hat sich mit Glen in eine ruhigere Ecke verzogen.«

Ach du liebe Güte!

Ich war so perplex, dass ich Quill nur verdattert anstarren konnte, weil ich damit nun wirklich nicht gerechnet hatte. Zwar hatte ich durchaus eine gewisse Anziehung zwischen den beiden bemerkt, aber trotzdem überraschte es mich, dass Hazel ihr so leichtfertig nachgab.

Lachend klopfte Quill auf den freien Platz neben sich, und da ich nicht unhöflich sein wollte, kam ich seiner Einladung nach. Dann sah ich Reeds besten Freund ungläubig an. »Und sie ist einfach so ... weggegangen?«

»Na ja, sie hat ja vor, wiederzukommen«, erwiderte er, als wäre das keine große Sache. »Außerdem hat sie nicht mitgekriegt, dass Maila derart außer sich ist. Insofern kann man ihr wohl schlecht verübeln, dass sie sich ein bisschen amüsiert. Schließlich hat sie Bedürfnisse wie jeder Mensch.«

Bei ihm klang das so locker und unkompliziert, dass ich gar nicht anders konnte, als mich zu fragen, ob es mit Reed genauso wäre.

Ich dachte fast die halbe Nacht lang darüber nach, fand aber keine zufriedenstellende Antwort. Ich war fast ein bisschen froh, dass Reed am nächsten Vormittag vollauf damit beschäftigt war, den Kanuwettbewerb vorzubereiten, denn ich konnte ihm inzwischen kaum noch in die Augen schauen, ohne mir vorzustellen, wie es wäre, wenn wir diesem Knistern zwischen uns endlich nachgingen.

Ich *wünschte* es mir, das konnte ich nicht leugnen, und ich wusste, dass auch Reed sich nach mir verzehrte. Die Frage war nur, ob ich es auch wirklich wagen konnte, die Worte laut auszusprechen und unsere Beziehung damit in neue Bahnen zu lenken.

KAPITEL 22

Estelle

Am Nachmittag versammelte sich die gesamte Campgemeinschaft am See zum großen Kanuwettbewerb. Die ältesten Kids, die Tigersalamander und Ochsenfrösche, hatten sich bereits in vier gemischte Teams mit je zwei Jungen und zwei Mädchen zusammengeschlossen und machten sich gerade startklar, als ich ans Ufer kam.

Scott, Jade, Hazel und Quill waren im seichten Wasser und halfen den Teenies dabei, in die wackeligen Kanus zu steigen. Sehr viel weiter hinten paddelten Selma und Glen in Einerkajaks. Vermutlich, um die Lage in der hinteren Seeregion im Blick zu behalten.

»Überprüft, ob eure Schwimmwesten richtig sitzen«, wies Reed die Kinder an, bevor er zum Steg joggte. Offenbar hatte er vor, von dort aus das Startsignal zu geben.

Ich schlängelte mich am Ufer zwischen den zuschauenden Kids hindurch und suchte nach Bowie. Es dauerte einen Moment, bis ich ihn etwas abseits entdeckte. »Ach, hier steckst du!«

Diesmal sah Bowie mich nicht an, sondern hielt seine Aufmerksamkeit auf den See gerichtet.

Mit einem unguten Gefühl drehte ich mich um und suchte nach Maila. Sie stand bei Willow und Joshua, und nun schossen alle drei Kinder bitterböse Blicke in Bowies Richtung.

»Sie ist immer noch sauer«, flüsterte Bowie unglücklich.

Ich musterte ihn besorgt. »Also wirst du nicht mitfahren?«

»Sie hat gesagt, sie gewinnen auch zu dritt.« Bowie schluckte. »Ohne meine Hilfe.«

Herrgott noch mal. Dieses Mädchen war genauso stur wie ihr Onkel.

»Aber zu dritt können sie doch kein Kanu steuern«, protestierte ich.

»Maila will zwei Paddel nehmen.« Bowie zuckte mit den schmalen Schultern. »Das hat sie schon öfter gemacht. Sie ist ziemlich gut.«

»Na ja, wenigstens haben sie dich nicht einfach ersetzt«, meinte ich in dem Versuch, das Ganze von der positiven Seite aus zu betrachten.

Bowie schnaubte leise. »Das hätten sie. Aber sie haben niemanden gefunden.«

Im Wasser paddelten die Teenies gerade zu den weißen Bojen, die offenbar den Startpunkt markierten. Gleichzeitig zählte Reed einen Countdown herunter.

»Und los!«, brüllte Reed, und am Ufer brach tosender Applaus aus.

Mit einem Mal war es so laut, dass ich den Kopf einzog. Bowie tat instinktiv dasselbe. Trotzdem spähten wir gleichzeitig zum See, um zuzuschauen, wie die Jugendlichen ihre Boote vorantrieben. Sie gewannen überraschend schnell an Geschwindigkeit.

Eigentlich hatte ich gedacht, es würde ewig dauern, die rote Boje in der Mitte des Sees zu erreichen. Aber das erste Kanu setzte schon nach wenigen Minuten zur Wende an. Hier verloren alle Teams Zeit. Es schien gar nicht so einfach zu sein, um die Boje herumzukommen.

Selma paddelte näher und rief den Kindern hilfreiche Tipps zu. Schließlich hatten alle die Hürde gemeistert und kämpften sich zum Ufer zurück.

Kyras Team gewann, worüber ich mich so sehr freute, dass ich klatschte und jubelte.

Danach traten die Steinkäuze und Weißkopfadler in gemischten Teams an. Wieder dauerte es nicht lange, bis das ganze Ufer sie anfeuerte, während die Kanuten verbissen um den Sieg kämpften. Diesmal gewannen Tobey und Pete mit zwei Mädchen, die ich nicht näher kannte. Und natürlich machten die Jungs ein Spektakel, als hätten sie soeben olympisches Gold nach Hause geholt.

Als sich schließlich die jüngsten Gruppen bereit machten, trat Bowie nervös von einem Fuß auf den anderen.

»Und du bist ganz sicher, dass du es nicht trotzdem versuchen willst?«, fragte ich leise. Es gefiel mir nicht, Bowie so unter Druck zu setzen. Aber ich fürchtete ernsthaft, dass er es bereuen würde, wenn er jetzt kniff.

Maila stieg ins rechte der vier Kanus und versuchte, die beiden Paddel so zu arrangieren, dass sie sie gut manövrieren konnte. Aber obwohl ihre Bewegungen routiniert waren, wirkte sie alles andere als glücklich.

Quill, der neben ihr stand, runzelte die Stirn und redete auf Maila ein. Doch sie schüttelte trotzig den Kopf. Hazel verdrehte die Augen und sagte etwas, das Quill schmunzeln ließ, was Maila jedoch nur noch mehr verärgerte.

»Sie sieht aus, als könnte sie Hilfe brauchen«, stellte ich nachdenklich fest.

Aber Bowie reagierte nicht, sondern beobachtete mit leerem Blick, was vor sich ging.

Schließlich gab Quill dem Kanu einen sanften Schubs. Es setzte sich in Bewegung, und ich staunte nicht schlecht, als es Maila wirklich gelang, ihre Paddel mit denen von Willow und Joshua zu synchronisieren. Das Mädchen musste wirklich verdammt viel Zeit mit Wassersport verbringen.

Ich überlegte noch, ob ich so was je auf die Reihe kriegen würde, als Bowie plötzlich losrannte. Er sprintete durch das seichte Wasser an Quill vorbei, der gerade darauf konzentriert war, Hazel mit dem anderen Kanu zu helfen. Die beiden alberten mit den Kids im Boot herum. Keiner von ihnen bekam mit, wie Bowie das rechte Kanu erreichte. Er stemmte sich über den Rand und fiel mit dem Kopf voran hinter Maila ins Kanu, das nun verdächtig schwankte. Die drei Kinder schrien erschrocken auf, woraufhin Quill sich nach ihnen umdrehte.

Bowie kauerte noch am Boden des Bootes, und da es bereits weitergetrieben war, sah Quill ihn nicht. Also drehte er sich wieder zu dem anderen Kanu um, in dem Bailey und Marie mit zwei Jungen saßen und sich lautstark über den verzögerten Start beklagten.

Belustigt holten Hazel und Quill Schwung und schickten das letzte Kanu ebenfalls los. Gleichzeitig brach in dem Boot ganz links, das dem Steg am nächsten war, ein Tumult aus. Alle waren so auf das Geschrei konzentriert, dass niemand mitbekam, wie Bowie sich in Mailas Boot aufrichtete.

Sie fuhr zu ihm herum und bedachte ihn mit einem Todesblick. Was immer sie sagte, war sicher nichts Nettes.

Mein Magen verkrampfte sich, als Bowie zusammenzuckte. Trotzdem streckte er entschlossen die Hand nach einem ihrer Paddel aus.

Wütend drehte Maila sich wieder nach vorn und erteilte Willow und Joshua Befehle, die beide leicht überfordert befolgten.

Sie passierten die weiße Boje, doch noch immer hatten alle ihre Aufmerksamkeit auf das linke Kanu gerichtet, das inzwischen parallel zum Ufer stand, weil die Kinder es nicht manövriert bekamen.

Scott und Jade richteten das Kanu neu aus und stießen es in Richtung der Bojen, während Reed vom Steg aus Hinweise gab und die Kinder ermutigte.

Das zweite Boot glitt an den Bojen vorbei, und am Ufer riefen nun alle wild durcheinander, lachten und klatschten bei all dem Chaos auf dem Wasser. Doch ich hatte nur Augen für das rechte Boot, das nun immer weiter auf den See trieb. Aber es fuhr nicht geradeaus zur roten Boje, sondern driftete seitlich weg.

Maila rückte das Paddel immer noch nicht raus. Dafür stand Bowie plötzlich auf.

Mein Herz setzte aus. Was machte er denn da?

»Reed!«, schrie ich und stolperte vor bis ans Wasser.

Als hätte er mich über all das Getöse hinweg gehört, richtete er sich auf und stieß einen schrillen Pfiff aus. Doch Maila und Bowie waren so mit sich beschäftigt, dass sie ihn nicht hörten. Wenigstens Joshua und Willow hielten inne. Das Boot jedoch schwamm weiter hinaus auf den See.

Bowie beugte sich vor, um Maila ein Paddel abzunehmen, aber sie wehrte sich und schrie ihn wütend an.

Erschrocken fuhr Bowie zurück und verlor das Gleichgewicht. Er ruderte mit den Armen, um sich abzufangen. Doch es war zu spät. Er kippte rückwärts über die Kanuwand und klatschte ins Wasser.

Mit einem Grinsen lehnte Maila sich über den Rand.

Allerdings tauchte Bowie nicht wieder auf.

Du lieber Gott! Er trug keine Schwimmweste!

Maila schien das ebenfalls zu begreifen, denn schlagartig verschwand ihre Schadenfreude. Sie riss bestürzt die Augen auf.

Rufe wurden laut. Reed hechtete vom Steg aus ins Wasser. Hazel, Quill und Jade rannten ebenfalls los. Gleichzeitig preschten Glen und Selma in ihren Kajaks zum Kanu.

»Bowie!«, schrie Maila. Sie war inzwischen totenbleich vor Entsetzen, während sie panisch die Wasseroberfläche absuchte. »Bowie!«

»Bowie!«, schrie nun auch Willow und begann zu weinen, wohingegen Joshua aussah, als müsste er gleich kotzen.

Reed pflügte sich durchs Wasser, auch Hazel, Quill und Jade schwammen vom Ufer aus an die Unglücksstelle.

Ich wollte ebenfalls zu ihnen eilen, wollte helfen. Aber ich war starr vor Angst. Jeder Muskel in meinem Körper war verkrampft, ich atmete nicht mal mehr.

Sekunden wurden zu Minuten.

Mir kam jedes Zeitgefühl abhanden, während ich auf die Stelle starrte, an der Bowie ins Wasser gefallen war. Wenn diesem Kind irgendetwas passiert war … das würde ich nicht verkraften.

Jemand schluchzte auf.

»Bleibt ruhig«, sagte Scott zu den Kindern am Ufer, die vor Schreck verstummt waren. »Sie finden ihn.«

Seine Stimme war ruhig, autoritär und kraftvoll. Sicher zeigte sie bei vielen Kindern Wirkung, bei mir aber nicht.

Und Bowie tauchte immer noch nicht auf.

Es war ein Irrglaube, dass man mit lautem Platschen und Getöse ertrank. Meistens geschah es leise, unbemerkt.

Gefangen in Dunkelheit, orientierungslos …

Ich bekam noch immer keine Luft. In meinen Ohren setzte ein Rauschen ein. Ich hörte kaum, wie Maila erneut Bowies Namen schrie.

Plötzlich sprang das Mädchen auf. Eine Sekunde – länger dauerte es nicht und sie hatte sich die Schwimmweste vom Körper gezerrt und sprang ins Wasser.

»Maila!« Hazel klang entsetzt und wütend zugleich, während sie auf ihre Tochter zu schwamm. Auch sie war schnell. Allerdings lagen noch immer gut dreißig Meter zwischen ihnen.

Da tauchte Maila wieder auf und drehte sich auf den Rücken.

»Sie hat ihn!«, rief ein älterer Junge erleichtert aus.

Jubel wurde laut, als Reed und Quill sie erreichten. Reed übernahm Bowie, der plötzlich anfing zu husten und Wasser zu spucken. Reed redete beruhigend auf ihn ein und hielt seinen Kopf über Wasser, während er mit schnellen Zügen zurück zum Ufer schwamm, Bowie unter den linken Arm geklemmt.

»Alles in Ordnung?«, rief Hazel ihrer Tochter zu.

Maila nickte, wich Reed aber nicht von der Seite. Sie hielt mühelos mit seinem Tempo Schritt, Hazel folgte ihnen.

»Holt die Kanus ans Ufer«, wies sie die anderen Betreuer an, weil die Kinder auf dem Wasser viel zu verstört waren, um selbst zu paddeln.

Schon bald hatte Reed festen Boden unter den Füßen und schleppte Bowie zum Ufer. Dort sank der Junge, gestützt von Reed und umringt von den aufgeregten Kindern, auf die Knie und übergab sich.

Einige wichen naserümpfend zurück. Andere waren einfach

nur erleichtert. Und Maila kauerte schluchzend neben ihm im Gras. Tränen der Erleichterung liefen ihr über die Wangen. »Es tut mir so leid, Bowie. Das wollte ich nicht. *Das wollte ich nicht.*«

Anstelle einer Antwort würgte Bowie abermals.

Reed rieb ihm über den Rücken und warf seiner Nichte einen sanften Blick zu. »Gib ihm einen Moment, Flipper.«

Schniefend schüttelte Maila den Kopf. »Das war wirklich keine Absicht. Ich war nur so ... so wütend. Ich wollte niemals, dass ihm irgendwas passiert.«

Hazel legte ihrer Tochter tröstend die Hand auf die Schulter.

»Weiß ich«, nuschelte Bowie. Kraftlos hob er den Kopf und lächelte Maila zaghaft an. »Mir tut's auch leid.«

Da begriff Maila, dass ihre und Bowies Situation gar nicht so unähnlich waren. Auch Bowie hatte nie gewollt, dass den Kaninchen etwas passierte, als die Wut mit ihm durchgegangen war. Sie schniefte. »Freunde?«

Die Erleichterung in Bowies Gesicht war so rührend, dass mir ebenfalls Tränen in die Augen schossen. Er nickte. »Freunde.«

Kaum hatten die beiden sich vertragen, holte Maila auch schon aus und boxte Bowie gegen den Arm. »Du hast mich zu Tode erschreckt!«

»Sorry«, murmelte er und senkte verlegen den Blick. »Ich hab dir ja gesagt, dass ich das nicht gut kann.«

Ein Eisklumpen bildete sich in meinem Magen, denn mir fiel plötzlich auf, dass ich Bowie trotz der Hitze noch nie im Wasser gesehen hatte. Er ging maximal bis zu den Knien hinein, hatte sich aber nie überreden lassen, mit ins Tiefe zu kommen. Und Maila hatte es verdammt oft versucht.

Er hatte sich jedes einzelne Mal herausgeredet. Auch bei der Waterworld-Party hatte er einen weiten Bogen um den Wasserparcours gemacht und auf den ganzen Spaß verzichtet.

Reed schien es ebenfalls zu dämmern. Er musterte den Jungen aufmerksam. »Bowie, kannst du schwimmen?«

»Natürlich«, behauptete er sofort, doch seine Ohren wurden so rot, dass er kleinlaut einlenkte. »Nur nicht besonders gut.«

Ungläubig schüttelte ich den Kopf. Ich hätte es wissen müssen. Es hatte so viele Anzeichen gegeben. Sogar gestern Abend hatte er betrübt eingestanden, dass er beim Wettbewerb nicht mitmachen wollte. Aber ich hatte nicht zugehört. Stattdessen hatte ich ihn bedrängt, dieses Risiko einzugehen, um Mailas Freundschaft zurückzugewinnen. Ich hatte mir gewünscht, dass die Kinder sich vertrugen. Aber insgeheim hatte ich gehofft, dass Reed mir all meine Lügen und Fehler ebenfalls vergeben würde, wenn er irgendwann die Wahrheit erfuhr.

Es war *mein* Egoismus, der Bowie fast das Leben gekostet hätte.

Schon wieder hatte ich versagt.

KAPITEL 23

Reed

Obwohl Bowie sich recht schnell erholte, fuhr ich mit ihm zur Gemeindeärztin von Lexington, um sicherzustellen, dass seine Lunge frei war. Natürlich bestand Maila darauf, uns zu begleiten. Sie stand immer noch unter Schock, weil Bowie alle im Dunkeln gelassen hatte, was seine mangelhaften Schwimmfähigkeiten betraf.

Mir ging es nicht anders. Ich ärgerte mich maßlos darüber, dass ich nicht mitgekriegt hatte, wie der Junge ohne Schwimmweste in das Kanu geklettert war – und dass mir zuvor nie aufgefallen war, dass Bowie das Wasser sonst mied. Auf dem Anmeldeformular wurde genau erfasst, welche Fähigkeiten und Einschränkungen die Kinder hatten. Aber ich wäre nie auf die Idee gekommen, dass die Angaben beschönigt sein könnten.

Die freundliche Ärztin hörte Bowies Lunge genau ab und unterzog ihn einer gründlichen Untersuchung, bevor sie Entwarnung gab. Ich konnte meine Erleichterung kaum in Worte fassen. Trotzdem suchte ich nach unserer Rückkehr ins Camp zuerst meine Schwester auf. Sie war gerade mit den Steinkäuzen auf dem Weg in den Speisesaal.

Natürlich wurden Bowie und Maila sofort umringt von den besorgten Mädchen, die sich erkundigten, was die Ärztin gesagt hatte.

Es dauerte einen Moment, bis sich alle beruhigt hatten.

Flora warf Maila einen bewundernden Blick zu. »Du hast ihm das Leben gerettet.«

Meine Nichte verzog das Gesicht. »Ich hätte es auch fast beendet.«

»Das war meine eigene Schuld«, widersprach Bowie leise.

»Zum Glück ist alles noch mal gut gegangen«, meinte Hazel und strich ihrer Tochter liebevoll über die zerzausten Locken. »Und jetzt ab zum Abendessen.«

Ich stellte mich meiner Schwester in den Weg. »Wir müssen reden.«

Sie schickte die Kinder voraus, und wir verzogen uns in den Besprechungsraum. Dort setzte Hazel sich auf den nächsten Tisch und schaute mich mit ernster Miene an. »Das hätte ganz schön schiefgehen können.«

»Ja.« Mir wurde kotzübel, wenn ich daran dachte, was hätte passieren können, wenn Maila den Jungen nicht vom Kanu aus gesehen und aus dem Wasser gefischt hätte. »Ich will, dass wir einen professionellen Schwimmcoach engagieren.«

Hazel stieß einen erstickten Laut aus. »Das können wir uns nicht leisten, Reed.«

Angespannt raufte ich mir die Haare. »Warum nicht? Wir sind voll ausgebucht und haben eine ganze Menge Geld durch die Sinclair Corporation gespart.«

»Aber das reicht nicht, um einen Profi einzustellen«, gab Hazel frustriert zurück. »Glaub mir, es gibt nichts, was ich lieber tun würde, als jemanden anzuheuern. Nur sind wir mitten in der Hauptsaison. Selbst wenn wir einen Rettungsschwimmer finden, der bereit wäre, die Kids zu unterrichten, müssen wir ihn auch bezahlen. Kost und Logis allein werden wohl nicht ausreichen.«

Genervt warf ich die Hände in die Luft. »Dann schreiben wir eben nur eine halbe Stelle aus.«

»Und was dann?«, fragte Hazel weiter. »Wir können die Stunden der Betreuer nicht kürzen. Sie sind sowieso schon am Limit.«

»Wir könnten uns von einem Betreuer trennen«, überlegte ich, auch wenn mir dieser Gedanke nicht sonderlich behagte.

Entschieden schüttelte Hazel den Kopf. »Vergiss es!«

»Es lief doch ziemlich gut mit Estelle diese Woche.«

»Das stimmt zwar, aber seit ich die Steinkäuze übernommen habe, hänge ich mit tausend Aufgaben hinterher. Ich schaffe das nicht den ganzen Sommer lang, Reed – und du auch nicht.«

Auch damit hatte sie leider recht.

Frustriert verschränkte ich die Arme. »Ich könnte mit Aubrey sprechen. Vielleicht wäre sie bereit, ein paar Stunden an einen Schwimmlehrer abzutreten.«

»Versuch es. Aber mach dir keine Hoffnungen. Ihr Terminkalender ist randvoll. Die Einzelcoachings werden von vielen Kindern genutzt.«

»Aber sie sind nicht zwingend notwendig. Ein Schwimmlehrer dagegen schon, wie wir heute gesehen haben.« Nachdenklich rieb ich mir über das Kinn. Aubrey hatte gleich bei ihrer Einstellung darauf hingewiesen, dass sie selbstständig arbeitete. Deshalb hatten wir ihr bisher freie Hand gelassen und demzufolge keinen Überblick, welche Coachings wirklich notwendig waren. »Ich werde Aubrey bitten, mir eine Übersicht zu erstellen, bei welchen Kindern Einzelcoachings überhaupt

Sinn ergeben, und dann sehen wir, inwieweit Kürzungen möglich sind.«

Hazel blieb skeptisch. »Und wenn sie nicht mit reduzierten Arbeitszeiten einverstanden ist?«

»Dann fällt uns etwas anderes ein.« Entschlossen straffte ich die Schultern. »So oder so werde ich eine Ausschreibung in ein paar Jobportalen veröffentlichen. Vielleicht haben wir ja Glück und jemand meldet sich.«

»Hoffen wir es«, erwiderte Hazel und hüpfte wieder vom Tisch. Beklommen schaute sie zu mir auf. »Ich hatte echt Angst vorhin.«

»Ich auch.« Seufzend legte ich einen Arm um ihre Schulter und zog sie in Richtung Tür. »Na los, gehen wir auch etwas essen.«

Hazel zögerte. »Vielleicht solltest du vorher noch einen Abstecher zu Gästehaus 5 machen.«

Langsam ließ ich den Arm sinken. »Wieso? Ist etwas passiert?«

»Nicht direkt.« Hazel verzog das Gesicht. »Es ist nur … Estelle war ziemlich aufgewühlt vorhin.«

Verdammt! Das war mir ganz entgangen, weil ich so auf Bowie konzentriert gewesen war. Aber natürlich war dieser Unfall nicht spurlos an Estelle vorbeigegangen. Immerhin mochte sie diesen Jungen mit Abstand am liebsten.

Ich öffnete die Tür. »Ich sehe mal nach ihr.«

»Okay, bis später.« Hazel winkte und ging zum Speisesaal, während ich die entgegengesetzte Richtung einschlug.

Fünf Minuten später klopfte ich an Estelles Tür.

In der Hütte blieb es still, aber trotzdem hatte ich das untrügliche Gefühl, dass sie da drinnen war. Deshalb klopfte ich erneut. »Estelle?«

Ich lehnte den Kopf an das Holz und lauschte. Vielleicht war sie ja unter der Dusche und hörte mich nicht oder …

Ein leises Schniefen erklang.

Vorsichtig drehte ich am Türknauf und schob die Tür auf. »Estelle? Ich bin's.«

Mein Blick huschte durch den Raum. Nichts erinnerte mehr an die karge Hütte, die ich ihr einst als Bleibe zugewiesen hatte. Dann bemerkte ich die klägliche Gestalt, die in dem Korbsessel hockte.

Estelle hatte die Beine angezogen und ihre Arme um sich geschlungen. Ihr üppiges Haar war zu einem feuchten Knoten auf dem Hinterkopf zusammengebunden, und zum ersten Mal sah ich sie ohne dieses kriegerische Make-up. Sie hatte nie schöner ausgesehen – wären die geröteten, verquollenen Augen nicht gewesen.

Mitgefühl zog meine Brust zusammen. Ich trat ein und schloss die Tür.

»Wenn du klopfst und niemand reagiert, sollte dir das eigentlich sagen, dass kein Besuch erwünscht ist«, sagte sie mit rauer Stimme.

»Wie wir beide bereits mehrfach festgestellt haben, bin ich ein begriffsstutziger Idiot.« Ich zog den Hocker heran und setzte mich ihr gegenüber. Am liebsten hätte ich sie gebeten, mir ihre Gedanken anzuvertrauen. Aber inzwischen wusste ich, dass sie sich nur verschließen würde, wenn ich sie bedrängte. Deshalb wartete ich ab, auch wenn es mir verdammt schwerfiel.

Ihre Unterlippe begann zu zittern. »Geht's Bowie gut?«

»Er ist bei bester Gesundheit.« Ich hob einen Mundwinkel. »Die Ärztin meinte, er ist ein zäher Kerl.«

Trotz ihres Kummers musste Estelle bei diesen Worten lächeln. Doch sie verzog sogleich gequält das Gesicht. »Es tut mir so leid. Wenn ich gewusst hätte, dass er nicht richtig schwimmen kann, hätte ich ihn nie überredet, bei diesem Wettbewerb mitzumachen.«

Ich musterte sie irritiert. »Das war nicht deine Schuld.«

»Natürlich war das meine Schuld!«

»Nein«, widersprach ich genauso energisch. »Wenn überhaupt war es *meine* Schuld. Ich habe nicht aufgepasst.«

Wieder traten ihr Tränen in die Augen. »Hast du mir nicht zugehört? Ich habe ihn dazu *gedrängt*, Reed. Er sagte, dass er bei diesem Wettkampf nicht mitmachen will ... dass er das nicht *kann*. Aber ich ... ich habe immer weiter auf ihn eingeredet.«

Ein Schluchzen brach aus ihr hervor, und ihr Körper bebte. Sie derart tief verletzt zu erleben, war schwer mitanzusehen. Aber ich unterbrach sie nicht, als sie sich alles von der Seele redete.

»Ich sagte ihm, wenn er es tut, verzeiht Maila ihm sicher«, erklärte sie und stieß ein bitteres Lachen aus. »So, als gäbe es keine anderen Möglichkeiten, um um diese Freundschaft zu kämpfen. Bowie hat mir vertraut. Ich hätte verstehen müssen, was Sache ist. Aber ich habe ihm keinen anderen Ausweg geboten. Nur diesen einen. Obwohl ich wusste, dass er das nicht wollte. Obwohl ich hätte wissen müssen, dass es falsch war. So entsetzlich falsch ...«

Sie vergrub das Gesicht in den Händen und weinte nun so bitterlich, dass ich einfach nicht mehr stillsitzen konnte. »Hey, hey, schon gut.«

Als ich die Hände nach ihr ausstreckte, wehrte sie sich zum Glück nicht. Stattdessen ließ sie es zu, dass ich sie auf meinen Schoß zog und die Arme um sie legte.

Die körperliche Nähe löste etwas bei ihr aus, das ich sicher nicht erwartet hatte: Sie schmiegte das tränennasse Gesicht an meinen Hals und hielt sich an mir fest, als würde sie mich brauchen.

Mich und niemanden sonst auf der Welt.

Es hatte nichts mit sexueller Anziehung zu tun oder mit der Freundschaft, die sich zwischen uns entwickelt hatte, sondern fühlte sich absolut essenziell an. Und es traf mich mitten ins Herz.

Einen Moment lang raubte mir die Intensität meiner Gefühle den Atem. Es war so lange her, seit ich echte, tiefe Nähe zugelassen hatte. Natürlich hatte ich eine enge Bindung zu meiner Familie, und auch die Kinder im Camp lagen mir am Herzen. Aber das hier war etwas vollkommen anderes.

Vage war ich mir bewusst, dass Estelle nicht nur wegen Bowie weinte, sondern dass ihr Schmerz weit darüber hinausging. Aber weil sie schon genug litt, gab ich meiner Neugier nicht nach, sondern schwieg.

Estelle brauchte lange, um all die Emotionen, die sich in ihr angestaut hatten, freizulassen. Und in all der Zeit hielt ich sie einfach fest.

Als ihr Weinen verebbte, nahm ich ihr Gesicht behutsam zwischen die Hände und drehte ihren Kopf so, dass ich ihren Blick einfangen konnte. Sie richtete sich ein Stück auf und ihre Hände rutschten auf meinen Bauch. Meine Muskeln spannten sich an, doch ich ignorierte diese Reaktion.

»Es war ein Unfall, Prinzessin«, sagte ich leise, und zum ersten Mal war da kein Spott, als ich sie mit diesem albernen Kosenamen ansprach. »Eine Verkettung unglücklicher Umstände. Aber wir haben Glück gehabt. Bowie geht es gut, und in Zukunft werden wir noch achtsamer sein.«

»Aber …«

»Kein Aber«, widersprach ich mit sanfter Strenge. »Maila war gestern Abend stocksauer auf Bowie, weil er sie wegen der Bunny Farm im Unklaren gelassen hat. Ich habe versucht, es ihr zu erklären. Aber sie kann ziemlich stur sein.«

Estelles Brauen schossen in die Höhe, und ich lächelte, erleichtert, weil endlich wieder etwas von ihrem wirklichen Ich aufblitzte.

»Ich hätte mir denken müssen, dass sie es Bowie beim Wettkampf schwermachen würde«, fuhr ich fort. »Ich hätte wissen müssen, dass er ein schlechter Schwimmer ist. Ich hätte bemerken müssen, dass er verdammt noch mal keine Schwimmweste trägt. Wir alle sind schuld.« Behutsam wischte ich mit den Daumen ihre Tränen weg. »Nicht du allein. Also hör auf, dich fertigzumachen, okay?«

Sie musterte mich schweigend, so als würde sie überlegen, ob ich das wirklich ernst meinte. Hatte sie nie gelernt, den Worten eines anderen zu vertrauen?

»Okay?«, hakte ich nach, als sie still blieb.

»Okay.« Ihre Mundwinkel hoben sich zu einem schüchternen Lächeln. »Danke.«

»Keine Ursache.«

Ich war froh, dass sie meinen Trost überhaupt angenommen hatte, und vermutlich war das der ideale Zeitpunkt, sie loszulassen. Aber meine Hände blieben auf ihren Wangen liegen – und auch Estelle bewegte sich nicht.

Mein Puls beschleunigte sich, als ich mir zum ersten Mal unserer innigen Pose bewusst wurde. Vorhin hatte ich nicht darüber nachgedacht, als ich sie auf meinen Schoß gezogen hatte. Dafür erinnerte ich mich jetzt umso deutlicher, wie natürlich es sich angefühlt hatte, ihre Beine um meine Hüften zu legen.

Sie trug nur die abgeschnittenen Jeansshorts und eines dieser hauchdünnen Trägerhemdchen. Die Versuchung war also gewaltig, die Hände hinab auf ihre nackten Schultern gleiten zu lassen und ihnen mit den Lippen zu folgen. Aber ich war mir nicht sicher, ob das ausgerechnet jetzt eine gute Idee war. Deshalb ließ ich die Hände in gebührendem Abstand sinken und nutzlos herabbaumeln.

Estelles Mundwinkel zuckte. »Was machst du da?«

»Ich versuche, mich anständig zu verhalten.«

Der Schalk kehrte in ihre wahnsinnig blauen Augen zurück, als sie nun langsam ihr Becken kippte. Zweifellos spürte sie mein Verlangen. »Und wie läuft das so für dich?«

»Fantastisch«, krächzte ich.

Erneut schwang sie auf meinem Schoß vor und zurück, und ich musste ein Stöhnen unterdrücken, als sie eine besonders pikante Stelle streifte.

»Alles in Ordnung?«, murmelte sie mit samtweicher Stimme. Ganz offensichtlich war sie nicht länger trübsinnig, sondern zum Spielen aufgelegt.

Ich stieß ein atemloses Lachen aus, während ich die Hände zu Fäusten ballte. »Mir geht's prima. Und dir?«

Sie hielt inne und horchte in sich hinein. »Ich fühle mich besser.«

Tatsächlich glänzten ihre Augen nicht mehr vor Kummer, auch wenn der Schatten noch nicht ganz verschwunden war. Es gab Dinge, die quälten sie noch immer.

Wieder überlegte ich, ob ich mich auch nach ihren anderen Problemen erkundigen sollte. Ich war mir sicher, es hatte etwas mit ihrer Vorstrafe zu tun. Was immer da mit diesem Cop gelaufen war, musste viel übler sein, als ich bisher angenommen hatte, wenn es sie derart belastete.

Aber da strich ihre Hand von meinem Bauch hinauf zu meiner Brust und fegte jeden klaren Gedanken fort. Sicher spürte sie mein donnerndes Herz. Lust vernebelte meinen Verstand. Ich schaffte es gerade noch, ihr überhaupt zu antworten. »Freut mich, dass du dich besser fühlst.«

Sie lehnte sich ein Stück vor, bis unsere Gesichter nur noch Zentimeter voneinander entfernt waren. Ihr süßer Atem streifte meine schweißbedeckte Stirn. »Mir geht es sogar ausgesprochen gut.«

Scheiß auf Anstand.

Meine Hände fuhren nach oben zu ihrer Hüfte, und ich zog sie mit einem Ruck an mich. »Darf ich dich dann jetzt endlich küssen, bitte?«

Sie lächelte vielsagend. »Das wünsche ich mir.«

Endlich!

Unser Kuss hatte nichts Sanftes. Stattdessen verschlangen wir einander mit all der Sehnsucht, die sich seit Tagen in uns angestaut hatte.

Berauscht von der ersten Kostprobe teilte ich ihre Lippen und vertiefte den Kuss, während Estelle die Arme um meinen Nacken legte und sich an mich schmiegte.

Weiche Kurven trafen auf harte Muskeln. Unsere Körper passten so verdammt perfekt zueinander, dass mir ganz schwindelig wurde. Meine Hand fuhr über ihren Rücken bis hinauf in ihren Nacken, wo meine Fingerspitzen auf zarte Haut trafen.

Sie stöhnte leise in meinen Mund, und ich spürte die Vibration tief in meinem Bauch. Meine Lippen wanderten über ihr Kinn, woraufhin sie den Kopf zurückbog und mir ihren Hals darbot.

Eine Einladung, die ich liebend gern annahm.

Ich saugte an der empfindlichen Haut unter ihrem Kiefer, entlockte ihr ein weiteres Stöhnen und knabberte einen Pfad hinab bis zu ihrem Schlüsselbein. Dabei streifte ich die Träger über ihre Schultern und das Hemdchen rutschte weiter hinab, offenbarte mehr ihrer köstlichen Kurven.

Ihre Brüste waren nicht klein, aber auch nicht üppig, sondern genau richtig. Ich wollte sie sehen. Ich wollte *alles* sehen. Aber bevor ich dazu kam, den Stoff weiter hinabzuschieben, hämmerte jemand an die Tür.

Wir zuckten beide zusammen.

»Estelle?« Weiteres Hämmern. »Onkel Reed?«

Bevor ich überhaupt kapierte, was vor sich ging, war Estelle schon von meinem Schoß gehüpft und richtete ihre Kleidung. »Warte kurz, Maila!«

Sie atmete tief durch. Anschließend strich sie ihr zerzaustes Haar glatt und warf einen Blick über die Schulter. Ein laszives Grinsen hob ihre Mundwinkel. »Brauchst du noch einen Moment?«

Genau genommen nicht nur einen.

Mir schwirrte immer noch der Kopf, und obwohl meine Nichte nur ein paar Meter entfernt auf der anderen Seite der Tür wartete, hatte ich einige Mühe, mein Verlangen nach dieser Frau niederzuringen. Vor allem, weil der Hunger auch in ihren Augen glitzerte. Mit einem atemlosen Lachen rieb ich mir über das Gesicht. »Bin gleich so weit.«

Ohne weitere Erklärung stand ich auf und ging zur Küchenzeile, um mir ein Glas Wasser zu holen. Estelles Kichern wehte durch den Raum, bevor sie die Tür öffnete.

»Hallo, Maila«, grüßte sie den kleinen Störenfried. »Was gibt's?«

»Na endlich! Dotty schickt mich. Sie sagt, wenn ihr noch

was zu essen haben wollt, sollt ihr eure Hintern in den Speise-saal bewegen.«

Estelle lachte. »Alles klar, danke.«

»Kein Problem.« Maila schwieg einen Moment, und als ich mich mit einem Glas Wasser in der Hand umdrehte, sah ich, wie meine Nichte Estelle mit schief gelegtem Kopf musterte. »Dass du mich angelogen hast, finde ich nicht cool. Aber ich bin froh, dass Mom dich nicht gefeuert hat.«

»Äh, danke«, murmelte Estelle verdutzt.

Maila winkte ab und spähte neugierig in die Hütte zu mir. »Also kommt ihr jetzt, oder was?«

»Jepp.« Ich stürzte das Wasser in einem Zug herunter, spülte das Glas aus und stellte es auf das Abtropfgitter, um nun etwas weniger erhitzt zu Estelle zu gehen.

Als wir die Hütte verließen, überkam mich der Drang, die Hand nach ihr auszustrecken und sie erneut zu berühren. Aber das würde warten müssen, bis wir wieder allein waren.

Vorausgesetzt, sie machte keinen Rückzieher.

KAPITEL 24

Estelle

Mein Körper prickelte von Kopf bis Fuß, und obwohl ich versuchte, es mir nicht anmerken zu lassen, waren meine Knie weich wie Wackelpudding, als wir drei zum Verwaltungsgebäude gingen.

Dieser Kuss hatte mich völlig aus der Bahn geworfen, und er war das Allerletzte, womit ich gerechnet hatte, nachdem ich vor ein paar Stunden zutiefst unglücklich in meine Unterkunft geflohen war. Der Schreck über Bowies Beinahe-Unfall hallte schmerzhaft in mir nach. Trotzdem hatte Reed es mit seinen einfühlsamen Worten geschafft, meine Schuldgefühle zu lindern, und so war das Lächeln auf meinen Lippen echt, als wir kurz darauf den Speisesaal betraten. Die meisten waren schon fertig mit essen, aber die Lautstärke war dennoch ohrenbetäubend.

Bowie saß wie üblich auf der Terrasse, heute allerdings mit zahlreichen Kindern an seinem Tisch. Sie alle schwatzten munter durcheinander, und auch wenn ihm die vielen unterschiedlichen Stimmen zu schaffen machen mussten, wirkte er nicht unglücklich oder überfordert.

Maila wurde unter Jubel empfangen. Niemand protestierte, als alle ein bisschen zusammenrückten, damit sie sich direkt neben Bowie setzen konnte, der sofort knallrote Ohren bekam.

»Sieht aus, als hätte es ihn ganz schön erwischt«, bemerkte Reed, der die Szene ebenfalls verfolgt hatte.

Ich runzelte die Stirn. »Er ist erst acht.«

Ohne Hast trat Reed hinter mich, und seine Hitze brannte sich in meinen Rücken. »Manche Jungs wissen eben schon früh, was sie wollen.«

Sein rauer Ton sorgte dafür, dass sich mein Unterleib sehnsüchtig zusammenzog. Ich stieß ein atemloses Lachen aus. »Und andere sind begriffsstutzige Idioten?«

»Verwechsle meinen Stolz nicht mit Dummheit, Prinzessin«, murmelte er in mein Ohr. »Mir war immer klar, welche Wirkung du auf mich hast. Ich habe dich schon gewollt, als ich dich gar nicht wollen wollte.«

Ich versteifte mich. »Warst du deshalb andauernd so wütend auf mich?«

»Ich war nicht wütend auf *dich*«, widersprach er leise und zupfte zärtlich an einer losen Haarsträhne. Er schien nach den richtigen Worten zu suchen, aber bevor er sie fand, rief Dotty nach uns und winkte uns vom Küchentresen aus heran.

Ich unterdrückte ein Seufzen. An diese permanenten Unterbrechungen würde ich mich wohl nie gewöhnen. Eigentlich wollte ich gern mit Bowie sprechen. Aber der Junge schien gerade absolut glücklich inmitten seiner Freunde zu sein. Deshalb wollte ich ihn lieber nicht stören.

»Hast du Hunger?«, fragte Reed und schob mich in Richtung Tresen. Es fühlte sich völlig selbstverständlich an. So, als hätte er mich schon unzählige Male auf diese vertraute Weise berührt.

Natürlich sorgte das für Aufmerksamkeit.

Ich konnte die Blicke etlicher Kinder und Betreuer im Speisesaal auf uns spüren, als wir zu Dotty gingen.

Auch der Küchenfee war nicht entgangen, was los war. Sie strahlte mich regelrecht an, als sie ein Tablett mit zwei Schüsseln Salat, zwei Tellern mit würzig duftendem Chili con Carne und einem Brotkorb über den glänzenden Tresen schob. »Ich nehme an, ihr esst zusammen.«

»Natürlich«, sagte Reed, der aufgrund seiner täglichen Verpflichtungen offenbar keine Ahnung hatte, dass ich sonst allein aß. Er nahm das Tablett und steuerte direkt auf den Tisch zu, an dem Hazel, Quill und Aubrey saßen. Die drei waren fertig mit Essen und in eine hitzige Diskussion vertieft.

Ich war froh, dass sich der Speisesaal allmählich leerte, auch wenn es wohl noch dauern würde, bis der Geräuschpegel auf ein für mich angenehmes Maß sank.

»Brauchst du noch etwas, Schätzchen?«, fragte Dotty, weil ich noch immer wie festgefroren dastand.

»Nein, danke.«

Angespannt folgte ich Reed, der sich in diesem Moment zu mir umdrehte. Seine Augen weiteten sich, als er mein Unbehagen bemerkte. »Shit! Möchtest du lieber draußen essen?«

»Warum sollte sie?«, fragte Hazel irritiert. »Es ist unerträglich heiß da draußen.«

Sämtliche Blicke richteten sich auf mich. Ich schüttelte schnell den Kopf. »Nein, lass uns hier essen.«

Plötzlich keuchte Hazel auf. Verlegenheit überkam mich. Meine Augen waren sicher knallrot und verquollen und …

»Du siehst hübsch aus«, sagte sie und gestikulierte in der Luft herum. »Ich mag deinen neuen Look.«

Erst kapierte ich gar nicht, was sie meinte. Dann fiel mir ein, dass ich mich nach dem Duschen gar nicht geschminkt hatte. Zum ersten Mal seit Jahren bewegte ich mich ohne Maske in der Öffentlichkeit – und es fühlte sich gar nicht mal so übel an.

»Danke«, murmelte ich, während Reed einen Stuhl für mich zurückzog. Eine Geste, die ebenfalls nicht unbemerkt blieb.

Quill verkniff sich ein Lächeln. Hazel dagegen grinste breit. Nur Aubrey wirkte alles andere als glücklich. Entrüstung blitzte in ihren Augen auf. Offensichtlich beschloss sie, mich auszublenden, und wandte sich direkt an Reed.

»Also, ich bleibe dabei«, sagte sie. »Ich finde es unangebracht nach dem, was heute Nachmittag passiert ist. Vielen Kindern sitzt der Schreck noch immer in den Knochen.«

»Wovon redest du?«, fragte Reed, während er sich neben mich auf den freien Stuhl setzte.

Hazel verdrehte die Augen. »Von der Siegerehrung, für die *ich* definitiv bin. Wenn ich es recht bedenke, sollten wir vielleicht sogar zusätzliche Preise verleihen.«

»Zum Beispiel für besondere Tapferkeit?«, fragte Quill, der seinem Gesichtsausdruck nach recht angetan war von der Idee.

Hazel nickte. »Bowie würde sich sicher darüber freuen.«

Ein brüskes Schnaufen kam aus Aubreys Richtung. »Rettungswesten sind Vorschrift bei den Bootswettbewerben. Darauf habt ihr mehrfach hingewiesen. Es war nicht tapfer, sondern leichtsinnig, ohne Sicherheitsvorkehrungen in das Kanu zu springen. So ein Verhalten sollte nicht auch noch belohnt werden.«

Empörung braute sich in mir zusammen. Natürlich konnte ich nicht leugnen, dass Aubrey recht hatte. Dennoch musste man den gesamten Kontext betrachten. »Bowie hat spontan reagiert, um seinen Freunden zu helfen. Es war sicher nicht seine Absicht, sein Leben zu riskieren.«

»Dumm war es trotzdem«, schoss Aubrey zurück.

Blöde Kuh!

Ich bebte vor Wut. Da spürte ich Reeds warme Hand auf meinem Oberschenkel.

»Wir haben alle gepatzt«, schaltete Reed sich in beschwichtigendem Tonfall ein. »Trotzdem war Bowie wahnsinnig tapfer, genau wie Joshua, Willow und Maila.«

Ich dachte daran, wie besorgt und mitfühlend sich die Kinder verhalten hatten. Ich selbst war viel zu aufgelöst gewesen, als Reed mit Bowie und Maila zum Arzt gefahren war. Dafür erinnerte ich mich jetzt umso deutlicher daran, wie die Teenager die jüngeren Kinder abgelenkt und aufgemuntert hatten – und manches Mal auch umgekehrt. Selbst Tobey hatte sich rührend um Willow gekümmert. »Eigentlich haben alle Kids eine Belohnung für ihren Zusammenhalt verdient.«

Stille senkte sich über den Tisch, und die drei starrten mich mit großen Augen an. Verlegen zuckte ich mit den Schultern. »Ich meine ja nur.«

»Das ist eine fantastische Idee«, sagte Hazel langsam. »Aber wir haben gar nicht so viele Preise.«

Das konnte doch gar nicht sein. »Ich habe letzte Woche palettenweise Süßigkeiten in Empfang genommen. Damit kann man locker zweiundsiebzig Pakete schnüren.«

»Die Lieferung ist für den ganzen Sommer gedacht, und ich habe alles schon für die übrigen Events verplant.« Hazel warf mir einen verlegenen Blick zu. »Ich wollte nicht gierig erscheinen.«

Viele Menschen hätten ein solches Angebot gnadenlos ausgenutzt. Aber natürlich hatte Hazel dies nicht getan. Ihre Bescheidenheit war einer der Gründe, warum ich sie so sehr mochte. »Ich könnte eine Nachbestellung aufgeben.«

»Nein«, schaltete Reed sich sogleich ein. Seine Hand fuhr

sanft bis zu meinem Knie und machte mir das Denken schwer. »Das musst du nicht tun.«

»Es macht mir nichts aus.« Zugegeben, es würde zwar kein Spaziergang werden, meine Mutter um Nachschub zu bitten, aber wenn ich den Kids damit eine kleine Freude bereiten könnte nach dem Schreck, war es das allemal wert.

Hazel bekam feuchte Augen. »Die Kinder wären sicher ganz aus dem Häuschen, wenn wir eine spontane Siegerparty schmeißen.«

»Vor allem wäre es ein würdiger Abschluss für die Kinder, die morgen abreisen«, stimmte auch Quill zu.

Reed drückte noch einmal kurz mein Knie, ließ dann los und lächelte. »Ich mag die Idee auch.«

Nur Aubrey verzog das Gesicht. »Das ist doch wohl nicht euer Ernst!«

Allmählich ging mir diese Tussi gewaltig auf den Keks. Aber ich ignorierte sie und wandte mich an Hazel. »Hast du noch irgendwo den Lieferschein?«

»Ich nicht, aber Dotty.« Hazel sprang von ihrem Stuhl auf. »Ich hole ihn schnell.«

Schon war sie auf dem Weg in die Küche. Obwohl mein Herz vor Aufregung flatterte, tauchte ich den Löffel in mein inzwischen erkaltetes Chili und aß etwas.

Unterdessen bat Reed seinen besten Freund, die Betreuer zusammenzurufen. »Wir werden ein paar Hände brauchen, um diese Aktion spontan auf die Beine zu stellen.«

Mit einem abfälligen Schnaufen stand Aubrey ebenfalls auf. »Da meine Meinung zu diesem Thema offensichtlich nicht relevant ist, werde ich mich jetzt zurückziehen.«

Reed schaute zu ihr auf. »Du bist trotzdem ein Teil des Teams, Aubrey, und wir könnten deine Hilfe gut gebrauchen.«

Seine Stimme war so versöhnlich, dass Aubrey sogleich ihre feindselige Haltung aufgab. »Natürlich. Wie kann ich euch unterstützen?«

Sie klang scheißfreundlich. Aber ich fand immer noch, dass sie eine blöde Kuh war. Quill schien ihr die Show ebenfalls nicht abzukaufen, denn er warf ihr einen zweifelnden Blick zu. »Du kannst mir helfen, die anderen zu suchen, während Estelle und Reed essen.«

Ob das Audrey gefiel oder nicht, vermochte ich nicht zu sagen. Aber sie widersprach zumindest nicht, sondern folgte Quill nach draußen.

»Und das ist wirklich in Ordnung für dich?«, fragte Reed nach kurzem Zögern.

Ich rang mich zu einem Lächeln durch. »Klar, kein Problem.«

Das war schließlich der Deal. Meine Mutter würde schon mehr Süßkram rausrücken, wenn ich sie darum bat. Hauptsache, ich zog das Praktikum durch – und aktuell sah es ja ganz danach aus.

Reed nahm einen Löffel von seinem Essen, bevor er mich neugierig musterte. »Versteht ihr euch gut, du und deine Eltern?«

Die Frage traf mich so unvorbereitet, dass mir beinahe das Essen im Hals stecken blieb. »Ich … also … Es gibt nur meine Mom und mich. Mein Vater hat uns schon vor meinem ersten Geburtstag verlassen. Er kam nicht so gut damit klar, dass meine Mutter so eine Überfliegerin war.«

»Das muss trotzdem schwer für dich gewesen sein«, erwiderte er mitfühlend.

»Für meine Mutter auch.« Ich lächelte gequält. »Sie hatte es nicht leicht mit mir.«

Früher hatte ich das oft nur so dahingesagt. Aber allmählich begann ich zu begreifen, dass es wirklich verdammt hart war, Kinder großzuziehen. Im Grunde konnte man nur beten, dass sie nicht irgendwo falsch abbogen, und wenn sie es dann doch taten, gab es auch nur zwei Möglichkeiten: entweder hoffen, dass sie allein zurück auf den richtigen Weg fanden, oder die Straße umbauen.

Meine Mutter hatte eine ganze Weile gehofft, aber schlussendlich hatte sie sich entschieden, die Bagger oder besser gesagt ihren Anwalt zu holen. Darüber war ich verdammt wütend gewesen, und auch jetzt lag mir das Chili schwer im Magen, wenn ich an unser letztes Gespräch dachte. Es war nicht sonderlich gut verlaufen. Aber früher oder später musste ich mich meiner Mutter ohnehin stellen. Insofern schadete die zusätzliche Motivation sicher nicht.

Hazel kehrte mit ein paar Papieren zurück. »Hier ist der Lieferschein.«

»Danke.« Ich nahm die Liste und stand auf, um in Ruhe zu telefonieren. Da fiel mir ein, dass ich mein Handy schon seit Tagen nicht mehr bei mir trug. »Kann mir vielleicht jemand sein Telefon leihen?«

»Sicher.« Reed zog sein Smartphone aus seiner Tasche, entsperrte das Display und reichte es mir. »Hier.«

Ich deutete zum Flur. »Ich bin kurz draußen, ja?«

»Okay.« Er schien keinerlei Probleme damit zu haben, mir seinen privatesten Besitz zu überlassen. »Bis gleich.«

Auf dem Weg zum Besprechungsraum tippte ich die Nummer meiner Mutter ein, die ich schon vor Jahren hatte auswendig lernen müssen, weil sie der modernen Technik nur bis zu einem gewissen Grad traute. Als das Freizeichen erklang, schlüpfte ich gerade in den Raum. Ich hatte keine Zeit, mich auf das Gespräch einzustimmen, denn meine Mutter nahm schon nach dem zweiten Klingeln ab.

»Sinclair.«

Der vertraute schroffe Tonfall trieb meinen Puls in die Höhe. »Hallo, Mom.«

»Guten Tag, Estelle.« Sie war kein bisschen überrascht, dass ich von einem fremden Telefon aus anrief. Das hatte ich schließlich schon zur Genüge getan, zuletzt vom Seattle Police Department. Die Erinnerung daran sorgte dafür, dass mir um ein Haar das Chili wieder hochkam. »Was kann ich für dich tun?«

Natürlich ging sie davon aus, dass ich etwas von ihr wollte, und traurigerweise fiel mir tatsächlich keine einzige Gelegenheit in den letzten Jahren ein, bei der das nicht der Fall gewesen war. Was für eine bittere Erkenntnis. Beklommen rieb ich mir über die Stirn. »Wie geht es dir?«

»Gut.« Meine Mutter klang nach wie vor skeptisch. »Und wie läuft es in Silver Springs?«

»Viel besser als erwartet«, erwiderte ich und ging unruhig im Raum auf und ab. »Ich … ich fühle mich wohl hier, und die Kinder … Sie sind unglaublich.«

Am anderen Ende herrschte einen Moment lang Stille. »In erster Linie sind sie *zerbrechlich*, Estelle.«

Ich zuckte zusammen. »Daran musst du mich nicht erinnern. Glaub mir, es vergeht kein Tag, an dem ich nicht daran denke.«

»Das ist nicht genug.«

»Ich weiß.« Vor dem Fenster blieb ich stehen und starrte auf den Platz, an dem noch vor ein paar Stunden Kinder vor Staffeleien gesessen und gemalt hatten. Ich sah die Gesichter genau vor mir – so voller Freude und Zuversicht. Ein scharfer

Schmerz presste meinen Brustkorb zusammen. »Ich tue doch schon, was ich kann …«

»Du tust, was notwendig ist«, unterbrach sie mich ungerührt. »Aber das ist nicht genug. Ich erwarte mehr von dir, Estelle.«

Mir wurde eiskalt, weil ich genau wusste, was meine Mutter von mir erwartete.

»Nein!« Mit einem Anflug von Panik schüttelte ich den Kopf. »Ich … Das kann ich nicht.«

Einen Augenblick lang herrschte Schweigen. Dann räusperte sie sich. »Es enttäuscht mich sehr, das zu hören.«

Versagerin!

»Es tut mir leid«, flüsterte ich, überwältigt von Scham.

»Mir auch.« Meine Mutter schien nun sehr weit weg. »Also, warum rufst du an?«

Am liebsten hätte ich abgestritten, dass ich nur anrief, weil ich etwas von ihr wollte. Aber ich konnte nicht auch noch das Camp hängenlassen. Also schob ich meinen Stolz beiseite. »Die Campleitung hat leider etwas zu knapp kalkuliert. Deshalb möchte ich dich um eine Nachbestellung bitten.«

Wieder blieb es lange still in der Leitung. Ich wusste, dass es keine große Sache für die Sinclair Corporation war, ein paar Süßigkeiten zu spenden. Immerhin taten sie das mehrfach im Jahr in viel größeren Mengen. Andererseits hatte meine Mutter es vielleicht einfach satt, dass ich ständig die Hand aufhielt.

Sie atmete tief durch. »Mail mir bis Montag die Liste.«

»Okay, danke.« Ich wollte noch etwas sagen. Irgendwas, um die angeknackste Beziehung zu ihr vielleicht wieder in die richtigen Bahnen zu lenken. Aber noch bevor ich die passenden Worte fand, hatte sie bereits aufgelegt.

***

In Windeseile packten Hazel, Dotty, Gina und ich die Preise in hübschen, bunten Tüten zusammen, während Glen, Selma und Jade mit den Kindern zu einer spontanen Wanderung aufbrachen. Der Rest des Teams schmückte das Ufer mit vergoldeten Banderolen, die wunderschön in der Abendsonne glitzerten.

Als die Kids schließlich auf die Lichtung zurückkehrten, wurden sie von allen Betreuern feierlich empfanden.

Bowie stürmte auf mich zu, sobald er mich entdeckte. Er warf sich praktisch in meine Arme, während ich erstickt auflachte, weil ich nicht mit diesem Gefühlsausbruch gerechnet hatte. Nachdem ich ihn fest an mich gedrückt hatte, ging ich vor ihm in die Knie und musterte ihn aufmerksam. »Bist du okay?«

Er nickte mit einem verlegenen Grinsen. »Mir geht's prima.«

»Ich bin so froh, dass dir nichts passiert ist.« Zärtlich zerzauste ich sein feines Haar. »Ich hatte wahnsinnige Angst um dich.«

Seine Wangen färbten sich tiefrot. »Tut mir leid.«

Weil ich einfach nicht anders konnte, drückte ich den Jungen noch einmal an mich. »Jag mir nie wieder so einen Schrecken ein.«

»Mach ich nicht. Ich versprech's«, flüsterte er ebenso leise zurück.

»Okay.« Mit einem Schniefen ließ ich ihn los und nickte in Richtung der anderen Kinder, die bereits ungeduldig auf ihn warteten. »Ich hab dir doch gesagt, sie mögen dich, wie du bist.«

»Ja.« Ein hinreißend schüchternes Lächeln hob seine Lippen. »Scheint so.«

»Geh zu ihnen, und hab Spaß!«

»Okay.« Bowie flitzte davon, und ich richtete mich wieder auf. Als ich mich umdrehte, bemerkte ich die Riege von Campmitarbeitern hinter mir. Sie alle hatten die Szene aufmerksam verfolgt – und sie lächelten.

Reeds Miene war weich, und Hazel nickte mir freudig zu, ehe sie sich an das Team wandte. »Lasst uns anfangen.«

Reed hielt eine unglaublich schöne Rede über Freundschaft und Zusammenhalt, die die Kinder mit Stolz erfüllte und mich zutiefst berührte. Ich saugte jedes Wort auf, das aus diesem herrlichen Mund kam, und sehnte mich bereits nach dem nächsten Kuss. Ihm schien es nicht anders zu gehen, denn sein Lächeln war verheißungsvoll, wann immer sich unsere Blicke kreuzten.

Die Siegerehrung war ein voller Erfolg. Jedes Kind wurde mit donnerndem Applaus geehrt und freute sich über seinen Preis. Anschließend drehte Quill die Musikanlage auf, und sofort fingen die leicht überzuckerten Kids an, um das Feuer zu tanzen.

Nie hatte ich die Stimmung im Camp so ausgelassen und gelöst erlebt, und obwohl mir die Lautstärke zu schaffen machte, war mein Lachen echt, während ich im Takt mitklatschte. Ich saß auf einem der Baumstämme und verfolgte amüsiert, wie die Betreuer mit den Kindern herumtobten. Selbst Scott war so herzlich dabei, dass ich meine Meinung über ihn revidieren musste.

Mittlerweile bedauerte ich es, dass ich ihn so schnell in eine Schublade gesteckt hatte. Dabei war er während der ersten Tage im Camp vielleicht nur genauso überfordert gewesen wie ich selbst.

Ich dachte noch darüber nach, als ich plötzlich spürte, wie jemand hinter mich trat. »Warum tanzt du nicht?«

Reeds raue Stimme bescherte mir eine Gänsehaut, und obwohl sich seine Hitze in meinen Rücken brannte, lehnte ich mich gegen ihn. »Weil ich nicht sonderlich gut darin bin.«

Das war leider keine Untertreibung. Ich hatte tatsächlich Schwierigkeiten, meinen Körper zur Musik zu bewegen, weil ich nie wusste, ob ich der Melodie oder dem Takt folgen sollte. Am Ende fühlte sich alles immer irgendwie falsch an.

Warme Lippen fuhren hauchzart über meinen Nacken. Es war mehr ein flüchtiges Streifen als ein richtiger Kuss – und trotzdem verfehlte es seine Wirkung nicht.

Ein Kribbeln schoss meine Wirbelsäule hinab, und ich legte den Kopf schräg, um mehr von dieser köstlichen Aufmerksamkeit zu erhaschen.

Reeds dunkles, zufriedenes Lachen vibrierte in meinem Bauch. Doch er ging nicht auf meine Einladung ein, sondern trat um den Baumstamm herum und streckte mir die Hand entgegen. Das Leuchten in seinen Augen war hitzig, was ziemlich sicher nicht nur an dem Lagerfeuer lag, das sein Gesicht erhellte. »Tanz mit mir.«

Erschrocken wich ich zurück. »Vergiss es!«

Sein Lächeln wurde so sinnlich, dass ein weiteres Kribbeln durch meinen Körper rauschte. »Komm schon, Prinzessin. Das macht Spaß.« Reed beugte sich vor, ergriff meine Hände und zog mich hoch.

Meine Augen wurden groß. »Ich kann das wirklich nicht.«

Er zwinkerte mir zu. »Ich doch auch nicht.«

Ich stieß ein Lachen aus. »Das bezweifle ich. Jemand, der sich so bewegt wie du, kann gar kein schlechter Tänzer sein.«

Belustigt legte er den Kopf schief. »War das etwa ein Kompliment?«

»Eher eine Feststellung.« Ich schaute kläglich zu ihm auf.
»Ich werde dich schrecklich blamieren.«

Mitgefühl vertrieb die Belustigung in seinem Blick. Er machte einen Schritt auf mich zu, führte meine linke Hand zu seiner Schulter und legte eine Hand auf meinen Rücken. Anschließend zog er meine rechte Hand auf seine Brust. Sein Herz klopfte genauso schnell wie mein eigenes.

»Du wirst niemandem blamieren. Es geht darum, einfach Spaß zu haben und den Moment zu genießen.« Sein Blick nahm meinen gefangen, während er begann, sich zu bewegen.

Der Song war schnell. Ich kannte ihn nicht, aber er sorgte dafür, dass die Stimmung noch ausgelassener wurde. Kids und Betreuer rissen jubelnd die Arme in die Höhe und gaben sich überschwänglich dem Rhythmus hin.

Reed lächelte. »Lass einfach los.«

Und das tat ich.

Ich überließ Reed die Führung, der sich erst langsam und dann schneller bewegte, bis wir einen gemeinsamen Rhythmus gefunden hatten. Als er mich das erste Mal schwungvoll aus seinen Armen drehte, schrie ich vor Überraschung auf. Doch dann platzte ein Lachen aus mir hervor. Glücksgefühle durchströmten meinen Körper, als ich immer weiter tanzte.

Je mehr Zeit verging, umso mehr verlor ich meine Befangenheit. Ich wagte es sogar dann und wann, meine Hüften sexy kreisen zu lassen, was mir jedes Mal hitzige Blicke von Reed einbrachte. Ich hatte mich noch nie so frei und gleichzeitig so sicher gefühlt, weil er mich festhielt und aufpasste, dass ich nicht hinfiel. Ich konnte fühlen, wie sehr er mich wollte, wann immer ich mich an ihn schmiegte.

Es war ein harter Kampf, in Gegenwart der anderen nicht die Beherrschung zu verlieren. Aber wir gewannen ihn. Zumindest so lange, bis das Fest schließlich aufgelöst wurde, weil es für die kleinen Sieger Zeit war, ins Bett zu gehen.

Das Lagerfeuer war bereits niedergebrannt, dafür brannte das Feuer zwischen uns lichterloh. Wir legten den Weg bis zu Reeds Hütte schweigend zurück, fast so, als hätten wir beide Angst, die aufgeladene Stimmung zu ruinieren.

Sobald Reed die Tür zu seinem Bungalow geöffnet hatte und ich eingetreten war, wirbelte ich herum und warf mich in seine Arme.

Mit einem erleichterten Stöhnen fing er meine Lippen ein. Er küsste mich, als wäre er am Verhungern. Mir ging es nicht anders. Ich krallte die Finger in sein weiches Haar und presste meinen Körper an seinen, rieb mich an ihm.

»Du bringst mich um«, stöhnte er an meinem Ohr.

Das Kompliment konnte ich nur zurückgeben. Schließlich ging es mir nicht anders. Ich hatte noch nie einen Mann so sehr gewollt.

Reed drückte mich gegen die Wand. Seine Hände fuhren an meinen nackten Schenkeln entlang, dann hob er mich hoch. Ich schlang die Beine um seine Hüften, ohne den Kuss zu unterbrechen. Seine Finger schlüpften unter den Saum meiner Jeansshorts, kamen aber nicht weit, weil der Stoff zu sehr spannte.

Ungeduld erfasste mich. Ich sehnte mich schmerzhaft nach seiner Berührung. Atemlos löste ich meine Lippen von seinen und schaute in seine lustverschleierten Augen. »Bring mich ins Bett.«

Es war keine Bitte, und Reed schien das zu gefallen. Seine Mundwinkel hoben sich zu einem trägen Lächeln. »Nichts lieber als das.«

Mit mir in seinen Armen drehte er sich um und stieß die Tür zu seinem Schlafzimmer auf. Der Raum war nicht besonders groß, weshalb er das Bett nach wenigen Schritten erreichte.

Kühle Laken umfingen meine glühende Haut, als er mich sanft ablegte und sich über mich beugte. Durch das Fenster schien schwaches Mondlicht. Es reichte aus, um die Gier in seinem Blick zu erkennen und die dunklen Haarsträhnen, die ihm wirr in die Stirn fielen.

»Sonst noch irgendwelche Wünsche?«, raunte er mir zu, während er sich vorbeugte, um die empfindliche Haut unter meinem Ohr zu liebkosen.

Stöhnend legte ich den Kopf in den Nacken. Ich wollte so viel auf einmal, dass ich plötzlich ganz überfordert war und kein Wort hervorbrachte.

Reed schien mich trotzdem zu verstehen, denn er atmete tief durch und schaltete einen Gang zurück. Seine Hände fuhren weniger rastlos über meinen Körper. Offenbar hatte er beschlossen, sich Zeit für eine Erkundungstour zu nehmen.

»Wie wäre es damit?«, murmelte er und knabberte einen unsichtbaren Pfad hinab zu meinen Brüsten. Seine Zähne schabten über meine sensible Haut und bildeten einen Wahnsinnskontrast zu seinen weichen Lippen. Als er meinen linken Nippel mit seinem Mund umfing, schossen Millionen Blitze durch meinen Körper.

Keuchend bäumte ich mich auf. Selbst durch den dünnen Stoff meines Hemdchens konnte ich seinen heißen Atem spüren. Aber es war nicht genug.

»Mehr«, krächzte ich, woraufhin Reed zustimmend brummte.

Seine Hand strich an meiner Flanke entlang, wanderte unter das Hemdchen und schob den Stoff nach oben, bis mein Oberkörper nackt war.

Ich half ihm dabei, das störende Teil über meinen Kopf zu ziehen, und streckte die Hände nach seinem Shirt aus, eine stumme Aufforderung, der er umgehend Folge leistete. Er richtete sich auf und zog sich das Shirt mit einer fließenden Bewegung über den Kopf.

Himmel, er war so schön.

Glatte Haut spannte sich über sehnigen Muskeln. Seine Brust hob und senkte sich in schweren Atemzügen, während er mit unverhohlener Gier auf mich herabstarrte, als wäre *ich* das Schönste, was er je gesehen hatte.

Seine Hand zitterte, als er sie nach mir ausstreckte. »Du machst dir keine Vorstellung davon, wie sehr ich das hier will.«

Ich lachte leise. »Doch, ich denke schon.«

Dass ich genauso empfand, schien ihn zu freuen, denn er lächelte. Er strich mit den Fingerspitzen spielerisch über die Haut direkt über meinem Hosenbund. Sie waren überraschend rau, wahrscheinlich, weil er schon jahrelang Gitarre spielte. »Dann willst du das?«

Ungläubig blinzelte ich zu ihm empor. »Ist das dein Ernst? Ich *zerfließe*, Reed.«

Er zog spöttisch eine Braue in die Höhe. »Wirklich?«

Seine Finger wanderten weiter, lösten den Knopf meiner Jeansshorts und zogen enervierend langsam den Reißverschluss herunter. Dabei musterte er mich, als wollte er keine einzige meiner Reaktionen verpassen.

Ich presste die Lippen zusammen, um das Wimmern zurückzuhalten, das meine Kehle hinaufkroch. Doch als seine Finger tief in mein Höschen glitten, war ich beim besten Willen nicht mehr im Stande, mich zu beherrschen.

Reed stieß einen tiefen, maskulinen Laut aus. Es war das Heißeste, was ich je gehört hatte.

»Du zerfließt ja tatsächlich, Prinzessin«, neckte er mich – und dann fing er an, seine Finger zu bewegen.

»O Gott!«, stöhnte ich und krallte die Hände ins Laken, um nicht den Halt zu verlieren.

Er reizte mich so lange, bis ich kurz davor war, in meine Einzelteile zu zerspringen. Ich spürte den Orgasmus bereits heranrollen. Meine Hand schoss nach unten und packte Reeds Handgelenk.

Sofort hielt er inne. Unsicherheit flackerte in seinen Augen auf. »Alles in Ordnung?«

»Ja.« Keuchend richtete ich mich auf. »Aber ich will das hier nicht ohne dich.«

Reed blinzelte, als hätte er mit allem, aber nicht damit gerechnet. Langsam zog er seine Hand aus meinen Shorts, beugte sich hinab und tupfte hauchzarte Küsse auf meinen Bauch. Anschließend arbeitete er sich weiter hinab und zog mir zugleich die Hose aus. Als ich schließlich vollkommen entblößt vor ihm lag, stand er auf und wandte sich dem Regal zu. Es raschelte, bevor er sich wieder umdrehte und sich seiner restlichen Kleidung entledigte.

Ohne mich aus den Augen zu lassen, riss er eine kleine Tüte auf, holte ein Kondom heraus und rollte es über seine Erektion. Ihm dabei zuzusehen, war so unfassbar heiß, dass ich erneut ungeduldig wurde. Ich streckte die Hand aus, zog ihn wieder auf mich, und unsere Lippen verschmolzen abermals, während sich unsere nackten Körper aneinanderpressten.

Ihn Haut an Haut zu spüren, stellte wundervolle Dinge mit mir an. Ich öffnete einladend meine Schenkel. Mein Herz raste, als Reed zwischen meine Beine glitt. Er rieb sich an meiner heißen Mitte, neckte mich, provozierte mich – und dann drang er mit einem heiseren Stöhnen ganz in mich ein.

Ich schrie vor Lust auf, konnte mich einfach nicht mehr zurückhalten.

Zum Glück schien Reeds Selbstbeherrschung ebenfalls aufgebraucht zu sein, denn er zog sich zurück und stieß ein weiteres Mal zu, während seine Zunge im gleichen Rhythmus in meinen Mund eindrang.

Schneller und schneller bewegte er seine Hüften, und ich bog mich ihm entgegen, um jede Sekunde voll auszukosten. Seine Hand wanderte meinen Oberschenkel entlang, und er hob mein Knie ein wenig an. Die Dehnung sorgte dafür, dass er noch tiefer gelangte.

Ich schnappte nach Luft, was Reed dazu veranlasste, die Lippen auf mein Ohr zu drücken.

»Du fühlst dich so verdammt gut an«, murmelte er und leckte über meine Haut, während er die Hüften kreisen ließ. »Ist es das, was du willst?«

»Ja«, keuchte ich und spannte meine Muskeln an. »Mehr!«

Reed biss zu. Ein delikater Schmerz breitete sich in meinem Hals aus, den er sogleich mit einem zärtlichen Zungenschlag besänftigte. Er nahm meine Hände, drückte sie neben meinem Kopf aufs Kissen und küsste mich erneut.

Seine Bewegungen wurden ungestümer, drängender.

Ich versuchte, es in die Länge zu ziehen, weil ich einfach nicht wollte, dass es schon vorbei war. Aber egal, wie sehr ich es versuchte, es kam der Punkt, an dem es kein Zurück mehr gab. Zum Glück war Reed genauso wehrlos wie ich.

»Jetzt, Prinzessin«, raunte er und steigerte sein Tempo noch einmal. »Lass los.«

Ich tat es – und fiel kopfüber in den Himmel.

KAPITEL 25

Sonnenlicht flutete mein Schlafzimmer und küsste Estelles nackten Rücken, während sie auf dem Bauch lag und selig schlief. Die Decke war bis zu ihrem Po heruntergerutscht. Ihr blondes Haar ergoss sich über das Kissen, und sie kräuselte ihre Stupsnase auf so niedliche Weise, dass ich noch breiter lächelte als ohnehin schon.

Ich lehnte nur mit einem Handtuch um den Hüften im Türrahmen und bewunderte die schöne Frau in meinem Bett – ein Anblick, an den ich mich gewöhnen könnte.

Vermutlich war es dumm, überhaupt darüber nachzudenken. Schließlich blieb Estelle nur über den Sommer im Camp, bevor sie in ihr altes Leben nach Seattle zurückkehrte. Trotzdem hoffte ich, dass diese Nacht keine einmalige Sache war. Dazu hatte sich alles zwischen uns einfach viel zu gut angefühlt.

Bei der Erinnerung daran wuchs mein Verlangen erneut, und ich wollte mich am liebsten wie ein Neandertaler auf sie stürzen. Aber in zwei Stunden musste ich zweiunddreißig Kinder in die Busse nach Idaho, Wyoming und Washington setzen,

und bis dahin gab es noch eine Menge zu tun. Sicher halfen Hazel und die anderen bereits beim Packen und hatten alle Hände voll zu tun, den bevorstehenden Abschiedsschmerz zu lindern. Ich sollte wirklich gehen und nachsehen, ob meine neuen Betreuer dieser Situation gewachsen waren.

Andererseits konnte ich unmöglich ohne ein Wort verschwinden. Estelle wusste zwar, dass einige Kids heute abreisten, aber ich wollte auf keinen Fall riskieren, dass sie mein Gehen falsch deutete.

Also kroch ich doch zurück aufs Bett und lehnte mich über sie, um ihren Rücken mit meinen Lippen zu liebkosen. Wenn ich sie schon weckte, dann wenigstens mit Hingabe.

»Guten Morgen«, murmelte ich zwischen zwei Küssen.

Estelle begann sich zu regen und bog sich mir voller Genuss entgegen.

»Tut mir leid, dass ich dich wecke.« Ein sanfter Biss. »Du kannst weiterschlafen, wenn du willst.« Noch ein Kuss. »Aber ich muss bei den Vorbereitungen für die Abreise helfen.«

Sie reagierte nicht, aber ich wusste trotzdem, dass sie wach war.

Belustigt reckte ich mich, nahm ihr linkes Ohrläppchen zwischen meine Zähne und knabberte sanft daran. »Die Kids fahren um neun, falls du dich noch von ihnen verabschieden willst. Bis dahin kannst du dich hier gern noch etwas ausruhen.«

Da Estelle noch immer nicht antwortete, biss ich etwas fester zu.

Diesmal streckte sie die Hand nach mir aus, strich über meinen Oberschenkel und zog mich näher zu sich. Mein Penis streifte ihren weichen Hintern und wurde prompt hart.

Ich stöhnte. »Okay?«

Ihre Hand wanderte bis zum Handtuch. Ein Ruck, und es war weg.

Verdammt, ich würde zu spät kommen.

Gierig riss ich ihr die Bettdecke weg. »Bleib genau so.«

Natürlich hörte sie nicht auf mich, sondern wackelte einladend mit dem Hintern und kicherte leise.

Eilig schnappte ich mir ein Kondom vom Nachttisch und streifte es über, bevor ich mich mit einem langen, tiefen Stoß in ihr versenkte.

Wir keuchten gleichzeitig auf, weil es sich einfach so verflucht gut anfühlte.

Pure Lust überwältigte mich. Ich packte ihre Hüften, zog mich zurück und stieß erneut zu. Wieder und wieder, den Blick voller Faszination auf Estelle gerichtet, die sich mir ganz und gar hingab. Ihr hübsches Gesicht konnte ich nur von der Seite sehen, doch ihre Züge waren entspannt, ihre Augen geschlossen. Nur ihren sündigen Lippen entwichen Laute, die mir verrieten, wie sehr ihr gefiel, was ich mit ihr tat, und die mich zusätzlich anspornten.

Ich steigerte mein Tempo langsam. Trotzdem kam der Moment, in dem wir beide die Kontrolle verloren und die Leidenschaft übernahm.

Estelle warf den Kopf zurück. »Reed.«

Wärme erfüllte meine Brust. Zugleich schoss ein Kribbeln mein Rückgrat hinab. »Komm mit mir.«

Selbst im Rausch meiner Begierde hörte ich, wie schroff meine Stimme klang. Aber Estelle stöhnte nur noch lauter. Ihre Muskeln zogen sich um mich zusammen, und wir fielen gemeinsam in diesen irren Strudel aus Glück und Vollkommenheit.

Kraftlos fiel ich nach vorn und stützte mich mit dem Ellenbogen auf dem Kissen ab, um Estelle nicht zu erdrücken. Mein

Atem ging schwer, mein Herz raste. Trotzdem bekam ich einfach nicht genug von ihr, sondern tupfte zärtliche Küsse auf ihren Nacken, ihre Schulterblätter und jede Stelle, die ich sonst erreichte.

Und die Frau, die ich anfangs für kalt und abgebrüht gehalten hatte, genoss meine Aufmerksamkeiten mit einem seligen Lächeln auf den Lippen und schnurrte wie ein glückliches Kätzchen.

Euphorie und tiefe Zufriedenheit durchströmten mich, und ein Lachen platzte aus mir heraus.

»Was ist?«, nuschelte sie.

»Keine Ahnung, ich …«

… *bin einfach glücklich.*

Der Gedanke erschreckte mich so sehr, dass ich beinahe aus dem Bett fiel. Ich hatte keine Ahnung, wann ich mich zuletzt so gefühlt hatte wie in diesem Moment. Aber ich wusste durchaus, wer damals für dieses Gefühl verantwortlich gewesen war: die Frau, die ich geliebt und verloren hatte.

Savannah.

Schlagartig verkrampfte sich meine Brust.

»Du?«, hakte Estelle in süffisantem Ton nach, weil sie von meinem abrupten Stimmungswechsel nichts mitgekriegt hatte.

Benommen schüttelte ich den Kopf. »Ich werde zu spät kommen.«

»Eigentlich fand ich dein Timing ziemlich grandios.«

Normalerweise hätte ich über diesen Spruch gelacht, vielleicht sogar Stolz empfunden. Aber mein Herz fühlte sich an, als steckte es in einem Schraubstock. Schweigend drückte ich Estelle einen schnellen Kuss auf die Wange, bevor ich mich von ihr löste und mit dem Vorwand, das Kondom zu entsorgen, ins Bad verschwand. Dort rieb ich mir angespannt übers

Gesicht. Ich hatte keine Ahnung, was dieser heftige Gefühlsausbruch zu bedeuten hatte, aber der Schmerz war noch immer da.

Waren das Schuldgefühle, weil ich mit einer anderen Frau glücklich war? Oder Furcht?

Ich wusste es nicht. Aber es war definitiv kein gutes Zeichen.

***

Als ich ins Schlafzimmer zurückkehrte, war Estelle wieder eingeschlafen. Diesmal erlaubte ich es mir nicht, sie im Sonnenschein zu betrachten, sondern zog eilig meine Jeans an und nahm mir ein frisches Shirt aus dem Schrank, bevor ich das Haus verließ.

Ich fühlte mich schäbig, weil mir die Abreise der Kinder plötzlich als perfekte Ausrede diente, um nach dieser intensiven Nacht etwas Abstand zu Estelle zu gewinnen. Trotzdem bereute ich keine Sekunde lang, was zwischen uns passiert war. Ich war bloß ... durcheinander. Insofern kam mir etwas Ablenkung gerade recht.

Als Erstes steuerte ich die Hütte der Graufüchse an. Sie war wie alle anderen Gruppenhäuser: Ein geräumiger Flur, in fröhlichem Sonnengelb gestrichen, führte zu drei Schlafzimmern mit je zwei Doppelstockbetten, einem Einzelbettzimmer für den Betreuer sowie zum Badezimmer. Im Flur standen rechts Kommoden und Regale, gefüllt mit Büchern, Comics und Gesellschaftsspielen. Auf der gegenüberliegenden Seite befanden sich Kleiderhaken, Schuhregale und persönliche Fächer. Alles hatte seinen festen Platz. Nur heute herrschte ein heilloses Durcheinander.

Überall lagen Klamotten und Kram herum. Drei Jungs rauften sich im Flur. Von irgendwoher war lautes Geheul zu hören. Und Scott flog beinahe über die Koffer, die mitten auf dem Boden verstreut waren.

Ich legte die Finger an die Lippen und stieß einen schrillen Pfiff aus.

Sofort hörten die Jungs im Flur auf zu rangeln und mehrere Köpfe wurden aus den Schlafzimmern gesteckt. Scott, der vor lauter Stress völlig verschwitzt war, atmete erleichtert auf.

»Alle Mann an-tre-ten!«, befahl ich wie ein Feldwebel, was die Jungs ziemlich lustig fanden.

Giggelnd flitzten sie in den Flur und stellten sich in einer mehr oder weniger geraden Reihe auf. Teilweise standen sie auf den Koffern. Aber zumindest waren alle da.

»Also gut, Freunde«, sagte ich und verschränkte die Arme. »Alle, die heute *nicht* abreisen, treten einen Schritt vor.«

Von den zwölf Kindern machten vier einen ausladenden Schritt nach vorn, darunter auch Bowie und Joshua, die sich lässig abklatschten.

Gut, die Zahl deckte sich mit der Liste, die ich schon gestern Nachmittag durchgegangen war. Laut Quartierplan wurden die beiden hinteren Zimmer heute vollständig geräumt.

Immerhin wussten die Kids also Bescheid.

Ich deutete hinter mich zur Eingangstür. »Ihr geht frühstücken.«

Joshua zog einen Flunsch. »Aber wenn ich nicht aufpasse, klaut Alex mir meinen Spiderman.«

»Tu ich nicht«, blaffte Alex.

»Tust du doch.« Überraschenderweise kam dieser überaus nüchtern hervorgebrachte Kommentar von Bowie, der es jedoch nicht wagte, Alex direkt anzusehen. »Ich habe genau gesehen, wie du ihn genommen hast.«

»Du bist ein blöder Lügner«, brüllte Alex und sprang vor, um sich auf Bowie zu stürzen.

Doch Scott hielt ihn rechtzeitig fest. »Das reicht, Alex.«

Bei seinem autoritären Ton hielt der Junge sofort inne, was mich durchaus beeindruckte. Ich wandte mich an die vier Kids, die im Camp blieben. »Ab zum Frühstück.«

Schon klappte Joshua den Mund auf, um erneut zu protestieren. Doch ich scheuchte ihn und die anderen drei mit dem Versprechen hinaus, dass niemand ihr Zimmer betreten würde. Damit waren es nur noch acht.

»Okay, Jungs. Jeder sammelt seinen Kram zusammen. Was nicht in euren Koffer passt, legt ihr davor. Scott hilft euch dann beim Einpacken. Checkt auch die Duschen, ob ihr alles habt.« Ich klopfte gegen das Bücherregal. »Seid bitte so fair und lasst keine Sachen mitgehen, die euch nicht gehören. Eure Eltern merken es sowieso und schicken das Diebesgut mit der Post *und* einem Entschuldigungsgeschenk aus eurem Zimmer zurück.«

Für gewöhnlich reichte diese Ansage aus, um die Kids wieder auf den rechten Weg zu bringen.

Ich deutete zum linken Gruppenraum. »Ich helfe euch, Scott den anderen.«

Die Dankbarkeit in Scotts Blick sprach Bände. Er klatschte in die Hände. »Ihr habt gehört, was der Boss gesagt hat. Los geht's!«

Zusammen brauchten wir nur eine Viertelstunde, bis das gröbste Chaos beseitigt war und Scott allein klarkam. Deshalb verabschiedete ich mich und zog weiter zu den Rotluchsen.

Jade hatte die Lage etwas besser im Griff. Dafür hatte ich damit zu tun, meine aufgelöste Nichte zu beruhigen. Tracy

McDougal wäre heute ebenfalls abgereist. Deshalb musste auch Maila ihren Koffer packen und wieder in ihr eigenes Zimmer ziehen. Natürlich war ihr Versprechen längst vergessen und sie machte ein Riesentheater. Sie weinte, schmollte, feilschte. Aber es nützte alles nichts. Der Platz war bereits gebucht, und Maila musste sich an die Abmachung halten. Bailey und Willow gaben ihr Möglichstes, um sie zu trösten. Viel erreichten sie allerdings nicht. Maila schwor, nie wieder auch nur ein Wort mit mir zu reden.

Von den älteren Kindern reisten deutlich weniger ab. Die meisten besuchten schon seit Jahren das Camp und waren Stammgäste. Trotzdem gab es noch genug Chaos und Herzschmerz, weshalb ich keine Sekunde zum Verschnaufen kam. Als ich endlich mit allen Gruppenhäusern durch war, fühlte sich die Nacht mit Estelle an wie ein surrealer Traum.

Sie kam weder zum Frühstück noch verabschiedete sie die Kinder, die pünktlich um neun in den Bussen saßen oder direkt von ihren Eltern abgeholt wurden.

Das überraschte mich. Schließlich reisten auch Darla und Ivy ab, zwei Mädchen, mit denen Estelle während des Malkurses sehr viel Zeit verbracht hatte und die sie definitiv sehr mochte. Andererseits holte sie vielleicht auch einfach Schlaf nach, nachdem wir vergangene Nacht nicht wirklich dazu gekommen waren.

Kaum waren alle davongefahren, ging für die übrigen Kinder eine mehrstündige Wanderung los, denn die Erfahrung hatte uns gezeigt, dass dies am schnellsten über den Trennungsschmerz hinweghalf.

»Bereit für den Budenschwung?«, fragte Hazel, als sie mit Eimer und Putzzeug bewaffnet aus dem Verwaltungsgebäude kam.

Ich verzog das Gesicht. Viel lieber wäre ich wieder zu Estelle ins Bett gekrochen, obwohl ich mir noch immer nicht im Klaren war, was mein emotionaler Ausnahmezustand heute Morgen zu bedeuten hatte. Allerdings war mir in den letzten Stunden bewusst geworden, dass sich an meinem Verlangen nach ihr nichts geändert hatte.

Leider hatten wir uns aus Kostengründen gegen einen teuren Putzservice entschieden. Also konnte ich mich jetzt nicht drücken.

Mit Unterstützung von Dotty, Grover und Gina ackerten wir uns in Rekordgeschwindigkeit durch die Gruppenhäuser, bezogen Betten neu, putzten Toiletten und Bäder und schrubbten die Böden.

Estelle kam nicht dazu.

Auch mittags ließ sie sich nicht blicken, aber ich hatte ohnehin keine Zeit für sie, denn nach einem kurzen Snack im Speisesaal musste ich mich dringend um einige Ausbesserungen in den Häusern kümmern. Zwei Türklinken waren kaputt, eine Lampe funktionierte nicht und bei einem Doppelstockbett war ein Trittbrett locker. Grover hätte das übernommen. Aber er musste bei den Weißkopfadlern eine Kommode reparieren, die fast zusammenbrach.

Als ich endlich mit allem fertig war, war es früher Nachmittag und die Kids kehrten bereits von ihrem Ausflug zurück. Ihr erster Weg führte sie in den Speisesaal, wo sie sich mit Brownies und Obst stärkten.

Gestresst schaute ich auf meine Uhr. Schon fast drei. Bald würden die ersten Kinder eintreffen, aber nach diesem Tag brauchte ich dringend eine Dusche. Ich eilte in meinen Bungalow, und obwohl ich es eigentlich schon wusste, durchfuhr mich ein Stich der Enttäuschung, weil Estelle nicht da war.

Ich fragte mich, wo sie steckte und vor allem, wie sie über unsere gemeinsame Nacht dachte. Dass sie sich vollkommen rarmachte, irritierte mich. Bereute sie vielleicht, dass sie sich darauf eingelassen hatte? Was, wenn sie sich jetzt wieder von mir zurückzog?

Gott, ich hoffte es nicht.

Es gab noch so viel, das ich nicht über Estelle wusste. Ich hatte noch so viele Fragen …

Ein Klopfen riss mich aus meinen Überlegungen, und prompt machte mein Herz einen Satz. Ich eilte zurück zur Tür in der Hoffnung, Estelle zu sehen, doch leider stand nicht sie auf der Schwelle, sondern Aubrey.

Ich zwang mich zu einem Lächeln.

»Hey, was gibt's?«, fragte ich, bat sie aber nicht herein, weil sich an meinem Plan, schnell zu duschen, nichts geändert hatte.

Aubrey lächelte. »Ich hoffe, ich störe nicht?«

»Eigentlich wollte ich mich schnell frisch machen, bevor die neuen Kids eintreffen.«

»Oh.« Ihr Blick wanderte über mein verschwitztes Shirt, und Interesse flackerte unverkennbar in ihren Augen auf.

Normalerweise hätte ich mich geschmeichelt gefühlt. Aber sie war leider nicht die richtige Frau.

»Was kann ich für dich tun?«, fragte ich und bemühte mich, nicht allzu abweisend oder ungeduldig zu klingen.

Aubreys Aufmerksamkeit zuckte zurück zu meinem Gesicht. »Es geht um Kyra.«

»Was ist mit ihr?«, fragte ich irritiert.

»Wir hatten gestern Vormittag einen weiteren Versuch, ein Einzelcoaching durchzuführen, der gelinde ausgedrückt kolossal gescheitert ist.« Aubrey straffte ihre Schultern. »Deshalb möchte ich sie nicht mehr betreuen.«

Ungläubig starrte ich die Therapeutin an. »Kyra hat Probleme.«

Sie stieß ein schnaubendes Lachen aus. »O ja, allerdings. Aber ich kann diesem verzogenen Mädchen nicht helfen. Glaub mir, ich habe es wirklich versucht, aber wie ich schon sagte: Da müssen ganz andere Leute ran.«

Irgendwie fiel es mir schwer zu glauben, dass Aubrey wirklich alles gegeben hatte. Schließlich hatte sie von Anfang an eine klare Meinung über Kyra geäußert – und die war nicht gerade zimperlich ausgefallen. Vermutlich hatte das Mädchen ihre Abneigung gespürt.

Ich war mir nicht sicher, was ich von dieser Entwicklung halten sollte. Aber da ich bezweifelte, dass Kyra sich sonderlich wohl in Aubreys Nähe fühlte, brachte es auch nichts, die beiden zu irgendwelchen Coachings zu zwingen. »In Ordnung.«

Erleichterung huschte über ihr Gesicht. »Danke für dein Verständnis.«

»Keine Ursache.« Ich legte den Kopf schief. »Ich wollte dich ohnehin noch um einen Gefallen bitten.«

Ihre Augen leuchteten auf. »Ja?«

»Wäre es möglich, dass du mir eine Übersicht erstellst, aus der hervorgeht, welche deiner Einzelcoachings wirklich sinnvoll sind?«

Ihre Miene gefror. »Wie meinst du das?«

»Es ist die erste Saison, in der wir so etwas anbieten. Vielleicht ist es aber bei einigen gar nicht nötig.«

»Willst du mir damit sagen, dass ich überflüssig bin?«, fragte Aubrey schrill.

»Nein, selbstverständlich nicht.« Nachdrücklich schüttelte ich den Kopf. »Es ist nur so, dass wir uns auf die Kinder konzentrieren wollen, die deine Unterstützung auch wirklich brauchen. Ich weiß, dass du einigen Kindern mit deiner Ernährungsberatung sehr hilfst und dass Pete deine Konzentrationsübungen total nützlich findet. Außerdem hat Ken davon geschwärmt, dass er seine Hand nach eurem Training schon viel besser bewegen kann.« Ich warf ihr einen vorsichtigen Blick zu. »Aber eventuell könnte man Angebote wie die Ernährungsberatung zu einem Gruppencoaching zusammenfassen und deinen Aufwand so etwas reduzieren.«

Natürlich durchschaute Aubrey meine Absichten sofort. »Du willst meine Stunden kürzen.«

»Es muss leider sein, ja«, erwiderte ich.

Entgeistert schüttelte Aubrey den Kopf. »Das haben wir nicht vereinbart. Du hattest mir mindestens zwanzig Stunden fest zugesichert.«

»Dabei bleibt es auch. Aber aktuell arbeitest du deutlich mehr und rechnest das auch entsprechend ab.«

Sie warf die Hände in die Luft. »Weil meine Coachings sehr gefragt sind.«

»Und das finde ich großartig«, versicherte ich ihr eilig. »Deshalb bitte ich dich ja auch um diese Liste. Eventuell können wir manche Coachings zu Kursen zusammenfassen, sodass du eine gewisse Stundenanzahl nicht mehr überschreitest. Das würde auch viel weniger Stress für dich bedeuten.«

Und das restliche Kapital für einen Schwimmtrainer schaffen.

Der Plan war perfekt.

Leider wirkte Aubrey nicht sonderlich begeistert. »Und was soll ich mit so viel Freizeit hier anfangen?«

Ich lächelte. »Wir sind mitten in der Natur, Aubrey. Du sollst die Zeit hier auch genießen und dir schöne Momente schaffen.«

Es war ein Rat unter guten Kollegen – den Aubrey dummerweise völlig falsch verstand.

Leider wurde mir das erst klar, als sich ihre Lippen zu einem lasziven Lächeln verzogen. Sie lehnte sich in den Türrahmen und schaute mit verhangenem Blick zu mir auf. »Und was für schöne Momente wären das?«

Leicht überfordert öffnete ich den Mund. Ich war mir ziemlich sicher, dass *Lesen* nicht das war, was Aubrey gern hören wollte.

Dem Himmel sei Dank fiel in diesem Augenblick die Tür von Estelles Hütte zu.

Aubrey schaute über die Schulter, als Estelle die Stufen runterhüpfte. Sie trug schon wieder diese sexy Jeansshorts und eine Bluse mit Spitzenbesatz, die eigentlich total spießig war, aber in Verbindung mit den schweren Boots und dem Queen-Cap absolut lässig wirkte. Ihr langes Haar fiel ihr offen über den Rücken, und ihr Make-up war zurück, aber diesmal war es wesentlich dezenter.

Entspannt schlenderte sie den Weg entlang, blieb jedoch abrupt stehen und riss überrascht die Augen auf, als sie Aubrey und mich entdeckte. »Oh, hallo.«

Schauspielerin.

Ich verkniff mir ein Grinsen.

Sichtlich verärgert über die Störung reckte Aubrey das Kinn vor. »Hallo, Estelle.«

»Hi.« Sie strahlte Aubrey mit ihrem *Leck mich!*-Lächeln an, bevor sie sich an mich wandte. »Ich brauche dringend dein Okay für die Nachbestellung.«

Ich hatte keinen blassen Schimmer, was wir brauchten. Das war Hazels Metier. Aber mir war jedes Mittel recht, um Aubrey loszuwerden und Estelle allein zu sprechen. Vielleicht war sie ja für eine gemeinsame Dusche zu haben.

»Klar, ich sehe sie mir gleich an.«

Aubrey wirbelte zu mir herum. »Ich dachte, du hast keine Zeit.«

Estelle hob eine Braue. »Soll ich später wiederkommen?«

»Nein«, erwiderte ich sofort. »Das wird hoffentlich nur eine Minute dauern.«

Belustigung blitzte in Estelles Augen auf. »Du kannst die Liste doch nicht einfach überfliegen. Du musst sie ganz genau prüfen. Spalte für Spalte.«

Mir wurde heiß.

Aubrey verzog missbilligend die Lippen. »Ist das nicht ein bisschen pedantisch?«

»Wie man's nimmt«, erwiderte Estelle unbekümmert und ließ einen derart lasziven Blick über mich gleiten, dass mein Körper auf der Stelle reagierte. »Ich persönlich stehe ja drauf, wenn jemand besonders gründlich ist.«

Da lachte Aubrey auf, als wäre sonnenklar, dass Estelle sich mit diesem plumpen Flirtversuch jede Chance bei mir verbaut hatte. Sie schien nicht mal in Erwägung zu ziehen, dass Estelle noch vor wenigen Stunden nackt in meinen Armen gelegen haben könnte. Was zweifellos Estelles Absicht gewesen war.

Ich runzelte die Stirn. Wollte sie die Sache zwischen uns geheim halten?

»Nun, Reed ist es sicher egal, mit wie vielen Süßigkeiten dein Praktikumsplatz gesponsort wird«, versetzte Aubrey. »Aber da es schade wäre, die Kinder zu enttäuschen, weil du dich verzählt hast, macht eine Überprüfung sicher Sinn.«

»Stimmt«, sagte ich kühl. »Es ist mir vollkommen egal. Wenn du uns jetzt entschuldigen würdest, Aubrey.«

Empört klappte sie den Mund auf, besann sich dann jedoch eines Besseren und rauschte ohne ein Wort davon.

Ich trat zur Seite. »Komm rein.«

Estelle blieb am Fuß der Treppe stehen. »Ich hab die Liste schon verschickt.«

»Danke.« Ungeduldig winkte ich sie heran. »Und jetzt komm rein.«

Langsam schüttelte sie den Kopf.

»Nur eine Minute«, beharrte ich.

Ihre Mundwinkel zuckten. »Du weißt genau, dass es nicht bei einer bleiben würde.«

Verunsichert hielt ich inne. »Spricht etwas dagegen?«

»Allerdings.«

Mein Herz krachte auf den Boden. Ich versuchte wirklich, mir meine Bestürzung nicht anmerken zu lassen. Aber ich bezweifelte, dass mir das gelang. »Und was?«

Estelle antwortete nicht, sondern sah mich unverwandt an. Und dann hupte ein Bus.

Ich zuckte zusammen. »Shit!«

»Wir sehen uns später, Dixon«, sagte Estelle belustigt. Sie wollte ihren Weg fortsetzen, doch ehe sie dazu kam, sprang ich ihr in den Weg. Sie keuchte vor Schreck auf. »Was machst du denn?«

Ich musterte sie aufmerksam. »Hast du heute Abend schon was vor?«

Sie lachte. »Klar! Da wartet ein niedlicher Typ am Lagerfeuer auf mich.«

»Bowie wird mit seinen Freunden beschäftigt sein.«

Grinsend schüttelte sie den Kopf. »Ihn habe ich nicht gemeint.«

Freude explodierte in meiner Brust. Bis ich die volle Bedeutung ihrer Worte erfasste. Ich runzelte die Stirn. »Ich bin nicht niedlich.«

»Du solltest mal sehen, wie du im Schlaf mit den Ohren wackelst. Das ist schon irgendwie niedlich.«

»So was mache ich nicht.«

Amüsiert reckte Estelle den Kopf. »Oh doch! Und zwar sehr oft.«

Ihr lasziver Unterton fuhr mir direkt in den Schritt. Aber vom Versammlungsplatz her war bereits aufgeregtes Geschrei zu hören. Mir rannte die Zeit weg. Davon abgesehen wollte ich Estelle nicht nur für mein Bett. Ich wollte ... mehr. »Gehst du heute Abend mit mir aus?«

Ihre Belustigung verschwand. »Du willst ein Date mit mir?«

»Genau.« Unbedingt.

Eine kleine Falte erschien auf ihrer Stirn. »Wieso? Du hast mich doch schon ins Bett gekriegt.«

»Ich möchte mit dir ausgehen, Prinzessin«, sagte ich leise. »Heute Abend, nach dem Willkommensbarbecue. Ich würde gern schon früher abhauen. Aber Hazel bringt mich um, wenn ich nicht da bin, um die Neuankömmlinge zu begrüßen.«

»Also willst du etwas trinken gehen?«, hakte sie nach.

So genau wusste ich das eigentlich auch noch nicht. »Ich möchte einfach raus aus dem Camp. Nur du und ich.«

Ich wollte so gern die Hand nach ihr ausstrecken und sie an mich ziehen. Aber ich war mir nicht sicher, ob sie das gut finden würde. Hinzu kam, dass ich für nichts mehr garantieren konnte, wenn ich diese sündigen Lippen jetzt erneut kostete.

»Bitte, Estelle.«

Sie seufzte schwer. »Also gut, na schön. Aber wehe, du zwingst mich, irgendwas Blödes zu machen.«

»Was zum Beispiel?«

Hilflos zuckte sie mit den Schultern. »Karaoke singen oder so.«

Ich fragte mich, wie sie plötzlich auf so etwas Absurdes kam. Dann wurde mir klar, was eigentlich dahintersteckte. Karaoke-bars waren laut und schrill. Kein Ort, an dem Estelle sich wohl-fühlen würde. Aber jetzt, wo ich darüber nachdachte, fiel mir durchaus die perfekte Location ein.

KAPITEL 26

Estelle

Ein Date.

Ich wusste beim besten Willen nicht, ob das klug war. Aber nicht weil ich Angst davor hatte, allein Zeit mit Reed zu verbringen, sondern weil mir die Vorstellung, etwas außerhalb des Camps mit ihm zu unternehmen, viel zu gut gefiel.

Gedankenversunken betrachtete ich den Silver Lake, der still und friedlich in der Nachmittagssonne glitzerte. Auf dem Versammlungsplatz war schon wieder die Hölle los, nachdem unzählige Kinder eingetroffen waren. Deshalb hatte ich mich hierher zurückgezogen. Aber zur Ruhe kam ich trotzdem nicht.

Immer wieder flatterte mein Magen vor Aufregung, vor Nervosität, vor Glück.

Der Sex heute Morgen war anders gewesen als letzte Nacht. Natürlich waren wir auch scharf aufeinander gewesen, aber trotzdem hatte es sich diesmal noch intimer angefühlt.

Reed hatte es auch gespürt. Ich hatte es an der Bestürzung in seinen Augen erkannt, als er praktisch aus dem Schlafzimmer geflohen war. Der Ausdruck auf seinem Gesicht hatte meiner Euphorie zunächst einen Dämpfer verpasst. Aber dann war mir klar geworden, dass ich ihm im Grunde keinen Vorwurf machen konnte. Schließlich hatte ich mich bei seiner Rückkehr aus lauter Überforderung schlafend gestellt.

Als er fort war, hatte ich mich sofort angezogen und war in meine eigene Hütte zurückgeschlichen. Zum Glück hatte mich niemand bemerkt. Es wäre doch etwas peinlich gewesen, zu erklären, warum ich morgens total verstrubbelt und mit einem seligen Lächeln auf den Lippen aus Reeds Bungalow kam.

Ich hatte keine Ahnung, was Reed den ganzen Tag getrieben hatte, denn irgendwann hatte ich mich so sehr in meine Gedanken verstrickt, dass ich jedes Zeitgefühl verlor.

Das Gespräch mit meiner Mutter lastete noch immer schwer auf mir. Ich fragte mich, ob ich es je schaffen würde, sie stolz zu machen, anstatt immer neue Enttäuschungen heraufzubeschwören. Mein Magen verknotete sich. Ich wusste genau, was meine Mutter von mir erwartete. Aber ich fühlte mich außerstande, das zu tun. Dieses Praktikum zu absolvieren, war eine Sache – meinem Versagen in die Augen zu schauen, eine ganz andere. Vielleicht würde ich es niemals schaffen. Ich wagte es ja noch nicht mal, Reed die Wahrheit zu gestehen, obwohl ich wusste, wie falsch es war, ihn weiterhin im Unklaren zu lassen …

»Hey.«

Überrascht drehte ich den Kopf und stellte fest, dass Kyra sich neben mich ans Ufer gesetzt hatte. »Hallo.«

Das Mädchen musterte mich neugierig. »Wieso sitzt du hier allein herum?«

Weil ich aus dieser engen Hütte raus musste.

Weil ich auf Reed warte.

Weil ich nicht weiß, wohin ich sonst gehen soll.

Alles wahre Gründe. Aber keiner davon war für die Ohren einer Fünfzehnjährigen bestimmt. Deshalb zuckte ich nur mit den Schultern. »Weil es schön hier ist.«

»Stimmt.« Kyra richtete ihre Aufmerksamkeit auf den See. »Ist ziemlich friedlich hier.«

»Ja«, antwortete ich lächelnd. Trotzdem wunderte ich mich, warum sie hier und nicht bei den neuen Campgästen war. »Hast du die neuen Kids schon kennengelernt?«

Kyra zuckte mit den Schultern. »Warum sollte ich? In zwei Wochen reisen sie sowieso wieder ab.«

Nachdenklich betrachtete ich das Mädchen. Normalerweise stellte sie immer Stolz und Stärke zur Schau. Aber heute waren ihre Schultern hochgezogen und Kummer schimmerte in ihren Augen. Sie wirkte unheimlich verletzlich.

»Ich werde Darla und Ivy auch vermissen«, sagte ich leise und bedauerte es plötzlich, dass ich mich nicht von den beiden verabschiedet hatte.

Da brach Kyra in Tränen aus.

Unbeholfen streichelte ich ihren Rücken. Ich sagte nichts, denn ich hatte gerade erst durch Reed gelernt, wie gut es tat, den Schmerz einfach rauszulassen.

Kyra hatte letzte Woche viel Zeit mit den Mädchen verbracht. Anfangs war sie noch distanziert gewesen. Aber nach und nach war sie aufgetaut, hatte sich ihnen anvertraut und mit ihnen herumgealbert.

Diese Freundschaft wachsen und Kyra aufblühen zu sehen, war einer der schönsten Aspekte des Malkurses gewesen, auch wenn ich mich nie in die Gespräche eingemischt hatte. Deshalb tat es mir unendlich leid für Kyra, dass sie sich nun so verloren fühlte.

Aufgewühlt vergrub sie das Gesicht in den Händen und lehnte sich sogar noch ein bisschen näher an mich, als würde sie den Trost wirklich dringend brauchen.

Ich hielt sie fest, so wie Reed es getan hatte, und wartete ab, bis das Mädchen sich beruhigte.

»Gott, das ist so bescheuert«, nuschelte Kyra nach einer Weile und zog sich schniefend zurück. Fast schon grob wischte sie sich über das Gesicht, als würde sie sich plötzlich für ihre Tränen schämen.

»Traurig zu sein, weil man sich von zwei lieb gewonnenen Freundinnen verabschieden musste, ist kein bisschen bescheuert.« Ich nahm meine Hand fort und legte sie auf mein Knie. »Es zeigt nur, dass sie dir wichtig sind.«

Kyra schnaubte. »Schön blöd, mich darauf einzulassen.«

Früher hätte ich ihr zugestimmt. Nun aber stellte ich fest, dass das ziemlich scheinheilig gewesen wäre. Immerhin hatte ich mich ebenfalls auf gewisse Personen hier im Camp eingelassen. »Aber es hat sich gut angefühlt, oder nicht?«

»Klar.« Kyra zuckte mit den Schultern. »Und jetzt fühlt es sich scheiße an.«

Tja, was sollte ich darauf erwidern? Dass Kyra darüber hinwegkommen und neue Freunde finden würde? Das war in ihrer aktuellen Lage sicher kein guter Ansatz. Schließlich tauschte man Freunde nicht einfach so aus.

»Niemand kann Darla und Ivy ersetzen«, sagte ich zögernd. »Aber den neuen Kids von vornherein keine Chance zu geben, klingt für mich nach einem verdammt langen, einsamen Sommer.«

»Mir doch egal«, murrte Kyra. »Zu Hause bin ich ständig allein.« Sie verzog abfällig das Gesicht. »Meine Eltern lassen sich scheiden.«

Erstaunt über diese Offenbarung sah ich das Mädchen an. »Das tut mir sehr leid.«

Kyras Miene wurde ausdruckslos. »Ist sowieso besser so. Sie haben sich in den letzten Monaten nur noch gestritten.«

Trotzdem tat es entsetzlich weh, wenn die eigene Familie auseinanderbrach. Ich war noch zu klein gewesen, um die Trennung meiner Eltern zu begreifen. Aber dennoch war mir dieser Verlust bekannt »Willst du darüber reden?«

Ich rechnete nicht damit, dass Kyra mein Angebot annahm. Schließlich war ich eine Fremde für sie. Aber als hätte sie nur auf diese Frage gewartet, begann sie zu reden.

Sie erzählte mir, wie sich ihre Eltern immer weiter voneinander entfernt hatten, wie die Stimmung bei ihr zu Hause zunehmend kälter wurde, wie ihre Mutter sich in eine Affäre flüchtete, wie ihr Vater es herausfand und sich ebenfalls eine Geliebte suchte, wie einfach alles den Bach runtergegangen war.

Zwischendurch fiel es mir schwer, meine Bestürzung zu verbergen. Aber ich schaffte es irgendwie und hörte schweigend zu, als mir das Mädchen ihr Herz ausschüttete.

Irgendwann verstummte Kyra und verlor sich erneut in dem bezaubernden Anblick des Sees.

Ich überlegte fieberhaft, was ich zu all dem sagen sollte. Aber jedwede Erwiderung hörte sich in meinem Kopf wie eine hohle Phrase an. Ich hatte Angst, etwas falsch zu machen. Andererseits war nicht ich diejenige, die ihr Kind zwischen die Fronten gezerrt hatte. »Deine Eltern haben sich echt wie riesige Arschlöcher verhalten.«

Diese Umschreibung war vielleicht nicht ganz regelkonform. Aber warum um den heißen Brei herumreden?

Kyra riss die verquollenen Augen auf. Es schien fast so, als hätte sie nicht mit meiner Solidarität gerechnet. »Aubrey hat gesagt, ich wäre alt genug, um zu verstehen, warum sie sich getrennt haben, und dass ich kein Recht habe, sauer auf sie zu sein.«

Vor lauter Empörung schoss mein Puls in die Höhe. »Das ist doch Schwachsinn! Sie haben dich mit ihrem Verhalten tief verletzt. Hast du ihnen je gesagt, wie du über all das denkst?«

»Nee.« Kyra lachte humorlos auf. »Die interessieren sich ja doch bloß für sich selbst.«

Nach allem, was ich gerade gehört hatte, war ich geneigt, dem Mädchen zuzustimmen. Aber da gab es auch diese leise Stimme in meinem Kopf, die mich ermahnte, nicht schon wieder vorschnell zu urteilen.

Kyra hatte eine Menge durchgemacht. Allein deshalb wollte ich ihr unbedingt helfen. Ich kramte in meinem Gedächtnis, was ich während meines Psychologiesemesters über Konfliktbewältigung gelernt hatte. Da fiel mir ein, dass meine Dozentin in einem Kurs gesagt hatte, Schreiben wäre auch eine Therapie und manchmal würde man im Schriftlichen viel bessere Worte finden als mündlich.

»Du könntest ihnen einen Brief schreiben und auflisten, womit sie dir wehgetan haben«, schlug ich zögernd vor.

Kyra runzelte die Stirn. »Ich bin nicht so gut im Briefeschreiben.«

»Du musst ihn ja nicht abschicken, wenn du nicht willst.« Ich lächelte sie aufmunternd an. »Tu es doch erst mal nur für dich. Vielleicht hilft es dir sogar, die Wut, die in dir brodelt, an das Papier zu fesseln.«

Die Vorstellung schien Kyra zu gefallen. »Du meinst, wie mit Kleber?«

Ich grinste. »Eher mit Kugelschreiber.«

Diesmal lachte Kyra richtig auf. »Okay, vielleicht versuch ich das mal.«

»Gut«, erwiderte ich und spürte ganz unvermittelt ein Gefühl von Zufriedenheit, weil das Mädchen nun nicht mehr ganz so verloren und unglücklich wirkte.

Danach driftete die Unterhaltung in eine weniger schmerzhafte Richtung. Wir sprachen über die Bands, die Kyra mochte und die mir wahrscheinlich auch gefallen würden. Als Kyra mir gerade einen Song einer Indieband aus Großbritannien vorspielen wollte, kam Selma zu uns. Sie betreute neben den Sportkursen auch die Tigersalamander, denen die ältesten Mädchen angehörten. Damit war sie natürlich auch verantwortlich für Kyra.

»Hey, Pinkie«, sagte sie zu Kyra und nickte mir freundlich zu. »Kommst du auch zum Barbecue? Die neuen Mädels wollen dich kennenlernen.«

Kyras Miene verfinsterte sich. »Keine Lust.«

Unbeeindruckt zog Selma eine Braue hoch. »Georgie hat blaue Haare. Ich werde sie *Blue* nennen – und ich wette zehn Dollar, dass sie deine neue beste Freundin wird. Sie steht übrigens auf K-Pop, *Stranger Things* und Zendaya.«

Selma hatte eine gute Wahl getroffen, denn all das mochte Kyra ebenfalls. Sofort drehte sie sich um und versuchte, einen Blick auf Georgie zu erhaschen. Da die Sicht jedoch von den Büschen und Bäumen rund um die Terrasse versperrt war, sprang sie schließlich doch auf die Füße.

Selma zwinkerte mir verschmitzt zu, und ich konnte gar nicht anders, als das Lächeln zu erwidern.

Selma legte einen Arm um Kyras Schultern, wandte sich jedoch wieder an mich. »Kommst du auch?«

Im ersten Moment war ich ein wenig perplex, weil ich nicht

damit gerechnet hatte. Dann nickte ich jedoch und stand ebenfalls auf.

Gemeinsam gingen wir zur Terrasse, die inzwischen voll besetzt war. Unten auf dem Grillplatz standen Grover und Reed.

Beide lächelten uns entgegen, aber in Reeds Augen war ein Ausdruck, den ich nicht so recht deuten konnte. Wie lange hatte er schon dort gestanden und uns aus der Ferne beobachtet?

Sein Blick verriet nichts, aber als Selma sich umdrehte und mir ein herzliches »Danke« zuraunte, war klar, dass zahlreiche Leute mitbekommen hatten, wie Kyra mir ihr Herz ausschüttete. Audreys verkniffene Miene räumte auch die letzten Zweifel aus.

Ich warf der Ergotherapeutin einen scharfen Blick zu. Ich fand es immer noch unmöglich, dass sie dem verletzten Mädchen so zugesetzt hatte. Aber da ich keinen Streit vom Zaun brechen wollte, blendete ich Aubrey aus und schob mich zu Quill auf die Bank. Seine Jungs saßen am anderen Ende des Tisches dicht zusammengedrängt, zeigten sich irgendwelche lustigen Reels auf ihren Handys und bekamen rein gar nichts von ihrer Umwelt mit.

Unterdessen traten Kyra und Selma an den Tisch der Tigersalamander. Zunächst wirkte die Teenagerin nicht sonderlich begeistert, aber Selma behielt recht. Es dauerte nicht mal fünf Minuten, bis die beiden Mädchen die Köpfe zusammensteckten.

Quill lehnte sich zu mir. »Zack! Schon hast du das nächste Teammitglied im Sack.«

Er schien irre stolz auf seinen Reim zu sein, der in mir eine Mischung aus Belustigung und Verlegenheit hervorrief. Ich zuckte mit den Schultern. »Ich habe doch gar nichts gemacht.«

»Erzähl keinen Mist!« Quill nickte in Richtung der Tigersalamander. »Du hast Kyra geknackt. Das ist bisher noch keinem von uns gelungen, und glaub mir, wir haben es wirklich versucht. Sie hat uns alle abblitzen lassen.«

Ich konnte nicht leugnen, dass ich stolz war, weil das Mädchen ausgerechnet zu mir gekommen war. Trotzdem spielte ich Quills Lob herunter. »Wir haben eben letzte Woche viel Zeit beim Malkurs miteinander verbracht.«

»Apropos.« Quill deutete auf einen Tisch, der schräg hinter uns stand. »Schon gesehen? Brianna ist wieder da.«

Tatsächlich saß die lebhafte Künstlerin inmitten ihrer Steinkäuze und lachte herzlich über etwas, das eines der Mädchen gesagt hatte. Die Kinder, die geblieben waren, schienen sich aufrichtig über ihre Rückkehr zu freuen. Dennoch wurde mir das Herz ein bisschen schwer, da der Malkurs nun definitiv für mich vorbei war.

Quill schien meine Gedanken zu erraten. Er lehnte sich zu mir und drang damit weit in meine Komfortzone ein.

Irritiert wich ich zurück, während Quill vielsagend mit den Augenbrauen wackelte. »Wenn du willst, kannst du in meinem Kurs mitmachen. Wir könnten zusammen Unglaubliches erschaffen.«

»Eigentlich wollte ich nachher ein paar andere Optionen mit Estelle durchgehen«, mischte sich Reed ein, der plötzlich neben uns aufgetaucht war.

Überrascht schaute ich zu ihm auf.

»Was willst du sie denn als Nächstes putzen lassen?«, fragte Quill in höflich interessiertem Tonfall.

Reed bedachte seinen besten Freund mit einem mörderischen Blick. »Überhaupt nichts. Lass den Blödsinn!«

Quill gluckste. »Immer mit der Ruhe, Kumpel. Man wird ja wohl noch fragen dürfen.«

Verärgert biss Reed die Zähne zusammen und wandte sich wieder an mich. Seine Miene wurde weich. »Ich hole dich halb neun ab, in Ordnung?«

Ich nickte und schaute verwirrt zu, wie er wegstapfte.

Quill lachte leise. »Interessant.«

Mit einer hochgezogenen Braue drehte ich mich wieder zu ihm um. »Was war das?«

Unschuldig klimperte Quill mit den Wimpern. »Ich weiß nicht, wovon du sprichst.«

So ein Lügner! Er wusste genau, was ich meinte.

»Hör auf, mit mir zu flirten, nur um Reed zu provozieren«, zischte ich ihm empört zu.

Quills Belustigung verschwand. »Ich liebe diesen Mann wie einen Bruder. Aber manchmal ist er echt ein Idiot.«

Ich winkte ab. »Er hat längst eingesehen, dass er Mist gebaut hat, und sich dafür entschuldigt. Das weißt du doch. Warum reitest du immer noch darauf herum?«

»Weil ich will, dass seine Mauern endlich fallen.« Unvermittelt flackerte Kummer in Quills Augen auf. »Du bist die erste Frau, die sie tatsächlich zum Einsturz bringen könnte.«

Der Gedanke erschreckte mich bis ins Mark. »Vielleicht will ich das gar nicht.«

»Was willst du dann?«, fragte Quill sanft.

O Gott! Das wusste ich doch auch nicht.

Beklommen rieb ich mir über die Stirn. »Keine Ahnung.«

»Es tut mir leid«, sagte Quill leise, der meine aufkeimende Panik sicher bemerkte. »Im Grunde geht es mich überhaupt nichts an. Es ist nur … Ich möchte, dass endlich diese Schatten aus euren Augen verschwinden. Ihr könntet einander glücklich machen.«

Ich schnaubte. »Was immer das zwischen uns ist, ist sowieso nicht von Dauer.«

»Wer sagt das?« Quill zuckte mit den Schultern. »Du könntest bleiben, wenn dein Praktikum vorbei ist.«

Entgeistert schüttelte ich den Kopf. »Das geht nicht.«

»Wieso?«, bohrte Quill weiter nach. »Ob du nun in deiner Wohnung in Seattle abhängst oder hier, ist doch egal. Du musst dir nicht mal ums Finanzielle Sorgen machen.« Er zwinkerte mir zu. »Schließlich bist du verdammt reich.«

»Meine Mutter ist reich«, korrigierte ich ihn dumpf.

»Was auch immer.« Quill grinste breit. »Das Leben hier im Camp mag nicht mit dem Luxus in Seattle vergleichbar sein. Aber es ist ein gutes Leben. Du und Reed, ihr könntet euch hier echt etwas aufbauen.«

»Wow! Immer mit der Ruhe.« Mit einem zittrigen Lachen hob ich die Hände. »Wir haben erst eine Nacht miteinander verbracht.«

Als ich mit diesem Geständnis rausplatzte, wurde Quills Grinsen nur noch breiter. »Ich bin mir sicher, es werden weitere folgen.«

Meine Wangen brannten. Ich versuchte, mich gleichgültig zu geben, aber ich scheiterte kläglich. »Vielleicht wird es genauso laufen wie mit Hazel und Glen. Eine lockere Affäre, um unsere *Bedürfnisse* zu befriedigen.«

»Prinzipiell kein schlechter Ansatz, Stella«, erwiderte Quill unbekümmert. »Nur vergisst du dabei, dass Reed und du nicht der Typ für oberflächliche Affären seid.«

Ich schnaubte. »Du kennst mich nicht gut genug, um das zu beurteilen, Quill.«

Mit einem geheimnisvollen Glitzern in den Augen nickte er hinter mich. »Aber ich kenne Reed.«

Ich musste mich gar nicht erst umdrehen, um zu wissen, dass Reed dort irgendwo stand und uns beobachtete. Sein Blick brannte sich förmlich in meinen Nacken.

»Vertrau mir also, wenn ich dir sage, dass du etwas Besonderes für ihn bist«, fuhr Quill leise fort, »und keine nette Nebenbeschäftigung während der Saison.«

KAPITEL 27

Reed

Ich war verdammt nervös, als ich pünktlich um halb neun zu Estelles Hütte rüberging. Mein letztes Date war Jahre her, und ich hatte keine Ahnung, was da auf mich zukam. Ich wusste nur, dass ich es nicht erwarten konnte, wieder mit Estelle allein zu sein.

Meine Hand zitterte, als ich an ihre Tür klopfte. Anschließend strich ich mir noch einmal über das karierte Hemd, das ich über meinem weißen Shirt offen gelassen hatte.

Estelle öffnete mit einem schüchternen Lächeln. Sie trug ein zartes, mit Blumen gemustertes Spaghettiträgerkleid, das unter der Brust gerafft war und von da fließend bis auf ihre nackten Oberschenkel fiel. Passend dazu hatte sie ihr Haar kunstvoll aus dem Gesicht geflochten und mit einer Klammer fixiert, sodass der Rest ihrer blonden Pracht über ihren Rücken floss. Am meisten aber gefielen mir das dezente Make-up, das ihre natürliche Schönheit betonte, und die klobigen Boots an ihren Füßen, die ihrem Look die vertraute Lässigkeit gaben.

»Du siehst wunderschön aus«, brachte ich hervor und hielt ihr eine einzelne zartrosa Pfingstrose hin.

Sie strahlte mich an. »Danke.«

Himmel, sie war atemberaubend.

»Können wir los?«, fragte ich mit staubtrockener Kehle.

»Einen Moment.« Sie wirbelte herum, um die Blume ins Wasser zu stellen.

Unterdessen verharrte ich auf der Türschwelle, weil ich mir ziemlich sicher war, dass wir das Camp nicht mehr verlassen würden, wenn ich jetzt hineinging.

Sie kam zurück und zog die Tür hinter sich zu. Gemeinsam schlenderten wir durch die leere Anlage zum Parkplatz.

Von Weitem ertönte das Lachen der Kinder, die sich inzwischen um das Lagerfeuer versammelt hatten. Die neuen Kids hatten sich gut in die Gruppen eingefügt, und auch Maila hatte sich damit abgefunden, dass sie wieder in ihrem eigenen Bett schlafen musste. Insofern konnte ich das Camp ruhigen Gewissens verlassen.

»Eine Frage.« Am Eingang zum Parkplatz blieb ich stehen. »Ist es in Ordnung, wenn wir mein Motorrad nehmen? Es ist nicht weit.«

Estelles Brauen schossen hoch bis zu ihrem Haaransatz. »Du hast ein Motorrad?«

»Äh, ja.«

Belustigung zuckte in ihren Mundwinkeln. »Das ist unerwartet – und heiß.«

Ihre Reaktion linderte meine innere Anspannung. Ich lachte. »Wenn das unangenehm für dich ist, können wir auch meinen Wagen nehmen.«

»Nein, schon gut. Wo steht dein Bike?«

»Gleich hier drüben.« Wir bogen um die Ecke, wo meine schwarze Suzuki stand. Ich hatte schon zwei Helme bereitgelegt und die Satteltaschen gepackt. Ich nahm den kleineren

Helm, den sonst eigentlich nur Hazel benutzte, und reichte ihn Estelle. »Ich werde vorsichtig fahren.«

»Ich weiß«, erwiderte sie, ohne zu zögern.

Es freute mich, dass sie mir solches Vertrauen entgegenbrachte, aber noch viel besser fühlte es sich an, als sie hinter mir aufsaß und ihre Arme um meinen Oberkörper schlang.

Wir ließen das Camp und die Berge hinter uns und erreichten schon bald eine von Wildgräsern überzogene Ebene, die früher als Pferdekoppel gedient hatte. Die Besitzer hatten im letzten Herbst alle Tiere verkauft, und seither war das Land ungenutzt.

Ich lenkte das Motorrad über einen schmalen Wirtschaftsweg mitten in die Ebene hinein und hielt auf einem kleinen Hügel. Anschließend zog ich mir den Helm vom Kopf und drehte mich zu Estelle um. »Warte kurz.«

Ihr Helm kippte, als sie nickte. Kichernd zog sie ihn ab, blieb aber sitzen, wie ich sie gebeten hatte. Ich stieg von meinem Bike, legte den Helm weg und zerrte aus meinen Satteltaschen alles heraus, was ich brauchte.

Erst breitete ich eine Picknickdecke und mehrere Kissen auf dem Boden aus. Anschließend kramte ich aus der anderen Satteltasche in Coolpacks eingewickelte Flaschen Root Beer, eine Tüte Tortillachips und Käsedip. Danach drehte ich mich wieder zu Estelle um.

Sie musterte das Arrangement voller Ungläubigkeit. War sie enttäuscht?

Unsicher schaute ich über die Schulter. In dieser schier endlosen Wiese gab es abgesehen von ein paar zirpenden Grillen keinerlei störende Geräusche. Der Himmel über uns war wolkenlos und ging weit im Westen in ein Farbenmeer aus Rot- und Orangetönen über. Vereinzelt leuchteten schon

Sterne über uns, aber eigentlich stand der schönste Teil noch bevor.

Ich hatte geglaubt, Stille und Sterne wären eine gute Mischung, damit Estelle sich wohlfühlte. Aber vielleicht lag ich ja falsch. Verlegen rieb ich mir über das Kinn. »Wenn du doch lieber in eine Bar gehen willst, dann ...«

»Was?«, rief sie aus. »Nein!« Eilig kletterte sie vom Motorrad und kam zu mir, und mit jedem Schritt beschleunigte sich mein Puls. Ihr Lächeln haute mich fast um. »Das ist das Schönste, was je jemand für mich gemacht hat. Ich danke dir.«

Bevor ich noch etwas erwidern konnte, reckte sie sich auf die Zehenspitzen und küsste mich.

Der Kuss war so zart, dass er mir direkt in die Brust fuhr. Ich zuckte zusammen, überspielte meine heftige Reaktion jedoch mit einem heiseren Lachen. »Eigentlich hatte ich mir diesen Programmpunkt für den Schluss aufgehoben.«

Belustigt zog sie den Kopf zurück. »Wer sagt, dass du dann nicht noch mehr kriegst?«

Sofort hob ich die Arme, um sie an mich zu ziehen. Aber sie wand sich lachend aus meinem Griff. »Erst das Date, Dixon. Dann sehen wir, ob du bei mir landen kannst.«

Es war unmöglich, ihr freches Grinsen nicht zu erwidern. Ich nahm ihre Hände und zog sie mit mir. »Na, dann komm, Prinzessin. Es ist angerichtet.«

Sie reckte spöttisch ihr Kinn vor. »Wohlan, werter Herr.«

Gemeinsam ließen wir uns auf der Decke nieder. Wir setzten uns einander gegenüber, und ich zog die Tüte und den Käsedip heran.

Estelle schnappte nach Luft. »Du hast den extra warm gemacht?«

»Klar.« Ich drehte den Deckel auf. »Schließlich will ich Eindruck schinden.«

»Also, das gibt definitiv Extrapunkte«, erklärte Estelle, schnappte sich einen Tortillachip und tunkte ihn in den cremigen Dip.

»Freut mich zu hören.« Ich deutete auf die kleine Getränkeauswahl. »Ist Root Beer okay? Falls nicht, habe ich auch noch Wasser dabei.«

»Root Beer ist prima.«

Plötzlich fiel mir etwas ein. »Ich hätte eine Flasche Wein mitnehmen sollen.«

Ihr Lächeln verblasste. »Nicht nötig. Du kannst doch sowieso nichts trinken, wenn du fährst.«

»Deswegen habe ich wahrscheinlich nicht dran gedacht«, gestand ich verlegen.

Sie zuckte mit den Schultern. »Ich mag Wein sowieso nicht.«

Stimmt, ihr Ding schienen eher Cocktails zu sein.

Unweigerlich dachte ich an die Fotos, die ich im Internet von ihr gesehen hatte, und rieb mir beschämt über das Gesicht. »Ich muss dir etwas gestehen.«

Ihre Miene wurde wachsam. »Und das wäre?«

Shit! Hoffentlich vermasselte ich es jetzt nicht. Ich schluckte schwer. »Kurz nach deinem Eintreffen habe ich dich gegoogelt. Mir ist klar, dass ich das nicht hätte tun sollen. Aber ich wollte mehr über dich erfahren, nachdem Hazel mir nur ein paar Brocken hingeworfen hatte.«

»Verstehe«, erwiderte sie tonlos. »Und was hast du gefunden?«

»Ich habe mir nur einmal kurz ein paar Bilder in den Sozialen Medien angesehen, auf denen du verlinkt bist. Mehr nicht.«

Sie schnitt eine Grimasse und wirkte erschreckend angewidert von sich selbst. »Schon okay.« Sie warf mir einen vorsichtigen Blick zu. »Ich hab dich auch gegoogelt.«

Das konnte ich ihr wohl nicht verübeln.

»Was Interessantes entdeckt?«, fragte ich, weil ich noch nie über mich selbst im Internet recherchiert hatte.

Estelle seufzte schwer. »Leider muss ich dir mitteilen, dass du streng genommen gar nicht existierst.«

Ich lachte.

»Wie kommt das?«, fragte Estelle, bevor sie sich einen weiteren mit Käse überzogenen Chip in den Mund schob.

Gleichmütig zuckte ich mit den Schultern. »Ich hab mich einfach nie groß für diesen ganzen Medienkram interessiert.«

»Das ist schade«, meinte Estelle. »Eure Website könnte dringend ein Update gebrauchen. Ihr habt im Camp so viele Möglichkeiten: Fotos von euren Themenfesten, von glücklichen Kindern und erst diese Wahnsinnskulisse. Aber ihr nutzt das gar nicht.«

Ich blinzelte. Es war nicht so, dass ich noch nie darüber nachgedacht hatte, mich um dieses ganze Zeug zu kümmern. Schließlich war mir durchaus klar, welches Potenzial im World Wide Web schlummerte. Doch ich hatte schlichtweg nicht die Zeit, mir darüber auch noch Gedanken zu machen. Dabei sah es nach der Sommersaison noch recht mau mit den Buchungen aus.

Estelle hingegen schien voller Ideen zu sein. Dafür, dass sie behauptete, von Kunst keine Ahnung zu haben, war sie erstaunlich kreativ. Und sie war strukturiert. Offenbar hatte sie in dem Semester Marketingkommunikation nicht so viel verpasst, wie sie glaubte.

Während es immer dunkler wurde, diskutierten wir angeregt über Möglichkeiten, Silver Springs etwas ansprechender in der

Öffentlichkeit zu präsentieren. Ich war so begeistert, dass plötzlich eine neue Idee in meinem Kopf Gestalt annahm.

»Hast du Lust, es zu probieren?«, fragte ich.

Estelle schüttelte bedauernd den Kopf. »Ich kann leider keine Websites programmieren.«

»Das meinte ich nicht.« Ich hatte meine Flasche inzwischen ausgetrunken und legte sie neben der Decke ab. »Ich habe noch eine alte Spiegelreflexkamera. Was hältst du davon, wenn du nächste Woche einfach mal bei jedem Kurs vorbeischaust und Fotos von den Kids machst?«

Sofort kehrte ihre Unsicherheit zurück. »Aber so was habe ich noch nie gemacht.«

»Niemand erwartet Fotos in Magazinqualität von dir«, widersprach ich, obwohl ich keinerlei Zweifel hatte, dass sie ihre Sache großartig machen würde. »Ich dachte eher an ein paar Schnappschüsse, die den Campalltag festhalten. Wir könnten auch ein paar Abzüge davon in Lexington machen lassen. Dann hätten die Kids eine nette Erinnerung unabhängig von ihren verwackelten Handybildern.«

Estelle rümpfte die Nase. »Ich bin mir nicht sicher, ob meine Fotos wesentlich besser wären.«

»Nun, das wirst du erst herausfinden, wenn du es versuchst, oder nicht?«

Sie zögerte immer noch. Deshalb lehnte ich mich vor und wackelte vielsagend mit den Augenbrauen. »Ich stehe dir auch gern Modell.«

Der Blick aus ihren blauen Augen wurde hitziger, während sie mich unverhohlen musterte. »Darf ich auch dein Outfit aussuchen?«

In gespielter Entrüstung riss ich die Augen auf. »Degradierst du mich gerade auf ein Sexobjekt?«

Sie warf den Kopf in den Nacken und lachte. Laut und frei und absolut hinreißend. »Niemals.«

Und ob sie das tat – und ich fand es verstörend scharf.

Stöhnend schaute ich zum Firmament empor. Abertausende Sterne funkelten am Nachthimmel. Es war atemberaubend.

Estelle tat es mir gleich und sog scharf Luft ein. »Wahnsinn!«

Vollauf zufrieden mit ihrem Staunen, streckte ich mich auf den Rücken aus und zog mir eines der Kissen unter den Kopf. »Als ich klein war, habe ich jede Nacht versucht, sie zu zählen.«

Es knisterte, als Estelle die Tüte zwischen uns beiseitelegte und sich ebenfalls hinlegte, um mit mir gemeinsam nach oben zu schauen. »Wie weit bist du gekommen?«

»Dreihundertsechsundsiebzig.«

»Beeindruckend«, erwiderte Estelle. »Ich glaube, ich hätte es nicht mal bis hundert geschafft.«

Sie hielt ihren Ton absichtlich scherzhaft. Aber inzwischen kannte ich den Schmerz, der sich dahinter verbarg, wusste von all den Unsicherheiten und Zweifeln.

Dass sie mir so viel von sich preisgegeben hatte, berührte mich. Gleichzeitig verspürte ich zum ersten Mal seit Jahren den Wunsch, mein Inneres ebenfalls zu offenbaren.

Ich schluckte. »Einer da oben heißt Savannah Wilkins.«

»Wer ist das?«, fragte Estelle zögernd.

Die Trauer in meinem Herzen drang schärfer an die Oberfläche. »Savannah war meine Verlobte. Sie ist vor ein paar Jahren gestorben.«

Estelle schnappte nach Luft. »O mein Gott! Das tut mir schrecklich leid, Reed.«

Ich nickte, brachte es jedoch nicht über mich, zu erzählen,

was passiert war. Stattdessen wollte ich, dass Estelle verstand, wie viel Savannah mir bedeutet hatte. »Wir haben uns am College in Denver kennengelernt und uns auf Anhieb ineinander verliebt. Sie war lustig und freundlich. Einfach jeder hat sie gemocht. Ich war mir sicher, dass wir den Rest unseres Lebens miteinander verbringen würden. Deshalb habe ich sie eines Nachts einfach gefragt.« Meine Lippen hoben sich zu einem traurigen Lächeln. »Wir kamen von einer Party und waren beide ziemlich aufgedreht. Ich hatte nicht mal einen Ring, doch sie hat trotzdem Ja gesagt. Also wollten wir gleich nach unserem Abschluss heiraten, aber dann ...« Meine Brust zog sich heftig zusammen. »Ich habe sie wahnsinnig geliebt, Estelle.«

Lange Zeit blieb sie stumm, was okay war. Ich brauchte auch einen kurzen Moment. Dann drehte ich den Kopf und betrachtete die glitzernde Träne, die sich aus ihrem Augenwinkel gelöst hatte und nun über ihre Schläfe rollte, während sie unverwandt hinauf zu den Sternen starrte.

»Warum erzählst du mir das?«, fragte sie leise.

Ich schluckte. »Weil ich dich mag.«

Noch eine Wahrheit, die ausgesprochen werden musste.

Aufgewühlt schaute ich wieder zum Himmel hoch. »Ich habe keine Ahnung, was das zwischen uns ist oder wo es hinführt. Aber zum ersten Mal seit langer Zeit fühle ich mich weniger ... verloren. Deinetwegen. Deshalb wollte ich, dass du es weißt.« Ich stieß ein zittriges Lachen aus. »Auch wenn ich die Stimmung damit gewaltig vermasselt habe.«

Plötzlich schloss sich ihre kleine Hand um meine. »Hast du nicht.«

»Ganz sicher?«

Sie drückte meine Hand. »Absolut.«

»Wie steht's mit Abzugspunkten?«, fragte ich, während ich mit dem Daumen träge Kreise auf ihren Handrücken malte. »Ist mein Gutenachtkuss in Gefahr?«

Falls ich sie mit meinen Geständnissen erschreckt hatte, musste ich das wissen. Ich hatte nicht geplant, Estelle von meinem herben Verlust zu erzählen. Aber jetzt, da ich es getan hatte, fühlte ich mich besser.

Estelle dachte einen Moment lang darüber nach. »Aktuell tendiere ich eher zu Dieganzenachtsex.«

Ich versteifte mich. »Aus Mitleid?«

»Natürlich nicht«, erwiderte sie pikiert. »Du hast einen *Stern* nach deiner verlorenen Liebe benannt. Meine Libido flippt gerade total aus, weil das so wahnsinnig traurig und romantisch ist.«

Meine Mundwinkel hoben sich. »Ich hätte dich nicht für eine Romantikerin gehalten, Prinzessin.«

»Ich mich auch nicht«, gestand sie leise.

Adrenalin rauschte durch meinen Körper, fegte den Schmerz beiseite. Das Wissen, dass ihr Verlangen nach mir ungebrochen war, beruhigte und erregte mich gleichermaßen. Was für ein seltsames Paradoxon.

»Nur so aus Interesse«, sagte ich gedehnt, während mein Daumen bis zu ihrem Handgelenk wanderte und auf ihrem Puls verharrte. »Wie genau fühlt sich eine ausflippende Libido an?«

Estelle schnaubte. »Diese Frage werde ich mit keiner Antwort würdigen.«

Aber das Pochen unter meiner Daumenkuppe beschleunigte sich. Ich drehte mich auf die Seite, stützte den Kopf auf die Hand und ließ meine andere Hand langsam ihren nackten Arm hinaufwandern.

»Du könntest es mir auch zeigen«, murmelte ich und strich hauchzart über ihre Schultern.

Ihr Atem stockte, als ich ihren Hals erreichte und meine Fingerspitzen wieder hinab zu ihrem Dekolleté tanzten. Sie schluckte angestrengt. »Verlockendes Angebot.«

Die Erregung in ihrer Stimme war fast zu viel für mich. »Nimmst du es an?«

Ich würde wahrscheinlich betteln. Mir war so heiß, dass ich mir am liebsten auf der Stelle die Klamotten vom Leib gerissen hätte. Und ihre gleich mit. Ich wollte sie unbedingt wieder spüren.

Langsam drehte sie das Gesicht zu mir und sah mich an. Es grenzte an ein Wunder, dass man bei all der knisternden Energie zwischen uns keine Funken sehen konnte.

Ohne mich bewusst dafür entschieden zu haben, lehnte ich mich über sie und strich mit meinen Lippen federleicht über ihren Mund. »Nimm es an.«

Es war kein Befehl, sondern ein geflüstertes Flehen.

Und sie erhörte meine Bitte.

Mit dem sinnlichsten Seufzen, das ich je gehört hatte, fing sie meine Lippen ein und küsste mich richtig. Ihr Geschmack war alles, was es noch brauchte, um meine Selbstbeherrschung endgültig zu killen.

Ich schob mich auf sie, ließ Küsse auf ihren Mund, ihren Hals und ihre Brüste regnen. Anschließend glitt ich tiefer, raffte den Stoff ihres Kleides und schob ihn hoch. Ihr weißes Spitzenhöschen leuchtete direkt vor meinen Augen, und der Duft ihrer Erregung stieg mir in die Nase. Gierig zog ich ihr den Slip aus.

Unter den Sternen kostete ich sie zum ersten Mal, und sie stöhnte auf, als meine Zunge über ihre feuchte Mitte glitt. Sie krallte die Finger in mein Haar, ermunterte mich, mit meinen Liebkosungen fortzufahren.

Und das tat ich, bis sie sich keuchend unter mir wand und schließlich mit einem lauten, kehligen Stöhnen kam. Sie war noch nicht wieder von ihrem Hoch heruntergekommen, da hatte ich mir bereits die Klamotten vom Körper gezerrt. Ich zog mir ein Kondom über und streckte die Hand nach ihr aus.

Sofort kehrte der Hunger in ihre Augen zurück, und sie setzte sich auf mich. Ich legte die Arme um sie und hob sie ein Stück hoch, bevor sie wieder auf mich sank und mich tief in sich aufnahm. Nun stöhnten wir beide.

Ungeduldig zog ich ihr das Kleid aus, weil ich sie unbedingt Haut an Haut spüren wollte. Sobald sie nackt war, senkte ich den Kopf. Meine Lippen fuhren über ihre Brüste, zupften an dem weichen Fleisch, saugten an ihren empfindlichen Spitzen. Sie reagierte, indem sie sich fester um mich zusammenzog.

Verdammt! Das würde ich nicht lange durchhalten. Aber wir hatten ja noch die ganze Nacht. Und die nächste. Und die darauf.

Estelle bog meinen Kopf zurück, und wir sahen einander tief in die Augen, während der Rest der Welt in den Hintergrund trat.

Sie ritt mich langsam, ohne Hast.

Und als sie sich wieder vorlehnte und mich voller Zärtlichkeit küsste, wurde mir klar, dass ich mich zuvor geirrt hatte. Ich mochte diese Frau nicht nur, ich hatte mich Hals über Kopf in sie verliebt.

KAPITEL 28

Estelle

Niemals hätte ich erwartet, dass ich in diesem Camp so etwas wie Glück empfinden könnte. Aber die folgenden Tage belehrten mich eines Besseren.

Ich verbrachte Stunden damit, durch die Anlage zu streifen, die Kids während der Kurse oder am Seeufer zu beobachten und sie in geeigneten Momenten mit Reeds Spiegelreflexkamera zu fotografieren. Ich hatte keine Ahnung, ob die Bilder gut waren, aber zumindest war ich mit den Vorschauen auf dem winzigen Display zufrieden.

Ich fing vornehmlich lachende Kinder ein, schaffte es aber auch, ganz besondere Augenblicke festzuhalten: Scott, der vor lauter Rührung über seine kleinen Schauspieler strahlte; Dotty, die ein verletztes Mädchen mit einem Brownie tröstete; Gina, die das wilde Treiben der Kinder gedankenversunken aus der Ferne betrachtete; Hazel, die ihrer Tochter liebevoll eine wilde Locke aus der Stirn strich; Reed, der mich beobachtete, wie ich ihn beobachtete und so weiter.

Das letzte Bild löste in mir eine ganze Reihe von widersprüchlichen Gefühlen aus. Da waren Freude, Leidenschaft und Ungeduld, weil ich es nicht erwarten konnte, endlich wieder mit ihm allein zu sein.

Offen gestanden benahmen wir uns seit unserem Date wie hormongesteuerte Teenager, mit dem Unterschied, dass uns niemand stoppte.

Tagsüber nutzten wir jede Gelegenheit, um übereinander herzufallen. Wir taten es auf dem Schreibtisch in seinem Büro, gegen die Wand gedrückt im Besprechungsraum und sogar draußen im Wald, wenn die anderen weit genug entfernt waren. Und ich schlief jede Nacht in seinem Bett, wo wir uns am Ende eines wilden, leidenschaftlichen Tages sehr viel mehr Zeit füreinander nahmen. Reed war heiß, gierig und unersättlich. Und auch ich bekam einfach nicht genug von ihm.

Gleichzeitig aber nagte ein furchtbar schlechtes Gewissen an mir, weil ich ihm noch immer nicht die ganze Wahrheit erzählt hatte. Ich wollte mich ihm offenbaren, genau so, wie er es unter den Sternen getan hatte.

Jede Nacht, wenn wir unsere Begierde nacheinander gestillt hatten und satt und zufrieden aneinander geschmiegt dalagen, wollte ich ihm alles beichten. Aber ich hatte so entsetzliche Angst vor seiner Reaktion, dass ich es letztlich doch nicht über mich brachte und mich in die zahlreichen Ablenkungen rettete, die das Camp bot.

Bowie war inzwischen fest in dem Freundeskreis um Maila etabliert. Trotzdem suchte er weiterhin meine Nähe, wenn ihm der Tumult zu viel wurde. Dann setzten wir uns zusammen auf den Steg und schauten gemeinsam auf das ruhige Wasser. Manchmal unterhielten wir uns, manchmal nicht. Beides war in Ordnung und fühlte sich gut an.

Kyra hatte meinen Rat tatsächlich befolgt und angefangen, einen Brief an ihre Eltern zu schreiben. Jeden Abend, wenn sich die Campgemeinschaft um das Lagerfeuer versammelte, erzählte sie mir von ihren Versuchen, die richtigen Worte zu finden. Ich machte ihr nie Vorschläge, sondern ließ das Mädchen einfach reden, bis sie es aus eigener Kraft schaffte, ihre Gedanken und Gefühle zu sortieren. Sie machte das wirklich gut, und ich war zuversichtlich, dass sie am Ende des Sommers einen Brief verfasst haben würde, der ihren Eltern hoffentlich die Augen öffnete.

Am Mittwochabend verkündete Hazel unter großem Trommelwirbel das Thema des nächsten Festes: *Der verwunschene Wald.*

Die Begeisterung über die anstehende Kostümparty war in jeder Altersgruppe riesengroß. Elfen, Feen, Kobolde, Waldgeister – alle sprudelten nur so vor Ideen für Kostüme, Frisuren und Make-up. Es würde eine Schatzsuche geben, der selbst die großen, coolen Kids nicht widerstehen konnten, und danach würden einige Betreuer ein Programm zur Unterhaltung der Kinder absolvieren. Dafür hatten Jade und Hazel extra ein paar Tänze einstudiert. Scott, Selma und Brianna wollten eine Passage aus Shakespeares *Sommernachtstraum* vortragen. Zum Abschluss war eine große Walddisco angedacht.

»Wahnsinn, was ihr alles für die Kids auf die Beine stellt«, sagte ich zu Hazel, als wir später am Abend einige Becher vom Lagerfeuerplatz zur Küche brachten.

Sie nickte lächelnd. »Die Feste sind eine Art Tradition bei uns, und ehrlich gesagt liebe ich die Partys. Sonst ist ja nicht viel los in der Gegend.«

Das stimmte wohl.

»Was macht ihr eigentlich den Rest des Jahres, wenn kein Sommercamp stattfindet?«, erkundigte ich mich, während wir das Gebäude betraten und den Weg zum Speisesaal einschlugen.

Hazel zuckte mit den Schultern. »Die Instandhaltung der ganzen Anlage frisst ziemlich viel Zeit, und es gibt ja auch während der übrigen Ferien Angebote, die geplant werden müssen.«

»Verstehe.« Ich drückte die Tür zum Speisesaal mit der Schulter auf und Hazel huschte mit den Bechern an mir vorbei. »Also ist das Team gar nicht das ganze Jahr über da?«

Hazel schüttelte den Kopf. »Das können wir uns leider nicht leisten. Abgesehen von Grover und Dotty ist nur Gina die ganze Zeit über hier, und natürlich ich und mein Bruder.« Hazel zwinkerte mir zu. »Apropos, gibt es da etwas, das du mir vielleicht erzählen willst?«

Ich stolperte beinahe über meine eigenen Füße. »Nein.«

Lachend setzte Hazel ihren Weg fort. »Komm schon, Estelle, ich habe doch Augen im Kopf. Was läuft da zwischen euch?«

Meine Wangen wurden heiß. Ich war froh, als wir die Küche erreichten. Dort hockte ausgerechnet Gina auf der Arbeitsplatte und aß ein Waffeleis. Sie hatte ihr knallrot gesträhntes Haar mit ein paar Spangen an den Schläfen fixiert. Nur ihre Ponyfransen hingen ihr wie üblich tief ins Gesicht.

»Na, du kleiner Eisjunkie«, begrüßte Hazel sie schmunzelnd. Offenbar war der Anblick für sie nichts Neues.

Ich hingegen verspannte mich, denn ich hatte Ginas abweisende Worte noch deutlich im Ohr. Ihren Blick meidend, ging ich zur Spülmaschine und fing an, die ineinander gestapelten Becher auseinanderzupflücken.

Unterdessen blieb Hazel mit vollen Händen vor Gina stehen. »Alles gut bei dir?«

»Klar«, murmelte sie und holte tief Luft. »Estelle?«

Ich warf einen Blick über die Schulter und war erstaunt, so etwas wie Reue in ihrer Miene zu lesen. »Ja?«

»Ich …« Sie wurde rot, weshalb die grobe Narbe auf ihrer Stirn noch deutlicher zwischen ihren Ponyfransen hervortrat. »Tut mir leid, dass ich bisher so unhöflich zu dir war. Ich dachte …« Verlegen zuckte sie mit den Schultern. »Ich dachte, du bist so eine hohle Upperclass-Nuss, die hier bloß ihre Zeit absitzt.«

Autsch!

Gina seufzte. »Sorry, dass ich so lange gebraucht habe, um zu kapieren, dass es nicht so ist.« Ihre Mundwinkel verzogen sich zu einem zaghaften Lächeln. »Du gehst echt toll mit den Kids um.«

»Danke«, erwiderte ich perplex.

Vorsichtig rutschte Gina von der Arbeitsfläche und ging zum Gefrierschrank, während Hazel mir verschwörerisch zuzwinkerte. Sie wirkte nicht sonderlich überrascht über Ginas Entschuldigung.

Diese kehrte mit zwei Waffeleis zurück und hielt mir eins entgegen. »Magst du?«

Ich wusste ihr Friedensangebot ehrlich zu schätzen und nahm das Eis dankend entgegen. Hazel schmiss ohne zu zögern die Becher in die Spüle, schnappte sich das andere Eis und riss die Verpackung auf.

»Das Geschirr erledigen wir später«, erklärte sie, hüpfte auf den Ausgabetisch und klopfte neben sich. »Setz dich zu mir.«

Obwohl ich eigentlich so schnell wie möglich zu Reed wollte, entschied ich mich, ihrer Einladung zu folgen. Gina schob sich wieder auf die Arbeitsfläche.

Hazel grinste breit. »Ich liebe es, wenn alle lieb zueinander sind.«

Amüsiert verdrehte Gina die Augen, und da ich im selben Moment das Gleiche tat, fingen wir alle drei an zu lachen.

»Also«, sagte Hazel, als wir uns wieder eingekriegt hatten. »Ich will keine Details, aber mich interessiert immer noch, was zwischen dir und meinem Bruder abgeht.«

Gina gluckste. »Wenn du mich fragst, ist das ziemlich offensichtlich.«

Ich zog eine Braue hoch. »Man bekommt offenbar einiges mit in dieser Küche.«

»Nicht nur hier.« Ihre Mundwinkel zuckten. »Die Wände sind auch nicht besonders dick. Nur so als Tipp, falls ihr mal wieder etwas im Konferenzraum zu *besprechen* habt.«

Auf der Stelle ging mein Gesicht in Flammen auf. »O mein Gott!«

Hazel johlte, woraufhin ein teuflisches Glitzern in Ginas Augen trat. »Ich weiß nicht, was es da zu lachen gibt, Dixon. Die Speisekammer? Echt jetzt?«

Hazels Lachen ging in ein Husten über. Sie wurde tiefrot und schüttelte mit weit aufgerissenen Augen den Kopf. »Das war ich nicht.«

Sie klang nicht sonderlich überzeugend.

»Das ist aber ziemlich unhygienisch«, zog ich sie auf, während ich endlich das Papier von meinem Eis abzupfte und kostete. Zitrone mit Bitterschokolade. Gar nicht mal so übel.

Beschämt verzog Hazel das Gesicht. »Ja, das war wirklich nicht meine brillanteste Idee. Aber ich war gestresst, und Glen war zufällig in der Nähe …« Sie zuckte mit den Schultern. »Danach hatte ich immerhin wieder gute Laune.«

»Ich habe nie erlebt, dass du schlechte Laune hast«, sagte ich nachdenklich.

Mit einem provokativen Grinsen leckte Hazel an ihrem Eis. »Ich weiß eben, wie ich meine Stimmung oben halte.«

Gina seufzte. »Na, hoffentlich endet das nicht wieder in so einem Chaos wie an Spring Break.«

»Was war denn da?«, fragte ich und nahm einen weiteren Happs von dem cremigen Eis.

Spöttisch betrachtete Gina die Campleiterin. »Unsere wilde Hazel hat gleich drei Typen um den Finger gewickelt. Dummerweise war einer von ihnen verheiratet.«

Ich blinzelte verdutzt. »Oh.«

»Ich habe gar nichts gemacht«, verteidigte Hazel sich. »Ich würde nie etwas mit einem verheirateten Kerl anfangen.«

Das glaubte ich ihr sofort. »Und die anderen zwei?«

»Na ja, der eine war echt süß, aber unglaublich schüchtern. Ich hatte keine Ahnung, dass er sich überhaupt für mich interessierte.« Verlegen zuckte Hazel mit den Schultern. »Also habe ich was mit seinem Bruder angefangen.«

»Als es rauskam, haben die beiden sich geprügelt«, fügte Gina hinzu. »Es war sehr dramatisch.«

Ich hatte Mühe, meine Belustigung zu verbergen. »Das kann ich mir vorstellen.«

Hazel seufzte schwer. »Wenigstens habe ich bei Glen nichts zu befürchten.«

»Wie kommst du darauf?«, fragte ich irritiert, denn der Survivalcoach ließ Hazel nie aus den Augen. Ich war mir ziemlich sicher, dass er dabei war, sich heftig in sie zu verlieben.

Doch ihr schien das gar nicht klar zu sein. »Wir haben uns darauf geeinigt, dass *Freunde mit gewissen Vorzügen* eine ideale Kombination für uns beide ist.«

»O Mann«, murmelte Gina. »Du lernst es echt nicht.«

Ich musste zugeben, ich war auch ein wenig skeptisch.

»Ach, kommt schon.« Hazel lachte nervös. »Glen ist … *Glen*. Er liebt seine Freiheit und das Abenteuer.«

346

»Und deshalb kann er sich nicht in dich verlieben?«, hakte ich ungläubig nach.

Fast schon trotzig schüttelte Hazel den Kopf. »Er hat es mir versprochen.«

»Na ja«, erwiderte ich gedehnt. »Ist nicht so, als ob man das kontrollieren könnte.«

Hazel warf die Hände in die Luft, woraufhin fast ihr Eis durch die Küche flog. »Ich kann es doch auch!«

»Aber du bist anders«, versetzte Gina leise. Ihre Belustigung war verschwunden. Stattdessen musterte sie Hazel nun voller Mitgefühl und Verständnis. Die beiden waren offenbar schon sehr lange gute Freundinnen. »Du *willst* dich nicht verlieben, er schon.«

Obwohl Gina kaum außerhalb der Küche agierte, schien sie eine sehr gute Beobachterin zu sein, und nicht zum ersten Mal fragte ich mich, was der jungen Frau widerfahren sein mochte. Irgendwie schien sie genauso wenig in dieses Camp zu passen wie ich. Manchmal hatte ich sogar den Eindruck, sie würde sich in Silver Springs verstecken. Aber vielleicht bildete ich mir das auch nur ein und sie war einfach menschenscheu.

Davon abgesehen war ich natürlich auch neugierig auf Hazels Geschichte. Ob Mailas Vater etwas damit zu tun hatte, dass sie niemanden mehr an sich heranlassen wollte?

Sie schüttelte widerwillig den Kopf. »Glen weiß, was ich ihm bieten kann und was nicht. Er wird uns sicher nicht den Sommer versauen, indem er sich in eine Bindungsphobikerin verknallt.«

Dass Hazel sich selbst so bezeichnete, machte mich nur noch neugieriger. Sie war so eine wundervolle, herzliche Person. Warum glaubte sie nicht an ihr eigenes Liebesglück?

»Glen ist echt nett«, meinte Gina, die ihr Eis inzwischen aufgegessen hatte. »Vielleicht gibst du ihm doch eine echte Chance.«

»Nope.« Hazel schob sich den Rest der Waffel in den Mund und grinste uns mit vollem Mund an, doch ihre Augen blieben leer. »Mein Herz gehört bereits einer süßen kleinen Nervensäge. Da ist kein Platz für einen Mann.«

Gina und ich tauschten einen besorgten Blick. Doch wir kamen nicht mehr dazu, etwas zu sagen, weil Selma in die Küche gerauscht kam. Wie üblich trug die Betreuerin der Tigersalamander ein Sportdress, bestehend aus Leggins und einem bauchfreien Top, und ihre dunklen Haare waren zu einem hohen Zopf gebunden.

Als sie uns zusammensitzen sah, überlegte sie nicht lange und lehnte sich neben Gina gegen den Küchentresen. »Ich will nicht den Teufel an die Wand malen, meine Damen, aber ich fürchte, wir müssen unsere Sicherheitsmaßnahmen in den älteren Gruppen verschärfen.«

»Was ist denn los?«, fragte ich und war selbst erstaunt über mich, weil ich in dieser Runde offenbar jede Scheu verloren hatte.

Selma verschränkte die Arme. »Ich habe gerade Georgie und Braden bei den Picknickbänken erwischt. Es ging ziemlich heiß her.«

Hazel stöhnte. »Diese Pubertiere machen mich noch wahnsinnig.«

Amüsiert schürzte Selma die Lippen. »Ich dachte, die ganzen Gerüchte über Sommercamps wären maßlos übertrieben. Aber da lag ich offensichtlich falsch.«

»Jepp.« Gina lachte leise. »Es ist immer dasselbe.«

»Ist das nicht gefährlich?«, fragte ich, weil ich mir nicht

vorstellen konnte, dass die Eltern der Kids sonderlich begeistert waren, wenn die hier auf sexuelle Erkundungstour gingen.

Hazel schüttelte den Kopf. »Bisher haben wir die Lage immer schnell in den Griff gekriegt. Wir werden gleich morgen einen Benimmkurs mit den älteren Kids veranstalten und ihnen noch einmal die Regeln ins Gedächtnis rufen.«

Zweifelnd runzelte ich die Stirn. »Und das funktioniert?«

»Meistens schon«, erwiderte Hazel unbekümmert. »Schließlich will niemand vorzeitig nach Hause fahren und seinen Eltern den Grund für den Rausschmiss erklären müssen. Was das betrifft, sind wir ziemlich streng. Auch das wissen die Kids.«

»Wenn du mich fragst, klingt das umso reizvoller«, erwiderte ich belustigt.

Hazel grinste. »Glaub mir, der Kick lässt ganz schnell nach, wenn man den kleinen Hormonschleudern damit droht, Mommy und Daddy persönlich antanzen zu lassen.«

»Ist ja auch ein echter Stimmungskiller«, meinte Selma, woraufhin wir alle lachten.

Wir saßen noch eine ganze Weile in der Küche zusammen und unterhielten uns. Ich erfuhr, dass Gina schon seit drei Jahren im Camp lebte und arbeitete, was die enge Bindung zu Hazel erklärte. Derzeit teilte sie sich das Gästehaus 1 mit Aubrey. Eine Kombination, die nicht sonderlich gut für sie funktionierte.

Dass sie auch vor Selma so offen sprach, zeigte mir außerdem, wie stark die Freundschaft zwischen den dreien in den letzten Wochen gewachsen war – und als wir einige Zeit später jede unserer Wege gingen, hatten sie mich ohne viel Aufhebens in ihren Kreis aufgenommen.

In dieser Nacht schlief ich mit einem Lächeln auf den Lippen ein, das nicht ausschließlich mit dem nackten Mann neben mir zu tun hatte.

Und das war gut so.

KAPITEL 29

Estelle

In den nächsten zwei Tagen waren Reed und Glen damit beschäftigt, das Gebiet abzulaufen und die Schatzsuche zu organisieren. Quill hatte sich in den Kopf gesetzt, eine würdige Bühne für die Shows zu kreieren. Deshalb war ich die meiste Zeit an seiner Seite.

Am Freitag formten wir den ganzen Vormittag lang Gestelle aus Draht, die wir auf der Wiese am Seeufer platzierten. Anschließend verzierten wir die sperrigen Teile mit den Lichterketten von der Waterworld Party und grünen Stoffbahnen. Passend dazu faltete ich riesige weiße Blüten aus Krepppapier, die an Drähten befestigt aus der Erde ragten und die Bühne abgrenzten.

»Das sieht super aus«, sagte Quill, als wir fast fertig waren.

Anfangs hatte ich befürchtet, dass die Papierblumen zu billig aussahen, zumal ich einige Anläufe gebraucht hatte, bis meine Kreationen einigermaßen stabil waren. Aber nun stellte ich fest, dass Quills Idee wunderbar funktionierte. Ich nickte zufrieden. »Das hätte ich nicht gedacht.«

Er verdrehte die Augen. »Wo bleibt dein Vertrauen, Stella?«

Vertrauen.

Ich blieb an diesem Wort hängen, als wäre ich in Treibsand geraten.

»Oh, oh«, murmelte Quill und stieß mich mit der Schulter an. »Was ist los? Ärger im Paradies?«

Nachdenklich biss ich mir auf die Unterlippe. Obwohl ich es nicht für möglich gehalten hätte, war Quill einer meiner besten Freunde hier im Camp geworden. Nur mit Hazel verstand ich mich genauso gut. Allerdings war Reeds Schwester die Letzte, mit der ich über unsere Affäre reden wollte, auch wenn sie versucht hatte, mehr über uns herauszufinden. Mit Gina und Selma lief es immer besser. Ich wusste, dass wir offen reden konnten. Aber die beiden kannten Reed nicht so gut wie Quill. Insofern schadete es vermutlich nicht, seine Meinung einzuholen.

»Ist Reed ein Mann, der Fehler verzeiht?«, fragte ich, weil ich es kaum noch ertrug, ihm die Wahrheit zu verschweigen. Es war einfach falsch, nachdem wir uns so viel näher gekommen waren, als ich je für möglich gehalten hätte.

Quill lachte. »Na klar.«

Er hatte keine Sekunde gezögert. Vermutlich hatte er mich falsch verstanden. Ich schluckte. »Ich meine, echt üble Dinge.«

Quills Erheiterung verflog. Seine Lider wurden schmal. »Wie übel?«

Beschämt wandte ich den Blick ab und zupfte eine grüne Stoffbahn zurecht.

»Übel im Sinne von: Zu Hause wärmt schon jemand anders mein Bett?«, fragte Quill hinter mir kühl.

Mason hatte keine einzige Nacht in meinem Bett verbracht, und die Sache zwischen uns war schon vorbei, bevor ich auch nur einen Fuß in dieses Camp gesetzt hatte. Deshalb konnte ich guten Gewissens den Kopf schütteln. »Nein, nicht in diesem Sinne.«

»In welchem Sinne dann?«, bohrte Quill nach.

Ich formte bereits die Worte in meinem Mund, hielt dann jedoch inne. Quill vor Reed zu erzählen, was passiert war, fühlte sich noch viel falscher an, als es zu verschweigen. Ich krallte die Finger in den Stoff. »Im Sinne von: Ich hab echt Mist gebaut und weiß nicht, wie ich es ihm sagen soll.«

Quill schien auch ohne Erklärung zu verstehen, dass ich nicht näher ins Detail gehen würde. Er seufzte. »Was immer es ist, rede mit ihm.«

Ich stieß ein zittriges Lachen aus. »So einfach ist das nicht.«

»Doch, Stella«, erwiderte er sanft. »Reed mag seine Prinzipien haben, aber er ist niemand, der jemanden auflaufen lässt, der seine Fehler wirklich bereut.« Er trat einen Schritt vor und musterte mich. »Wenn ich dir einen guten Rat geben darf: Je länger du zögerst, umso schwieriger wird es.«

Ich nickte. »Ich weiß.«

»Worauf wartest du dann noch?«, fragte Quill. »Hast du so wenig Vertrauen zu ihm?«

Da war es wieder, dieses Wort.

»Ich …«

Ein Pfiff schallte über die Wiese, und ich drehte den Kopf. Reed schlenderte aus Richtung der Sport-Area heran. In den tiefsitzenden Jeans und dem engen Shirt sah er unfassbar sexy aus. Aber es war sein offenes Lächeln, das ich am meisten begehrte.

»Hab Vertrauen«, raunte Quill mir zu und ging seinem Freund entgegen. Die beiden wechselten ein paar Worte.

Reed nickte lachend, ahnungslos.

Ein Knoten bildete sich in meinem Magen, als Reed seinen Weg zu mir fortsetzte. Dabei glitt sein Blick von dem Queen-Basecap auf meinem Kopf bis zu meinen nackten Füßen.

Unmittelbar vor mir blieb er stehen. »Hey, Prinzessin. Muss ich losziehen und deine Schuhe suchen?«

Ich lachte zittrig. »Sie sind zwar wahnsinnig cool, aber irre heiß.«

»Wir sollten dir ein paar Flipflops besorgen.« Er hob die Hand, schnippte gegen die Kappe meines Basecaps, beugte sich vor und drückte mir einen kurzen, aber nicht minder intensiven Kuss auf die Lippen. Es schien ihm vollkommen egal zu sein, wer uns sehen konnte. »Die Schatzsuche steht. Glen und ich sind die Route jetzt zwei Mal abgelaufen. Es sollte alles klappen.«

Ich nickte geistesabwesend. »Wir sind hier auch so weit fertig.«

»Ich sehe es.« Beeindruckt betrachtete Reed die Papierblumen, die einen halben Meter aus der Erde ragten. »Wie hast du das hingekriegt?«

»Es waren ein paar Versuche nötig, aber irgendwann hat sich der Krepp meinen Wünschen gefügt.«

Reed grinste. »Wäre ja auch unerhört, wenn nicht.«

Ich starrte ihn an. Mir war übel, und vor lauter Angst brach mir der Schweiß aus. Die Welt war kurz davor, zur Seite zu kippen.

Sorge flackerte in Reeds Augen auf. »Ist alles in Ordnung?«

»Ja.« Ich atmete tief durch. Quill hatte recht. Ich sollte mehr Vertrauen zu Reed haben. Wenn ich ihm alles erklärte, würde er mir sicher verzeihen, dass ich ihm die Wahrheit so lange verschwiegen hatte. So konnte ich jedenfalls nicht weitermachen. »Nein.«

»Was ist los?« Reed runzelte die Stirn. »Ist es, weil ich dich gerade geküsst habe?«

»Nein.« Mit zittriger Hand deutete ich auf den Pfad, der am Ufer entlang zu seinem Bungalow führte. Er verlief um dichtes Buschwerk herum und würde uns schon nach wenigen Metern vor Publikum schützen. »Ich muss dir etwas sagen.«

Seine Miene wurde wachsam. Gleichzeitig wirkte er nicht überrascht. Vielleicht konnte er sich ja bereits denken, worum es ging. Schließlich hatte er die Story mit der Beamtenbeleidigung mehrfach angezweifelt.

In den letzten Tagen hatte ich sogar hin und wieder dein Eindruck gehabt, dass er mich noch einmal auf meine Vorstrafe ansprechen wollte. Aber er hatte geschwiegen. Genau wie ich.

Das war nun vorbei.

Ich musste es endlich hinter mich bringen. »Komm mit.«

Reed folgte mir schweigend, als ich um das Gebüsch herumging. Meine Beine fühlten sich wacklig an. Links plätscherte leise das Wasser des Sees ans Ufer, rechts erhob sich Hazels Haus. Gleich dahinter stand Reeds etwas kleinerer Bungalow. Die Terrasse auf der Rückseite bot einen wunderschönen Ausblick auf den See, hatte aber auch eine Holztreppe, auf deren unterste Stufe ich mich nun sinken ließ, weil ich keine Sekunde länger stehen konnte. Ich schlang die Arme um meinen Bauch.

Langsam trat Reed vor mich, ging in die Hocke und strich über meinen Oberschenkel. »Was willst du mir sagen?«

O Gott! Wie sollte ich nur anfangen?

Mein Magen krampfte sich vor Angst zusammen. Doch dann erinnerte ich mich wieder an Quills Bitte, Reed zu vertrauen.

Er würde mir vergeben.

»Vor ein paar Monaten«, begann ich stockend, »da war ich ziemlich durch den Wind.« Betreten senkte ich den Blick. Ich würde das nicht schaffen, wenn ich Reed weiterhin in die Augen schaute. »Ich hatte gerade schon wieder mein Studium geschmissen und mich mit Leuten umgeben, die mir nicht guttaten … Wir … wir haben viel gefeiert …«

Ich bohrte die Fingernägel in meine Oberarme, als könnte ich mich so von dem Schmerz ablenken, der in meinem Inneren tobte.

»Was ist passiert?«, fragte Reed. Seine Stimme klang sanft, aber ich kannte ihn inzwischen gut genug, um zu wissen, dass er äußerst angespannt war. Wahrscheinlich war ihm gerade klar geworden, in welche Richtung das hier lief.

»Ein Bekannter hat eine Poolparty geschmissen. Es war schrecklich laut und chaotisch. Also hatte ich ein paar Cocktails, um besser mit der Reizüberflutung klarzukommen. Ich habe zu schnell und zu viel getrunken …« Der Kloß in meiner Kehle war so gewaltig, dass ich kaum schlucken konnte.

Diesmal drängte Reed mich nicht.

»Ich weiß nicht, was passiert ist. Ich nehme an, mir ist irgendwann übel geworden«, fuhr ich nach einem Augenblick fort. »Als ich wieder zu mir kam, lag ich in einem der Gästebäder auf dem Fliesenboden. Es war schon Morgen, aber draußen haben immer noch Leute gefeiert. Mir war mein Absturz so peinlich, dass ich nur noch wegwollte.«

Tränen schossen mir in die Augen, während sich die Reue wie Säure durch meine Eingeweide fraß.

»Neben der Eingangstür stand eine Kommode und darauf lagen ein paar Autoschlüssel.« Ich sah die Designerschale noch immer genau vor mir. Wäre ich doch nur daran vorbeigelaufen.

Hätte ich einfach ein verdammtes Taxi gerufen wie sonst auch. Es hätte so viele andere Möglichkeiten gegeben …

»Ich habe mir einen Schlüssel geschnappt und vor dem Haus so lange auf den Türöffner gedrückt, bis ein Porsche entriegelte. Dann bin ich eingestiegen und losgefahren.«

Reeds Griff um meine Oberschenkel wurde fester, er sagte keinen Ton. Am liebsten wäre ich weggerannt. Aber ich zwang mich, weiterzusprechen.

»Ich wünschte, ich könnte behaupten, ich hätte nicht kapiert, wie betrunken ich immer noch war. Aber ich wusste es. Nur war es mir egal. Ich dachte, dieses eine Mal wird schon nichts passieren.« Ein Schluchzen brach aus mir hervor. »Und dann … dann rannte plötzlich dieser kleine Junge auf die Straße …«

Der Moment hatte sich auf ewig in meine Seele gebrannt. Flachsblondes Haar, das unter einem grünen Basecap hervorlugte. Ein leuchtend roter Schulranzen. Kurze Beine, die über die Straße flitzten. Große braune Augen, vor Schreck geweitet. Ein kleiner Körper, der durch meine Schuld brach.

Levi war erst acht Jahre alt. Genau wie Bowie.

Verzweifelt schüttelte ich den Kopf. »Ich habe sofort gebremst. Aber es ging einfach zu schnell, Reed …«

Wahrscheinlich sahen wir nun beide, wie der Junge von dem Sportwagen erfasst wurde und über die Motorhaube flog. Wie er mit dem Ranzen voran in die Frontscheibe krachte. Er hatte nicht mal geschrien.

Abrupt stand Reed auf, drehte sich um und ging zwei Schritte auf den See zu.

Ich wollte ihm nachlaufen. Allerdings traute ich meinen Beinen noch immer nicht. Außerdem war der Abstand vielleicht besser, um diese Geschichte zu Ende zu bringen.

»Die Ärzte sagten, es wäre ein Wunder, dass er das überlebt hat«, berichtete ich, was ich eigentlich nur von meiner Mutter wusste. »Trotzdem hat er sich beim Aufprall mehrere Knochen gebrochen und eine Gehirnerschütterung erlitten. Außerdem ist seine Milz gerissen. Er musste sofort operiert werden und lag anschließend eine Woche auf der Intensivstation. Danach blieb er zwei weitere Wochen im Krankenhaus, bevor er wieder nach Hause durfte. Meine Mutter hat sämtliche Behandlungskosten übernommen und der Familie ein hohes Schmerzensgeld gezahlt. Aber das macht natürlich nicht wieder gut, was der Junge meinetwegen durchgemacht hat.« Beschämt verzog ich das Gesicht. »Ich wurde wegen fahrlässiger Körperverletzung verurteilt. Bei so einem schweren Fall hätte mir eigentlich eine Gefängnisstrafe gedroht. Aber der Richter hat sich auf einen Deal mit unserem Anwalt eingelassen und lediglich eine hohe Geldstrafe verhängt. Auch diesen Betrag hat meine Mutter bezahlt. Im Gegenzug hat sie verlangt, dass ich dieses Praktikum absolviere.«

Anfangs hatte ich überhaupt nicht kapiert, was das alles hier sollte und warum meine Mutter ausgerechnet ein Feriencamp ausgewählt hatte. Aber inzwischen begann ich zu begreifen, dass es ihr nie um die Arbeit an sich gegangen war, sondern darum, dass ich endlich lernte, Verantwortung zu übernehmen und mich mehr um andere als um mich selbst zu kümmern.

Ich betrachtete Reeds angespannten Rücken. Er sagte noch immer nichts, und er drehte sich auch nicht wieder zu mir um.

»Bei meiner Verurteilung ging es nie um Beamtenbeleidigung«, fuhr ich leise fort. »Ich habe aus Dummheit, Eitelkeit und Egoismus ein unschuldiges Kind verletzt. Es gibt nichts in meinem Leben, was ich mehr bereue. Aber nach dem, wie sich die Dinge zwischen uns entwickelt haben, kann und will ich dich nicht länger im Unklaren lassen.«

Reed reagierte nicht. Wahrscheinlich brauchte er einen Moment, um das alles zu verdauen. Aber er kannte mich inzwischen besser als jeder andere. Wenn einer verstand, wie sehr ich unter diesem fatalen Fehler litt, dann er.

»Es tut mir leid, dass ich nicht früher den Mut gefunden habe, ehrlich mit dir darüber zu sprechen«, sagte ich und blickte zu Boden. »Ich habe mich schrecklich geschämt. Anfangs war ich überzeugt, dass du mich nur noch mehr verachten würdest, wenn du die Wahrheit erfährst. Dann hat sich unsere Beziehung verändert. Ich wollte es dir sagen, aber ich hatte Angst.« Weil ich die Distanz nun doch nicht länger aushielt, stand ich auf und machte zwei Schritte auf Reed zu. Am liebsten hätte ich die Hand nach ihm ausgestreckt und ihn berührt. Ich sehnte mich verzweifelt nach seiner Vergebung und seinem Trost.

»Ich wollte dich nicht verlieren, Reed.« Eine weitere Träne löste sich aus meinem Augenwinkel. »Nicht, wo ich dich gerade erst gefunden habe.«

Auch auf diese Worte reagierte Reed nicht. Stattdessen starrte er weiter reglos auf den stillen See.

Mir sank der Mut.

»Reed?«, flüsterte ich. »Bitte sag doch was.«

Endlich drehte er sich um.

Nach dem Gespräch mit Quill hatte ich auf Verständnis gehofft, aber trotzdem viel eher mit Wut und Enttäuschung gerechnet. Immerhin hatte ich etwas Schreckliches getan und anschließend gelogen, um mich nicht mit meinem Fehler auseinandersetzen zu müssen.

Wenn Reed mich also angeschrien hätte, hätte ich das verstanden. Aber der Ausdruck in seinem bleichen Gesicht war völlig leer, und seine grünen Augen glitten über mich hinweg, als wäre ich gar nicht da.

Wortlos ging er an mir vorbei. Er hielt erst bei den Stufen zur Veranda inne.

Hoffnung keimte in mir auf. Vielleicht hatte er ja einfach nur einen Moment gebraucht, um sich zu sammeln.

»Pack deine Sachen«, sagte er leise, ohne jede Emotion in der Stimme. »Du bist gefeuert.«

KAPITEL 30

Estelle

Entsetzt taumelte ich nach vorn. »Reed! Bitte, ich …«

»Nein«, unterbrach er mich scharf. Endlich schaute er mir in die Augen. Da war so viel kalte Verachtung in seinem Blick, dass ich kein Wort mehr hervorbrachte. »Ich will dich nicht mehr sehen. Du widerst mich an.«

Ich zuckte zusammen. Seine Worte waren wie Säure, die jeden einzelnen kostbaren Moment, den wir miteinander geteilt hatten, verätzte. Aber Reed war so gefangen in seinem Hass, dass er es nicht bemerkte. Oder es störte ihn schlichtweg nicht.

»In einer Stunde bist du verschwunden«, sagte er kalt. »Sonst rufe ich die Cops und lasse dich wegen unbefugten Betretens eines Privatgrundstückes verhaften.« Ein grausames Grinsen hob seine Mundwinkel. »Und wir wollen doch nicht, dass Mommy noch mehr Kohle für dich hinblättern muss, nicht wahr?«

Es war, als hätte er mir ein Messer in die Brust gerammt.

Benommen zwang ich mich, zu nicken. »Ist gut. Ich gehe.«

361

Ohne ein weiteres Wort wandte Reed sich ab, stieg die Stufen hinauf und schob die Hintertür seines Bungalows auf. Die Tür fiel krachend hinter ihm zu.

Und mein Herz brach.

***

Ich hatte keine Ahnung, wie lange es dauerte, bis ich es schaffte, mich aus meiner Starre zu lösen und in meine Hütte zu gehen. Dort angekommen, erlaubte ich es mir nicht, meinem Schmerz nachzugeben. Stattdessen eilte ich ins Schlafzimmer und stopfte achtlos meine Klamotten in den Koffer.

In weniger als zehn Minuten hatte ich alles eingepackt. Anschließend ging ich ins Wohnzimmer und legte meine Notizen und den Speicherchip der Kamera auf den Tresen. Ich kritzelte nur schnell Hazels Namen auf die Rückseite, weil ich wollte, dass sie die Sachen bekam. Mehr nicht.

Was sollte ich auch schreiben? Dass mir wahnsinnig leidtat, was ich getan hatte, und dass ich sie nun auch noch im Stich ließ, nachdem sie mich mit offenen Armen empfangen hatte? Ich war überzeugt, dass sie das wusste. Sie war so ein wundervoller Mensch.

Ich würde sie schrecklich vermissen, und auch wenn ich noch nicht ganz so eng mit Gina und Selma befreundet war, bedauerte ich es, dass wir nun keine Chance mehr haben würden, einander besser kennenzulernen. Ich war mir sicher, dass wir eine Menge Spaß miteinander gehabt hätten.

Traurig schaute ich mich in dem kleinen Wohnzimmer um. Ich hatte mich hier wohlgefühlt. Trotzdem hatte ich die letzten Nächte ausnahmslos bei Reed verbracht. Sie zählten zu den schönsten meines bisherigen Lebens – und das lag nicht daran, dass Reed mich auf alle erdenkliche Arten verführt hatte.

Nein, es waren die Momente dazwischen gewesen, in denen ich einfach nur wahnsinnig glücklich gewesen war. Wenn wir über alles Mögliche geredet und gelacht hatten, während er wie selbstverständlich meinen nackten Körper streichelte. Wenn ich mit einem Lächeln auf seiner Brust einschlief und am nächsten Morgen in seinen Armen erwachte, wissend, dass er mich die ganze Nacht über festgehalten hatte, als wollte er mich nie wieder loslassen.

Mein Blick fiel auf die Pfingstrose, die in einer schmalen Vase auf dem Küchentresen stand. War es wirklich erst ein paar Tage her, seit Reed mir diese zarte Blume geschenkt hatte?

Es kam mir viel länger vor. Vielleicht weil ich die Beziehung zu Reed derart intensiv erlebt hatte.

Ich hatte immer gewusst, dass meine Zeit hier im Camp nur begrenzt sein würde. Aber dass sie so abrupt endete, das kam unerwartet.

Dass Reed wütend oder enttäuscht wäre, wenn er die Wahrheit erfuhr, war mir von vornherein klar gewesen, auch wenn Quill es kurz geschafft hatte, mir diese Angst zu nehmen. Aber ich hatte gedacht, er würde sich nach ein paar Tagen beruhigen und mir verzeihen, dass ich die Lüge meiner Mutter nicht sofort richtiggestellt hatte. Ich hatte nicht mit so viel Abscheu gerechnet.

Obwohl ich es eigentlich verhindern wollte, traten mir bei der Erinnerung an seinen vernichtenden Blick Tränen in die Augen. Das hatte ich nun davon, dass ich Reed mein Herz geöffnet hatte. Andererseits verdiente ich diesen Schmerz. Ich hätte dieses unschuldige Kind beinahe umgebracht, hatte ihm unsägliche Schmerzen zugefügt – und ich war damit davongekommen, weil meine Mutter stinkreich war und einen Ruf zu verlieren hatte.

Ich wollte gar nicht wissen, wie viel Schweigegeld sie insgesamt gezahlt hatte, damit ja kein Wort an die Öffentlichkeit drang. Nicht nur Levi und seiner Familie, sondern auch dem Porschebesitzer, der Klinik, dem Richter, dem Anwalt, sogar diesem Camp …

Vielleicht war Reeds Reaktion so eine Art ausgleichende Gerechtigkeit, eine Strafe, die kein Geld der Welt begleichen konnte. Ebenso wenig wie die Schuldgefühle, die ich dem Jungen gegenüber empfand.

Levi.

Eine Träne rollte mir über die Wange und tropfte von meinem Kinn. Ich hatte ihn nicht einmal im Krankenhaus besucht, hatte mich nie entschuldigt für das, was ich ihm angetan hatte. Stattdessen hatte ich es vorgezogen, alles zu verdrängen, und hatte die Entscheidung, mich sturzbetrunken in den Wagen zu setzen, einfach zu der Liste meiner Verfehlungen hinzugefügt.

Ein Fehler mehr oder weniger, was machte es schon aus?

Versager blieb Versager.

Schniefend wischte ich mir über die Wangen. Ich sollte zusehen, dass ich von hier verschwand, bevor Reed Ernst machte und wirklich die Cops rief.

Inzwischen war es fast sechs Uhr. Die Kinder waren sicher schon auf dem Weg in den Speisesaal, darunter auch Bowie, Kyra und all die anderen Kids, mit denen ich mich inzwischen angefreundet hatte. Sie würden es gar nicht mitbekommen, wenn ich jetzt verschwand. Trotzdem brachte ich es einfach nicht über mich, nach meinem Koffer zu greifen und die Hütte zu verlassen.

Bowie wäre verletzt, wenn ich ging, ohne mich zu verabschieden. Und Kyra auch. Das Mädchen mochte nach außen hin tough erscheinen, aber sie war unglaublich sensibel. Andererseits hatte sie sich inzwischen daran gewöhnt, dass Ivy und Darla fort waren. Und Selma hatte recht gehabt, was Georgie betraf. Tagsüber sah man die Mädchen nur noch selten getrennt. Sie waren meistens in der Nähe von Bradens Clique.

Sicher würde es Bowie genauso gehen. Er würde vielleicht ein bisschen Zeit brauchen, bis er sich an den Gedanken gewöhnt hatte, dass ich nicht mehr da war. Aber er hatte jetzt Maila, Joshua und seine anderen Freunde. Sie würden ihn sicher auffangen. Schon bald würde er gar nicht mehr an mich denken.

Der Gedanke half mir, schließlich doch nach meinem Koffer zu greifen und die Hütte zu verlassen. Als ich auf der Veranda stand, flog mein Blick zu Reeds Bungalow, und wieder zögerte ich.

Vielleicht sollte ich doch noch ein wenig Zeit schinden. Vielleicht beruhigte er sich ja wieder und hielt mich auf, weil er tief in seinem Herzen gar nicht wollte, dass ich ging. Vielleicht war ich ihm doch wichtiger als alles andere.

Du widerst mich an.

Sowie die Worte durch meinen Geist schossen, zuckte ich zusammen. Und mit dem Schmerz kam die Ernüchterung. Ich konnte mir noch so sehr wünschen, dass Reed seine Meinung änderte, er würde es nicht tun. Die Wahrheit hatte alles zerstört. Er wollte mich nicht mehr.

Betrübt wandte ich mich ab, hob meinen Koffer an und schleppte ihn die Stufen runter. Ich schaute nicht zurück, als ich über den äußeren Rundweg zum Parkplatz ging. Stattdessen konzentrierte ich mich darauf, ungesehen vom Gelände zu kommen, denn ich hatte sicher keine Kraft, jemandem zu erklären, dass ich fortging.

Als ich den Parkplatz erreichte, fiel mein Blick zuerst auf das Motorrad, das gleich neben Reeds schwarzem Pick-up stand, und natürlich erinnerte ich mich sofort an das wundervolle Picknick unter den Sternen. Ich hätte nie gedacht, dass es so wehtun könnte, daran zu denken.

Fluchend zerrte ich meinen Koffer weiter zur Zufahrtsstraße. Dort angekommen, holte ich mein Handy heraus, suchte im Internet nach einem Taxiservice in der Nähe und rief beim erstbesten Unternehmen an. Hier, mitten in der Einöde, rechnete ich damit, dass ich mehrere Stunden auf einen Wagen warten müsste. Aber der freundliche alte Mann am Telefon versprach, gleich loszufahren.

Erleichtert packte ich das Handy weg und beschloss, dem Taxi entgegenzulaufen, weil das immerhin besser war, als wie ein ausgesetztes Hündchen vor dem Campeingang zu verharren. Ich war vielleicht zwanzig Meter weit gekommen, als ich Quills Stimme hörte.

»Stella!«

Abrupt blieb ich stehen und konnte nichts gegen die Hoffnung tun, die in mir aufkeimte. Sie erlosch jedoch, sobald ich mich umdrehte.

Reeds bester Freund rannte mit weit aufgerissenen Augen auf mich zu. »Wo zur Hölle willst du hin?«

Vermutlich zum zehnten Mal an diesem Tag schossen mir Tränen in die Augen. Aber diesmal verbot ich es mir, den Schmerz herauszulassen, weil ich sonst wahrscheinlich nicht mehr aufhören könnte zu weinen.

Schlitternd kam Quill vor mir zum Stehen. »Was machst du?«

»Ich gehe«, erklärte ich betont ruhig.

»Aber wieso?« Voller Unverständnis schüttelte Quill den Kopf. »Wieso willst du weg? Es lief doch gerade alles so gut.«

»Reed hat mich gefeuert.« Ich lächelte traurig. »Wie es aussieht, ist er doch kein Mann, der *alle* Fehler verzeiht.«

Quill schien zu dämmern, worauf ich hinauswollte. Aber offenbar hatte er Mühe, diese Aussage mit seinem Freund unter einen Hut zu bringen. »Bitte sag mir, was du ihm erzählt hast, Stella.«

Im ersten Moment wollte ich ablehnen. Aber Quill war Reeds bester Freund, und auch uns verband inzwischen eine besondere Freundschaft. Davon abgesehen würde er es ohnehin erfahren. Also gab ich nach. »Ich habe ihm die Wahrheit gesagt. Über meine Vorstrafe.«

»Du meinst, was es mit dieser Beamtenbeleidigung auf sich hat?«, fragte Quill irritiert.

»Meine Mutter hat gelogen.« Ich sah ihn unverwandt an, fest entschlossen, auch seine Abscheu zu ertragen. »In Wirklichkeit bin ich vorbestraft, weil ich betrunken einen kleinen Jungen angefahren habe.«

Quill zuckte zusammen.

»Ich habe ihn sehr schwer verletzt«, fuhr ich fort, auch wenn die Schuld mich beinahe erdrückte. »Aber meine Mutter und ihr Anwalt haben dafür gesorgt, dass die Haftstrafe in eine Geldstrafe umgewandelt wurde. Das Praktikum hier im Camp war ihre Bedingung für den Deal.«

»Fuck!«, stieß Quill leise hervor. Dann trat er ein paar Schritte zurück, warf den Kopf in den Nacken und brüllte: »Fuck! Fuck! Fuck!«

Erschrocken wich ich vor ihm zurück.

Sofort hob Quill beschwichtigend die Hände. »Tut mir leid, Stella. Es ist nur …«

»Schon gut«, unterbrach ich ihn. »Ich weiß selbst, wie beschissen das ist.«

»Nein, du verstehst nicht …« Frustriert rieb Quill sich über das Gesicht. »Ich kenne dich, Estelle. Ich habe dich mit Bowie beobachtet. Ich *weiß*, wie sehr du es bereust, dass du diesen Jungen verletzt hast, und wie sehr du dir wünschst, du hättest dich in dem Zustand nie hinter dieses verdammte Steuer gesetzt.«

Mist! Nun weinte ich doch. Ich konnte die Tränen einfach nicht zurückhalten. »Ich hasse mich so sehr dafür.«

Mitgefühl erschien in seinem Gesicht. »Auch das weiß ich.«

Seine Stimme war nun sanft, voller Verständnis. Sie hätte mir in meinem Unglück sicher Trost gespendet. Aber sie reichte nicht tief genug, um bis in mein zerschmettertes Herz vorzudringen, denn sie gehörte dem falschen Mann. »Tja, Reed ist anderer Meinung. Er will mich nie wiedersehen.«

»Das meint er nicht so.«

»Doch, Quill.« Ich brachte ein klägliches Lächeln zustande. »Glaub mir, er war sehr deutlich.«

Quill schnitt eine Grimasse, als hätte er eine ziemlich genaue Vorstellung davon, was das bedeutete. Dann holte er tief Luft. »Hör zu, das mag jetzt ein Schock für dich sein, aber vor einigen Jahren hatte Reed eine Verlobte.«

»Ja«, erwiderte ich ruhig. »Er hat mir von Savannah erzählt.«

Quills Augen wurden groß. »Er hat mit dir über sie geredet?«

»Nur kurz.« Meine Brust wurde eng. »Aber ich weiß, dass sie gestorben ist.«

»Und weißt du auch, wie?«, hakte er nach.

Diesmal schüttelte ich den Kopf. »Ich glaube, es war zu schwer für ihn.«

Aufgewühlt fuhr Quill sich durch die Haare. »Sie wurde von einem betrunkenen Fondsmanager am helllichten Tag überfahren. Der Scheißkerl hätte dafür in den Knast wandern müssen. Stattdessen ist er mit einer Geldstrafe davongekommen, die er bei seinem Vermögen nicht mal bemerkt haben dürfte. Reed hat jahrelang darum gekämpft, ein neues Urteil zu erwirken. Er wollte Gerechtigkeit für Savannah. Aber gegen die Anwälte und Verbindungen dieses Typen hatte er keine Chance.«

Die Welt hörte auf, sich zu drehen. Da war kein Gedanke mehr in mir, bis auf einen: »Ich bin genau wie dieser Scheißkerl, der Reeds große Liebe getötet hat.«

»Nein«, widersprach Quill sofort.

»Doch, natürlich!« Ein hysterisches Lachen platzte aus mir hervor. »Oder glaubst du etwa, *ich* wäre freiwillig in den Knast gegangen?«

Quill verzog das Gesicht.

»Ich war heilfroh, dass ich darum herumgekommen bin«, sagte ich voller Selbsthass. »Es war mir sogar egal, wie viel Geld meine Mutter hinblättern musste, weil sie sowieso mehr als genug hat. Also steh nicht hier und streite ab, dass ich genauso bin wie dieser Typ.«

»Du hast niemanden getötet.«

»Es waren *Zentimeter*!«, schrie ich und war kurz davor, mitten auf die Straße zu kotzen. »Fünf Zentimeter und Levi hätte sich das Genick am Frontscheibenrahmen gebrochen. Es war pures Glück, dass das nicht passiert ist. Ich bin kein bisschen besser als dieses Arschloch.«

In der Ferne erklangen Motorengeräusche. Ich betete, dass

es sich bei dem Wagen um das Taxi handelte, denn ich wollte nur noch hier weg.

Kein Wunder, dass Reed so reagiert hatte. Er musste mich wahrlich hassen.

»Stella«, sagte Quill flehend und streckte die Hände nach mir aus. »Dass du Angst vor dem Gefängnis hattest, ist absolut verständlich. Ganz ehrlich? Ich hätte es nicht anders gemacht. Die Vorstellung, mit lauter Kriminellen eingesperrt zu sein, ist furchteinflößend.«

»Jemand, der betrunken in ein Auto steigt und riskiert, andere zu verletzen, ist kriminell«, gab ich ausdruckslos zurück. »Eine Freiheitsstrafe zu verbüßen, wäre zumindest gerechter gewesen, als einfach ein paar Scheine zu zücken und ein Leben zu kaufen.«

»Irgendwo in einer Zelle zu versauern, holt weder die Toten zurück, noch heilt es Verletzte«, erwiderte Quill niedergeschlagen. »Du kannst nicht ändern, was bereits passiert ist. Du kannst nur nach vorne schauen und es von nun an *besser* machen.«

Der Wagen hielt neben uns. Ein älterer, freundlich dreinblickender Mann schob den Kopf aus dem Seitenfenster. »Haben Sie ein Taxi bestellt?«

»Ja«, krächzte ich und wischte mir hektisch über das tränennasse Gesicht. »Das war ich.«

Quill deutete auf den Parkplatz und bat den Mann, dort zu wenden. Schon fuhr der Wagen wieder an, und Quill richtete seine Aufmerksamkeit auf mich.

»Bitte bleib hier«, bat er eindringlich. »Lass mich mit Reed reden. Ich kann ihn sicher zur Vernunft bringen. Geh nicht einfach so weg.«

Für einen kurzen Augenblick war ich versucht, dieses großzügige Angebot anzunehmen, denn ich wollte das Camp wirklich nicht verlassen. Ich wollte das Praktikum beenden, mehr Zeit mit Bowie verbringen, Kyra bei den Problemen mit ihren Eltern helfen, mit Hazel tanzen, mit Quill neue Deko basteln, mit Gina in der Küche quatschen und mit den anderen am Lagerfeuer sitzen. Ich wollte weitere Fotos machen, die PR für das Camp anstoßen ... Ich wollte sogar noch mehr von Dottys krachsüßen Brownies essen.

Aber am allermeisten wollte ich Reed.

Vielleicht hätten wir es geschafft, uns gegenseitig zu heilen. Doch nachdem ich nun wusste, auf welche Weise er die Liebe seines Lebens verloren hatte, war mir klar, dass das ein Traum bleiben würde.

Ich schenkte meinem Freund ein trauriges Lächeln. »Danke für alles, Quill.«

Die Tatsache, dass Quill nur nickte, bekräftigte meine Entscheidung. Seufzend zog er mich in seine Arme. »Ich hätte mich ehrlich für euch beide gefreut.«

»Ich weiß.« Ich wollte nicht schon wieder weinen. Deshalb drückte ich Quill nur einmal kurz an mich, ehe ich mich dem Taxi zuwandte, das in diesem Moment hinter mir hielt. Ich öffnete die hintere Seitentür, warf meinen Koffer auf die Rückbank und stieg ein. Anschließend zog ich die Tür zu und schaute durch das Seitenfenster zu Quill.

Er stand mit hängenden Schultern da, in seinen Augen spiegelte sich ehrliches Bedauern.

Ich werde dich vermissen, Stella.

Ich nickte – und er verstand.

KAPITEL 31

Reed

Eine Eiseskälte hatte sich in meiner Brust ausgebreitet. Ich saß auf der obersten Stufe meiner Veranda hinter dem Haus und starrte auf den See. Wie lange schon, konnte ich nicht sagen. Ich hatte jedes Zeitgefühl verloren, seit ich Estelle weggeschickt hatte.

Inzwischen war sie fort. Das wusste ich nicht, weil ich gesehen hatte, wie sie ging, sondern weil sich ihre Abwesenheit wie ein klaffendes Loch in meiner Brust anfühlte. Da war kein Raum für Schmerz. Nur Taubheit.

Nach Savannahs Tod hätte ich niemals für möglich gehalten, dass ich je wieder so empfinden würde. Aber da hatte ich mich offenbar getäuscht.

Kies knirschte, und Hazel trat vor die Veranda. »Ach, hier steckst du. Ich habe dich schon überall gesucht.«

Ausdruckslos sah ich meine Schwester an. Natürlich wusste sie inzwischen Bescheid. Ich fragte mich, ob Estelle sich von ihr verabschiedet hatte; ob sie ihr bei dieser Gelegenheit wenigstens ebenfalls die Wahrheit gesagt hatte. Aber ich verbot es mir, danach zu fragen. »Was gibt's?«

Hazel musterte mich einen Augenblick lang mit gerunzelter Stirn. Dann deutete sie zum Camp. »Deine Gitarre fehlt uns am Lagerfeuer.«

»Glen spielt auch«, erwiderte ich, weil ich echt nicht in Stimmung für Musik war. »Frag ihn doch.«

»Okay.« Herausfordernd legte sie den Kopf schief. »Ist vielleicht auch besser so. Dann können wir beide reden.«

Reed schnaubte. »Es gibt nichts zu reden.«

»Oh, das sehe ich anders.« Sie zuckte mit den Schultern. »Eigentlich wollte ich dir noch ein bisschen Zeit geben, um wieder runterzukommen. Aber wir können es auch gleich hinter uns bringen.«

Ich schoss nach oben, als hätte sich mein Hintern spontan selbst entzündet. »Lass mich in Ruhe, Hazel. Ernsthaft.«

Ohne auf eine Erwiderung meiner Schwester zu warten, drehte ich mich um und marschierte in meinen Bungalow. Dort angekommen, blieb ich abrupt stehen.

Wie es schien, war ich in eine verdammte Zeitschleife geraten. Nur dass ich diesmal nicht Estelle am Fuß der Treppe zurückgelassen hatte, sondern meine Schwester. Und genau wie vorhin wanderte mein Blick nun durch das offene Wohnzimmer. Zu dem Küchentresen, an dem wir heute Morgen zusammengesessen und Kaffee getrunken hatten. Zu der Couch, auf der ich sie letzte Nacht verführt hatte, weil ich zu ungeduldig war, sie erst noch ins Bett zu bringen. Zu dem Hemdchen, das über der Stuhllehne lag und noch immer nach ihr roch.

»Fuck!«, knurrte ich und wirbelte wieder herum, weil ich es keine Sekunde länger hier drin aushielt.

Allerdings war der Weg diesmal nicht frei. Stattdessen lehnte Hazel mit verschränkten Armen in der Tür. »Ich sollte dich vermutlich warnen«, meinte sie gedehnt. »Quill ist verdammt sauer auf dich.«

Klar war er das. Er hatte sich von Anfang an auf Estelles Seite geschlagen. Ich schüttelte den Kopf. »Quill hat verdammt noch mal keine Ahnung.«

Wenn es so wäre, würde er meine Entscheidung sicher besser verstehen.

Hazel schürzte die Lippen. »Mir hat er gesagt, Estelle hätte ihm *alles* erzählt.«

Unvermittelt traf mich der Stich der Eifersucht. Ganz so gefühlskalt war ich offenbar doch nicht. »Dann weißt du auch Bescheid?«

Einen Moment lang musterte Hazel mich schweigend, dann seufzte sie. »Ich wusste es von Anfang an, Reed.«

Sämtliche Luft entwich aus meiner Lunge. Ich brachte keinen Ton hervor, sondern starrte Hazel fassungslos an.

Sie trat nun ganz ins Wohnzimmer und drückte die Tür hinter sich zu. »Estelles Mutter hat mir schon bei unserem ersten Telefonat die Wahrheit über den Unfall gesagt. Sie erzählte mir, wie sehr Estelle darunter litt, dass sie diesen kleinen Jungen verletzt hatte, und wie sie danach jeden Halt im Leben verlor, obwohl sie ohnehin schon völlig orientierungslos war.«

Hazel wartete auf meine Reaktion, aber ich war zu schockiert über die Erkenntnis, dass ich nicht nur von Estelle, sondern auch von meiner eigenen Schwester belogen worden war.

»Moira hat über ihren Anwalt Christopher Mitchell von unserem Camp erfahren«, fuhr Hazel fort. »Seine Enkelkinder haben den letzten Sommer hier verbracht und waren so begeistert, dass sie spontan beschloss, mich zu kontaktieren und uns um Hilfe zu bitten. Sie wollte, dass Estelle raus aus der Stadt kommt, den Kopf freikriegt und abseits von allem vielleicht sogar Frieden mit sich schließt.«

»Frieden?«, stieß ich ungläubig hervor. Mein Puls schnellte in die Höhe. »Leute wie sie verdienen keinen Frieden.«

»Estelle hat einen furchtbaren Fehler gemacht, den sie mehr als alles andere bereut«, widersprach Hazel und schüttelte entschieden den Kopf. »Sie ist nicht wie Travis Palmer.«

»Stimmt.« Ich grinste zynisch. »*Ihr* Opfer hat immerhin überlebt.«

»Die beiden sind sich kein bisschen ähnlich, Reed. Du bist nur viel zu verblendet von deinem Hass und deiner Verbitterung, um das zu begreifen.« Hazel verzog das Gesicht. »Ich hatte gehofft, deine Einstellung würde sich ändern, wenn du Estelle erst besser kennenlernst. Also habe ich gelogen und die Sache mit der Beamtenbeleidigung erfunden, damit du ihr überhaupt eine Chance gibst. Ich dachte, wenn ihr zwei Freunde werdet und Estelle dir zeigt, dass nicht alle reichen Leute selbstgerechte, ignorante Arschlöcher sind, kannst du ebenfalls endlich mit deinem Hass gegen Palmer abschließen. Aber da habe ich mich wohl verkalkuliert.«

Viel fehlte nicht mehr und ich flippte aus.

»Wie konntest du mir das antun?«, brüllte ich, unfähig, meine Wut zu zügeln.

Hazel zuckte nicht mal mit der Wimper. Stattdessen warf sie frustriert die Hände in die Luft. »Ich wusste doch nicht, dass ihr euch ineinander verliebt!«

Verbittert wandte ich mich von meiner Schwester ab. »Estelle liebt mich nicht.«

»O Mann«, murmelte sie hinter mir in ihrem *Du-bist-echt-ein-Obertrottel*-Ton. »Natürlich liebt sie dich. Glaubst du, sie hätte dir sonst die Wahrheit gesagt?«

»Wahrscheinlich wollte sie bloß verhindern, dass ich es selbst rausfinde.«

Nicht, dass ich mich besonders angestrengt hätte, die Wahrheit ans Licht zu bringen. Ich war kein Idiot. Natürlich waren mir diverse Unklarheiten in der Story aufgefallen, die man mir aufgetischt hatte, und ich hatte auch gewusst, dass etwas Estelle belastete. Aber nicht in meinen schlimmsten Albträumen wäre ich auf die Idee gekommen, dass *so etwas* dahintersteckte.

Vorhin hatte ich nicht gelogen. Die Vorstellung, wie Estelle rotzbesoffen in einen Luxusschlitten stieg und durch die Stadt bretterte, widerte mich tatsächlich an.

Ich konnte sie genau vor mir sehen: das bleiche Gesicht, die zerzausten Haare, die blutunterlaufenen Augen, das verschmierte Make-up, das zerrissene Designerkleid – und sauteure, mit Diamanten besetzte High Heels, von denen einer das Gaspedal durchtrat.

»Das ist doch Schwachsinn, Reed!« Hazel trat um mich herum und zwang mich, sie anzusehen. »Natürlich empfindet Estelle etwas für dich.«

Abermals kochte die Wut in mir hoch. »Nein, Schwesterchen. Ich war höchstens der Idiot, der ihr den Aufenthalt im Camp mit Orgasmen versüßen sollte, nachdem er ihr auf den Leim gegangen ist.«

Hazels Miene verfinsterte sich. »Du bist echt genauso stur wie Dad.«

Unbeeindruckt erwiderte ich ihren Blick.

»Also schön.« Missmutig zog Hazel ein kleines Plastikteil aus ihrer hinteren Jeanstasche. Der Speicherchip aus meiner Spiegelreflexkamera. »Wenn du mir nicht glaubst, sieh es dir doch selbst an. Keine Frau macht solche Fotos von einem

Mann, mit dem sie einfach nur ein paar Nummern schieben will.«

Ich wollte diesen Chip nicht haben und verschränkte demonstrativ die Arme.

Leider war Hazel genauso stur wie ich und schob mir den Chip einfach in meine vordere Jeanstasche. »Du wirst dir die Bilder angucken«, befahl sie mir und zog ein zerknittertes Blatt Papier hervor. »Und danach liest du dir das hier durch.«

»Was ist das?«, fragte ich.

»Ein Abschiedsgeschenk von Estelle.« Hazel schob das Blatt Papier einfach unter meine Achsel. »Wenn du damit fertig bist, geh in dich und überleg dir genau, ob du diese Frau wirklich ziehen lassen willst. Noch kannst du sie zurückholen.«

»Das wird nicht passieren.«

Estelle hatte mich getäuscht und belogen. Ich hatte nun ein vollkommen anderes Bild von ihr. Es war noch hässlicher als zu Beginn dieser Farce – und das wollte wirklich was heißen. Ich hätte auf mein erstes Urteil vertrauen sollen.

Hazel schien endlich einzusehen, dass ich meine Meinung nicht mehr ändern würde, und schüttelte den Kopf. »Du glaubst nicht, wie weh es mir tut, das zu hören, Reed. Ihr beide wart gut füreinander. Das hätte etwas ganz Besonderes werden können.«

Das hatte ich auch geglaubt. Aber nun, da ich die Wahrheit kannte, erschien mir diese Hoffnung vollkommen naiv.

»Wir sehen uns morgen.« Hazel wandte sich ab, um den Bungalow durch die Vordertür zu verlassen.

Ich schaute ihr mit einem dumpfen Gefühl in der Brust nach. Sie hatte die Tür fast erreicht, da rief ich noch einmal ihren Namen. »Hazel?«

Sofort drehte sie sich um, als hätte sie nur darauf gewartet. »Ja?«

Ausdruckslos schaute ich sie an. »Wenn du so einen Scheiß noch mal abziehst und mich anlügst, kannst du dir einen neuen Teamleiter suchen.«

Die Hoffnung, die unverkennbar in ihrem Gesicht aufgeflackert war, machte Reue Platz. »Ich wollte dich nicht verletzen. Ich wollte nur, dass ihr beide eine faire Chance habt.«

Mir war klar, dass Hazel es gut gemeint und aus Sorge gehandelt hatte. Aber in diesem Punkt irrte sie sich: Für Estelle und mich hatte es nie eine faire Chance gegeben.

Nicht mit ihrer Vergangenheit.

KAPITEL 32

Estelle

Der Taxifahrer brachte mich nach Shelby, wo ich am nächsten Nachmittag den Zug nach Seattle nahm, nachdem ich die Nacht in einem günstigen Hotel verbracht hatte. Es wäre komfortabler gewesen, Pierce anzurufen und ihn zu bitten, mich abzuholen. Aber dann hätte meine Mutter unweigerlich von meinem Rauswurf erfahren, und ich war schlichtweg nicht bereit, ihr jetzt schon Rede und Antwort zu stehen.

Auf mein Handy gestarrt hatte ich trotzdem die ganze Zeit, obwohl ich wusste, dass es zwecklos war. Reed meldete sich nicht, und das würde er auch nicht tun.

Ich würde ihn nie wiedersehen.

Als ich Belltown im Herzen Seattles schließlich erreichte, war es bereits Sonntagabend. Unmittelbar auf der Western Avenue reihten sich Hochhäuser aneinander, elegante Gebäude mit viel Glas und Stahl. Dort bewohnte ich ein Apartment im zehnten Stock mit einem traumhaften Blick auf die Elliott Bay.

Früher hatte ich diese Aussicht genossen. Doch als ich nun vor die bodentiefen Fenster trat und die Bucht in der unter-

gehenden Sonne betrachtete, wurde ich von der schwarzen Wassermasse und den Betonriesen am Ufer regelrecht erdrückt. Überall flirrten Boote, Autos und Menschen umher, und auch wenn ich sie hinter dem schalldichten Fensterglas nicht hören konnte, überforderte mich das Gewusel.

Ich sehnte mich nach der Idylle am tiefblauen Silver Lake, nach den Bergen am Horizont, nach den Klängen der Natur. Ich hatte gar nicht bemerkt, wie sehr ich mich an das Summen und Rascheln gewöhnt hatte. Bis mich die Stille meines Apartments beinahe verschluckte.

Die Reise war anstrengend gewesen, und ich war zutiefst erschöpft. Trotzdem war mir klar, dass ich keine Ruhe finden würde. Also versuchte ich es gar nicht erst, sondern nahm nur eine schnelle Dusche in dem luxuriösen Badezimmer. Anschließend zog ich mir bequeme Sachen an, holte meinen Laptop und setzte mich aufs Sofa, das mitten in dem geräumigen Wohnzimmer stand.

Ich hatte schon immer ein Faible für schlichte Designs und dezente Wohnaccessoires gehabt. Deshalb gab es an der linken, beigefarbenen Wand nur eine weiße Hochglanzkommode, auf der eine schmale Vase mit Trockenblumen stand. Dazu passend befand sich gegenüber des Sofas ein Sideboard mit einem Flachbildfernseher, den ich allerdings nur selten einschaltete.

Auch diesmal schenkte ich dem schwarzen Ungetüm keine Beachtung, sondern konzentrierte mich auf den Laptop. Es gab einige Dinge, die erledigt werden mussten, Fragen, auf die ich eine Antwort brauchte. Denn mit einer Sache hatte Quill recht: Ich musste endlich nach vorn blicken. Auch wenn mein Herz in Silver Springs zurückgeblieben war.

Gut eine Stunde lange recherchierte ich im Internet, machte

mir Notizen und fasste einen Plan. Dann klickte das Türschloss.

Verdammt! Das ging schneller als erwartet.

Ich schaute auf, und schon rauschte meine Mutter in das Apartment. Als Moira Sinclair mich auf dem Sofa entdeckte, blieb sie abrupt stehen.

Ihr braunes Haar, das von hellen und dunklen Strähnchen durchzogen war, schimmerte rötlich im sanften Licht der Stehlampe, die ich eingeschaltet hatte, als die Dämmerung anbrach. Wie üblich war sie auf High Heels unterwegs und trug farblich passend dazu eine bronzefarbene Seidenbluse und eine schwarze Leinenhose, die um ihre schlanken Beine flatterte. Wenn man sie aus der Ferne sah, fiel es schwer zu glauben, dass sie bereits Anfang fünfzig war. Sie war topfit, was wirklich bemerkenswert war, wenn man bedachte, wie viele Tonnen Happy Crush sie im Laufe ihres Lebens verputzt hatte. Von dem anderen süßen Kram aus der Produktpalette ihrer Firma ganz zu schweigen.

Eigentlich müsste meine Mutter permanent auf einem Zuckertrip sein, aber selbst der hätte das drohende Unheil wohl nicht abwenden können. Sie war stinksauer. »Zwanzig Tage? Das ist nicht dein Ernst, Estelle!«

Das klang tatsächlich nicht sehr lange. Andererseits hatte ich das Camp kaum verlassen. Vermutlich kam mir die Zeit deshalb wesentlich länger und intensiver vor. Langsam legte ich den Notizblock auf meinem Schoß beiseite und klappte den Laptop zu. »Tut mir leid, Mom.«

Sie fuchtelte empört mit dem Zeigefinger herum. »Du hast es versprochen!«

»Ich weiß.« Beschämt verzog ich das Gesicht. »Es hat einfach nicht funktioniert.«

»Für dich vielleicht«, erwiderte sie scharf. »Miss Dixon hat mir vor einer Stunde eine Nachricht geschickt, in der sie sich für deine herausragende Arbeit, deine kreativen Ideen und dein Einfühlungsvermögen bei den Kindern bedankt hat. Ihr zufolge bedauert sie das Ende eurer Zusammenarbeit sehr. Insofern gehe ich doch wohl recht in der Annahme, dass *du* mal wieder das Handtuch geworfen hast.«

Entgeistert starrte ich meine Mutter an. Ich verstand nicht, warum Hazel solche Sachen schrieb, wo es doch ganz eindeutig ihr Bruder war, der *mich* rausgeschmissen hatte. Dann wurde mir klar, was passieren würde, wenn das herauskam: Der Deal würde platzen.

Ein Kloß bildete sich in meiner Kehle. Natürlich war Hazel zu diesem Schritt gezwungen. Immerhin kratzten sie und Reed gerade alles Geld für einen Schwimmlehrer zusammen, damit so etwas wie mit Bowie nie wieder passierte. Die Stellenausschreibung war bereits draußen. Aber wenn sie jetzt mehrere tausend Dollar für die Lieferungen der Sinclair Corporation zahlen mussten, konnten sie den Schwimmlehrer vergessen.

Meine Mutter verschränkte die Arme. »Miss Dixon hat es zwar nicht in exakten Worten geschrieben, aber für mich klingt ihre Mail doch sehr danach, dass du jederzeit zurückkehren kannst, um dein Praktikum zu beenden.«

Allein die Vorstellung sorgte dafür, dass mein Puls in die Höhe schnellte. Gleich darauf erschien Reeds kalter Gesichtsausdruck vor meinem inneren Auge, und ich schüttelte den Kopf. »Ich kann nicht dorthin zurück.«

»Und wieso nicht?«, verlangte meine Mutter zu wissen. »Wir hatten eine Vereinbarung.«

Ich seufzte. »Dann schick mich eben in den Knast, Mom. Wenn wir ganz ehrlich sind, gehöre ich dort sowieso hin.«

Mit einem Mal wurde sie aschfahl unter ihrem Make-up. »Denkst du wirklich, ich würde mein einziges Kind ins Gefängnis stecken?«

Ich schnaubte. »Dein Anwalt war jedenfalls sehr überzeugend.«

»Weil ich Christopher darum gebeten habe.« Sie ließ sich auf das Sofa sinken, als hätte sie keinerlei Kraft mehr, aufrecht zu stehen. Ihre Designerhandtasche fiel mit einem dumpfen Schlag auf den Boden. Sie hob die Hand, an der drei goldene Ringe funkelten, und rieb sich sichtlich frustriert über die Wangen.

»Du warst so antriebslos nach diesem schrecklichen Unfall«, sagte sie. »Du hast jeden meiner Versuche, deine Zukunft in neue Bahnen zu lenken, abgeschmettert. Dann hat Christoper mir von dem Camp erzählt, in dem seine Enkel letzten Sommer waren. Er meinte, das wäre genau das Richtige für dich und dass er dich schon dazu kriegen würde, dich auf das Praktikum einzulassen.«

Allmählich dämmerte es mir, dass ich einem gewaltigen Bluff auf den Leim gegangen war. Vorwurfsvoll sah ich meine Mutter an. »Dieser Mann war absolut gnadenlos, Mom. Er hat mich praktisch aus meinem Apartment gezerrt und mir lächelnd erklärt, es wäre ihm eine *Freude*, den Richter anzurufen und das Urteil rückgängig zu machen.«

Moira lächelte entschuldigend. »Er ist eben ein guter Anwalt.«

»Na großartig.« Frustriert stellte ich den Laptop weg und stand auf. Ich konnte nicht fassen, dass ich auf Mitchell hereingefallen war. Damals hatte ich vollkommen neben mir gestanden. Aber wenn ich dem alten Knacker in seinem schicken maßgeschneiderten Anzug nicht geglaubt hätte, wäre ich nie in dieses Camp gefahren. Ich hätte Reed nicht getroffen, hätte mich nie verliebt …

»Ich wusste mir einfach nicht mehr anders zu helfen.« Meine Mutter richtete ihren wissenden Blick auf mich. »Ich habe befürchtet, dass du dir etwas antust.«

Ein tränenersticktes Lachen brach aus mir hervor. Andauernd hatte mir meine Mutter das Gefühl gegeben, dass sie meine Probleme nicht ernst nahm. Aber das hatte sie gesehen?

»Du hast darüber nachgedacht, nicht wahr?«, flüsterte sie mit zitternder Stimme.

Ertappt wandte ich mich dem Fenster zu. Ich wusste nicht, was ich dazu sagen sollte. Denn es hatte tatsächlich Momente gegeben, in denen ich mir sicher gewesen war, nicht länger mit dieser erdrückenden Schuld leben zu können. Aber anstatt mich wie eine Erwachsene meinen Problemen zu stellen, hatte ich mich an meine falschen Freunde gewandt, weiter getrunken und verdrängt, was passiert war. Deshalb konnte ich nicht ausschließen, dass ich dem verzweifelten Wunsch nach Stille in meinem Kopf irgendwann nachgegeben und etwas sehr Dummes getan hätte.

Nun allerdings fiel mir auf, dass ich seit meiner Ankunft in Silver Springs keine Sekunde mehr darüber nachgedacht hatte. Im Gegenteil. Anfangs hatte ich mich in die Arbeit gestürzt, um mich abzulenken. Aber nach und nach waren die Menschen immer stärker in den Vordergrund gerückt – und obwohl ich versucht hatte, Distanz zu wahren, hatten sie irgendwann den Weg in mein Herz gefunden.

Im Geiste sah ich all die Menschen vor mir, mit denen ich gelacht und besondere Momente geteilt hatte. Es waren erstaunlich viele, und die Erinnerung an sie füllte meinen Brustkorb mit einem warmen, sanften Gefühl.

Eigentlich hatte ich geglaubt, Reed hätte mir das Herz gebrochen. In gewisser Weise mochte das stimmen. Aber die Liebe war immer noch da.

Lächelnd drehte ich mich wieder zu meiner Mutter um. »Du musst dir keine Sorgen mehr machen. Meine Zeit im Camp mag kürzer gewesen sein als geplant. Trotzdem habe ich viel gelernt, und es gibt einiges, was ich mit dir besprechen will.«

Skeptisch richtete sie sich auf. »Und was wäre das?«

Ich überlegte kurz, wie ich am besten beginnen sollte. Es fiel mir schwer, meine Mutter schon wieder um etwas zu bitten, nachdem ich gerade erneut versagt hatte. Aber es war wichtig. »Ich möchte, dass du mir Freiraum gibst.«

Fassungslos schaute sie mich an. »Ich habe dir jeden Freiraum gelassen, den du wolltest. Du hast *sechs* Studiengänge angefangen.«

»Aber nicht, weil ich unbedingt an der Seattle University studieren wollte, sondern weil du darauf bestanden hast, dass ich dort einen Abschluss mache«, erwiderte ich angespannt. »Ich habe all diese Fächer belegt, um es *dir* recht zu machen. Aber all diese vollen Hörsäle, die Lautstärke, das Chaos – ich komme einfach nicht damit zurecht.«

Meine Mutter dachte eine ganze Weile darüber nach. »Mir war nicht klar, dass du immer noch solche Probleme mit der Reizüberflutung hast.«

»So ist es aber.« Verlegen zuckte ich mit den Schultern. »Es ist egal, wie toll die Dozenten und die Kurse sind, ich werde es niemals schaffen, all die Prüfungen zu bestehen. Das muss ich akzeptieren. Kannst du das auch?«

Sie war nicht glücklich über diese Offenbarung. Aber zu meiner Überraschung nickte sie. »Dann komm in meine Firma. Dort finden wir sicher einen ruhigen Platz für dich.«

Dass sie zum ersten Mal wirklich Verständnis für meine Situation zeigte und mir sogar eine Alternative anbot, bedeutete mir viel. Doch das war nicht das, was ich wollte. Beklommen rieb ich mir über die Stirn. »Ich weiß dein Angebot zu schätzen, Mom. Aber die Sinclair Corporation ist einfach nicht das Richtige für mich. Ich meine, immerhin hasse ich Süßigkeiten.«

Meine Mutter blinzelte verdutzt. »Wie meinst du das?«

»So, wie ich es sage.«

»Aber das ist absurd! Jeder Mensch mag Süßes.«

Ich unterdrückte ein Seufzen und verzichtete darauf, ihr zu erklären, dass ich ausschließlich auf das scharfe Zeug stand. Schließlich wollte ich sie nicht noch mehr enttäuschen als sowieso schon. Ich setzte mich neben sie aufs Sofa und nahm ihre Hand.

Überrascht riss sie die Augen auf und hielt ganz still, als hätte sie Angst, dass ich sie gleich wieder loslassen würde.

Kurz abgelenkt überlegte ich, wann ich zuletzt aus eigener Initiative die Nähe zu meiner Mutter gesucht hatte. Es schien Jahre her zu sein. »Ich weiß, dass du nur das Beste für mich willst, und ich bin dir dankbar dafür. Aber ich muss endlich meinen eigenen Weg finden.«

Widerwillig schüttelte sie den Kopf. »Das halte ich für keine gute Idee.«

Das hatte ich befürchtet. Aber zum ersten Mal in all den Jahren fühlte ich mich entschlossen genug, aus dem enormen Schatten meiner Mutter herauszutreten.

»Mein ganzes Leben lang habe ich mich wie eine Versagerin gefühlt«, sagte ich und stellte überrascht fest, dass dieses Geständnis keine Bitterkeit mehr in mir auslöste.

Empört runzelte meine Mutter die Stirn. »Meine Tochter ist doch keine Versagerin.«

Dankbar drückte ich ihre Hand. »Dann lass zu, dass ich mir eine eigene Zukunft aufbaue. Ich habe aus meinen Fehlern gelernt. Ich schwöre dir, ich werde dich nicht noch einmal enttäuschen.«

»Und ich soll einfach danebenstehen und zusehen?«

Ich nickte. »Ja.«

Wie erwartet gefiel ihr das ganz und gar nicht. Ihre Abwehr war deutlich zu spüren.

»Das bedeutet nicht, dass ich dich nicht in meinem Leben haben will«, stellte ich deshalb klar. »Aber bitte warte, bis ich dich um deinen Rat bitte, und dräng mir nicht auf, was deiner Meinung nach das Richtige für mich ist.«

Sie klappte den Mund auf, hielt jedoch unvermittelt inne. Ihr Blick zuckte über mein Gesicht, und eine tiefe Falte erschien auf ihrer sonst so glatten Stirn.

»Na gut«, presste sie schließlich hervor. »Aber du wirst nicht verhindern, dass sich eine Mutter Sorgen um ihre einzige Tochter macht.«

Ich nickte erleichtert. »Damit kann ich leben.«

Bevor meine Mutter reagieren konnte, beugte ich mich vor und umarmte sie. Zunächst versteifte sie sich bei dem ungewohnten Körperkontakt. Dann tätschelte sie mit einem leisen Seufzen meinen Rücken.

»Danke«, flüsterte ich und ließ sie wieder los.

Unbeholfene Stille trat ein, doch dann glitt die Aufmerksamkeit meiner Mutter zu dem Notizblock auf dem Couchtisch. Neugier flackerte unverkennbar in ihren Augen auf. Aber sie hielt sich zurück – was vermutlich der Grund dafür war, warum ich sie urplötzlich in meine Überlegungen einweihen wollte.

»An der University of Washington gibt es einen Online-Studiengang, der sich auf die Öffentlichkeitsarbeit von Hilfsorganisationen konzentriert«, platzte ich heraus, bevor ich mich zurückhalten konnte. »Ich denke, Fernunterricht in einem vertrauten Umfeld würde für mich besser funktionieren.«

Meine Mutter runzelte die Stirn. »Du willst ins Charity Business einsteigen?«

Ich nickte erneut. »Genau das möchte ich.«

Nachdem es mit den Kids im Camp so gut gelaufen war, hatte ich überlegt, ob ich Pädagogik studieren oder mein Psychologiestudium wieder aufnehmen und den Schwerpunkt verlagern sollte. Aber Reeds Idee, eines Tages eine Jugend-Ranch aufzubauen, ging mir nicht aus dem Kopf. Ich fand den Gedanken, Kindern nicht mit einem speziellen Skill, sondern auf vielschichtige Weise mit einem Rundum-Paket zu helfen, immer noch wundervoll.

Es gab sogar schon eine Menge sozialer Vereine, die derlei Projekte ins Leben gerufen hatten. Allerdings war die Werbung bei den meisten, wie ja auch im Camp, eine echte Katastrophe, weil das Budget eher knapp war. Dabei waren gerade solche Hilfsvereine auf Fördermittel und Sponsoren angewiesen. Sie brauchten besondere Werbemaßnahmen. Ich konnte mir gut vorstellen, so etwas irgendwann beruflich zu machen. Zumal es mir nicht an Ideen mangelte.

Meine Mutter schürzte die Lippen. Nicht abwertend, sondern eher nachdenklich. Aber sie kommentierte meine Pläne nicht.

»Auf der Website steht, dass gegebenenfalls Scheine aus vorherigen Semestern angerechnet werden können«, fuhr ich fort und rutschte unbehaglich auf dem Sofa herum. Ich hatte in den sechs Jahren nicht alle Prüfungen vermasselt. Eventuell waren sie also doch noch zu etwas gut. »Ich habe die Studiengangskoordinatorin bereits um einen Termin gebeten.

Sie kann mir sicher mehr dazu sagen. Und was die Finanzierung betrifft, bieten die Online-Module viel Freiraum für einen Nebenjob. Vielleicht kann ich auch einen kostengünstigen Bildungskredit beantragen.«

Ich war noch dabei, herauszufinden, wie das alles funktionierte. Aber während der endlos langen Zugfahrt hatte ich viel Zeit gehabt, über alles nachzudenken und einen Plan zu schmieden. Ob er aufging, blieb abzuwarten. Eines hatte ich mir jedoch geschworen, und das sagte ich nun auch meiner Mutter: »Ich werde nicht noch einmal scheitern.«

Einen Moment lang ließ meine Mutter diese Worte sacken.

»Habe ich dir je erzählt, wie Happy Crush zum Marktführer wurde?«, fragte sie dann.

Ich ließ die Schultern sinken. »Weil damit jeder glücklich in den Tag startet.«

Ihre Lippen kräuselten sich zu einem belustigten Lächeln, als sie den Werbeslogan ihres Lieblingsproduktes hörte. »Nicht ganz.«

»Wegen der Zusammensetzung?«, riet ich weiter.

»Genau.« Meine Mutter nickte stolz. »Und weißt du, wie viele Versuche ich gebraucht habe, um das perfekte Rezept zu finden?«

»Keine Ahnung.«

»Zweitausendfünfhunderteinundachtzig, die Optimierungsdurchläufe, Evaluation und Qualitätskontrollen nicht mit eingerechnet.«

Perplex schaute ich sie an. Ich hatte nicht gewusst, dass meine Mutter so lange an dem Rezept getüftelt hatte. Allerdings hatte ich es auch gar nicht wissen wollen.

Sie war noch nicht fertig. »Frag mich, wie viele Banken ich um einen Kredit gebeten habe, bevor ich einen Investor fand, der mir das Startkapital für die Firmengründung geliehen hat.«

»Wie viele waren es?«

»Achtundfünfzig.« Stolz blitzte in ihrer Miene auf. »Und schätz mal, wie viele Retouren es nach der ersten Auslieferung gab.«

»Keine Ahnung.«

»Es wurden sechshundertdrei Bestellungen reklamiert.« Sie zwinkerte mir zu. »Und nun kannst du dir in etwa ausrechnen, wie oft *ich* allein im ersten Jahr gescheitert bin.«

Entgeistert schüttelte ich den Kopf. »Aber bei dir hat das immer so mühelos geklungen.«

Meine Mutter lachte, als hätte ich einen unglaublich guten Witz gemacht. »Ich fürchte, da habe ich dir ein falsches Bild vermittelt. Kein einziger Tag in diesem Geschäft ist mühelos. Es gibt immer wieder Produktionsprobleme, Qualitätsmängel, Kostenexplosionen, ineffiziente Betriebsprozesse, enttäuschte Kunden oder unzufriedene Mitarbeiter. Rückschläge gehören dazu. *Scheitern* gehört dazu. Wie willst du sonst aus deinen Fehlern lernen?«

Einerseits machten mir diese Worte unglaublich Mut. Andererseits erinnerten sie mich daran, dass es auch Ausnahmen gab. Niedergeschlagen senkte ich den Blick. »Und was ist mit den unverzeihlichen Fehlern?«

Diesmal streckte meine Mutter die Hand aus und legte sie auf meine verkrampfte Hand. »Auch aus denen kann man lernen. Aber so oder so muss man sich ihnen stellen und sich irgendwann selbst verzeihen.«

KAPITEL 33

Reed

Seit Estelle das Camp verlassen hatte, zogen sich die Tage träge dahin. Ich gab alles, um mich abzulenken. Ich sagte mir, dass es keinen Unterschied machte, ob sie nun da war oder nicht. Schließlich lief der Campalltag auch ohne sie weiter.

Aber sie fehlte mir trotzdem. Verdammt!

Immer wieder ertappte ich mich dabei, wie ich durch das Camp streifte und nach ihr Ausschau hielt. Dann fiel mir wieder ein, dass ich sie fortgeschickt hatte, und ein roher Schmerz donnerte in meine Brust, bevor sich wieder diese seltsam trostlose Leere über mich senkte.

Es war anders als damals nach Savannahs Tod.

Ihr Verlust hatte all meine Träume zerschmettert, und mein Leben war urplötzlich erfüllt gewesen von Trauer und einem überwältigenden Zorn, weil dieses ignorante Arschloch mir die Frau genommen hatte, die ich von Herzen liebte.

An jenem Tag war sie auf dem Weg zu mir gewesen. Wir trafen uns fast immer in meinem Apartment, weil Savannah eine Zimmergenossin im Studentenwohnheim hatte und wir dort nie ungestört waren. Ich hatte Hotdog-Pizza auf dem

Heimweg besorgt. Savannah war ganz verrückt danach gewesen, weil das ihrer Meinung nach die perfekte Verbindung ihrer Leibgerichte war.

Wir hatten keine besonderen Pläne für den Abend gehabt, wollten nur entspannen und einen guten Film sehen.

Anfangs hatte ich mir nichts dabei gedacht, als sie sich verspätete. Ich war sogar sauer gewesen, weil ich auf sie wartete und sie schon wieder nicht an ihr dämliches Telefon ging. Erst Stunden später hatte ich erfahren, dass dieser Wichser besoffen über eine rote Ampel gebrettert war und Savannah mit seinem SUV erfasst hatte.

Sie war bereits tot gewesen, als der Anruf kam.

Ihr Vater hatte so heftig geweint, dass ich zunächst kein Wort verstanden hatte. Und dann war meine Welt einfach zusammengebrochen.

Im Bruchteil einer Sekunde war alles weg.

Sie. Unser gemeinsames Leben. Unsere Zukunft.

Savannah war immer viel genügsamer gewesen als ich. Sie hatte sich ein einfaches Leben in der Stadt gewünscht, mit einem guten Job in einer Grundschule und eigenen Kindern. Ich hatte oft darüber nachgedacht, wo wir wohl leben würden, welche Länder wir bereisen würden, wie sie mit rundem Bauch aussehen würde, wie unsere Kinder wohl wären.

Ich würde es nie erfahren.

Weil mir der Egoismus eines Mannes all das genommen hatte.

Rückblickend konnte ich mich kaum an die ersten Monate nach Savannahs Tod erinnern. Unsere Freunde hatten mich irgendwie durch die Prüfungen geschleppt, damit ich am Ende nicht auch noch ohne Abschluss dastand. Gleich darauf hatte ich meine Sachen gepackt und Denver verlassen.

Savannahs Eltern hatten Palmer verklagt. Das Gericht befand ihn für schuldig und verurteilte ihn zu einer lächerlich geringen Geldstrafe ohne Freiheitsentzug. Danach sahen Savannahs Eltern sich nicht im Stande, einen weiteren Prozess anzustoßen. Sie wollten in Ruhe um ihre Tochter trauern.

Doch mir hatte der Schuldspruch allein nicht gereicht. Ich war nach Silver Springs zurückgekehrt und hatte einen weiteren Kredit aufgenommen, um eine gerechtere Strafe zu erwirken. Es dauerte Monate, bis das Berufungsgericht eine Entscheidung fällte. Diesmal fiel die Geldstrafe deutlich höher aus, aber Palmer kam wieder ohne Gefängnisstrafe davon. Also hatte ich erneut geklagt und eine weitere Instanz durchlaufen.

Ich wäre sogar bis vor den Supreme Court gegangen, wenn die Chance bestanden hätte, dieses Arschloch hinter Gitter zu bringen. Aber dieser Kampf war aussichtslos. Palmer saß am längeren Hebel, während ich mich immer weiter verschuldete.

Meine Familie, meine Freunde, sogar mein Anwalt selbst flehten mich schließlich an, die Sache auf sich beruhen zu lassen, weil Savannah das nie gewollt hätte. Nur aus diesem Grund gab ich schlussendlich nach.

Ich verarbeitete Savannahs Tod so gut ich konnte, machte weiter … Aber mein Hass und der nagende Wunsch nach Gerechtigkeit blieben. Selbst nach über fünf Jahren waren sie immer noch präsent in mir und hatten mich förmlich angebrüllt, als Estelle auf der Bildfläche erschienen war. Sie hatte mich allein durch ihre Herkunft an meine Machtlosigkeit erinnert.

Und dann war mein Rachedurst ganz allmählich erloschen. Zum ersten Mal in all der Zeit hatte ich wirklich versucht, die Vergangenheit hinter mir zu lassen.

Weil Estelle anders war – mitfühlend und liebevoll.

Ich hatte mich mit einer Heftigkeit in sie verliebt, die mich selbst schockierte. Aber ab einem gewissen Punkt hatte es mir keine Angst mehr gemacht. Ich hatte Estelle genossen, war einfach im Hier und Jetzt geblieben.

Wobei, so ganz stimmte das nicht.

Gelegentlich hatte ich durchaus darüber nachgedacht, wie es nach dem Sommer weiterlaufen würde. Ob ich sie wirklich gehen lassen könnte.

Mein Herz hatte die Antwort schon da gekannt. Allerdings war es noch viel zu früh gewesen, mit Estelle über die Zukunft zu reden. Schließlich wollte ich sie nicht bedrängen. Ich hatte geglaubt, wir hätten noch Zeit, um uns besser kennenzulernen und gemeinsam nach einer Lösung zu suchen, falls sie mich ebenfalls wollte.

Ich war ein Idiot gewesen.

Mit einem Knurren holte ich aus und ließ den Hammer in meiner Hand auf den dicken Nagel niedersausen. Holz splitterte, und ich lachte bitter auf. Genau so musste es in meinem Brustkorb aussehen: ein sprödes Herz, zerborsten in unzählige Splitter.

Frustriert schlug ich noch einmal zu, auch wenn ich Gefahr lief, den Zaun, der das Camp auf der Westseite abgrenzte, noch viel mehr zu zerstören.

Den ganzen Morgen hatte ich schon damit zugebracht, instabile Pfosten zu reparieren, um ein bisschen Dampf abzulassen. Aber selbst fünf Tage nach Estelles Verschwinden fühlte ich mich kein bisschen besser. Ich schwankte noch immer zwischen nebulöser Taubheit und überwältigendem Zorn, je nachdem, in welche Richtung meine Gedanken gerade drifteten.

Quill hatte gemeint, ich würde überreagieren und sollte Estelle die kleine Notlüge verzeihen, die ursprünglich sowieso gar nicht auf ihrem Mist gewachsen war. Daraufhin hatte ich ihm fast eine reingehauen.

Mein bester Freund kapierte einfach nicht, dass sich mein Bild von Estelle vollkommen gewandelt hatte, dass ich sie kaum noch hatte ansehen können, ohne mich zugleich an Savannahs Tod zu erinnern.

Quill, Hazel, Dotty – sie alle hatten auf mich eingeredet und für Estelle um Vergebung gebeten. Weil sie Estelle mochten und Gutes in ihr sahen. Aber keiner von ihnen fühlte, was *ich* fühlte. Sie konnten es abstreiten, so viel sie wollten, ihnen wäre es nicht anders ergangen, hätten sie ihre große Liebe auf diese Weise verloren.

Schon sah ich Estelle wieder vor mir, während ich vor dem Pfosten im Gras kniete. Wie sie nach einer durchfeierten Nacht in den Porsche eines Fremden stieg. Wie sie benommen gegen ihren Kater ankämpfte. Wie sie den Startknopf drückte, obwohl sie wusste, dass sie viel zu angeschlagen war, um diesen Luxusschlitten zu fahren – und wie sie dennoch aufs Gas trat.

Sie hatte es verdammt noch mal gewusst. Aber sie war trotzdem losgefahren.

Weil es sie nicht interessierte, dass sie gegen das Gesetz verstieß.

Weil es ihr egal war, dass sie jemanden verletzen könnte.

Weil es Leute gab, die den Scheiß für sie regelten, wenn was schiefging.

Mit einem Brüllen schlug ich ein weiteres Mal zu. Diesmal brach der Zaunpfahl durch.

Ach, verflucht!

Ich wischte mir über das Gesicht, nicht sicher, ob es sich bei der Feuchtigkeit auf meinen Wangen ausschließlich um Schweiß handelte.

»Onkel Reed?«

Ich brauchte ein paar Atemzüge, ehe ich mich einigermaßen im Griff hatte. Dann drehte ich mich mit betont ausdrucksloser Miene zu Maila um. »Was gibt's, Flipper?«

Maila musterte mich mit schiefgelegtem Kopf. »Alles okay?«

»Ja klar.« Mit einer beiläufigen Geste deutete ich auf den zerschlagenen Holzpfahl. »Ich hab mich bloß über den blöden Zaun geärgert.«

Sofort trat Maila näher heran. »Kann ich dir irgendwie helfen?«

»Nein, danke.« Ich zwang mich zu einem Lächeln und winkte salopp mit der freien Hand. »Geh und spiel mit deinen Freunden, bis es Zeit fürs Abendessen ist.«

Ich stand auf, um zu überprüfen, ob der Holzpfahl noch zu retten war. Da bemerkte ich, dass Maila sich nicht vom Fleck bewegt hatte.

Mit hängenden Schultern stand sie hinter mir, die grauen Augen getrübt vor Kummer.

Stirnrunzelnd trat ich zu ihr. »Habt ihr euch gestritten?«

»Nein.« Maila schob die Hände in die Taschen ihrer Jeansshorts. »Es ist nur so … so anstrengend. Es macht keinen Spaß mehr, mit ihnen abzuhängen.«

»Wieso denn nicht?«, fragte ich, obwohl ich mir bereits denken konnte, was der Grund dafür war.

Maila seufzte schwer. »Bowie redet kaum noch mit uns.«

Natürlich hatte ich bereits mitbekommen, dass sich der kleine Lord wieder zurückgezogen hatte, seit Estelle ohne Abschied gegangen war. Seine engste erwachsene Bezugsperson zu verlieren, hatte ihn schwer getroffen. Trotzdem hatte ich nicht damit gerechnet, dass er sich so stark von seinen Freunden distanzieren würde.

»Ich mache mir Sorgen um ihn«, fuhr Maila traurig fort. »Heute hat er sich nicht mal mit uns an einen Tisch gesetzt, sondern ganz allein Mittag gegessen. Joshua war so beleidigt, dass er in einer Tour geschimpft hat. Er hat sogar Willow und Bailey blöd angemacht, und dann haben sich alle gestritten. Es war ätzend.«

Tröstend legte ich ihr die Hand auf die schmächtige Schulter. »Das tut mir leid, Flipper.«

»Er ist doch mein Freund.« Maila schaute mit ihren großen Augen zu mir auf. »Aber wie soll ich ihm helfen, wenn er meine Hilfe gar nicht will?«

Meine Kehle schnürte sich zu. »Hab Geduld. Er braucht bestimmt nur ein bisschen Zeit.«

»Na gut.« Maila trat vor und legte ihre schlanken Arme um mich, weil sie selbst auch Trost brauchte. »Ich hab mir den Sommer echt lustiger vorgestellt.«

Angespannt strich ich ihr über die zerzausten Locken. »Das wird schon wieder.«

»Meinst du?«

Ihre Skepsis war nicht unberechtigt. Schließlich war auch ich nicht allzu optimistisch, was meine Stimmung betraf. Aber immerhin wusste ich, wie ich meine Nichte aufmuntern konnte. »Soll ich dir mal was richtig Cooles erzählen?«

Neugierig trat Maila einen Schritt zurück. »Was denn?«

»Am Sonntag fängt hier ein Schwimmcoach an«, berichtete ich. »Er hat mehrfach Gold in landesweiten Wettbewerben geholt und war sogar Mitglied der Nationalmannschaft.«

Wie erhofft riss Maila nun die Augen auf. »Wahnsinn! Und der kommt echt hierher?«

»Wenn ich es dir doch sage.« Ich zupfte an einer Locke, die Maila in die Stirn fiel. »Leider hat er sich in der letzten Saison verletzt. Ich gebe zu, der Teil ist nicht so cool. Aber inzwischen ist er wieder fit und hat sich auf meine Anzeige beworben, um euch Kids den Sommer über was beizubringen. Bestimmt hat er eine Menge guter Tipps für dich.«

Ich hatte es selbst kaum glauben können, als die Mail in meinem Posteingang eingetrudelt war. Es gab noch zwei andere Bewerbungen. Aber da Neo schrieb, dass die Halbtagsstelle klarging und er am Wochenende da sein konnte, fackelte ich nicht lange und sagte zu. Hazel war es ohnehin egal, wen ich aussuchte. Hauptsache, die Finanzierung stand.

»Das ist wirklich cool«, stellte Maila fest und schaute zum See. »Darf ich es den anderen erzählen?«

»Klar, wieso nicht? In ein paar Tagen werden sie es sowieso erfahren.«

Nun deutlich besser gelaunt, flitzte Maila davon, während ich mich wieder dem Zaun zuwandte.

Es dauerte nicht lange, bis sich meine Gedanken erneut zu Estelle bewegten. Als wäre selbst mein Geist nicht in der Lage, sich von ihr fernzuhalten. Aber immerhin zerstörte ich nicht noch mehr vom Zaun und schaffte es sogar, den Tag noch einigermaßen anständig hinter mich zu bringen.

Beim allabendlichen Lagerfeuer drückte ich Glen meine Gitarre in die Hand, der ein paar Songs von Simon & Garfunkel zum Besten gab und damit die Stimmung beträchtlich anhob. Die Kids, die um das Feuer herumsaßen, klatschten und tanzten sogar, während Hazel den Survivalcoach praktisch mit den Augen auszog. Es war offensichtlich, was passieren würde, sobald die beiden einen Moment für sich fanden.

Ich wusste nicht genau, was ich davon halten sollte. Glen war ein feiner Kerl. Allerdings war er dabei, sich hoffnungslos in Hazel zu verknallen, und das ging nie gut für die Männer in ihrem Leben aus.

Leider stand es mir nicht mehr zu, die Affären meiner Schwester zu kommentieren, nachdem ich mich selbst auf Estelle eingelassen hatte. Das würde Hazel nur zum Anlass nehmen, erneut ihre Verärgerung kundzutun, weil ich sie vor die Tür gesetzt hatte, obwohl sie so eine Bereicherung für Silver Springs gewesen war. Nicht nur für die Kinder, sondern auch für das Camp.

Gedankenversunken starrte ich ins Feuer.

Estelles *Abschiedsgeschenk* war ein detailliertes Marketingkonzept gewesen. Mit Stellschrauben, an denen wir noch drehen könnten, um den Bekanntheitsgrad des Camps zu erhöhen und auch ein neues Publikum zu erschließen. Nicht nur Ferienkinder, Kindergärten und Schulen, sie dachte auch an Sport- und Freizeitvereine, die das Camp als Trainingslager nutzen könnten, an Firmenevents zu Teambildungszwecken und sogar an Hochzeiten, weil Silver Springs mit dem See und den Bergen ihrer Meinung nach die perfekte Kulisse dafür bot.

Ihre Ideen hatten mich ziemlich von den Socken gehauen, und obwohl ich fuchsteufelswild war, hatte mich ihre Mühe nicht kaltgelassen – weshalb ich den Zettel reflexartig zerknüllt hatte. Jetzt lag er in meiner Schreibtischschublade, und dort würde er bleiben, bis ich die Kraft fand, mich sachlich mit ihren Vorschlägen auseinanderzusetzen.

Der Speicherchip lag ebenfalls dort. Ich hatte es noch nicht über mich gebracht, mir die Bilder anzuschauen, denn ich wollte das Camp weder durch ihre Augen sehen noch an die Momente erinnert werden, in denen sie Fotos von mir gemacht hatte. Ich wusste ohnehin, wie ich auf den Bildern aussah.

Und jetzt fühlte ich nur noch diesen abgefuckten, dumpfen Schmerz.

»Bowie?«

Scotts Ruf riss mich aus meinen Gedanken, und ich hob den Kopf, um nach dem Betreuer zu sehen, der gerade mit leicht panischem Blick näher kam. Glen unterbrach sein Gitarrenspiel.

»Habt ihr Bowie gesehen?«, fragte Scott. Er keuchte, als wäre er einen Marathon gelaufen. »Ich dachte, er wäre mit Maila in der Bunny Farm, aber da er ist schon seit einer halben Stunde nicht mehr. Ist er hier irgendwo?«

»Keine Ahnung, wo er steckt«, antwortete Hazel und schaute zum Bootssteg, wo Bowie in der Dämmerung oft mit Estelle zusammengesessen hatte.

Die Nacht war bereits angebrochen und der Steg in der Dunkelheit kaum noch zu erkennen. Aber er war definitiv leer.

Das war nicht gut. Ich stand auf und überlegte, wohin der einsame kleine Lord gegangen sein könnte. »Hast du es schon bei Dotty versucht?«

Vielleicht brauchte er ja einen Brownie. Ich hatte sie in den letzten Tagen kiloweise verputzt. Nicht dass es etwas geholfen hätte.

Scott verzog das Gesicht. »Da ist er auch nicht.«

Shit! Wo konnte er sein?

»Allzu viele Möglichkeiten gibt es hier ja nicht.« Hazel stand ebenfalls auf. »Sieh noch mal in eurer Hütte nach, Scott. Ich gehe das Ufer ab.«

»Und ich schaue im Verwaltungsgebäude nach«, beschloss ich. »Vielleicht sitzt er oben in der Bibliothek.«

So wirklich überzeugt war ich nicht von dieser Theorie, da Bowie sich in all den Wochen noch nie in einen der Freizeiträume verirrt hatte. Trotzdem suchte ich das ganze Gebäude ab. Die Kids an den Billardtischen hatten ihn nicht gesehen. Auch die Teenies, die die Picknicktische hinter dem Verwaltungsgebäude besetzten und Musik hörten, hatten keine Ahnung, wo er sein könnte.

Angespannt trat ich auf den Versammlungsplatz. Alles war still und friedlich, kein Mensch in Sicht. Nur vom Seeufer aus klang gedämpftes Gelächter zu mir herüber und vermischte sich mit dem Zirpen der Grillen, die im Unterholz hockten.

Plötzlich ärgerte ich mich über mich selbst, weil ich Mailas Sorge nicht ernst genug genommen hatte, obwohl der Junge spürbar unter Estelles Abreise litt. Sicher vermisste er seine Freundin, die ihn stets auch ohne Worte verstanden hatte.

Mein Blick flog zum Gästehaus Nummer 5, das hinter dem Gruppenhaus der Rotluchse und Holunderbüschen teilweise hervorlugte.

Sofort setzte ich mich in Bewegung.

Als ich kurz darauf die Stufen zu Estelles einstiger Unterkunft hochging, musste ich mich innerlich erst mal wappnen. Ich hatte die Hütte seit ihrer Abreise nicht mehr betreten. Deshalb war ich mir sicher, dass der Anblick meinen Geist mit Erinnerungen foltern würde.

Wunderschön – und doch vergiftet, weil Estelle in meinen Augen nun eine völlig andere Frau war. Weil sie diesen Jungen schwer verletzt hatte und auch nicht besser war als dieser Scheißkerl, der Savannah auf dem Gewissen hatte.

Ich atmete tief durch und verdrängte meine aufkeimende Wut. Hier ging es nicht um mich, sondern um Bowie. Ich musste ihn finden.

Entschlossen schob ich die Tür auf. »Bowie?«

Niemand antwortete. Trotzdem schaltete ich das Licht ein.

Erleichterung machte sich in mir breit, als ich den Jungen in dem Korbsessel sitzen sah. Der kleine Kerl hatte die Knie angezogen und die Arme um seine Beine geschlungen. Er sah aus wie Estelle nach seinem Unfall im See.

»Hey, Kumpel.« In Windeseile schickte ich eine Nachricht in den Gruppenchat, dass ich Bowie gefunden hatte. Anschließend drückte ich die Tür zu und ging zu ihm. »Alle suchen schon nach dir. Was machst du hier drin so allein?«

Bowie warf mir einen überraschend feindseligen Blick zu. »Lass mich in Ruhe.«

Normalerweise schreckten mich solch harsche Worte nicht ab. Doch da ich in gewisser Weise für den Kummer des Jungen verantwortlich war, fühlte ich mich trotzdem mies.

Ich überlegte, mich ihm gegenüber auf den Hocker zu setzen, wie bei Estelle damals. Aber der Gedanke fühlte sich bizarr an. Deshalb nahm ich den Boden. Ich lehnte mich mit dem Rücken an die Wand und überkreuze die Beine. »Ein bisschen Ruhe klingt gut.«

Das war nicht mal gelogen, denn ich war tatsächlich fix und fertig.

Kraftlos lehnte ich den Kopf gegen die Wand und schaute mich in dem Raum um. Meine Aufmerksamkeit blieb beim Küchentresen hängen. Da stand immer noch die Pfingstrose im Glas, die ich Estelle geschenkt hatte. Aber nun war sie vertrocknet. Und gleich daneben lag mein Queen-Basecap.

Estelle hatte beides zurückgelassen.

Mein Magen verkrampfte sich. Ich sollte die Blume wegschmeißen. Einfach aufstehen, sie schnappen und in den Müll werfen. Und das Cap zurück zu den anderen in die Schublade. Klappe zu und fertig.

Wenn das nur auch so einfach mit Gefühlen wäre. Das würde sicher vieles im Leben leichter machen.

»Sie hat nicht mal Tschüss gesagt«, flüsterte Bowie plötzlich. »Als wären wir ihr gar nicht wichtig.«

Scheiße! Darüber hatte ich noch gar nicht nachgedacht.

Ich hatte Estelle so schnell wie möglich loswerden wollen. Natürlich hätte ich niemals die Cops gerufen, aber das hatte sie ja nicht gewusst. Andererseits hätte sie Bowie durchaus suchen und sich verabschieden können. Dass sie es nicht getan hatte, lag aber mit Sicherheit nicht daran, dass er ihr gleichgültig war. Dessen war ich mir trotz meiner Enttäuschung sicher.

»Du irrst dich, Bowie«, antwortete ich deshalb. »Wenn einem jemand am Herzen liegt, dann sind Abschiede besonders schwer.«

Bowies Augen wurden glasig. »Ich mag Abschiede auch nicht. Aber trotzdem hätte ich ihr Tschüss gesagt. Das macht man so, wenn man jemanden gernhat.«

»Sie hat dich gern«, beharrte ich. »Tief in deinem Inneren weißt du das auch.«

Eine Träne tropfte auf Bowies Wange und kullerte bis zu seinem Kinn. »Warum musste sie überhaupt fortgehen?«

Mir war klar, dass ich mich nicht vor Bowie rechtfertigen musste – und trotzdem sprudelten die Worte einfach so aus mir heraus. »Weil ich es so entschieden habe.«

Bowie riss die Augen auf. »Warum? Was hat sie denn falsch gemacht?«

»Das spielt keine Rolle mehr«, antwortete ich und rieb mir beklommen über die Brust, als könnte ich dadurch das schmerzhafte Ziehen lindern.

Trotz flackerte in Bowies Gesicht auf. »Wenn es keine Rolle mehr spielt, dann kannst du sie auch zurückholen.«

Allein bei der Vorstellung brach mir der Schweiß aus, während meine Emotionen gegeneinander in die Schlacht zogen. Da war die eine Seite, die Estelle vermisste und zurückhaben wollte, koste es, was es wolle. Und dann war da noch die andere Seite, die nur noch das Hässliche in ihr sehen konnte. Letztere gewann.

Langsam schüttelte ich den Kopf. »Das werde ich nicht tun.«

»Wieso nicht?«, knurrte Bowie. »Du willst sie doch auch zurück!«

Dieser kleine Kerl sah einfach viel zu viel. »Es geht nicht, Bowie. Du musst versuchen, ohne sie weiterzumachen.«

Bowie schob das Kinn vor. »Nein.«

Innerlich seufzte ich auf. »Du hast viele Freunde im Camp gefunden. Das war doch das, was du dir gewünscht hast, oder nicht?«

»Aber die verstehen mich nicht so wie Estelle.«

»Dann erklär es ihnen«, erwiderte ich sanft. »Maila, Joshua, Bailey und Willow – sie alle wollen für dich da sein. Du brauchst es nur zuzulassen.«

Bowie runzelte die Stirn. »Ich weiß nicht, wie.«

»Dann helfe ich dir dabei«, bot ich an.

Das Schnaufen, das nun von dem Jungen kam, war nicht gerade schmeichelhaft. »Bei dir fühle ich mich aber nicht sicher.«

Es erstaunte mich, dass der Junge in dem Alter seine eigene Gefühlswelt so klar definieren konnte. So etwas hatte ich in all den Jahren nicht oft bei Kindern erlebt. »Was kann ich denn tun, damit du dich sicher fühlst?«

Herausfordernd starrte Bowie mich an. »Bring Estelle zurück.«

O Mann! »Wir drehen uns hier ein bisschen im Kreis, Kumpel.«

Der Kummer in Bowies Augen schnürte mir die Kehle zu. Seine Unterlippe begann zu zittern. »Du hast gesagt, sie musste gehen, weil sie was falsch gemacht hat.«

Ich nickte, ohne auf Details einzugehen.

»Aber was ist mit all den Sachen, die sie richtig gemacht hat?«, fragte Bowie. »Sind die gar nicht wichtig?«

KAPITEL 34

Estelle

Ich war nicht bereit, mich dem schlimmsten Fehler meines Lebens zu stellen. Trotzdem klopfte ich am Donnerstagnachmittag an die Tür eines hübschen Reihenhauses. Mein Herz raste, und Schweiß kroch mir aus jeder Pore. Ich wollte weglaufen. So schnell und so weit ich konnte. Aber ich wusste, dass ich nur diese eine Chance kriegen würde, und ich wollte es nicht versauen. Also zupfte ich nervös an meinem hellblauen Sommerkleid, strich über mein offenes Haar und krallte mich schließlich haltsuchend an dem Blumenstrauß fest, den ich auf dem Weg hierher noch schnell besorgt hatte.

Ich hatte keine Ahnung, wie das Gespräch verlaufen würde. In meinem Kopf war ich verschiedene Szenarien durchgegangen – und trotzdem fühlte ich mich vollkommen hilflos und unvorbereitet, während mich das Gewicht meiner Handtasche nach unten zog.

Eine Frau öffnete die Tür.

Adele Curtis. Levis Mutter.

Mit ausdrucksloser Miene musterte sie mich. Ihr braunes Haar war zu einem Bob frisiert, und in der lockeren Bluse und den figurbetonten Jeans wirkte sie kaum älter als Anfang dreißig.

Die ersten Sekunden verstrichen, ohne dass ich eine schallende Ohrfeige kassierte. Aber als Mrs. Curtis endlich etwas sagte, war ihr Ton kalt wie Eis. »Ich habe diesem Termin nur zugestimmt, weil mein Mann es für eine gute Idee hielt, um mit dem Thema abzuschließen. Wenn es nach mir geht, können Sie in der Hölle schmoren.«

Absolut nachvollziehbar, nachdem ich beinahe ihren Sohn getötet hatte. Ich trat nervös von einem Bein auf das andere. »Danke, dass Sie mich trotzdem empfangen, Mrs. Curtis.«

Sie verengte die Augen zu schmalen Schlitzen, als wollte sie in mich hineinsehen, um zu überprüfen, ob ich ehrlich meinte, was ich in meiner Mail geschrieben hatte: Dass ich mich persönlich entschuldigen wollte, wenn Levis Eltern es gestatteten.

Nachdem der Anwalt meiner Mutter mich gewarnt hatte, dass solche Treffen nur sehr selten stattfanden, hatte ich kaum Hoffnung gehabt, überhaupt eine Antwort zu erhalten. Aber Mrs. Curtis hatte innerhalb eines Tages reagiert und meinen Besuch erlaubt.

Sie trat einen Schritt beiseite. »Kommen Sie rein.«

»Danke«, krächzte ich erneut und ging zögernd über die Türschwelle.

Mrs. Curtis führte mich in ein gemütliches Wohnzimmer mit unzähligen gerahmten Fotos an der Wand. Gerade kam ein Mann durch die Terrassentür herein. Er schien im Alter seiner Frau zu sein, hatte braunes Haar und trug ebenfalls legere Kleidung. Seine Miene war nur unwesentlich freundlicher. »Guten Tag, Miss Sinclair.«

»Mr. Curtis«, erwiderte ich, während seine Frau neben ihn trat.

407

Gemeinsam bildeten sie eine Front, die mir den Blick in den Garten versperrte, wo sich offenbar ihr Sohn befand.

Hilflos schaute ich auf die Blumen in meiner Hand, die mir plötzlich unsagbar lächerlich erschienen. Als könnte ein Strauß Blumen das Leid aufwiegen, das ich ihnen beschert hatte. Mein Griff um die Stängel verstärkte sich. Dornen stachen in meine Handflächen, doch ich spürte es kaum.

Eigentlich hatte ich eine Rede vorbereitet. Aber plötzlich waren alle Worte weg.

Verdammt!

»Ich …« Nervös befeuchtete ich meine trockenen Lippen. »Ich kann Ihnen gar nicht sagen, wie unendlich leid mir tut, was ich Ihrem Sohn angetan habe. Ich habe das wirklich nicht gewollt.«

»Dann hätten Sie sich in Ihrem Zustand verdammt noch mal nicht hinters Steuer setzen sollen«, fauchte Mrs. Curtis, und ihr Mann streckte den Arm aus, um ihr beruhigend über den Rücken zu streichen.

»Es tut mir leid«, stammelte ich und schüttelte den Kopf, unfähig, meine Tränen zurückzuhalten. »So wahnsinnig leid.«

»Das haben Sie schon gesagt«, erwiderte Mr. Curtis kühl. »Aber ist Ihnen auch *bewusst*, was unser Sohn durchgemacht hat? Was *wir* durchgemacht haben?«

Da meine Mutter die Arztrechnungen übernommen hatte, kannte ich einen Teil der Krankenakte. Den genauen Genesungsprozess hatte ich jedoch nicht verfolgt, weil ich es schlichtweg nicht hatte ertragen können. Ich wusste nur, dass Levis körperliche Wunden inzwischen verheilt waren. Was die seelischen betraf, war ich nicht sicher.

Reed hatte Savannah vor über fünf Jahren verloren – und doch war sein Schmerz so präsent, als läge der Unfall erst

Tage zurück. Wahrscheinlich würde er ihren Tod nie verwinden. Ebenso wenig wie Levis Eltern über den Horror hinwegkommen würden, den sie durch meine Schuld durchlebt hatten.

»Ich habe keine Kinder«, sagte ich leise. »Deshalb kann ich mir nur in Ansätzen vorstellen, wie sehr Sie gelitten haben. Nichtsdestotrotz werde ich es für den Rest meines Lebens bereuen, dass ich Ihrem Sohn solche Schmerzen zugefügt habe.«

Mrs. Curtis stieß ein Schluchzen aus, das so kläglich war, dass nichts von ihrem Kummer verborgen blieb. »Die Ärzte mussten unserem Sohn einen Teil der Milz entfernen«, stieß sie hervor. »Er wird für den Rest seines Lebens anfälliger für Krankheiten und körperlich weniger belastbar sein als andere. Er wollte Profifußballer werden. Das haben *Sie* ihm genommen.«

Ich zuckte zusammen, brachte keinen Ton hervor. Aber Mrs. Curtis war ohnehin noch nicht fertig.

»Levi lag vier Tage im Koma«, fuhr sie weinend fort. »Tagelang wussten wir nicht, wie schwer seine Kopfverletzungen sind, ob er irreparable Schäden hat oder eine geistige Beeinträchtigung. Wir wussten nicht, ob unser fröhlicher, kluger Junge noch derselbe ist. Ob er uns überhaupt erkennt, wenn er aufwacht.«

Stumm vor Entsetzen schüttelte ich erneut den Kopf. Ich öffnete den Mund, um mich ein weiteres Mal zu entschuldigen. Doch Mrs. Curtis ließ mich nicht zu Wort kommen.

»Er hatte insgesamt fünf Frakturen an beiden Beinen. Wochenlang konnte er sich kaum rühren. Sie machen sich keine Vorstellung, wie furchtbar das für einen kleinen Jungen ist. Er war ans Bett gefesselt, während Sie einfach bloß Ihren Kater auskuriert und Ihr Leben weitergeführt haben, als wäre nichts passiert. Und jetzt stehen Sie vor uns und erwarten, dass wir Ihnen *vergeben*?«

»Nein«, stieß ich kläglich hervor. »Mir ist vollkommen klar, dass ich Ihre Vergebung nicht verdient habe, und ich erwarte auch nichts dergleichen von Ihnen. Ich bin nur hier, um Ihnen zu sagen, wie sehr ich das alles bedauere.«

Mit unverhohlener Wut starrte Mrs. Curtis mich an, während ihr Mann unermüdlich über ihren Rücken strich.

»Das haben Sie ja jetzt getan«, sagte er ruhig. »Und das wissen wir zu schätzen, denn es zeigt uns, dass Ihnen das Leben unseres Sohnes nicht gleichgültig ist.«

»Kann ich irgendetwas tun, um es wiedergutzumachen?«, fragte ich und bereute meine Worte, bevor ich zu Ende gesprochen hatte.

Weil es selbstverständlich nichts gab, um das Leid dieser Familie zu lindern.

Prompt stieß Mrs. Curtis ein abfälliges Schnaufen aus. »Nein.«

Beschämt verzog ich das Gesicht. »Natürlich nicht. Entschuldigung.«

Für einen kurzen Moment wurde es ganz still im Raum. Mir fehlten noch immer die Worte. Vielleicht war es besser, wenn ich ging.

»Sie könnten mit Levi sprechen«, sagte Mr. Curtis unvermittelt.

Mrs. Curtis presste die Lippen zusammen, widersprach aber nicht, sondern zog nur eine Braue hoch, als wollte sie mich herausfordern.

Ich hatte tatsächlich Angst. Aber einen Rückzieher wollte ich trotzdem nicht machen. Unsicher tastete ich nach meiner

Handtasche. »Ich habe ihm ein kleines Geschenk mitgebracht. Ist das in Ordnung?«

»Was ist es?«, fragte Levis Mutter schroff.

»Ein Lego-Star-Wars-Bausatz.« Meine Mundwinkel hoben sich zu einem traurigen Lächeln, weil ich an Bowie denken musste. Er hatte mir eines Abends all seine Hobbys aufgezählt, als wir zusammen auf dem Steg gesessen hatten. Ich vermisste ihn. »Ein Freund hat mir erklärt, die meisten Jungs in Levis Alter mögen das.«

Zumindest Mr. Curtis schien nicht mehr ganz so abweisend. »Das ist richtig. Er wird sich sicher darüber freuen.«

»Ich bringe Sie zu ihm«, erklärte Mrs. Curtis kurz angebunden.

Mr. Curtis streckte die Hand nach den Blumen aus. »Und ich stelle die hier inzwischen ins Wasser.«

Unbeholfen überreichte ich ihm den Strauß, während Mrs. Curtis die Terrassentür aufzog und nach draußen ging.

Ich warf einen nervösen Blick zu Mr. Curtis, der ermutigend nickte. Anschließend folgte ich seiner Frau nach draußen.

Levi saß auf einer Decke unter einem Apfelbaum und spielte mit kleinen Figuren. Sein Haar hatte dieselbe Farbe wie das seines Vaters, aber die braunen Augen hatte er von seiner Mutter.

Mrs. Curtis rief ihn, woraufhin er sein Spielzeug beiseite warf, aufstand und zu uns kam. Er trug ein buntes Shirt und eine kurze Hose. Ich konnte die Narben auf seinen Schienbeinen deutlich sehen.

Es waren so viele.

Erneut rang ich um Beherrschung. Es hätte den Jungen nur verstört, wenn ich plötzlich weinend vor ihm auf die Knie gesunken wäre und um seine Vergebung gebettelt hätte, was ich nur allzu gern getan hätte.

»Schatz, das ist Estelle Sinclair«, sagte Mrs. Curtis und legte ihrem Sohn eine Hand auf die Schulter, um ihn sanft an ihre Seite zu ziehen.

Levi betrachtete mich einen Moment lang abwägend. »Mum hat mir erzählt, dass du herkommst.«

Ich nickte steif. »Ich bin hier, um mich bei dir zu entschuldigen.«

»Okay«, erwiderte Levi und sah mich abwartend an.

Erneut atmete ich tief durch und bat den Jungen wortreich um Vergebung. Anschließend zog ich das Geschenk aus meiner Tasche und überreichte es ihm.

Freude flackerte in seinen Augen auf, während er die Limited Edition betrachtete. Dann richtete er seine Aufmerksamkeit wieder auf mich. »Am Anfang war ich echt sauer auf dich.«

Ich schnitt eine Grimasse. »Ich verstehe es absolut, wenn du das immer noch bist.«

»Nee.« Levi zuckte mit den Schultern. »Wenn ich mal Mist baue, sind meine Eltern auch nie lange böse auf mich. Ich bin immer übelst froh, wenn sie mir verzeihen. Also verzeihe ich dir jetzt auch.«

Ungläubig schaute ich erst den Jungen und dann seine Mutter an. Sie wirkte kein bisschen überrascht. Schließlich kannte sie ihren Sohn und wusste, was er für ein gutes Herz hatte.

»Danke«, krächzte ich, und abermals traten mir Tränen in die Augen. »Du ahnst nicht, wie viel mir das bedeutet.«

Levi grinste schief. »Na ja, ich hätte auch besser aufpassen müssen.«

»Nein, nein«, widersprach ich sanft. »Es war allein meine Schuld, und es tut mir wahnsinnig, wahnsinnig leid.«

Der Junge nickte. »Danke für das Geschenk.«

Ich lächelte zittrig. »Gern geschehen.«

Mit unbewegter Miene wies Mrs. Curtis zur Tür. »Ich denke, das genügt.«

»Natürlich.« Ich winkte Levi zu, ehe ich seiner Mutter wieder durch das Haus folgte. Mr. Curtis begleitete mich ebenfalls hinaus. Bei der Eingangstür angekommen, drehte ich mich noch einmal zu Levis Eltern um. »Vielen Dank, dass ich persönlich mit Ihnen sprechen durfte.«

Levis Vater legte den Arm um seine Frau, während er mich nachdenklich musterte. »Wir schließen an dieser Stelle damit ab, Miss Sinclair. Das sollten Sie ebenfalls tun.«

Ein Knoten bildete sich in meiner Kehle. Mein Blick flog zu Levis Mutter, die bei Weitem nicht so versöhnlich war wie ihr Mann. Stattdessen stand ihr offen ins Gesicht geschrieben, dass sie mir niemals vergeben würde, was ich ihrem Sohn im Vollrausch angetan hatte.

Und ich verstand das. Ziemlich sicher hätte ich als Mutter ebenso, wenn nicht sogar noch heftiger reagiert. Ich würde lernen müssen, diese Wut anzunehmen und damit zu leben. Egal, wie schwer es war.

***

Emotional ausgelaugt und zutiefst erschöpft von meinem Besuch bei Levi und seinen Eltern schleppte ich mich aus dem Fahrstuhl meines Apartmenthauses und trottete den langen Flur entlang. Ich wollte nur noch ins Bett.

Andererseits wollte ich noch meine Unterlagen nach meinen bisher bestandenen Prüfungen durchsuchen und eine Liste für die Studiengangskoordinatorin zusammenstellen, mit der ich für morgen einen Termin vereinbart hatte. Mit etwas Glück wurden mir einige Kurse, die ich an der Seattle University absolviert hatte, anerkannt und ich konnte etwas Zeit sparen, um schneller meinen Abschluss zu machen. Außerdem wollte ich mich weiter nach einem neuen Praktikumsplatz umsehen, wenn ich mir schon keine Sorgen um einen Nebenjob machen musste.

Meine Mutter und ich hatten lange darüber diskutiert. Letztlich hatte sie sich in puncto Finanzierung allerdings durchgesetzt, weil es tatsächlich unsinnig war, einen Kredit aufzunehmen, wenn man zu den vermögendsten Familien des Landes zählte. Das wiederum gab mir die Möglichkeit, gezielt nach einer Stelle zu suchen, die mich im Hinblick auf meinen Berufswunsch weiterbrachte. In Seattle gab es einige wohltätige Vereine und …

Wie angewurzelt blieb ich stehen.

Da saß ein Mann vor meiner Apartmenttür auf dem Boden. Er lehnte mit dem Rücken an der Wand, hatte den Kopf in den Nacken gelegt und schlief.

Mein Herz setzte aus. »Reed?«

Er fuhr hoch und sprang so schnell auf die Füße, dass ich erschrocken zusammenzuckte. Entgeistert starrte ich ihn an. Ich konnte nicht glauben, dass er wirklich hier vor mir stand. Schließlich war ich überzeugt gewesen, ich würde ihn nie wiedersehen.

»Was machst du hier?«, stieß ich ungläubig hervor und war ernsthaft versucht, zu ihm zu gehen und ihn abzutasten, ob er auch wirklich echt war und keine Einbildung.

Er sah fix und fertig aus, blass und mit dunklen Ringen unter den Augen. Seine Kleidung war vollkommen zerknittert.

Auf wackligen Beinen machte ich einen Schritt auf ihn zu. »Geht's dir gut?«

Benommen schüttelte er den Kopf.

Natürlich ging es ihm *nicht* gut. Was für eine dumme Frage.

Er sagte immer noch kein Wort, und je länger die Stille zwischen uns andauerte, umso größer wurde meine Verzweiflung.

Ich hatte davon geträumt, dass er herkommen würde. Dass er um mich kämpfen würde. Dass er erkannt hatte, dass ich nichts für Savannahs Unfall konnte und nicht so war wie dieser Scheißkerl, den er aus tiefster Seele verabscheute. Aber nun stand er vor mir und strafte mich erneut mit Schweigen.

Eine äußerst kreative Art der Folter, das musste ich ihm lassen.

Mit einem Mal kochte eine entsetzliche Wut in mir hoch. Ich war gerade dabei, mein Leben endlich auf die Reihe zu kriegen. Ich war nicht glücklich. Noch nicht. Vielleicht würde ich es niemals werden. Aber zumindest arbeitete ich hart an mir, damit ich diesen Zustand vielleicht eines Tages erreichte. Auch ohne Reed.

Ich stürmte an ihm vorbei und rammte den Schlüssel ins Schloss. »Du hättest nicht herkommen sollen.«

Denn das tat uns beiden sowieso nur noch mehr weh.

Zitternd öffnete ich die Tür. Obwohl ich mich geradezu schmerzhaft nach diesem Mann sehnte und er zum Greifen nah war, war ich bereit, ihn einfach im Korridor stehen zu lassen.

Doch da fand er plötzlich seine Sprache wieder, und was er sagte, hob meine gesamte Welt aus den Angeln. »Ich liebe dich, Estelle.«

Langsam drehte ich den Kopf und sah ihn an. In seinen grünen Augen stand so viel Kummer, dass es mir das Herz gebrochen hätte, hätte es nicht sowieso schon in Scherben gelegen.

Reed mochte mich lieben, aber er war definitiv nicht glücklich darüber.

Die Erkenntnis sorgte dafür, dass ein tränenersticktes Lachen aus mir herausbrach. »Du solltest gehen.«

»Was?«, stieß Reed hervor, weil er offenbar nicht mit dieser Reaktion gerechnet hatte.

Ohne ein weiteres Wort floh ich in mein Apartment.

Er kam mir hinterher und knallte mit finsterer Miene die Tür zu. »Ist das dein verdammter Ernst, Prinzessin? Ich fahre fast siebenhundert Meilen hierher, um dir zu sagen, dass ich mich in dich verliebt habe, und du lässt mich abblitzen?«

Mit vorgetäuschter Lässigkeit warf ich meine Handtasche aufs Sofa. Ich würde ihm auf keinen Fall zeigen, wie sehr er mich gerade verletzt hatte. Schon wieder. »Sieht so aus.«

Langsam kam er näher, wie ein Raubtier auf der Jagd nach seiner Beute.

Ich wich keinen Millimeter zurück.

»Fein«, knurrte er und blieb unmittelbar vor mir stehen. »Sag mir, dass du nichts für mich empfindest, und du siehst mich nie wieder. Das schwöre ich.«

Seine Worte klangen wie eine unheilvolle Drohung – und doch lösten sie ein vertrautes Kribbeln in meinem Magen aus. Ich wollte ihn so sehr berühren, ihn spüren, mich in seinen Armen verlieren.

Weil ich ihn ebenfalls liebte. Ich war vollkommen verrückt nach diesem wundervollen, zutiefst verletzten Mann. Ich wollte ihn heilen, wie er mich geheilt hatte, ohne sich dessen überhaupt bewusst zu sein.

Genau deshalb hielt ich seine Zurückweisung nicht noch einmal aus. »Was ich empfinde, spielt keine Rolle, Reed. Du wirst immer nur die Täterin in mir sehen, während du selbst das Opfer bist und den schlimmstmöglichen Verlust erlitten hast.«

Er ging nicht darauf ein, sondern betrachtete mich so eindringlich, als wollte er mir die Antwort direkt aus der Seele reißen. »Was empfindest du für mich, Estelle?«

Dieser Kerl machte mich noch wahnsinnig. Warum hörte er mir nicht zu? Aufgebracht starrte ich ihn an. Ich würde mich nicht noch einmal angreifbar machen. Das hielt ich einfach nicht aus. »Du hättest dir den Weg sparen sollen.«

»Liebst du mich?«, fragte er erneut.

Ich öffnete den Mund, aber ich konnte es einfach nicht leugnen. Es ging nicht, verdammt. Ich schüttelte den Kopf. »Das mit uns wird niemals funktionieren.«

»Doch, wird es«, blaffte er.

»Nein, wird es nicht!« Ich erschrak selbst über die schrille Verzweiflung, die plötzlich aus mir hervorbrach. Ich brauchte Abstand zu diesem Mann, der meinen Verstand aushebelte und mich viel zu viel fühlen ließ. Ich wollte ihn wegschubsen, doch er stand vor mir wie eine undurchdringliche Mauer.

Mit einem frustrierten Schrei boxte ich ihm gegen die Brust. Gleichzeitig brach ein Schluchzen aus mir hervor. »Begreifst du das denn nicht? Ich würde dich jeden Tag an diesen Kerl erinnern, der dir das Kostbarste genommen hat. Irgendwann würdest du mich hassen.«

»Ich könnte dich niemals hassen«, sagte er und stieß einen Laut aus, der verriet, wie aufgewühlt er ebenfalls war. »Glaub mir, ich habe es versucht. Aber ich konnte nicht aufhören, an dich zu denken und dich in jeder verdammten Sekunde zu vermissen. Ich habe mir eingeredet, dass es richtig war, dich wegzuschicken, dass ich ohne dich besser dran wäre … Aber ich lag falsch. Ich will dich nach wie vor. Ich werde dich immer wollen.«

Er streckte die Hände nach mir aus, doch ich wich panisch

zurück. Tränen strömten mir über die Wangen, während ich heftig den Kopf schüttelte. »Hör auf, solche Sachen zu sagen.«

»Ich wünschte, ich hätte anders reagiert«, fuhr er fort, obwohl er mich zweifellos gehört hatte. Sein Blick brannte sich in meinen, während er den Abstand zwischen uns erneut verringerte, als könnte er sich keine Sekunde länger von mir fernhalten. »Ich wünschte, ich hätte dir gesagt, was du von Quill zu hören bekommen hast. Aber ich war so in meinem eigenen Schmerz gefangen, dass ich blind war für deinen Schmerz. Es tut mir leid, dass ich ihn nicht sehen konnte.«

Wie sehr hatte ich mir gewünscht, das von ihm zu hören. Mir war klar, dass ich das nicht verdiente. Aber meinem Herzen war das gleichgültig. Es liebte und wollte zurückgeliebt werden.

»Es tut mir leid«, wiederholte Reed mit rauer Stimme. Diesmal zuckte ich nicht zurück, als er meine Wangen umfing und seine Stirn an meine lehnte. Ich ließ es einfach geschehen. »Ich wollte dich verletzen, so, wie ich verletzt wurde. Das war ungerecht und grausam, und das hast du nicht verdient. Du bist wundervoll, mitfühlend und lustig und klug und kein bisschen wie dieser verfluchte Scheißkerl. Ich könnte dich stundenlang anschauen, mit dir reden, dich lieben …« Reed holte zittrig Luft. Sein Atem wehte federleicht über mein Gesicht. »Bitte, Estelle, lass mich dich lieben.«

Ich konnte mich nicht erinnern, wann jemand je etwas so Schönes und zugleich Schmerzhaftes zu mir gesagt hatte. Und trotzdem hatte ich wahnsinnige Angst. »Was, wenn du dich wieder irrst?«, fragte ich erstickt. »Was, wenn du eines Morgens aufwachst und feststellst, dass ich …« Ich schniefte leise. »Ich bin nicht *sie*, Reed. Ich habe so viele entsetzliche Fehler gemacht. Ich bin nicht *perfekt*.«

418

»Das bin ich doch auch nicht«, erwiderte er sofort. »Und Savannah war es ebenso wenig.«

Es fiel mir schwer, das zu glauben. Immerhin kannte ich Reeds Ansprüche.

Gequält verzog er das Gesicht. »Ich werde dich nicht anlügen, Estelle. Ein Teil von mir wird sie immer lieben. Aber du bist die Frau, mit der ich zusammen sein will. Deinetwegen konnte ich die Vergangenheit endlich loslassen und wieder in die Zukunft sehen – und die will ich mit dir.«

Gott, ich wollte diese Zukunft ja auch, von der er da sprach. Schon allein deshalb, weil sie so viel erfüllter und glücklicher wäre als meine ursprünglichen Pläne, an denen Reed keinen Anteil hatte.

Doch nun stand er hier, hielt mich fest, kämpfte …

»Bitte, Estelle«, wisperte er dicht vor meinen Lippen. »Gib uns nicht auf.«

Zögerlich legte ich die Hand auf sein Herz. Es pochte wahnsinnig schnell. Genau wie mein eigenes.

Ich hatte immer noch Angst, aber ebenso wenig war ich plötzlich bereit, ihn wieder gehen zu lassen. Schniefend schaute ich zu ihm auf. »Und lässt du es zu, dass ich dich zurückliebe? So, wie ich bin.«

Hoffnung flackerte in seinen grünen Augen auf. »Das wünsche ich mir mehr als alles andere.«

Neue Tränen kullerten mir über die Wangen, doch diesmal lächelte ich. »Also gut, dann werde ich dich lieben.«

»Danke«, flüsterte er und rieb mit dem Daumen zärtlich über meine feuchte Haut. »Und schick mich nie wieder weg.«

Nur Reed konnte gleichzeitig erleichtert und fordernd klingen. Das war echt eine Gabe. Ich zog eine Braue hoch. »Die Tür schwingt in beide Richtungen, Dixon.«

Seine Mundwinkel zuckten belustigt, dann wurde er wieder ernst. »Diesen Fehler werde ich nicht noch einmal machen. Das verspreche ich dir. Ich werde dich nicht mehr enttäuschen.«

Die Aufrichtigkeit in seiner Stimme fegte meine letzten Zweifel beiseite. Voller Sehnsucht krallte ich die Finger in sein Shirt und zog ihn ein Stück näher zu mir. »Dann küss mich endlich, du unerträglicher Sturkopf.«

Seine Lippen strichen hauchzart über meinen Mund. »Nichts lieber als das.«

EPILOG

Estelle

Kies knirschte, als Reed seinen Pick-up am Sonntagabend von der Hauptstraße auf den gewundenen Schotterweg zum Camp Silver Springs lenkte. Das Geräusch hatte sich in mein Gedächtnis gebrannt. Aber diesmal hatte ich keine Angst, sondern war voller ungeduldiger Vorfreude.

In der ersten Nacht nach unserer Versöhnung hatte Reed mir sehr eindrücklich demonstriert, was er darunter verstand, mich zu lieben. Und noch immer konnte ich mir ein breites Grinsen nicht verkneifen, wenn ich daran dachte.

Ich hatte ihm alles erzählt, was sich seit meiner Abreise zugetragen hatte.

Es war hart gewesen, mit ihm über den Besuch bei Levi und seinen Eltern zu sprechen. Diesmal stieß er mich nicht weg, sondern hielt mich fest, während ich in seinen Armen weinte.

Nachdem ich mich ein wenig beruhigt hatte, berichtete ich ihm von meinen Ideen für meine Zukunft. Reed gefiel der Gedanke, dass ich im Herbst ein Online-Studium beginnen wollte, und vollkommen selbstlos – wie er behauptete – bot er

mir einen langfristigen Praktikumsplatz in Silver Springs an, wo ich nach Herzenslust Marketingstrategien ausprobieren konnte. Als ich zögerte, führte er weitere Vorteile ins Feld, die diese *Kooperation* mit sich brachte.

Er verfügte über einige äußerst überzeugende Argumente, die meinen Körper noch immer prickeln ließen, wenn ich daran dachte. Trotzdem hielt ich mich mit einer Entscheidung zurück, bis ich mit der Studiengangskoordinatorin gesprochen hatte.

Die freundliche Dozentin nahm sich Zeit, um mich über die Vor- und Nachteile des Online-Unterrichts aufzuklären. Sie sah kein Problem darin, wenn ich von Silver Springs aus studieren wollte, solange ich zu bestimmten Terminen anwesend war. Es gab sogar schon ein paar Online-Seminare, die sie mir zur Vorbereitung empfahl.

Es würde sicher nicht leicht werden, die weite Strecke öfter hin- und herzufahren. Aber Reed versicherte mir, dass er mich vorbehaltlos unterstützen würde, selbst wenn ich sein Angebot ablehnte und lieber woanders ein Praktikum machen wollte. Ich lächelte nur.

Zu guter Letzt statteten wir meiner Mutter einen Besuch ab. Ich erzählte ihr von dem Besuch bei Levi und klärte sie über meine Pläne auf. Sie war überrascht, dass ich ins Camp zurückkehren wollte, begrüßte diesen Entschluss jedoch, da mir Silver Springs ganz offensichtlich guttat. Sie war jetzt schon total vernarrt in Reed, der sich selbstredend von seiner charmantesten Seite gezeigt hatte, um meine Mutter zu beeindrucken.

Ich hatte ein gutes Gefühl, als ich Seattle hinter mir ließ. Aber noch besser war es, nach der langen Fahrt endlich an dem Ort anzukommen, an dem ich einfach nur ich selbst sein konnte. Ich konnte es nicht erwarten, alle wiederzusehen.

»Und du bist ganz sicher, dass Bowie nicht mehr wütend auf mich ist?«, fragte ich, als Reed auf den Parkplatz fuhr.

»Glaub mir, er ist einfach nur froh, wenn du zurückkommst.« Reed grinste schief. »Du hättest sehen sollen, wie er mich in die Mangel genommen hat. Gegen Hazel und Quill konnte ich mich wehren, aber gegen ihn hatte ich keine Chance.«

Stolz erfüllte mein Herz. Reed hatte mir von dem Gespräch erzählt, das er und Bowie in meiner Hütte geführt hatten. Wie der kleine Junge darauf bestanden hatte, dass Reed mich zurückholte, und mit seinen klugen Fragen dessen Mauern in Schutt und Asche legte.

Nachdem das passiert war, hatte Reed den Mut gefunden, sich endlich die Fotos anzuschauen, die ich im Camp gemacht hatte. Er hatte alle gemocht. Aber interessanterweise war es sein Porträt gewesen, das ihm schließlich klargemacht hatte, dass er keine Sekunde länger ohne mich sein wollte. Außerdem hatte er es sattgehabt, gegen seine Sehnsucht anzukämpfen. Also war er mitten in der Nacht losgefahren.

»Da sind sie ja«, sagte Reed und deutete auf das Empfangskomitee beim Eingang zum Camp. Er beugte sich zu mir und stahl mir einen Kuss. Als er sich zurückzog, strahlten seine Augen in sattem Grün. »Niemand ist sauer auf dich. Vertrau mir.«

»Was ist mit Kyra?«

Reed zwinkerte mir zu. »Ich glaube, sie ist einen Ochsenfrosch verknallt. Das hat sie abgelenkt.«

»Ich hoffe, du meinst das nicht wörtlich«, erwiderte ich trocken, während bei mir sofort sämtliche Alarmglocken losschrillten. Immerhin war Georgie ihre neue beste Freundin, und das Mädchen schien mir ziemlich experimentierfreudig zu sein.

»Komm schon«, sagte Reed, der von meiner Sorge um Kyra nichts mitbekommen hatte, und verließ den Wagen.

Dass ich mir völlig umsonst den Kopf zerbrochen hatte, zeigte sich, sobald ich ebenfalls ausgestiegen war. Ich hatte kaum den Fuß auf dem Boden, da sprang Bowie mich auch schon an.

Ich keuchte erschrocken, fing ihn aber zum Glück rechtzeitig auf. Während ich diesen großartigen Jungen an mich drückte, schaute ich über seine Schulter und entdeckte Hazel und Quill, die mit Kyra und einigen anderen Kids freudestrahlend näher kamen.

Aber da dieser Moment nur Bowie gehörte, richtete ich meine Aufmerksamkeit wieder auf ihn. »Ich hab dich vermisst.«

»Ich dich auch«, nuschelte er und rutschte wieder auf den Boden. Verlegen trat er von einem Fuß auf den anderen, während sein Blick zu den vielen Leuten huschte. Er fühlte sich immer noch nicht wohl mit Menschenmengen. »Sehen wir uns später auf dem Steg? Maila versucht gerade, einen neuen Rekord aufzustellen. Ich soll die Zeit stoppen.«

»Na, dann nichts wie los«, sagte ich. »Wir können nachher in Ruhe reden.«

Sichtlich froh, der Versammlung zu entgehen, flitzte Bowie davon.

Kyra kam als Nächste zu mir. Sie lächelte verschmitzt. »Ich wusste, dass du zurückkommst.«

»Ach, wirklich?«, erwiderte ich erstaunt.

Kyra zeigte in Reeds Richtung, der gerade seine Schwester nach der langen Fahrt begrüßte. »Er war voll der Trauerkloß. Ich hätte ihm fast einen Teddy gekauft.«

Ich lachte auf. »Wieso denn einen Teddy?«

»Weil die niedlich sind«, gab das Mädchen zurück, als wäre das ja wohl völlig offensichtlich. »Wir sehen uns nachher, ja? Blue wartet am See auf mich.« Ihre Wangen färbten sich rosa. »Ein paar von den Jungs üben gerade Jumps vom Steg.«

Amüsiert zog ich eine Braue hoch. »Darüber reden wir später, junge Dame.«

»Jaja.« Kyra winkte lässig und hüpfte ebenfalls davon.

»Jetzt ich!« Quill breitete die Arme aus, und ich lehnte mich lächelnd an ihn. »Willkommen zurück, Stella.«

»Danke«, murmelte ich, ehe ich ihn wieder losließ. Inzwischen wusste ich von Reed, dass Quill mehrfach versucht hatte, ihm den Kopf zu waschen. Dass er stets hinter mir gestanden hatte, bedeutete mir wahnsinnig viel. Hätte ich je einen großen Bruder gehabt, ich hätte mir gewünscht, er wäre wie Quill. »Für alles.«

Er zwickte mich in die Nase. »Ich bin froh, dass du wieder da bist und meinen besten Freund gleich mitgebracht hast. Er war wirklich nicht er selbst in den letzten Tagen.«

»Darf ich meine Freundin jetzt auch mal begrüßen«, schimpfte Hazel, schob Quill beiseite und strahlte mich an. »Es ist so schön, dich zu sehen!«

Schon hing mir die nächste Person am Hals.

Aber das war völlig okay. Ich hatte Hazel schließlich auch vermisst, und ich hoffte sehr, dass unsere Freundschaft durch meine überstürzte Abreise keinen Schaden genommen hatte. »Ich freue mich auch.«

Gina, Dotty und Grover waren ebenfalls gekommen, um mich zu begrüßen. Aber von den dreien zog mich bloß die freundliche Küchenchefin in die Arme. Grover tätschelte mir unbeholfen die Schulter, wohingegen Gina einfach nur lächelte – was bei ihrem sonst so toughen Auftreten fast schon einer Liebeserklärung gleichkam.

Als mich weitere Kids bestürmten, die viel Zeit mit mir im Malkurs verbracht hatten, warf ich Reed einen hilfesuchenden Blick zu, weil ich spürte, dass ich mit all den aufgeregten Stimmen und Umarmungen allmählich an meine Grenzen geriet.

Er verstand mich ohne Worte und klopfte auf das Autodach, um die Aufmerksamkeit aller Anwesenden auf sich zu ziehen. »Wer hilft beim Ausladen?«

Vor meiner Abreise aus Seattle hatte ich ein paar Sachen zusammengepackt, die nun in Kartons auf der Ladefläche verstaut waren. Ich freute mich sehr über die eifrigen Helfer, die meine Habseligkeiten ins Camp brachten.

Kaum waren wir allein, kam Reed zu mir, presste mich gegen seinen Wagen und verschlang meine Lippen. Ich erwiderte den Kuss mit derselben Hingabe.

»Also, mir ist klar, dass wir uns bereits darauf geeinigt haben, dass du wieder ins Gästehaus 5 ziehst«, murmelte er und fuhr mit der Hand an meiner Hüfte entlang. »Aber besteht die Möglichkeit, dass du heute Nacht trotzdem in *meinem* Bett schläfst?«

Belustigt schürzte ich die Lippen. »Aktuell stehen deine Chancen ziemlich gut.«

Verlangen flackerte in seinen Augen auf. »Dann lass uns schnell den Rest ausladen.«

»Du bist derjenige, der mich davon abhält«, neckte ich ihn, zog ihn aber zugleich näher an mich, bis er sich der Länge nach an mich drückte.

Ein Prickeln schoss durch meinen Unterleib, als ich spürte, wie sehr er mich wollte.

Reed knurrte. »Ausladen. Jetzt.«

Kichernd schubste ich ihn zurück, kam aber nicht mehr

dazu, ihn weiter aufzuziehen, weil in diesem Moment ein blaues Cabriolet auf den Parkplatz fuhr.

Ein junger Mann stieg aus, der mindestens einen Meter neunzig groß und geradezu lächerlich gut in Form war, was man aufgrund seines engen T-Shirts und den engen Jeans hervorragend beurteilen konnte. Ein schwarzes Tattoo zog sich über seinen rechten Arm.

Sein beachtlicher Bizeps spannte sich an, als er eine Reisetasche von der Rückbank nahm und sie sich über die Schulter warf, als wöge sie nicht mehr als eine Schachtel Happy Crush. Sein dunkelblondes Haar war kurz geschoren. Er hatte ein markantes Gesicht, und sein Lächeln war geradezu entwaffnend.

Holy Shit! Dieser Kerl war richtig heiß!

»Hi«, sagte er, während er auf Reed und mich zukam. »Ich bin Neo Barnes.«

»Ah.« Erfreut reichte Reed ihm die Hand und stellte uns einander vor. »Schön, dass du da bist.«

»Ich freue mich auch.« Neo sah sich neugierig um. »Hier hat sich ja nicht viel verändert.«

Reed blinzelte überrascht. »Du warst schon mal hier?«

»Ja.« Neo winkte ab und zeigte wieder seine Armmuskeln. »Ist aber ewig her.« Er lachte. »Kommt mir vor wie ein ganz anderes Leben.«

»Tja, diesmal bist du derjenige, der die Ansagen macht«, meinte Reed und reckte den Kopf. »Meine Schwester hat die Verträge in ihrem Büro. Wenn du kurz wartest, könnt ihr gleich den Papierkram erledigen und danach zeigt sie dir alles.«

»Alles klar.«

Wie aufs Stichwort kamen Hazel und Quill zurück, um uns mit meinem restlichen Kram zu helfen. Gerade lachte Hazel über etwas, das Quill zu ihr gesagt hatte.

Reed stieß einen Pfiff aus, um ihre Aufmerksamkeit auf sich zu ziehen.

Sie drehte den Kopf, bemerkte Neo und blieb abrupt stehen. Von einer Sekunde auf die andere wurde sie kreidebleich und starrte ihn mit weit aufgerissenen Augen an.

»Hazel?«

Überrascht schaute ich zu Neo, der nun einen Schritt auf Hazel zumachte, ohne sich dessen überhaupt bewusst zu sein.

»Ihr kennt euch?«, fragte Reed.

Neo ignorierte ihn und trat sichtlich erfreut über die unverhoffte Begegnung auf Hazel zu. »Was machst du hier? Ich dachte, du bist inzwischen am Broadway oder bei irgendeiner Dance Company und tourst durch Europa?«

Erstaunt hob ich eine Braue. Dieser Kerl war ja gut über Reeds Schwester informiert.

Noch immer vollkommen entgeistert, schüttelte sie den Kopf. »Was willst du hier?«

Ihr scharfer Tonfall sorgte dafür, dass Neos Lächeln verpuffte. Er zeigte auf Reed. »Er hat mich eingestellt. Ich bin der neue Schwimmcoach.«

Hazels Blick glitt zu Reed, der bestätigend nickte. Panik flackerte in ihren Augen auf, doch dann leerte sich ihr Blick. Mit ausdrucksloser Miene sah sie Neo an. »Das war ein Missverständnis. Du bist nicht der Richtige für den Job. Gute Heimfahrt.«

Ohne ein weiteres Wort machte sie auf dem Absatz kehrt und marschierte davon, während wir ihr wie vom Donner gerührt hinterherschauten.

Reed verschränkte die Arme vor der Brust. »Okay, was war das?«

Angespannt rieb Neo sich über das Gesicht. »Wir haben uns hier im Camp angefreundet, als wir noch Kinder waren, uns aber danach aus den Augen verloren. Anscheinend ist sie deshalb sauer auf mich.«

»Na, dann würde ich mal vorschlagen, du klärst das«, meinte Quill spöttisch. »Andernfalls kannst du diesen Job vergessen.«

»Reed hat mich bereits eingestellt«, protestierte Neo und schnitt eine Grimasse, weil ihm offenbar klar wurde, dass er ja noch gar keinen Vertrag hatte.

»Ich würde es wirklich gern sehen, dass du bleibst, Mann«, sagte Reed freundlich. »Aber die Sache läuft nur, wenn meine Schwester einverstanden ist.«

Eine Entschlossenheit, die ich nur bewundern konnte, trat in Neos Augen. Dieser Mann war offensichtlich nicht ohne Grund mehrfacher Goldmedaillengewinner. »Ich kläre das.«

»Na, dann komm mal mit«, sagte Quill fröhlich. »Ich bringe dich zum Büro der Geschäftsleitung.«

»Ist es noch dort, wo es früher war?«, fragte Neo.

Reed nickte. »Genau.«

»Erster Stock, die letzte Tür auf der rechten Seite«, fügte ich trotzdem sicherheitshalber hinzu und lehnte mich müde von der langen Fahrt an Reed. Vielleicht sollten wir das Auspacken doch auf später verschieben.

»Danke.« Neo ließ seine Reisetasche auf den Boden fallen und straffte die Schultern, als machte er sich bereit für eine Schlacht. »Ich kenne den Weg.«

Und offensichtlich führte dieser geradewegs zu Hazel.

Ich konnte mir ein Grinsen nicht verkneifen. Falls Neo sie tatsächlich überreden konnte, ihn bleiben zu lassen, dürfte das noch ein äußerst interessanter Sommer werden.

TRIGGERWARNUNG

(ACHTUNG: SPOILER!)

Dieses Buch enthält potenziell triggernde Inhalte zu folgenden Themen: Alkoholmissbrauch, Verkehrsunfall, Verlust eines Angehörigen, Depression.

DANKSAGUNG

Ich danke von Herzen meinem Mann und meinen Kindern, die mich jeden Tag aufs Neue inspirieren und herausfordern. Mika, Ben und Bel – ihr seid mein ganzes Glück. Danke für eure Unterstützung und euer Verständnis, für euren Rückhalt und eure Liebe.

Mama, Mopi und Sanni – ich bin so froh, dass ich euch habe. Danke, dass ihr immer für mich da seid, sogar dann, wenn ich mit meinen Gedanken ganz woanders bin.

Ganz besonders möchte ich mich auch bei meiner Lektorin Laura Lichtenwalter und dem Team des Penguin Verlags bedanken, die *Silver Springs* ein tolles Verlagszuhause gegeben haben.

Ich danke außerdem meinem Agenten Niclas für sein Engagement und seine Zuversicht, wann immer ich mit meinen Unsicherheiten gerungen habe. Danke für deine Geduld mit mir. Ich schwöre, ich werde mich bessern.

Und natürlich sende ich allen Leser*innen ein riesiges Dankeschön, dass ihr mit Estelle in die Rocky Mountains gereist seid. Ich hoffe, ihr hattet eine tolle Zeit in Silver Springs und kommt bald wieder mit, um auch Hazel in ihrer Geschichte beizustehen.

In Liebe,
Eure Polly

431

Nur ein Lächeln von ihm bringt sie um den Verstand

Die Weltenbummlerin May liebt es, frei und unabhängig zu sein. Doch dann muss sie plötzlich die Vormundschaft für ihre beiden kleinen Nichten übernehmen. Als sie in Colorado ankommt, nimmt sie die Idylle der Kleinstadt Goodville kaum wahr, denn die Bewohner begegnen ihr mit Misstrauen, und Cathy und Lilly öffnen sich ihr nur langsam. Es schmerzt May zu sehen, wie vertraut die beiden dagegen mit Cole, einem guten Freund der Familie, umgehen. Cole möchte unbedingt selbst für die Mädchen sorgen und ihm scheint jedes Mittel recht, um sein Ziel zu erreichen – während es May immer schwerer fällt, gegen seinen Charme und die spürbare Anziehungskraft zwischen ihnen anzukämpfen …

PENGUIN VERLAG